ro
ro
ro

rororo

Daniel Picouly, 1948 geboren, studierte Jura und Betriebswirtschaft in Paris und lehrte Marketing an der Universität, bevor er sich ganz dem Schreiben zuwandte. Mit zwanzig Jahren schrieb er seinen ersten Roman, einen bislang unveröffentlichten Krimi. Mit seinem autobiographischen Roman «Fängt ja gut an, das Leben» gelang ihm 1995 der Durchbruch.

Daniel Picouly

Der Leopardenjunge

Roman

Deutsch von Riek Walther

Rowohlt Taschenbuch Verlag

Die Originalausgabe erschien unter dem Titel
L'enfant léopard
bei Éditions Grasset & Fasquelle, Paris
Redaktion Katharina Gerhardt
Umschlaggestaltung any.way, Cathrin Günther
Umschlagabbildung: «Rückkehr vom Ball»
Antoine Watteau, um 1712 / Archiv für
Kunst und Geschichte, Berlin

Veröffentlicht im Rowohlt Taschenbuch Verlag GmbH,
Reinbek bei Hamburg, August 2002

Satz aus der New Baskerville PostScript, Pagemaker bei
Pinkuin Satz und Datentechnik, Berlin
Druck und Bindung Clausen & Bosse, Leck
Printed in Germany
ISBN 3 499 23262 6

Die Schreibweise entspricht den Regeln
der neuen Rechtschreibung.

Für Christian Mounier,
der mir so elegant von
Chester Himes' Eleganz berichtete

Tutto a te mi guida
(Devise der Marie-Antoinette)

1
Madame la Guillotine

Der dicke, rotgesichtige Seemann schlägt mit der behandschuhten Faust auf den Tisch, als wolle er Tote erwecken.

«He, Bürgerin! Heut Abend ist mir danach, 'nem Negerbengel die Kehle durchzuschneiden. Mal was anderes als immer nur Adlige.»

La Marmotte befürchtet, der Negerbengel ist er. Er schaut sich in der beinahe leeren Taverne um – kein anderer Kandidat in Sicht. Die Bürgerin jedenfalls ist geradezu demonstrativ rosig und blond. Die Ellenbogen auf ein Fass gestützt, liest sie im Kerzenlicht Zeitung. Sie schaut nicht einmal auf. Im Schankraum sitzen nur Patrioten beim Glühwein, und ein einsamer Ofen heizt vor sich hin. Über alledem liegt müde, drückende Stille, die Decke scheint heute besonders tief zu hängen. Kein Zweifel, der einzige Negerbengel weit und breit ist er selbst.

Schon bereut der Junge, die Taverne in der Rue de la Monnaie überhaupt betreten zu haben. Aber es ist spät, und er brauchte etwas Wasser und einen Napf, um diesem albernen Minihund seinen verflixten Trank einzuflößen.

«Glaub mir, Bürgerin, diese Negerbengel muss man

einen Kopf kürzer machen, solange sie noch klein sind. Weißt du was, weil ich so ein guter Kerl bin, kauf ich dir den Burschen ab.»

«Der gehört mir nicht.»

La Marmotte wäre es lieber gewesen, wenn die Wirtin geantwortet hätte ‹Der ist nicht zu verkaufen!›.

«Na dann kann's dir ja auch egal sein, wenn ich diesem Stück Blutwurst das Fell über die Ohren zieh.»

Die Wirtin beschließt, den Stänkerer nicht weiter zu beachten. Solche Typen kennt sie zur Genüge. Nach dem zweiten oder dritten Glas wollen sie ihren Tischnachbarn massakrieren, nach dem vierten oder fünften die Wirtin heiraten, und wenn sie die ganze Flasche intus haben, fangen sie an zu schnarchen. Man muss nur abwarten. Sie vertieft sich wieder in die Zeitung. La Marmotte behält das Großmaul im Auge. Ein Rotgesicht, das in sein Wehrgehänge gezwängt ist wie ein aus den Fugen geratenes Fass. Er trägt nur rechts einen Handschuh, und der Degen an seiner Seite klirrt bei jeder Bewegung.

«He, Bürgerin! Seh ich schon doppelt wegen deinem verdammten Gesöff, oder hat dein Schild da einen Sonnenstich abbekommen?»

Der Seemann zeigt auf eine zweiteilige Schiefertafel an der Wand, die mit Kreide beschrieben ist. Auf der einen Hälfte steht … *15. Oktober 1793 Hl. Teresa von Avila* … und auf der anderen … *24. Vendémiaire Jahr II Fest der Amaryllis.*

«Das ist unser neuer Kalender. Wirst dich dran gewöhnen müssen, Bürger.»

«Das ist zu viel Veränderung auf einmal! Schenk mir doch noch von deinem Rum ein, zur Stärkung.»

Der Seemann streckt die Rechte im Handschuh nach dem Fässchen aus, das die Wirtin vor dem Bauch trägt. Der Umhängeriemen teilt ihr die Brust in zwei Hälften, die immer noch beachtlich sind.

«Finger weg! Das ist privat.»

Es liegt Ärger in der Luft, das spürt La Marmotte. Nichts wie weg hier … Los, Hund, trink das Zeug schon! Es sieht zwar trüb aus und stinkt nach Salpeter, aber trink trotzdem! … Die-aus-der-Rue-des-Moineaux haben ihm oft genug eingeschärft … *Du verabreichst ihm den Trank mindestens eine Stunde bevor du ihn zu uns bringst. Sonst klappt es nicht. Und die ganze Sache scheitert …*

«Bürgerin! Soll ich mir meinen Rum vielleicht selber holen?»

Die Wirtin starrt ungerührt auf ihre Zeitung. Plötzlich zieht der Seemann seine Klinge. Es blitzt durch die Taverne. Ein Degen, mit dem man jede Brigg entmasten könnte! Mit dem einzelnen schwarzen Handschuh und seinem Schmerbauch sieht der Seemann aus wie ein Korsar in Halbtrauer. Ohne Vorwarnung stürzt er sich auf den Jungen, wie man sich ins Boot wirft, wenn der Schoner davonsegelt.

La Marmotte sieht den Enterangriff kommen. Er packt den Hund mit Schwung unter dem Bauch. Der jault vor Schreck. Der Napf landet in der Ecke, der Trank im Gesicht des Piraten. So wie der aufheult, hat der Hund gut daran getan, das Zeug nicht zu trinken.

Die Wirtin beobachtet das Schauspiel. Der schwarze Junge hechtet los und springt von Tisch zu Tisch, verfolgt von dem Wüterich. Die Gäste freuen sich über die Posse. La Marmotte weiß, dass es gar nicht spaßig gemeint ist. Er kennt diese Kerle. Sie bringen es fertig, dich zu durchbohren, nur um herauszufinden, welche Farbe du innen hast. Er fühlt, wie das Herz des Hündchens rast … Keine Bange. Solche Meuchelmörder sind meist tierlieb …

«Den spieß ich auf, den Affen! Den spieß ich auf!»

Der Seemann fuchtelt mit seinem Degen herum. Wie die Mühle von Valmy vor der Kanonade. Im Eifer des Gefechts köpft er Flaschen, Pfeifen und Hüte. Die Wirtin wischt sich den Mund ab und schreit:

«Wenn du keine Ruhe gibst, versoffener Bürger, bekommst du Sansons Klinge zu spüren.»

Der Degenheld macht sich nichts daraus. Das ist ein Fehler. Hier in Paris ist es gesünder zu wissen, dass Sansons Klinge schon den König den Kopf gekostet hat. Der Ahnungslose bleibt La Marmotte auf den Fersen und wirbelt eine Menge Staub auf. Der Hund hat Angst und will desertieren. La Marmotte kriegt das Tier gerade noch zu fassen, rutscht aus, der Seemann erwischt ihn unter einem Tisch, packt ihn am Kragen, stellt ihn an die Wand und pikt ihm die Degenspitze unters Kinn. Damit sieht der Junge noch verwegener aus als ohnehin.

«Zu schade. Mit deiner niedlichen Fresse hättest du einen leckeren Schiffsjungen abgegeben.»

Der Degenheld hat rot unterlaufene Triefaugen mit

müden Rändern darunter. Er stinkt nach Weinkeller. La Marmotte findet das Leben ungerecht. Er wäre im Nivôse erst dreizehn geworden, und nun soll er schon abtreten. Der Rahmen einer Gravur an der Wand drückt sich in seinen Rücken. Um sich zu beruhigen, stellt er sich vor, sie zeige einen kleinen Gibbon, der auf der Schulter einer eleganten Dame hockt und einen reifen Granatapfel verspeist.

«Das reicht, Seemann! Du machst noch meine Urkunde als Bezwingerin der Bastille kaputt.»

«Hört, hört! Du bist wohl die Einzige, die als Bezwingerin der Bastille anerkannt ist? Die Bezwingerin, La Vainqueuse! ... Nichts für ungut, Bürgerin, aber ich dachte immer, dieser Ruhm gebühre der Charpentier.»

Plötzlich senkt sich bleierne Stille über den Schankraum. Wenn es einen Namen gibt, den man in dieser Taverne nicht aussprechen sollte, dann den von Marie Charpentier ... dieser Dirne, die ihre Urkunde rittlings auf einem Abgeordneten erworben hat! ... Das weiß hier jeder. Die Wirtin wettert schließlich oft genug darüber. Alles duckt sich unter dem bevorstehenden Unwetter. In einer hitzigen Aufwallung reißt die Bürgerin Sanson von der Wand. Endlich wird der Spötter erfahren, wer Sanson ist. Und es sogleich bedauern.

Sanson ist ein Beil. Ein riesiges Beil in den Farben der Trikolore, Kopf und Schneide blutrot. Die Wirtin packt es wie ein Holzfäller, der eine Rechnung mit einem störrischen Ahorn zu begleichen hat, und marschiert geradewegs auf den Spötter zu. Im Blick des Seemanns kommt Besorgnis auf. Das nutzt La Marmotte. Er schleudert ihm den Hund ins Gesicht, schlägt die Degenspitze beiseite, packt den Rahmen und haut ihm die Gravur über den Schädel. Nette Halskrause. Der Raufbold brüllt vor Zorn, dreht sich um sich selbst und fuchtelt ziellos herum.

«Verdammter Neger, dich hau ich in Stücke!»

Blind wirft er sich auf La Marmotte, den Degen wie ein Hackmesser in zwei Händen. Der Junge weicht aus. Die Wirtin erreicht das Schlachtfeld, Sanson hoch über den Kopf gereckt. Der Degen holt aus, wird die Wirtin treffen … da schlagen sich plötzlich aus vollem Flug gelbe Zähne in den Arm des Seemanns. Das Hündchen hat sich todesmutig in sein Handgelenk verbissen. Vor Überraschung gerät der Degenheld ins Wanken. Er fängt sich an einem riesigen Fass ab, doch da saust schon das Beil herab … Tschack! … Der Arm des Seemanns ist kurz vor dem Hund abgeschlagen und das Fass angestochen wie zu einer Hochzeit. Rot spritzt es aus beiden. Der Amputierte brüllt in den höchsten Tönen. Ungläubig starrt er auf seinen Stumpf.

«Du … du hast mich zur Ader gelassen, gewalttätige Bürgerin!»

«Sie müssen entschuldigen, Bürger, ich bin heute wirklich ungeschickt.»

Inmitten solcher Höflichkeiten sieht man die behandschuhte Faust, die den Degen umklammert, aufgeregt durch den Raum flitzen. Der Hund hat seine Beute fest im Griff. Plötzlich steuert er auf eine Luke zu und entkommt.

«Mein Hund!»

La Marmotte stürzt noch etwas zerzaust nach draußen.

«Mein Degen!»

Mit dem Rahmen um den Hals hastet der Amputierte dem Jungen nach auf die Straße.

«He, Seemann! … Meine Urkunde!»

Die Wirtin rafft ihre Röcke, wirft sich das Fässchen auf den Rücken, packt Sanson und nimmt die Verfolgung ihres patriotischen Dokuments auf. Die Gäste nutzen die Sachlage, um sich am angestochenen Fass zu bedienen und gratis auf Frankreichs Wohl zu prosten.

Draußen herrscht London. Von dort ist dichter Nebel herübergezogen. Die um diese Stunde spärlichen Passanten in der Rue de la Monnaie vermeinen die Schatten einer seltsamen Prozession auszumachen. Der Geleitzug bewegt sich Richtung Rue Saint-Honoré. Vorneweg stürmt ein Minihund mit Degen im Maul. Ihm ist ein halb nackter schwarzer Junge auf den Fersen, der wiederum von einem einarmigen Schreckgespenst verfolgt wird, dessen blutleeres Haupt auf einem Teller zu ruhen scheint wie weiland jenes des heiligen Dionysius im Martyrium. Dieser gottesfürchtige Mann flüchtet vor einer lüsternen Furie mit entblößten Schenkeln, die mit einem Pulverfass und einem riesigen, bluttriefenden Beil bewaffnet ist.

Ein bedenklicher Anblick.

La Marmotte hat alle Mühe, das Hinterteil des Minihundes im kühlen Oktobernebel nicht aus den Augen zu verlieren. Glücklicherweise schlägt die Degenklinge bei dem entfesselten Lauf auf dem Pflaster Funken. Hinter sich hört La Marmotte das rachsüchtige Röcheln des Amputierten. Er schaut sich um. Aus dem Stumpf spritzt rhythmisch eine kleine Blutfontäne in Gestalt einer Palme. Noch weiter hinten, aber doch bedrohlich nah, klappern Holzschuhe. Plötzlich … Tschlaff! Ein dumpfer Fall. Der Eingerahmte liegt auf dem Rücken und starrt mit verwundertem Blick gen Himmel. Seine Wunde pulsiert nicht mehr. Die Palme ist versiegt. Da erreicht die Wirtin mit dem Beil den Ort des Geschehens. Ohne Atem zu holen, versetzt sie dem Niedergestreckten einen schwungvollen Tritt in die Rippen, befreit ihn von der Urkunde, bedient sich großzügig aus seiner Geldbörse und rollt ihn in den Graben.

Vor lauter Staunen hätte La Marmotte beinahe die Funkengarbe aus den Augen verloren. Der Hund! Er galoppiert noch ein paar hundert Hausnummern die Rue Saint-Honoré entlang, dann verschwindet er plötzlich durch ein offenes Hoftor. La Marmotte hinterher. Eine bläuliche Laterne beleuchtet einen Teil des Innenhofes. Der Hund sitzt im Lichtkegel. Mit zufriedener Miene lässt er die Hand mit dem Handschuh los, die wiederum den Degen loslässt. Die Zunge, die ihm aus dem Maul hängt, ist länger als der ganze Hund. Die Hand des Seemanns mit dem Handschuh liegt offen am Boden, als wolle sie betteln. La Marmotte bemerkt eine Erhebung unter dem Handschuh, am Ringfinger. Bestimmt ein kostbarer Ring. Das wird später überprüft. Er nimmt den Degen an sich. Der ist auch nicht schlecht. Ein echter. Ganz schön schwer. La Marmotte schwingt ihn probehalber durch die Luft.

«Was hast du mit dem Hund vor?»

Die Stimme kommt aus einem dunklen Winkel. Auch das noch.

«Ich mag es nicht, wenn man Tieren etwas zuleide tut.»

Der Schatten klingt nach einem ländlichen Akzent und duftet nach gepuderter Perücke. Vor Männern, die gut riechen, muss man sich besonders in Acht nehmen.

«Das ist mein Hund, Bürger. Wirklich.»

«Mein Junge, wenn es tatsächlich dein Hund wäre, hättest du nicht ‹wirklich› gesagt. Es sind immer die kleinen Wörter, die einen verraten.»

Die Promenadenmischung sitzt auf ihrem Hintern, verfolgt das Gespräch wie einen Ballwechsel und fragt sich, wer ihr endlich etwas zu trinken geben wird.

«Wenn das dein Hund ist, was ich bezweifle, dann sollte er wohl auf seinen Namen hören. Andernfalls bist du ein Lügner. Vielleicht sogar ein Verschwörer. Einer jener Schurken, die heute Nacht in Paris konspirieren, um die Witwe Capet der Gerechtigkeit des Volkes entgehen zu lassen!»

Die duftende Stimme ereifert sich wie bei einer Ansprache vor dem Volk, dann verstummt sie plötzlich. Als der Sprecher sich vorbeugt, um auf die Uhr zu schauen, beleuchtet die Laterne sein Gesicht ... Robespierre! ... La Marmotte erkennt ihn, seine Beine ebenfalls. Sie wollen ohne ihn abhauen. Er fängt sie wieder ein und beschließt, in Ohnmacht zu fallen. Danach wird man weitersehen.

«Viertel nach zehn.»

Maximilien Robespierre überlegt. Dort, bei der Verhandlung, müssten sie jetzt bei den letzten Zeugen sein, wenn dieser Dummkopf von Hermann nicht in Verzug geraten ist. Was für eine Schnapsidee, ausgerechnet ihn zum Vorsitzenden des Revolutionstribunals zu machen!

Hermann streicht einen Namen auf der Zeugenliste. Nur noch drei. Die Sache dürfte vor Mitternacht abgeschlossen sein. Maximilien wird zufrieden sein.

«Führt den Bürger Michonis, ehemaliger Gefängnisdirektor, ab! Bringt ihn zurück ins Gefängnis *La Force*. Das Gericht ruft den Bürger Fontaine auf.»

Marie-Antoinette betrachtet ihre Richter. Seit vierzehn Stunden sitzen sie nun vor ihr, ohne sie zu sehen. Vierzehn Stunden in diesem dunklen Saal, der nach Schweiß, Tabak und dem Rauch der Öllampen stinkt. Sie kann die Masse der Zuschauer hinter der Balustrade kaum erkennen. Sie alle sind gekommen, um die Königin zu sehen. Die Strickweiber hinter der Absperrung lassen keinen Zweifel daran … Aufstehen! … Auf die Beine mit der Capet! … Sie gehorcht. Ihre Knie sträuben sich, ein stechender Schmerz schießt ihr durch den Leib, aber sie strafft den Rücken und reckt das Kinn … Versehen wir unser Amt als Königin …

Hinter seiner Feder beobachtet Hermann Marie-Antoinette. Hält sich gut, das Weibsstück! Nur kein Mitleid, Bürger. In weniger als zwölf Stunden wird sie hingerichtet.

La Marmotte wäre gern tatsächlich in Ohnmacht gefallen. Aber es hat nicht geklappt. Er versucht sich durch das Hoftor nach draußen zu stehlen. Robespierre versperrt ihm den Weg.

«Na los, mein Junge, ruf deinen Hund. Wir werden sehen, ob er dir gehorcht.»

Den Hund rufen! La Marmotte bricht der Schweiß aus. Welchen Namen kann man heutzutage einem winzigen, schwarzen, kurzhaarigen Köter mit platter Schnauze und endlos langer Zunge geben? *Marat, Victoire, Patrie, Égalité* oder …

«Yuki!»

Wie idiotisch! Warum ausgerechnet Yuki? Lächerlich. Die Promenadenmischung hat lediglich die Zunge ins Maul geholt. Das war's dann. Die Guillotine ruft.

«Mein Junge, das war überzeugend.»

Dieses Wort scheint Yuki zu gefallen. Er springt La Marmotte in die Arme. Wie seltsam, er duftet ja. Ein leichter Duft … ein wenig nach Geißblatt … Yuki lässt ihm keine Zeit für nähere Bestimmungen, sondern wäscht ihm das Gesicht wie zum Nationalfeiertag. Mit so einer Riesenzunge geht das schnell.

«Großartig, mein Junge! Ich weiß nicht weshalb, aber der Hund hat beschlossen, dir das Leben zu retten.»

Es klopft am Tor. Robespierre zuckt zusammen.

«Wer ist da?»

«Ich bin es, Maximilien! Ich bringe Brount.»

Robespierre öffnet, und eine Frau im grauen Mantel schlüpft in den Hof. Ihr folgt ein kräftiger schwarzer Hund. Der Promenadenmischung schlägt das Herz bis zum Hals.

«Maximilien, du hättest nicht hier warten sollen. Wenn dich jemand erkannt hätte! Das ist viel zu gefährlich. Mach dir keine Sorgen. Die Verhandlung läuft gut. In der Stadt herrscht Ruhe. Die Polizei ist wachsam.»

«Das ist es nicht, was mich beunruhigt, Eléonore. Es ist mein Hund. Wie war Brount?»

«Eine gute Neuigkeit: Es hat geklappt!»

«Und wie war es?»

«Die Menge löblich, die Beschaffenheit untadelig, die Farbe kräftig. Wie es sich für einen rechten Bürger gehört.»

«Und der Urin?»

«Klar und reichlich wie der Regenerationsbrunnen.»

«Das beruhigt mich. Aber ich bin ausgesprochen ungehalten darüber, dass ich ihn nicht wie früher selbst ausführen kann.»

«Geduld, Maximilien. Bald wirst du all deine Feinde beseitigt haben und wieder mit Brount rausgehen. Du wirst ihn sogar wie eh und je gegenüber unter die Fenster des Abbé Sieyès führen.»

Beide lachen, sie am meisten.

«Ach, Eléonore! Vielleicht ist die Revolution nichts

anderes als jedermanns Recht, in Ruhe mit seinem Hund rauszugehen, wenn er pissen muss.»

«Du lieber Gott, Maximilien! Wenn Danton dich hören würde.»

«Keine Gefahr. Während ich hier bin, versteckt dieser Feigling sich auf seinem Landsitz, um nicht dabei zu sein, wenn das Volk sich der Königin entledigt. Aber bald ist er an der Reihe. Dann wird er mich allerdings hören.»

La Marmotte schleicht zur Tür. Er hat überhaupt nichts gehört, Ehrenwort. Weder den lieben Gott noch den pissenden Hund noch den Haufen vor dem Fenster des Abbé noch Danton und schon gar nicht Robespierre. Er kann niemanden denunzieren. Er will nur eins: weg hier. Maximilien und Eléonore sind in ihr Gespräch vertieft und beachten ihn nicht. Umso besser. Dann werden sie ihn auch nicht vermissen.

«Heda, Junge!»

Wäre ja auch zu schön gewesen. Dabei kennt er diesen Trick schon ... Den Angeklagten abführen! ... Man lächelt dem Gericht zu und ... zack! ... wird man hinterrücks mit einem Holzscheit niedergeschlagen.

«Heda, Junge! Vergiss deinen Handschuh nicht.»

La Marmotte atmet auf. Er bedankt sich bei Robespierre und steckt sich die Hand des Seemanns mit dem Ring unter dem Handschuh in den Gürtel. Er fragt sich, was für ein Stein es wohl ist. Ein Diamant, ein Rubin oder ein Smaragd? Er brennt darauf nachzusehen, aber nicht hier. Draußen auf der Straße fühlt er sich plötzlich so leicht, obwohl er auf dem Arm den Hund, auf dem Rücken den Degen und in der Hose die Hand trägt, die tiefer und tiefer rutscht ... Jetzt rutscht sie nicht mehr. Prima! Sein ganzer Reichtum ist gut verstaut. Nun ist er bereit für sein Rendezvous mit Louisette.

Irgendwie kommt es einem leichter über die Lippen, dass man mit Louisette verabredet ist als mit der Guillotine. Dabei handelt es sich in beiden Fällen um die gleiche Dame.

La Marmotte geht weiter die Rue Saint-Honoré entlang, dann die Rue Royale hinunter bis zur Place de la Révolution. Plötzlich bleibt er schaudernd stehen. Seit der Schenke folgt er genau dem Weg der Verurteilten zum Schafott! Das sehen sie also vom Karren aus, auf ihrer letzten Fahrt. Das wird auch die Königin morgen sehen.

Einmal hat La Marmotte um die Mittagszeit einen Verurteilten vorbeifahren sehen. Der Mann hatte noch ein paar Strohhalme im Haar, als hätte er gerade ein Nickerchen in der Feldscheune gehalten. Er sang ... *Auprès de ma blonde* ... La Marmotte fand, jemandem mit einem Grashalm zwischen den Lippen könne man doch den Kopf nicht abschlagen.

La Marmotte reißt sich aus seinen Gedanken. Er muss zu dieser Verabredung. Er hat es versprochen. Louisette erwartet ihn. Plötzlich brechen die Wolken auf, und ihre Silhouette hebt sich gegen den Himmel ab, als sei das so inszeniert ... Achtung, zeig ihr nicht, wie viel Bammel du hast ...

La Marmotte wirft sich in die Brust und tritt beherzt

vor die Guillotine. Das Fallbeil hoch oben sieht aus wie ein fauler Zahn, der bedenklich locker sitzt.

«Du musst ihn unters Kopfkissen legen, Bürgerin, dann hat er sich morgen in eine Münze verwandelt.»

Die Guillotine betrachtet den winzigen Negerbengel, der sie mitten in der Nacht behelligt. Das ist ja der Gipfel! Normalerweise ist sie es, die den Bürgern schlaflose Nächte bereitet, nicht umgekehrt. Der Bursche da unten spielt den Kessen. Er lächelt mit viel zu vielen Zähnen für sein Alter. Was hat er um diese Uhrzeit überhaupt hier zu suchen? Er müsste längst im Bett liegen. Vendémiaire hin oder her, es ist frostig wie im Oktober. Was nützt es, einen neuen Kalender einzuführen, wenn das Wetter davon nicht besser wird?

Bei dieser Kälte holt man sich im Handumdrehen den Tod. Mit solchen Klamotten schon gar! Lass mal sehen. Komm doch näher … Ein bunter Baumwollumhang … Sieh mal an! … über einer Pluderhose. Der reinste Papagei. Auch noch barfuß! Wo steckt seine Mutter? Nachher wundern sie sich wieder, dass das *Hospice de Bicêtre* voller Burschen ist, die es auf der Brust haben. La Marmotte niest … Hab ich's nicht gesagt! Eine kräftige Einreibung mit Franzbranntwein und ab ins Bett! … Zieh dich wärmer an! … Zu spät, jetzt schnieft er schon.

«Dir kann das doch egal sein, Bürgerin. Du erkältest dich bestimmt nicht, so viel Bewegung, wie du hast!»

Was weiß der Bengel schon? Kommt hier mitten in der Nacht an, so klein, dass es sich noch nicht mal lohnt, ihn einen Kopf kürzer zu machen. Er weckt unbescholtene Bürger, weil er herumschreit wie ein Straßenhändler und den Spaßmacher mimt! Was für ein Benehmen! Er hat ja keinen Schimmer, womit ich mich dieser Tage herumgeschlagen habe: Köpfe und nochmals Köpfe. Oft bis tief in die Nacht! Wenigstens findet das Fallbeil seinen Weg von allein, und das Hochziehen dauert seine Zeit. Aber sobald der letzte Kopf zwischen meinen Beinen liegt … Ksch! Verschwinden sie alle wie ein Schwarm Spatzen! Strickzeug, Auslagen und Zeitungen werden weggeräumt. Die braven Bürger gehen heim, zur Suppe, in den Club oder ins Café. Ich bin besudelt wie eine Dirne, und oft ist mein einziger Lohn für das anstrengende Tagwerk, dass man mich die ganze Nacht hindurch tropfen lässt. Irgendwann werde ich noch in den Streik treten … Stückzahlbegrenzung für den täglichen Ausstoß! Dann müssen sie Rad, Richtblock, Wippe, Würgeschraube und Galgen wieder in Betrieb nehmen … Vorsicht, Madame ist ungehalten, bring sie nicht noch mehr in Rage! …

«Frau Guillotine, sind Sie ärgerlich? Bitte nicht. Entschuldigen Sie, das vorhin war nicht nett von mir.»

Alles in allem ist er eigentlich ganz höflich, dieser Lakritzbube.

«Hören Sie, Madame, ich muss mit Ihnen reden. Ich muss Sie um etwas sehr Wichtiges bitten. Damit es schöner ist, hab ich es aufgeschrieben.»

La Marmotte wühlt in seinen Taschen … Da haben wir's! Ich wusste es. Der Negerbengel wird einen Zettel hervorkramen. Er ist gekommen, um mir Komplimente zu machen. In der Art …

Oh du hochverehrte Guillotine
Saust auf Königin und König nieder
Dank sei dir, du göttliche Maschine
Gibst uns endlich unsre Rechte wieder.

Die Leier kenne ich in- und auswendig. Donnerstags kommen hier Heerscharen von Schülern vorbei, republikanerklassenweise. Der Lehrer erklärt ihnen alles, die Höhe, das Gewicht der Klinge … Herr Lehrer, wer hat sie erfunden? … Nein, es war nicht Monsieur Guillotin … Stammt sie wirklich aus Italien? … Und wer hat sie gebaut? … Tobias Schmitt, Herr Lehrer, warum ist das ein Deutscher?… Sie wollen meine Spitznamen, meine Maße und sogar meinen Preis wissen! … Herr Lehrer! Ist das viel, 824 Louisdor? … Also wirklich, hat man den Kindern heutzutage nichts anderes beizubringen?

«Mist! Madame, ich finde meinen Zettel nicht!»

Das würde mich auch schwer wundern, wenn dieser halb nackte Negerbengel lesen könnte.

«Ich muss ihn verloren haben. Oder jemand hat ihn mir gestohlen. Ich hätte es auf eine Assignate schreiben sollen, das neue Papiergeld will sowieso keiner haben.»

Junge, pass auf, was du sagst. Über die Assignaten zu spotten ist der sicherste Weg zu mir. Und dann … *Tschlank!* …

Tschlank! … Warum habe ich *Tschlank* gesagt? Es macht nicht *Tschlank*, wenn sie fallen. Wie war das Geräusch noch gleich? Sie schließt die Augen. Nichts. Sie kann sich einfach nicht daran erinnern, wie es klingt, wenn ein Kopf abgeschlagen wird. Dabei hat sie hier auf der Place de la Révolution weiß Gott viele *Flamp!* und *Tschlonk!* zu hören bekommen. In der letzten Zeit gab es genug Gelegenheit, das Ohr zu schulen. Und zwar allerfeinstes Material! Grafen, Herzöge, Barone ... Nichts als edel bestickte Wäsche. Auch wenn sie der Place du Carrousel oder noch mehr der Place de Grève nachtrauert. Dort war die Akustik besser. An ruhigen Tagen konnte man noch in der zwanzigsten Reihe den Weidenkorb knarzen hören, wenn der Kopf hineinfiel. Das war wahre Kunst. Hier dagegen ist es für den anspruchsvollen Zuhörer eine einzige Katastrophe. Nirgendwo in Paris ist es zugiger. Ein Windstoß von der Seine im falschen Moment, und man verliert den Faden. Manchmal fällt das Haupt völlig geräuschlos, vor allem, wenn es so degradiert wurde wie das von Capet ... Louis Auguste de Bourbon! ... Louis XVI., König von Frankreich! ... Louis XVI.! ... Ehemaliger Capet! ... Capet! ... Wenn sie anfangen, deinen Namen so zu verändern, bist du auch bald um einen Kopf kürzer.

«He, Frau Guillotine! ... Madame! ... Ich muss Ihnen etwas sagen.»

Was will der Negerbengel denn nun schon wieder? Er reißt sie aus ihren Gedanken. Sie betrachtet ihn genauer. Eigentlich ein hübscher Kerl, und so schwarz ist er auch wieder nicht. Eher karamellfarben.

«Frau Guillotine, ich möchte mit Ihnen über jemanden reden, der Ihnen einen Besuch abstattet ... morgen ... vielleicht.»

Für meine Besucher gibt es kein Vielleicht.

«Doch! Ich glaube nämlich, ich kenne Leute, die ihr zur Flucht verhelfen wollen ...»

Sei still, du Narr! Sonst werden wir noch beide verhaftet!

«Schon gut, ich hab nichts gesagt. Also, ich wollte Sie bitten, dass Sie mit ihr ... nicht so ... Na ja, dass Sie ... sanfter sind!»

Mein armer Junge, lass es dir gelegentlich von den kleinen Bürgern aus den Republikanerklassen vorrechnen: Dreißig Pfund Metall, die aus zehn Fuß Höhe herunterfallen, können nicht wirklich sanft sein.

«Bürgerin, ich kenne den Sohn. Ich hab im Gefängnis mit ihm gespielt. Er mag es, wenn ich für ihn Rad schlage. Das bringt ihn zum Lachen. Er selbst kann das nicht. Er hat kranke Beine. Und ab morgen ist er Waise.»

Er bringt mich noch zum Weinen, dieser Negerbengel! Was kann ich denn dafür? Die Klinge fällt mir einfach aus den Händen.

«Du musst wissen, Bürgerin ...»

Ich mag es nicht, wenn er mich ‹Bürgerin› nennt. ‹Madame› ist mir lieber.

«Ich bin nämlich auch Waise. Aber von Anfang an. Dann ist es leichter.»

Dieses Karamellbonbon wird mir doch keine Tränen entlocken! Dann roste ich, das fehlte noch!

«Das war's schon, was ich Ihnen sagen wollte, Madame. Ich habe ihm versprochen, mit Ihnen zu reden. Tun Sie, was Sie können.»

Ich garantiere für nichts, Junge. Aber ich werde versuchen, mir beim Fallenlassen der Klinge besonders viel Mühe zu geben und auf den Winkel der Schrägkante zu achten. Alles andere …

«Ich hab ihn! Frau Guillotine, ich hab meinen Zettel wiedergefunden! Er steckte im Handschuh der Hand mit dem Ring.»

Was erzählt das Kerlchen da? Er braucht nicht nur eine Einreibung, sondern obendrein eine warme Milch mit Honig, damit er wieder klar denken kann.

«Madame, ich lasse Ihnen den Zettel hier. Sie werden sehen, es steht drauf, was ich gesagt habe, nur besser. Ich will Ihnen nichts vormachen, ich habe ein bisschen aus Büchern abgeschrieben. Aber ich hätte es genauso gesagt. Außerdem habe ich Ihnen den Namen der Dame dazugeschrieben, damit es keine Verwechslungen gibt.»

Kein Problem. Ich weiß, wer es ist. So wie die mich poliert, gefettet und geschliffen haben, ist morgen Marie-Antoinette an der Reihe. Eine Frau, das setzt mir immer ein wenig zu. Es ist, als hätte ich eine Zangengeburt.

«Ich lege Ihnen den Zettel hierhin, Madame.»

Marmotte wirft den Zettel auf das Podest, dreht sich um und geht … Heda, Bursche! Ich bin doch kein wundertätiger Brunnen! Ich erfülle keine Wünsche. Sammel deinen Krempel gefälligst wieder ein!

Der Minihund wacht auf. Er streckt seine platte Schnauze aus einer Falte des Umhangs und inspiziert den Schatten dort oben … Das also ist eine Guillotine!

Lange Beine und eine kleine Zunge … Nichts, wofür es sich lohnt, sich einen Schnupfen zu holen. Er gähnt und verkriecht sich wieder ins Warme.

«Stehen geblieben, Lümmel!»

Eine Bohnenstange in Republikanermontur mit praller Umhängetasche vertritt dem Jungen den Weg. Der Kerl wedelt mit dem Zettel, den La Marmotte gerade der Guillotine zu Füßen gelegt hat.

«Ich heiße La Marmotte, nicht Lümmel.»

«Lenk nicht ab. Gehört das dir?»

Widersprich niemals jemandem, der dir den Weg mit einer Pike versperrt. Mit einer besonders prachtvollen Pike sogar, die mit Bändern geschmückt ist wie eine kokette Kokotte und mindestens acht Pfund wiegt. Auch wenn die acht Pfund im neuen System nur noch vier Kilo sind, dürften sie der Bohnenstange das Rennen nicht gerade erleichtern. La Marmotte tut so, als wolle er zur Guillotine zurück, täuscht an und entkommt Richtung Freiheitsstatue. Der Piqueur bleibt wie angewurzelt stehen. «Das ist nicht fair, Marmotte, du bist schneller als ich.»

Fair ist es nicht, das stimmt. Trotzdem greift La Marmotte noch weiter aus.

Er winkt dem Fallbeil noch einmal zu. Von Saint-Roch wird es bald elf schlagen. Es wird Zeit, Denen-aus-der-Rue-des-Moineaux den Hund zurückzubringen.

Die Guillotine schaut dem schwarzen Jungen nach, der in der Nacht verschwindet … Mensch, zieh dich doch wärmer an, verdammt! …

2
Edmond und Jones

Monsieur, kommen Sie schnell, sie schlagen sich!»

Der Marquis d'Anderçon hört den Diener nicht, der aufgeregt ins Arbeitszimmer gestürmt kommt. Er steht am Fenster und hält Ausschau nach den zwei Männern, die er bestellt hat. Wie immer sind sie zu spät. Der Marquis zieht seine Uhr aus der Westentasche. Es ist schon weit nach zehn. Die Standuhr hat gerade einmal geschlagen. Seit dem Tod seines Sohnes Philippe schlägt sie nur noch die halben Stunden. Seltsam, diese halbierte Zeit.

Aber so verlaufen die Tage tatsächlich. Mehr noch für die Marquise, die ausschließlich in ihrem Zimmer im Obergeschoss lebt. Am Tag, als ihr Sohn hingerichtet wurde, hat sie alle Uhrzeiger aus dem Haus entfernt, wie wenn man indiskrete Augen ausreißt.

«Ich versichere Ihnen, Monsieur, sie schlagen sich.»

Der Marquis starrt weiter nach draußen. Bei diesem Nebel sieht man nicht einmal bis zum nahen Kornmarkt. Selbst wenn die beiden Männer direkt auf ihn zukommen würden, könnte er sie nicht ausmachen. Dabei sind die Kerle von beachtlichem Kaliber, wahre Schränke. Manns genug, die ganze Breite der Straße einzunehmen. Der Marquis grübelt. Werden die beiden seinen Auftrag auch diesmal annehmen?

«Monsieur, Monsieur! Ich versichere Ihnen, sie schlagen sich ernsthaft.»

Der Marquis wendet sich um und entdeckt seinen Diener. Dessen Perücke ist noch wirrer als sonst, die Strümpfe sind verrutscht, und an den Schuhen fehlen die Schnallen.

«Thomas, was ist los? Mir scheint, Sie sind heute noch kleiner als gewöhnlich.»

«Das liegt an der Livree, Monsieur le Marquis. Das Blau staucht mich. Diesbezüglich habe ich Monsieur bereits meine Klage unterbreitet. Für mich wäre ein kräftiges Rot oder ein zartes Grün vorteilhafter.»

«Schlagen Sie sich das aus dem Kopf, Thomas! Ich habe dieses Himmelblau von Saint Louis.»

«Und ich, Monsieur, habe diese kurzen Beine von meiner Mutter. Die Vererbungskraft unserer Ahnen steht sich offenbar in nichts nach.»

Dieser Diener ist nicht nur klein und ungeschickt, sondern auch noch unverschämt. Der Marquis hat ihn sogar im Verdacht, Zeitung zu lesen und einem Drei-Groschen-Club anzugehören. Aber er hat zwei große Tugenden: Er stiehlt nur billigen Likör und er verlangt keinen Lohn. Nach seiner Pleite in der Ostindischen Kompanie ist das für den Marquis gerade noch erschwinglich.

«Lassen wir unsere Ahnen ruhen, Thomas. Was gibt es denn?»

«Ich setzte Monsieur, der aus dem Fenster starrte

und dabei vor sich hin träumte, von dem Umstand in Kenntnis, dass sie sich ernsthaft schlagen.»

«Wer, zum Teufel, schlägt sich?»

Himmelblau hin oder her, sein Verstand ist offenbar ziemlich unterbelichtet.

«Na sie, Monsieur!»

Thomas fuchtelt mit den Armen, um einen nordnormannischen Bauernschrank und einen südnormannischen Geschirrschrank darzustellen. Was einander ziemlich ähnlich sieht.

«Wer, sie?»

«Die beiden ... na, Ihre beiden Bekannten ... Sie wissen schon ... die zwei Karo-Buben, Bürger der Inseln, farbige Männer ...»

Auch das hellt die Miene des Marquis nicht auf. Thomas packt der Zorn. Heute weiß man gar nicht mehr, was man sagen darf, um zu sagen, was man sagen will. Bevor man den Mund aufmacht, muss man nach der Wetterfahne auf dem Kirchturm schauen, um zu wissen, woher der Wind der Wörter weht. Ein schiefes Beiwort, und dir winkt eine Karrenfahrt gratis. Egal, er springt ins kalte Wasser.

«Monsieur, es handelt sich um zwei Neger. Die, die Sie mich haben bestallen lassen.»

«Bestellen!»

«Ja, genau. Sie sind im Blauen Salon.»

Der Marquis ist beruhigt. Sie sind gekommen. Und beunruhigt. Wenn er sich recht entsinnt, ist der Blaue Salon eines der letzten Zimmer seines Anwesens, in dem noch ein paar Möbel stehen.

«Wie schlagen sie sich denn, Thomas? Mit dem Degen, mit Pistolen?»

«Nein, Monsieur. Derlei Erwartungen wären zu hoch gegriffen.»

«Nun, wie denn also?»

«Mit den Fäusten!»

Nicht nur mit den Fäusten. Der Marquis begutachtet das Handgemenge im Blauen Salon. Füße, Ellenbogen, Köpfe und Zähne sind ebenfalls beteiligt. Körperteile fliegen in alle Richtungen. Erinnert durchaus an einen Krawall von Medizinstudenten nach einer Anatomielektion des Doktor Bichat im Auditorium maximum. Eine heikle Angelegenheit. Nachher fehlen Einzelteile, und kein Mensch findet sich mehr zurecht. Zu wem gehört dieses Schienbein? Wer schlägt in diese Magengrube? Und diese mit dem Knie eingedrückten Rippen?

«Man muss sie trennen, Monsieur, sie werden sich mauscheln.»

«Meucheln!»

«Auch nicht bekömmlicher.»

Hier wird weder gemauschelt noch gemeuchelt. Es steht Stahl gegen Stahl. Der Marquis beobachtet, und was er sieht, entlockt ihm ein zufriedenes Lächeln. Die beiden Schränke scheinen gut in Form, ihre Bewegungen sind schwungvoll, ihr Atem ist ruhig. Sie zucken mit keiner Wimper. Kurz, sie sind noch genau so, wie sie waren, als er sie zum letzten Mal gesehen hat. Genau diese beiden Männer braucht er für seinen Auftrag.

«Monsieur, so tun Sie doch etwas. Wenn nicht ihretwegen, dann wegen des Mobiliars von Madame. Sie müssen sie interzeptieren.»

«Sie zu trennen wird genügen, Thomas. Wann gewöhnen Sie sich endlich ab, Wörter zu benutzen, die eine Nummer zu groß für Sie sind?»

«Monsieur, Wörter sind keine Klamotten. Es gibt sie nur in einer Größe.»

Sein Diener ist heute Abend wirklich nicht auf den Mund gefallen. Vokabular hin oder her, mit dem Mobiliar hat er Recht. Gerade haben die Wütenden einen mit lapislazuliblauem Venedig-Samt bezogenen Lehnsessel mit kannelierten Beinen zertrümmert. Ein schönes Stück, das sicher auf irgendeinem seiner Überreste die Signatur von Sené trägt. Der Marquis entschließt sich, das restliche Mobiliar zu retten.

«Haaabt ... Acht! Stillgestanden!»

Das klappt immer und wirkt sofort. Die Leiber entwirren sich augenblicklich und sortieren Glieder und anderes in gleiche Teile. Ergebnis: zwei komplette böse Buben. Schwarz wie die Inseln, würde Thomas sagen. Der eine hat ein verätztes Gesicht, der andere eine verbeulte Nase. Sie bringen ihre Kleidung in Ordnung und schlüpfen in ihre langen Wachsmäntel. Dann knallen die Stiefel bis hinauf zum Kinn. Wie eine Abbildung aus dem Infanteriehandbuch: Hacken zusammen, Fußspitzen ausgestellt, Handflächen nach außen, kleiner Finger hinter die Hosennaht, Blick auf fünfzehn Schritt.

«Hauptgefreiter Edmond Cercueil! ... Einen Schritt vortreten ... Eins!»

Das Parkett zittert erneut unter den Hacken. Einer tritt vor. Es ist Verätztes Gesicht. Er überragt den Marquis um Haupteslänge.

«Rapport!»

«Herr Oberleutnant, wir haben die Wartezeit genutzt, um eine Unstimmigkeit rein privater Natur zu bereinigen.»

«Obergefreiter Jonathan Fossoyeur, bestätigen Sie diese Aussage?»

«Ich bestätige, Herr Oberleutnant. Rein privat.»

Der Marquis kennt diese ‹rein private› Sache, derentwegen sie jedes Mal, wenn sie sich bei ihm treffen, übereinander herfallen wie die Kettenhunde. Damals, als sie in seinem Regiment in Amerika dienten, glaubte der eine, der andere habe ihn verraten, und der andere, der eine habe ihn denunziert. Duelle mit dem Säbel, der Pistole, zu Fuß, zu Pferd. Nichts führte zur Entscheidung oder brachte sie dazu, sich zu versöhnen. Der Marquis hatte sie schließlich mit Missionen hinter den feindlichen Linien in Schach gehalten. Im Gegenzug dafür hatten die beiden Männer ein unveräußerliches Recht darauf verlangt, sich zu prügeln. Und von diesem Recht machen sie nun im Blauen Salon Gebrauch. Zum Schaden der Möbel.

«Sinnlos, Soldaten, eine Erklärung zu verlangen?»

«Sinnlos, Herr Oberleutnant!»

Das haben sie gemeinsam geschmettert, mit fester Stimme, die Augen immer noch auf fünfzehn Schritt. Thomas schaudert es unter seiner Livree. Ihn, der ausgemustert wurde, weil er kleiner war als sein Gewehr.

Manchmal juckt es ihn deshalb immer noch in den Fingern, das Parkett kurz und klein zu säbeln statt es zu wienern.

«In Ordnung, Soldaten. Rührt euch! Weggetreten!»

Die beiden Schränke fallen einander um den Hals wie zur Wachablösung und schlagen sich auf den Rücken, dass es einen Ochsen entstauben würde. Der Marquis tritt zu ihnen, und es folgt ein großes Händeschütteln unter Waffenbrüdern.

«Edmond! Jonathan! Wie schön, dass ihr gekommen seid!»

«Wie geht es Madame la Marquise?»

Edmond konnte sich die Frage nicht verkneifen. Genau das hat Jonathan befürchtet.

«Wisst ihr, wenn man einen zwanzigjährigen Sohn verliert, wie unseren Philippe, dann ist das eine schlimme Sache. Aber wenn man sich nicht damit abfindet und es einfach nicht glauben will, dann ist das noch weitaus schlimmer.»

Mehr sagt der Marquis nicht. Das ist auch nicht nötig. Der Diener ist traurig. Niemand kümmert sich um ihn. Die beiden Schränke bemerken das und trösten ihn ein wenig.

«Na, der gute Thomas, immer noch im Dienste des 126.?»

So nennen sie das Anwesen des Marquis d'Anderçon in Erinnerung an ihr Regiment.

«Unbezahlter Diener für das Übliche und Unübliche im Hause von Monsieur le Marquis und Gemahlin.»

Sein vollständiger Titel lässt ihn um fünf Zentimeter wachsen.

«Du hast es am besten getroffen, Thomas. Schau uns an: Jonathan Fossoyeur hebt Gräber aus, die schon vor dem ersten Spatenstich voll sind, und ich, Edmond Cercueil, nagele Dreiviertelsärge zusammen, für Bürger, denen der Kopf zwischen den Beinen liegt.»

«Schon, aber ihr habt wenigstens Kriegserinnerungen.»

Jonathan würde liebend gern auf seine Narbe am Rücken verzichten, die furchtbar juckt, wenn es Regen oder Ärger gibt. Edmond denkt lieber nicht an sein von Säure verätztes Gesicht. Ein Andenken an einen ausgegorenen Schurken, dem sie bei ihrer letzten Mission hinter den Linien begegnet sind. Noch heute fühlt sich der Marquis d'Anderçon wegen dieser Sache schuldig. Er unterbricht die nostalgische Stimmung und waltet seines Amtes als Gastgeber.

«Soldaten, Wein aus Jerez oder aus Porto?»

Sie hatten ja Hochprozentigeres erwartet, aber der Marquis hat seine Vorschläge schon in der Hand.

«Nein, Monsieur, tun Sie das nicht!»

Thomas stürzt sich entsetzt auf das Tablett, als wären die Weine vergiftet.

«Ich bitte Sie, Monsieur! Es ist nicht an Ihnen, einzuschenken. Oder ich bin entehrt.»

In vollem Schwung bleibt der Diener am Sesselbein hängen, taumelt und hält sich an einer Karaffe fest. Die andere wird durch die Luft geschleudert. Ein leichter Sherry-Regen zieht durch den Salon, die Karaffe zerschellt an der Wand. Dunkler Farbton. Der Marquis tupft sich ab.

«Soldaten, ich glaube, es gibt Portwein!»

Völlig aufgelöst verlässt Thomas im Rückwärtsgang das Zimmer. Er geht sich das Leben nehmen … Das murmelt er zumindest. Aber alle wissen, dass er hinter der Tür stehen bleiben wird, um zu lauschen.

«Soldaten, ich habe euch kommen lassen, weil es um eine neue Mission hinter den Linien geht.»

Thomas frohlockt. ‹Hinter den Linien›, das klingt einfach besser als ‹in der Küche›. Es gilt. Morgen legt er seine blaue Livree ab, die ihn ohnehin staucht, und zieht mit den republikanischen Truppen in die Vendée.

«Ich möchte betonen, dass euch die Entscheidung freisteht. Was ihr mir schuldig wart, ist durch das abgegolten, was ihr für unseren Sohn Philippe getan habt.»

Die beiden Schränke geben ein verlegenes Brummen von sich. Nicht nötig, darauf zurückzukommen. Das war vor einem Jahr. Sie hatten Philippes Kopf, der nach seiner Enthauptung gestohlen worden war, gesucht und gefunden. Eine schaurige Angelegenheit.

«Soldaten, mein Angebot ist das gleiche wie beim ersten Mal. Für jeden eine Waffe, dreizehn Louisdor und … einen Hut.»

Der Marquis hat nie erfahren, warum Edmond und Jonathan solchen Wert auf diesen Hut legen.

«Und nun kann Thomas … der hinter der Tür steht und lauscht … für Madame in der Küche ihren abendlichen Orangen-Absud zubereiten.»

Der Diener fährt hoch. Er fragt sich, woher Monsieur weiß, dass er am Schlüsselloch lauscht. Die Herrschaften haben übersinnliche Fähigkeiten, so viel steht fest. Thomas wird doch lieber Hellseher als Soldat. Er wird sich gegenüber von *La Force* oder *Bicêtre* niederlassen. Gefängnisse und Krankenhäuser wecken beim Publikum unweigerlich das Bedürfnis, die Zukunft zu erfahren.

«Soldaten, hier ist euer Auftrag. Er ist ganz einfach: Ihr müsst ein Kind suchen und hierher bringen … binnen zwölf Stunden.»

Die beiden rutschen verlegen auf der Kante des letzten verbliebenen Sessels hin und her. Jonathan sucht Edmonds Blick. Wann wird er das Feuer eröffnen? Edmond ist der höhere Dienstgrad. Er muss es dem Marquis sagen.

«Herr Oberleutnant, wir müssen Ihnen etwas sagen. Aber vorher wäre vielleicht etwas … Handfesteres angebracht.»

«Ich hätte da einen Weinbrand, Soldaten.»

Der wird's tun. Der Marquis zaubert die Flasche hinter einem Vorhang hervor. Er schenkt noch knapper ein als Thomas.

«Soldaten, bevor ich euch anhöre, müsst ihr wissen, dass ich gerade euch habe kommen lassen, weil …»

Hinter ihren Gläsern beobachten Edmond und Jonathan die Taktik des Oberleutnants. Erster Schachzug: den Infanteristen schmeicheln … Ihr seid die Einzigen, die das schaffen können … Zweiter Schachzug: sie durch eine Prise Geheimnis ködern … Es sind Personen höchsten Ranges in die Sache verwickelt … Dritter Schachzug: sie an der sentimentalen Ader packen, und die Einkesselung ist gelungen … Ich weiß um eure Verbundenheit mit der Marquise …

Jonathan springt auf. Er schaut so verlegen drein, als wolle er den Marquis um Edmonds Hand bitten.

«Herr Oberleutnant, sprechen Sie nicht weiter. Wir können diesen Auftrag nicht annehmen.»

Dem Marquis fällt die Zimmerdecke samt Zierleisten auf den Kopf. Er kippt zwei Weinbrände am Stück hinunter.

«Aber, aber, Soldaten! Männer wie euch kann doch die Gefahr nicht abhalten.»

Er fängt die Leier von vorne an: Schmeicheln, Geheimnis, sentimentale Ader. Edmond fällt ihm ins Wort.

«Wir gehen nach Amerika. In die Vereinigten Staaten!»

Glücklicherweise ist an der Decke keine Zierleiste und in der Flasche kein Weinbrand mehr übrig.

«Herr Oberleutnant, vor drei Wochen haben wir die Legion von Saint-George verlassen, als dem Chevalier das Kommando entzogen wurde. Den ersten schwarzen Oberst der einzigen Einheit Farbiger in der republikanischen Armee abzusetzen ist für uns Beleidigung und Verrat!»

Der Marquis versteht sie. Der Chevalier de Saint-Georges ist ein Freund der Marquise. Aber er will nicht einlenken. Er zählt schon die Stunden.

«Wann brecht ihr auf?»

«Morgen. Jonathan und ich nehmen die Mittagskutsche nach La Rochelle.»

«Als was wollt ihr dort drüben leben?»

«In gewissem Sinn … als Landwirte.»

«Als Bauern!»

Diese Übersetzung gefällt den beiden nicht besonders. Der Marquis sieht sie vor sich, mit der Mistgabel in der Hand. Er beißt in sein leeres Glas, um nicht laut herauszulachen.

«Jonathan und ich, wir haben uns den Entlassungssold auszahlen lassen und Ländereien gekauft …»

«Im Nordosten. Im Flachland. Guter Boden, Sonne, Regen zum richtigen Zeitpunkt. Keine Pacht, keine Steuern: Wir sind unsere eigenen Herren. Dreihundertfünfzig Morgen gutes Land zu zehn Pistolen der Morgen.»

Jonathan zieht ein Bündel Papiere voller Unterschriften und Stempel aus der Tasche und faltet sie auseinander, als bestelle er sein Feld.

«Hier ist es!»

Der Marquis hofft für sie, dass es nicht nur papierne Morgen sind. In diesen Zeiten werden immer wieder gutgläubige Subskribenten von diesen Amerika-Gesellschaften übers Ohr gehauen, die an der Börse wie Pilze aus dem Boden schießen. Er weiß Bescheid, denn er hat dabei selbst viel Geld verloren.

«Herr Oberleutnant, um als Soldat zu sprechen: Edmond und ich, wir glauben, dass es für Menschen wie uns hier keine Zukunft gibt. In mehr als vier Jahren haben es die Abgeordneten noch nicht fertig gebracht, die Abschaffung der Sklaverei zu beschließen.»

«Aber es wird daran gearbeitet, Soldaten. Bedenkt doch, was Monsieur Condorcet in der *Société des Amis des Noirs* erreicht hat …»

«Ein Reichen-Club mit zwei Louisdor Beitrag! Vielleicht hundert ehrenhafte Männer. Aber was können sie schon ausrichten gegen die Plantagenbesitzer des Club Massiac, die die Abgeordneten kaufen wie Baumwollballen?»

«Ihr seid streng. Aber es gibt doch Fortschritte, Freunde. Letzten Monat wurde die Handelsprämie aufgehoben.»

«Herr Oberleutnant! Einem Bataillon, das in diesem Tempo marschierte, würden Sie einen Tritt in den Hintern verpassen.»

Das ist allerdings wahr; es juckt ihn oft im Stiefel. Aber es gibt so viel zu tun. Die Republik ist jung und bedroht. Im Norden durch Österreicher und Holländer, im Osten durch die Preußen, durch den König von Sardinien in Savoyen, die Engländer in Toulon und natürlich die Vendée … Plötzlich hält die Tür nicht mehr stand. Sie springt auf, dass man um Angeln und Goldverzierungen bangen muss. Thomas erscheint. Oder zumindest das, was von ihm noch übrig ist. Er ist in Hemdsärmeln. Perücke und Stiefel fehlen. Dazwischen sieht es auch nicht viel besser aus.

«Monsieur, schnell! Sie müssen kommen. Madame hat eine ihrer Anwandlungen!»

Der Marquis weiß, was das bedeutet. Edmond und Jonathan sehen ihn fragend an.

«Soldaten, ich muss euch etwas sagen. Seit die Marquise weiß, dass ich beauftragt wurde, dieses Kind zu finden, ist sie überzeugt, es handele sich um unseren Sohn Philippe.»

Edmond und Jonathan sehen Philippes enthaupteten Körper auf dem Bett der Marquise liegen. Die exotische Schönheit eines Schwarzen mit blauen Augen.

«Ich konnte ihr diese fixe Idee nicht ausreden. Seit über einem Jahr sucht sie in allen Krankenhäusern, Hospizen und sogar auf den Friedhöfen nach ihm.»

Jonathan erinnert sich, dass er die Marquise an den Gräbern hat umherwandern und ihre Arme hineintauchen sehen wie eine Waschfrau.

«Inzwischen hält sie in diesem Haus afrikanische Rituale nach Art ihrer Yoruba-Vorfahren ab. Rituale, von denen ich nichts verstehe und bei denen sie meine Anwesenheit nicht duldet. Nur der bedauernswerte Thomas fungiert ihr als Diener.»

Als eingeweihter Assistent! Nicht zu verwechseln. Der Diener legt Wert auf den kleinen Unterschied.

«Thomas, eine Fackel! Ich folge dir.»

«Herr Oberleutnant, erlauben Sie, dass ich Sie begleite.»

Jonathan packt Edmond am Arm. Nicht um ihn zurückzuhalten. Das schafft niemand. Nur um ihm zu sagen … Du solltest nicht gehen … Sanft macht Edmond sich los.

«Jonathan, du weißt, was ich Madame la Marquise verdanke. Sie hat mein Augenlicht gerettet, als mir das Gesicht verätzt wurde. Du warst ja dabei.»

Jonathan entgegnet nichts. Er hatte solche Angst gehabt, damals.

«Sputen wir uns, Monsieur, Madame schwebt in höchster Gefahr!»

Der Marquis eilt dem Diener nach. Edmond folgt ihnen. Jonathan betrachtet die Papiere, die auf dem Sessel liegen geblieben sind. *Sioto-Handelsgesellschaft. Urkunde über das ausschließliche Nutzungsrecht an die Herren …* Er rafft sie zusammen und steckt sie ein. Es ist ihm, als würde er einen Traum zerknüllen. Er folgt den anderen.

Vor ihm schallen die hastigen Schritte durch die Dunkelheit der Gänge. Thomas trägt die Fackel wie ein Brandstifter. In der Eile versengt er die Quasten eines Raffhalters und einen Wandbehang mit Fabelmotiven.

Für ein paar Schritte erhellt die Fackel das lebensgroße Gemälde am Fuß der weißen Marmortreppe. Auf der Leinwand posiert die Marquise in ihrem weißen Ballkleid. Das hat sie zum zwanzigsten Geburtstag ihres Sohnes getragen. Sie scheint den vorbeirennenden Männern nachzublicken. Ihr Gesicht lächelt, als wolle es sagen … Nur zu! Sucht! Ihr werdet mich nicht finden …

«In die Krypta!»

Auf Thomas' Ruf hin taucht die Fackel in ein Schattenloch Richtung Keller. Eine steinerne Wendeltreppe führt zwei Etagen in die Tiefe und mündet in einem feuchten Stollen aus gestampftem Lehm. Die Männer gelangen an eine eisenbeschlagene Holztür. Unter der

Fackel aneinander gedrängt schöpfen sie Atem. Der Marquis verharrt. Aber in vollem Licht zögert es sich nicht gut. Er zieht die Tür auf. Sie gibt den Blick auf ein Flammenmeer frei. Nach einem Dutzend Stufen abwärts sieht man in eine Spitzbogen-Krypta, angestrahlt vom Licht unzähliger Kerzen.

Da ist auch die Marquise.

Sie liegt mitten im Raum flach auf dem Bauch. Ihr regloser Körper zeichnet ein Andreaskreuz auf den Boden. Ein weißer Satinmorgenmantel ist freizügig um sie herum drapiert. Edmond, Jonathan und Thomas wenden den Blick ab. Der Marquis stürzt los. Mit einer jähen Geste bringt sie ihn zum Stehen.

«Überschreitet nicht den ersten Kreis.»

Erst jetzt bemerkt der Marquis die drei konzentrischen Kreise um den Körper seiner Frau. Ein großer weißer, dann ein blauer und ein schwarzer. Als wäre die Marquise in der Zielscheibe eines Bogenschützen gefangen. Unvermittelt setzt sie sich auf, hüllt sich in ihren Morgenmantel und wendet sich ihnen zu.

«Thomas, komm her.»

Stolz wie ein Tambourmajor steigt der eingeweihte Assistent über die drei Kreise. Edmond und Jonathan richten den Blick wieder auf die Marquise. Sie wirkt ebenso majestätisch wie auf dem Gemälde an der Marmortreppe.

«Meine Herren, von diesem Augenblick an werdet ihr in Finsternis suchen. Ihr sucht ein Kind. Einen Jungen. Denkt daran: Das Kind liegt stets in einer Wiege versteckt. Die dunkelste Wiege ist der Schoß seiner

Mutter. Und der Schoß der Mütter ist gekrönt zu allen Zeiten.»

Thomas vermerkt bei sich: Um ein Magier zu sein, benötigt man viele Kerzen und schwer verständliche Sätze.

«Sehen Sie genau her, meine Herren!»

Die Marquise erhebt sich und zieht mit der Ferse Linien auf den Boden, die die drei Kreise unterteilen wie das Zifferblatt eines Kompasses.

«Ihr werdet dieses Kind suchen. Aber andere suchen es ebenfalls.»

Auf einen Wink der Marquise holt Thomas aus einer Mauernische Holzschälchen mit Körnern, Bohnen, Pulver und eine Kalebasse mit flauschiger Baumwolle.

«Einige suchen es, um es in die Mitte des Kreises zu bringen, andere, um es daraus fern zu halten.»

In den Kompass-Segmenten verteilt sie Kaffee, Kakao, Indigo, Zucker und Baumwolle. Die Farben ergeben eine seltsame Landkarte, die den Eindruck erweckt, als könne man sich leicht in ihr verirren.

Die Marquise tritt zu den Männern und starrt sie schweigend an. Sie nehmen ihren herben Duft wahr und sehen ihre Halsschlagader pulsieren. Auf ein unmerkliches Signal hin tritt Thomas zu einem Fensterladen.

«Betrachtet die Karte genau. Prägt euch den Weg und die Farben ein. Denn die Nacht wird hereinbrechen.»

Thomas öffnet den Laden. Ein heftiger Windstoß fängt sich im Gewölbe der Krypta. Er streift an den Mauern entlang und verweht die Kreise auf dem Boden. Mit der triumphierenden Freude eines Jungen, der dem Jesuskind aus Zuckerguss den Kopf abbeißt, bläst er die Kerzen aus. Schlagartig ist es dunkel. Leichte Schritte sind zu hören, das Rascheln von Satin, ein verschwörerischer Riegel, eine Tür. Dann nichts mehr. Die Stille ist erfüllt vom Duft der Gewürze, und der Marquis wird wieder zum Oberleutnant.

«Thomas, so reißen Sie doch ein Streichholz an!»

«Ich reiße, Monsieur. Ich reiße. Vor allem, rühren Sie sich nicht. Sie dürfen auf keinen Fall die Kreise überschreiten.»

… *Wer in den Kreis tritt, tritt ab in den Tod* … Das hat Thomas von Madame gelernt: Um ein Magier zu sein, muss man die Wörter verschränken.

«Ich habe die Fackel!»

Eine Fackel lodert auf. Sie erhellt die Gewölbedecke. Die Männer zünden eine Kerze nach der anderen an. Genügend, um zu sehen, dass die Krypta leer ist. Die Marquise ist verschwunden. Von ihren Zeichnungen auf dem Boden ist nichts mehr zu sehen. Als wäre alles nur ein Traum gewesen – läge da nicht am Fuße der Mauer ein kleines Häufchen Körner, Bohnen und Pulver. Im Versuch zu verstehen bleiben die Männer noch einen Moment in der Krypta, dann gehen sie wortlos hinauf in den Blauen Salon.

Vor dem Kamin erwartet die Marquise sie in einem schlichten weißen Kleid. Das gleiche, das sie auch auf dem großen Gemälde trägt. Jetzt hat der Maler lediglich einen Hauch Müdigkeit und Trauer über ihren Blick gelegt.

«Meine Freunde, ich glaubte es läuten gehört zu haben. Ich bin heruntergekommen, um euch zu begrüßen, aber ich habe euch nicht gefunden. Wo wart ihr nur? Ihr scheint erregt?»

«Es war nichts weiter, meine Liebe. Thomas hatte im Keller Geräusche gehört und glaubte, jemand sei ins Haus eingedrungen.»

«Und, mein Freund?»

«Falscher Alarm. Nur ein heftiger Luftzug.»

Der Marquis blickt seiner Frau fest in die Augen. Er sucht nach einem Zeichen geheimen Einverständnisses, das ihn beruhigen würde.

«Ich nehme an, mein Freund, diesem heftigen Luftzug verdanken wir auch das stilvolle Durcheinander hier?»

Sie zeigt auf den zertrümmerten Sessel. Edmond und Jonathan senken die Köpfe. Sie sind bereit, ein paar Morgen Amerika wieder zu veräußern, um für den Schaden aufzukommen. Der Marquis rettet wenigstens eine Parzelle.

«Thomas hatte vergessen, das Fenster zu schließen.»

Heute Abend würde der kleine Diener gern einmal für all das bezahlt werden, was er nicht getan hat. Damit wäre sein Wohlstand gesichert.

«Darum also, mein Freund, konnte ich diese schrecklichen Ausrufer hören, die Neuigkeiten vom Prozess der Königin verbreiteten.»

«Nämlich, meine Liebe?»

«Sie haben Boze verhaftet!»

Fouquier-Tinville richtet sich auf. Als wolle er den geschnitzten Greifen gleichen, mit denen sein Tisch verziert ist. Die Feder am Hut noch steiler als sonst, sticht er mit dem Zeigefinger in Richtung auf den Zeugen.

«Wachen! Verhaften Sie den Bürger Boze, ehemaliger Hofmaler des ehemaligen Königs!»

Im Gerichtssaal erhebt sich freudiges Stimmengewirr ... Hinsetzen! ... Hinsetzen! ... Wir wollen ihn sehen! ... Hermanns Gesicht bleibt starr. Er wirft Fouquier-Tinville einen fragenden Blick zu ... Warum tust du das? ... Der Ankläger weicht ihm nicht aus. Marie-Antoinette nutzt den Moment, um die Augen zu schließen und sich ein wenig auszuruhen. Mit der rechten Hand spielt sie auf dem Knie eine Cembalo-Phrase.

Zwei Gendarmen führen den erschütterten Boze ab, der sich Hilfe suchend umsieht. Marie-Antoinette folgt ihm mit dem Blick. Damals hatte er sich geweigert, die Gesichtszüge ihrer Kinder zu retuschieren ... Die Wirklichkeit ist immer schöner, Majestät! ... Nein, Boze, nicht immer.

«Jetzt wirst du selber eingerahmt, du Kleckser!»

Der Saal lacht. Hermann kritzelt eilig ein Briefchen ... Ist Maximilien einverstanden? ... Fouquier antwortet ... Staatsgeheimnis, Bürger ... So finster, wie Fouquier ihn mit seinen buschigen Brauen anstarrt, begreift Hermann, dass es besser ist, sich zu fügen.

«Gerichtsdiener, lassen Sie den letzten Zeugen holen, den Bürger Jourdeuil.»

‹Der letzte Zeuge›, diese Ankündigung lässt den Saal

schaudern. Erregung liegt in der Luft, und auch schon ein wenig Bedauern. Hermann seinerseits ist nicht verstimmt darüber, dass die Sache sich dem Ende nähert. Allmählich bekommt er Hunger.

Marie-Antoinette fühlt, wie die Blutung unter ihr wieder beginnt. Warm entweicht das Leben aus ihrem Leib.

Aber, meine Liebe, warum in aller Welt haben sie Boze verhaftet? Er hat Maximilien Robespierre doch ebenso gemalt wie Louis XVI.»

«Müssen wir unsere Freunde mit dieser Sache langweilen?»

Jonathan ist es, als habe diese Verhaftung den Marquis und die Marquise tief erschüttert. Die Marquise tritt zu Edmond.

«Wie geht es Ihren Augen?»

«Großartig, Madame, und das verdanke ich Ihnen. Aber hin und wieder kommt es vor, dass ihnen etwas entgeht. Zum Beispiel vorhin in der Krypta …»

«Lassen wir das! Dem, was man sieht, muss man viel mehr misstrauen als dem, was einem entgeht. Und Sie, Jonathan?»

«Ach, Madame la Marquise, mir geht es wie einem Mann, der morgen die Reise in die Vereinigten Staaten von Amerika antritt.»

«Amerika! Was für ein großartiges Abenteuer. Wie gut ich Ihnen das nachfühlen kann. Auch wir haben das erwogen, nach dem Verschwinden unseres Sohnes.

Der Marquis trug sich sogar mit dem Gedanken, ein zweiter La Pérouse zu werden und ich weiß nicht mehr welchen schneebedeckten Weg in den Pazifischen Ozean zu entdecken.»

Die Nordwestpassage! Der Marquis ist sicher zu wissen, wo sie liegen muss. Er hat es von Pelzhändlern aus Alaska erfahren, denen er während des Unabhängigkeitskrieges begegnet ist. Aber nach seinem Bankrott hat er zwangsläufig die Landkarten zusammengefaltet und seine Instrumente weggeräumt.

«Wir haben uns anders entschieden. Wir müssen hier sein, wenn unser Philippe zurückkommt.»

Die Marquise lacht. Ein warmes, mütterliches Lachen. In einem langsamen Walzerschritt, der ihren Rock aufbläht, dreht sie sich um sich selbst. So wird sie den Ball zur Rückkehr ihres Sohnes eröffnen. Vor Edmond und Jonathan bleibt sie abrupt stehen, als sei die Musik in ihrem Kopf plötzlich verstummt.

«Auf die Rückkehr seines Kindes kann man nicht verzichten. Nicht wahr, meine Herren?»

In diesem Augenblick weiß Jonathan, dass Edmond nicht mit ihm nach Amerika gehen wird … *Sioto-Handelsgesellschaft. Urkunde über das ausschließliche Nutzungsrecht an die Herren …* Er spürt, wie das Wachssiegel der Urkunden auf seinem Herzen schmilzt.

«Edmond, Jonathan, ich ziehe mich nun zurück. Sie haben einander so vieles zu erzählen. Ich wünsche Ihnen Glück bei Ihrem Abenteuer. Ich bin sicher, Sie werden finden, was Sie suchen.»

Die Männer verneigen sich. Die Marquise geht. Thomas begleitet sie. Die Tür schließt sich hinter ihnen. Über den Salon legt sich eine Stille, die vom Kronleuchter auszugehen scheint. Schön, so ein Schweigen mit Kristallbehängen. Edmond und Jonathan sehen sich an. Jonathan bedeutet Edmond, dass er für sie beide sprechen kann.

«Herr Oberleutnant, ich denke, wir werden den Auftrag annehmen.»

Wortlos schenkt der Marquis drei Gläser ein. Die Männer prosten sich zu.

«Auf den Jungen!»

Das kam wie aus einem Mund. Sie trinken in einem Zug. Mit einer Kerze tritt der Marquis in eine Zimmerecke und berührt einen Fries. Es klickt. In der Täfelung öffnet sich eine Tür, hinter der ein schmaler Eisenschrank zum Vorschein kommt. Der Marquis befasst sich lange mit den Schlössern und kommt dann mit einer lackierten Holzkiste von etwa einem Fuß Länge und mit einer wesentlich kleineren Schatulle aus ungegerbtem Leder zurück.

«Tretet näher, Soldaten.»

Er öffnet die Holzkiste langsam, als wolle er das berühmt-berüchtigte Collier der Königin präsentieren. Was dann zum Vorschein kommt, ist noch viel besser. Edmond und Jonathan erstarren beim Anblick der beiden Prachtstücke, die träge im karminroten Samt ruhen.

«Soldaten … Eure Pistolen!»

Die beiden Galgenvögel wagen es gar nicht, an ihr Spielzeug zu glauben. Zwei echte Feuerbüchsen mit langem Lauf, vollständig versilbert, mit Ebenholzkolben und eingravierter Nummer.

«Soldaten, ein einmaliges Modell von 1738, oft kopiert, niemals erreicht, niemals neu aufgelegt. Man nennt sie einfach … 38er!»

Edmond und Jonathan nehmen sie in die Hände und lassen sie im Licht aufblitzen. Damit fühlt man sich nicht unbedingt stärker, aber auf jeden Fall furchteinflößender.

«Und eure Polizeimarken.»

Der Oberleutnant überreicht ihnen zwei ovale blaue Emailleplaketten mit der Aufschrift … *Im Auftrag des Volkes*.

«Und nun, Soldaten, werde ich euch etwas mehr erzählen.»

Das wurde auch Zeit.

«Das Kind, das ihr finden und binnen … zwölf Stunden, nach meiner Uhr, hierher bringen müsst, ist ein fünfzehnjähriger Junge. Er wurde entführt. Von wem, ist nicht bekannt. Laut unserer Informanten wird er derzeit in Neu-Haarlem gefangen gehalten, dem Viertel hinter dem Park des Palais du Luxembourg, im Dreieck Rue de Vaugirard, Rue d'Enfer und Boulevard du Montparnasse.»

Edmond und Jonathan kennen die Gegend, und der Marquis weiß es. In Haarlem haben sie damals den Kopf seines Sohnes Philippe gefunden. Dort wurde Edmond auch das Gesicht verätzt. Haarlem! Nun begreifen sie, warum der Oberleutnant gerade sie hat kommen lassen. Dieses Dreieck wird auch Hölle, Negerrevier oder Schwarzenviertel genannt. Früher lebten dort Einwanderer aus dem holländischen Haarlem, die mit der Hilfe von aus den Kolonien eingeschmuggelten Gärtnern Blumen züchteten ... *Die Blumen sind verschwunden, die Schwarzen sind geblieben!* ... Um sie herum haben sich nach und nach immer mehr Schwarze angesiedelt, freie Farbige und solche, die ihren Herren abgehauen waren. Auf den Antillen flieht man in die Berge, in Paris zieht man nach Haarlem.

«Waren Ihre Informanten nicht genauer, Herr Oberleutnant?»

«Nein. Deswegen ist meine Wahl auf euch gefallen.»

«Was weiß man sonst noch über den Jungen?»

«Das hier!»

Der Marquis öffnet die Lederschatulle. Er nimmt ein ovales Medaillon mit vergoldetem Holzrahmen heraus.

«Das ist das letzte Porträt, das von ihm existiert. Darauf muss er acht oder neun Jahre alt sein.»

Edmond und Jonathan betrachten die Miniatur. Sie zeigt einen nackten Mulatten, dessen Körper und Gesicht von großen hellen Flecken überzogen sind.

«Soldaten, so etwas nennt man einen Leopardenjungen!»

Edmond und Jonathan haben dergleichen schon gesehen, aber sie lassen den Marquis erklären.

«Mehr kann ich euch über den Jungen nicht sagen. Dieses Porträt ist sieben Jahre alt. Sicher hat er sich seither sehr verändert.»

«Was ist mit den Eltern, Herr Oberleutnant?»

«Weiß man etwas über sie?»

«Nichts, was ich euch sagen könnte, Soldaten.»

Mehr werden die beiden nicht erfahren. Das spüren sie. Der Marquis schaut auf die Uhr. Edmond und Jonathan fühlen sich geradezu hinauskomplimentiert.

«Hier sind dreizehn Louisdor für jeden.»

«Und die Hüte ...?»

Der Marquis geht noch einmal zum Eisenschrank und sucht darin herum. Solche Schmuckstücke gehören unbedingt in den Tresor.

«Hässlichere habe ich nicht gefunden.»

Zwei unförmige dunkle Filzhüte mit hochgestellter Krempe. Edmond und Jonathan probieren sie auf wie kokette Damen bei der Putzmacherin.

«Ihr habt mir noch nie verraten, warum ihr unbedingt mit dreizehn Louisdor und einem Hut bezahlt werden wollt!»

«Auch wir haben unsere Geheimnisse, Herr Oberleutnant.»

Jonathan lässt die Andeutung im Blauen Salon umherwandern.

«Großartig, Soldaten. Ich erwarte euch hier morgen Vormittag mit dem Leopardenjungen. Viel Glück.»

Sie grüßen vorschriftsmäßig. Die beiden Männer verlassen den Salon und rennen bei dieser Gelegenheit Thomas über den Haufen, der an der Tür lauschte. Er protestiert.

«Meine Herren, man klopft an, bevor man hinaustritt!»

«Nimm eine Laterne, Thomas, und folge uns.»

«Nein, meine Herren: Ich folge nicht ... ich gehe voraus!»

Im Hof bleiben Edmond und Jonathan unvermittelt stehen und legen wortlos ab. Einer von rechts, einer von links, beladen sie Thomas wie einen stummen Diener. Nun hat er Filzhüte auf dem Kopf und versilberte 38er am Hals.

«Meine Herren, Sie werden doch nicht wieder anfangen, sich zu schlagen! Ich werde Monsieur le Marquis davon unterbreiten müssen.»

«Genau, unterbreite ihn und halt die Laterne schön hoch.»

«Es dauert nicht lange, Thomas.»

Edmond und Jonathan nehmen Aufstellung wie zwei Boxer. Und los geht's. Unter dem Kleiderberg hat Thomas Mühe, das Schlüsselloch zu finden. Er sieht nichts von der Prügelei. Er hört nur Schläge und Gezeter.

«Halt die Laterne höher, Thomas, damit ich dieses zerfressene Verrätergesicht sehe, das unser Amerika für das Lächeln einer Marquise verkauft.»

«Ich, ein zerfressenes Verrätergesicht ...!»

Der Rest ist unwichtig. Irgendwann ziehen Edmond und Jonathan sich wieder an und sind noch enger verbrüdert als vorher.

«Nach dieser Sache, Edmond, habe ich Lust, dich Ed zu nennen. Das klingt nicht so nach Lakai.»

«Und ich nenne dich Jones. Dann riechst du weniger nach feinem Herrn.»

Thomas würde sich gerne Tom nennen. Aber, wenn man's recht bedenkt, würde ihn das noch mehr verkleinern. Natürlich ist es ungerecht, wenn man schwarz ist, sehr ungerecht sogar. Aber wenn man klein ist, auch. Daran könnten sie ruhig mal denken, die Abgeordneten, wenn sie schon beim Abschaffen sind.

Vom Fenster aus sieht der Marquis den beiden Männern nach, die Schulter an Schulter die Rue des Deux-Écus hinuntergehen. Er zieht seine Uhr … zwölf Stunden! … Wie wenig Zeit für das, was sie zu erledigen haben.

Vom Balkon aus wirft ihnen die Marquise eine Kusshand nach. Sie sehen es nicht. Vielleicht spüren sie den Hauch im Nacken.

Ed und Jones schaudert es.

«Sag mal, Jones, was meinst du: Wer weiß am besten Bescheid über das, was in Haarlem so vor sich geht?»

«Die Wirtin vom La Vainqueuse.»

«Und wer macht die beste Blutwurst mit drei Äpfeln von ganz Paris?»

«Die Wirtin vom La Vainqueuse.»

«Was hältst du davon, wenn wir unseren Auftrag dort beginnen?»

«Haben wir dafür denn Zeit, Ed?»

«Von jetzt an, Jones … sind wir die Zeit.»

3
Rue des Moineaux

Die-aus-der-Rue-des-Moineaux haben La Marmotte aufgetragen, er soll das Hündchen bringen, wenn es von Saint-Roch elf schlägt. Es ist noch genug Zeit. Ob er vorher noch zu Hause in seiner Kapuzinerhöhle vorbeigeht? … Besser nicht! … Er kennt sich. Erst will er nur einen ‹kurzen Abstecher› machen, aber dann nimmt er sein Buch zur Hand … *Die Reisen des Kapitän Cook* … liest einen Satz, noch einen, dann noch einen allerletzten … und ruck, zuck hat er die Zeit vergessen! Geschichten zu lesen ist einfach zu gefährlich. Besser, man erlebt sie.

La Marmotte führt seine stummen Selbstgespräche unterwegs weiter. Was würde passieren, wenn du Denen-aus-der-Rue-des-Moineaux das Hündchen nicht bringst? … Halb so wild, aber dafür wüsstest du, wie es mit den Reisen des Kapitän Cook weitergeht … Nein! Lass dich von dieser kleinen grünen Schlange in deinem Kopf nicht in Versuchung führen! Geh direkt über die Rue Saint-Honoré in die Rue des Moineaux. Die Geschichte kann warten.

Die Rue des Moineaux … Das kannst du dir doch merken, oder? ‹Moineaux› wie ‹un moineau›, ein Spatz … Für wie blöd halten die ihn eigentlich? … In der Passage, neben dem Kokardenhändler. Wenn am Balkon im ersten Stock ein blau-weiß-rotes Band hängt, gehst du weiter. Und kommst auf keinen Fall zurück. Das bedeutet, die Sache ist gescheitert. Dann bringst du den Hund Du-weißt-schon-wem …

Kein Band. Aber weiter die Straße rauf wartet eine unbeleuchtete Kutsche. Der Kutscher schnarcht. Die Straße ist abschüssig. Es wäre ein Kinderspiel, ihn um eines seiner Räder zu erleichtern. Eine Stütze drunter, und hopp! La Marmotte hat schon eine ganze Sammlung zu Hause. Mal sehen, ob die Kutsche nachher noch da ist.

Beim Kokardenhändler brennt noch Licht. Bestimmt bereitet er sich für morgen vor. Wenn eine Königin vorbeikommt, das dürfte den Umsatz doch ordentlich ankurbeln. Wie vereinbart ist die Tür am Ende der Passage nicht abgeschlossen. Drinnen ist es so dunkel, dass man sich erwürgen lassen könnte, ohne es zu merken. Der Hund schläft an La Marmottes Brust gekuschelt. Sein warmer Atem ist richtig beruhigend. Da fällt La Marmotte ein, dass er sich noch gar nicht für vorhin bedankt hat, als der Hund ihn vor Robespierre gerettet hat. Er streichelt ihm den Kopf. In der Passage knirschen Schritte. La Marmotte presst sich an die Tür und lauscht. Sein Herz rast. Tatsächlich. Draußen ist jemand. Jemand, der ihn verfolgt hat.

«Ist dir auch keiner auf den Fersen, Junge?»

Der Mann mit der Laterne erschreckt ihn zu Tode.

«Nein, Bürger. Ich hab's genauso gemacht, wie Sie gesagt haben.»

Keinen Deut. Wenn es nach ihnen gegangen wäre, hätte er sich an den Hauswänden entlanggedrückt und einen Umweg über Chaillot gemacht. Warum nicht gleich als Straßenlaterne verkleidet bis zur Barriere von Clichy?!

«Hast du den Hund?»

«Und mein Louisdor?»

«Ich schiebe nur Wache. Den Rest machst du mit denen da oben aus. Geh rauf!»

Der Kerl ist genauso hölzern wie die Treppe. Aber die Treppe hat wenigstens ein Geländer, an dem man sich festhalten kann.

Der Wacheschieber trägt nicht nur seine Laterne und zwei Pistolen mit sich herum, sondern auch Fragen.

«Was ist denn das für ein Säbel, Junge?»

«Meiner!»

Im ersten Stock öffnet sich eine Tür, bevor er überhaupt dazu kommt, überrascht zu sein. Eine dralle Dame in weißer Schürze nimmt ihn in Empfang. Man sieht sie geradezu Kuchen backen. Stattdessen begrüßt sie ihn mit einem salbungsvollen Knicks. Zu viel der Ehre.

«Kommen Sie, mein Junge. Ihren Säbel hängen Sie bitte hier an die Garderobe.»

Endlich mal jemand, der sich über das Ding nicht wundert. Der Wacheschieber bleibt im Hausflur und schiebt Wache. La Marmotte folgt der Dame, die von hinten noch draller ist als von vorn. Die Kerze beleuchtet flackernd einen langen Gang voller Gemälde, alle mit dem Gesicht zur Wand. Erstaunlich, eine Galerie voller schmollender Ahnen.

«Gehen Sie nur hinein. Diese Herren und die Dame erwarten Sie.»

‹Diese Herren› im Arbeitszimmer sind ihrer drei. Einen davon kennt La Marmotte schon: den Doktor. Schwer zu sagen, wie alt er ist, aber der gestutzte Bart wird schon grau. Er sitzt am Tisch in der Mitte, neben einem feingliedrigen Mann in purpurviolettem Gewand mit hohem Kragen und kurzer Perücke. Ein Vicomte, wie es scheint. Der Dritte sitzt am Cembalo. Ihm fällt das lange schwarze Haar bis auf die Schultern.

«Wie wär's mit einer kleinen Polka, Kommandeur?»

Der Mann antwortet nicht. Die tanzlustige Dame mit dem Schultertuch steht etwas abseits am Kamin, als wäre ihr kalt. Neben ihr ein rothaariger Junge, der ihr ständig ins Ohr flüstert. Sie ist blind. Er ersetzt ihre braunen Augen.

Dem Tabakgeruch nach sind sie schon eine Weile hier. Ringsum an den Wänden stehen leere Regale. Wie eine Bibliothek, der man die Augen ausgerissen hat. Von diesem Loch an der Decke müsste eigentlich ein schwerer Bronzeleuchter herabhängen. Es ist feucht. Eine Büste auf dem Kaminsims betrachtet sich herablassend im Spiegel.

La Marmotte tritt ein, das schlafende Hündchen auf dem Arm. Die drei Herren erheben sich und ziehen wie auf Kommando die Hüte. Sehr effektvoll. Aber inzwischen ist ihm klar, dass das nicht ihm gilt. Alle starren wie gebannt auf den Hund.

Der Doktor nimmt ihn behutsam in die Hände, hebt ihn hoch und präsentiert ihn den anderen.

«Messieurs, Madame, darf ich vorstellen: Coco! Der Mops Ihrer Majestät.»

Gedämpfte Hochrufe. Gerührte Blicke. Selbst die herablassende Büste lässt sich zu einem Lächeln herab. La Marmotte braucht einen Moment, um zu kapieren, dass Yuki in Wirklichkeit Coco und Coco der Hund der Königin ist. Das heißt, dieser leichte Duft, ein-bisschen-wie-Geißblatt, stammt von ihr! Wie schade, dass er sich schon nicht mehr richtig daran erinnert.

«Doktor Seiffert, besteht nicht die Gefahr, dass man in der *Conciergerie* das Fehlen von Coco bemerkt?»

La Marmotte findet Coco keinen sehr königlichen Namen.

«Keineswegs, Vicomte. Während dieser hier bei uns ist, führt ein anderer Mops die Kerkermeister Ihrer Majestät hinters Licht.»

Der Doktor schnurrt. Er scheint mit seinem Strategem zufrieden zu sein. La Marmotte auch. Ihm gefällt das Wort ‹Strategem›. Der Doktor setzt eine Brille mit bläulichen Gläsern auf. Er stellt eine Ledertasche auf den Tisch und breitet ein weißes Tuch aus. Darauf setzt er den Hund, der gähnt und sich streckt.

«Hast du ihm das Abführmittel verabreicht, das ich dir mitgegeben habe, mein Junge?»

«Vor genau einer Stunde, Monsieur.»

La Marmotte sieht die milchige Brühe vor sich, die dem rotgesichtigen Seemann in der Taverne mitsamt

Napf um die Ohren fliegt. Das nennt man doch wohl verabreichen.

«Perfekt! Meine Herren, treten Sie näher, in Kürze wissen wir mehr.»

Der Kommandeur tritt an den Tisch. Er ist ein wahrer Hüne, über ein Klafter groß, mit stolzem Blick und gebräunter Haut. Neben ihm nimmt sich der Vicomte aus wie ein alberner Zierbengel. Die Frau mit dem Schultertuch und der Rotschopf halten sich abseits. Der Doktor holt eine Reihe von Fläschchen aus seiner Arzttasche, eine spitze Pinzette, eine Art Spreizhaken, ein dünnes Schilfrohr und einen silbernen Tiegel. Er reibt sich die Hände mit einer gelblichen Salbe ein und beginnt dem Mops den Bauch zu massieren. Seit La Marmotte Cocos Namen kennt, findet er sein Mopsgesicht irgendwie weniger verbeult. ‹Diese Herren› beugen sich jetzt über den Tisch. Gespannt beobachten sie den Mops, der sich behaglich auf den Rücken rollt, die Beine in die Luft reckt und sich die Zunge wie eine Serviette um den Hals drapiert.

«Meine Herren, ich finde, der Eingriff am Mops der Königin sollte aus Diskretionsgründen nicht vor den Augen des Jungen vorgenommen werden.»

«Da haben Sie allerdings Recht, Doktor. Diese Negerbengel vergisst man nur allzu leicht. Man beachtet sie genauso wenig wie die Fackelträger aus Gips, aber sie lauern nur darauf, herumzuspionieren und auszuplaudern. Kommandeur, Sie als Kreole müssen damit auf Ihren Plantagen in Santo Domingo doch Erfahrung haben.»

«Nicht alle sind so, Vicomte. Viele von ihnen würden ihr Leben für mich geben. Und ich das meine für sie.»

«Ich bewundere Ihre edle Seele, Kommandeur, aber ich würde es doch vorziehen, das, was wir tun werden, diesem … Individuum vorzuenthalten. Was meinen Sie, Doktor Seiffert?»

«Sie haben völlig Recht, Vicomte.»

Wenn ein Vicomte Recht hat, ist man schnell vor die Tür gesetzt. La Marmotte landet im Flur. Und wird sogleich in die Küche gezerrt.

«Kommen Sie, mein Junge! Mögen Sie Apfelkuchen?»

La Marmotte fragt sich, wie man eine so zuckersüße Stimme und zugleich den eisernen Griff eines Hufschmieds haben kann. Die dralle Dame bringt das fertig, ohne die Schürze zu wechseln. Der Kuchen kommt vor seiner Antwort und der Apfelduft vor dem Kuchen. Egal, im Bauch gerät ohnehin alles durcheinander.

«Ich hoffe nur, sie tun ihm nichts an, um an ihre Nachricht zu kommen.»

La Marmotte begreift nicht so recht, was die dralle Dame damit meint. Mit vollem Mund passiert ihm das allerdings öfter. Sie starrt auf den Kamin und sagt wie zu sich selbst:

«Es ist meine Schuld. Ich habe ihnen erzählt, dass Coco einmal, als er mit Ihrer Majestät spielte, eine als Ohrring gefasste Tropfenperle verschluckt hat. Am nächsten Morgen kam sie wieder zum Vorschein … auf ganz natürlichem Weg. Ihre Majestät amüsierte sich sehr darüber, und sie nannte das Schmuckstück von da an ihren ‹kleinen Ohrköttel›.»

La Marmotte kapiert allmählich. Im Bauch des Hündchens befindet sich eine Nachricht von der Königin. Die hat sie ihm im Gefängnis zu fressen gegeben, und das Abführmittel sollte ihn dazu bringen, einen Ohrköttel zu produzieren. Gut ausgedacht! Besser als jede Postkutsche. Unter diesen Umständen muss er seine Preise nochmal überdenken. Ein Louisdor für einen königlichen Mops, das war schon unterbezahlt, aber für einen königlichen Mops mit geheimer Füllung, das wäre ja geschenkt!

«Ich höre nichts mehr von nebenan. Was sie wohl gerade tun?»

Die dralle Dame bückt sich mühsam und schiebt vorsichtig die Ofenklappe nach oben.

«Kommen Sie, mein Junge, Sie werden es mir sagen. Ich bin zu steif in den Knien.»

Die Feuerstelle des Kamins steht in Verbindung mit dem anderen Raum. Auf allen vieren, den Kopf unter den Schieber gesteckt, sieht La Marmotte nur paarweise Seidenstrümpfe. Gar nicht so einfach, von Waden auf Gesichter zu schließen. Zum Glück versteht er Gesprächsfetzen …

«… Kommandeur, ziehen Sie die Beine gut nach vorn … Nein, so geht das nicht! Junge, geben Sie mir die Handschellen aus meiner Tasche … Ja, genau. Ich benutze sie für Patienten mit Schüttelkrämpfen … Doktor, was haben Sie mit dem Schilfrohr vor? … Ich werde das Ding holen. Sie wollen doch nicht … Au!

Das Vieh hat mich gebissen. Den Schwanz! Bitte, Monsieur le Vicomte, halten Sie den Schwanz nach oben … Aber er hat doch gar keinen! … Die Handschellen! Nicht doch, nicht für mich! … Mit Verlaub, Madame, Sie erwürgen ihn ja. Junge, die Salze! … Nein, das ist das falsche Fläschchen! … Achtung, festhalten … Ich führe ein! … Seien Sie vorsichtig, Sie werden ihn noch durchbohren … Wo ist das Röhrchen? … Es ist weg! … Gerade hatte ich es noch in der Hand … Wer hat es entfernt? … So nehmen Sie mir doch endlich die Handschellen ab! …»

Es folgt Gekläffe, Geschrei und ein Schwall unwiederholbarer Flüche.

«Was sagen sie, mein Junge?»

«Alles in Ordnung.»

La Marmotte bemüht sich, den Walzer von Waden und das Wedeln von Allerwertesten vor seiner Nase zu deuten.

«Meine Herren, ich habe alles versucht. Es ist aussichtslos. Ich erreiche den Gegenstand nicht. Es bleibt nur noch eines: operieren!»

Allgemeiner Aufschrei.

«Können wir denn nicht die Natur ihr Werk tun lassen, Doktor Seiffert?»

La Marmotte überlegt, wie es sich wohl anfühlt, wenn einem Wörter im Bauch herumwandern.

«Nur keine Aufregung, meine Herren! Ich habe mit dieser Komplikation gerechnet. Wir operieren. Sie werden sehen, das ist eine vergnügliche Sache.»

La Marmotte hat schon den Barbieren beim Zähneziehen, beim Aderlass und sogar einmal bei einer Amputation in einem Kübel voller Milch zugesehen. Aber bei einer Operation noch nie. Nebenan herrscht rege Betriebsamkeit. ‹Diese Herren› legen ab. Sie verlangen nach einem Waschzuber, heißem Wasser, Scharpie, Essig, Knoblauch, Schüsseln, einem Krug, Kerzen, einem Riegel Seife.

«Seife! Das Pfund zu einem Écu!»

Die dralle Dame schimpft vor sich hin. Doktor Seiffert verkündet:

«Meine Herren, ich beginne mit dem Eingriff!»

Stille. Jetzt muss die Klinge über dem Mopsbauch schweben. La Marmotte fühlt eine seltsame Beklemmung rund um den Nabel. Immerhin ist es irgendwie seine Schuld, dass Coco hier ist. Plötzlich … Kaiiiihihi! … Ein Schrei. Ein langer Schmerzensschrei hängt unter der Decke und lässt ‹diese Herren› nach hinten fahren. Es ist das Hündchen. Es ist soeben über aller Köpfe emporgeschnellt wie ein Champagnerkorken.

«Um Himmels willen, er entkommt!»

«Doktor, Sie sagten doch, er schlafe.»

«Das tut er, Vicomte! Wissenschaftlich gesehen tut er das!»

Dafür, dass er schläft, rennt er ziemlich schnell, der Mops Ihrer Majestät. ‹Diese Herren› verfolgen ihn rund um den Tisch. Vom Rotschopf nach Gehör geleitet, ist die Blinde nicht die Lahmste … So haltet ihn doch! … Vor dem Kamin kommt der Mops mit dem Hinterviertel ins Rutschen und schlittert elegant übers Parkett. La Marmotte sieht die ganze auf dem Tisch besprochene Anatomie in Zeitlupe an sich vorüberziehen. Die Rutschpartie geht einher mit einem koketten Wackeln des Hinterteils, einem respektlosen Furzen und einem ... *Tschick* ... gegen den Ofenschieber. Die Postkutsche ist pünktlich: Soeben hat Coco sein Geheimnis preisgegeben. Der Vicomte hechtet nach dem Hund, verfehlt ihn, rutscht weiter und landet mit dem Kopf, dem im Eifer des Gefechts die Perücke abhanden gekommen ist, in der Feuerstelle des Kamins, wo er hineinpasst wie ein verwaister Feuerbock. Um ein Haar wäre der Ofenschieber heruntergesaust wie ein Fallbeil. 15. Oktober 1793: Erfindung der Zimmer-Guillotine.

«Ich hab's, Doktor! Ist es das?»

Behutsam nimmt der Doktor dem noch etwas benommenen Vicomte einen kleinen, bräunlichen Zylinder aus der Hand. Er dreht und wendet ihn und führt ihn unter der Nase her wie die Zigarre nach Tisch. Das Blau seiner Brillengläser leuchtet auf.

«Meine Herren, das ist es tatsächlich. Und es ist auf natürlichem Wege zutage gekommen, wie ich prophezeit hatte.»

Es folgt ein dreifaches Hoch, Hüte werden in die Luft geworfen, Hände geschüttelt. Der Vicomte flüstert Doktor Seiffert etwas ins Ohr und weist mit dem Kinn nach dem Kamin. La Marmotte ahnt, dass er entdeckt wurde. Seiffert lässt sich nichts anmerken.

«Rasch, meine Herren, lesen wir die Nachricht Ihrer Majestät.»

Der Doktor säubert die Kapsel und öffnet sie. Der Kommandeur, der Vicomte, die Blinde und der Rotschopf scharen sich um das winzige, durchscheinende Papier, das der Doktor vor einer Kerzenflamme entrollt.

«Meine Herren, in diesen Nadelstichen der Königin liegt die ganze Zukunft unseres Vorhabens. Vicomte, Ihnen obliegt es, die Nachricht Ihrer Majestät zu übersetzen. Sie beherrschen als Einziger den schwedischen Geheimcode, den sie verwendet.»

«Es wird mir eine Ehre sein.»

Mit einer Feder, einem Tintenfass, Papier und einem braunen Heft setzt sich der Vicomte abseits an einen Tisch. Doktor Seiffert fängt Coco ein, der mit hängender Zunge unter einem Stuhl Zuflucht gesucht hat. Er trägt ihn in die Küche und überreicht ihn der drallen Dame.

«Sie werden sehen, Sidonie, nur die Haut ist ein wenig angeritzt.»

Sie erdolcht den Doktor mit ihren Blicken. Er geht ab, erbost, aber rückwärts. La Marmotte findet, Sidonie ist ein niedlicher Name. Vor allem, wenn sie dem Mops zulächelt und über den Kopf streicht.

«Was für Rohlinge, mein armer Coco! Du wirst sehen, ich sticke dir eine Naht im Kreuzstich. Das ist richtig schick. Es wird allen kleinen Hündinnen gefallen.»

La Marmotte erwägt, sich auch etwas auf den Bauch sticken zu lassen, damit die kleinen Bürgerinnen ihn schick finden. Nebenan tut sich etwas. La Marmotte schlüpft an seinen Beobachtungsposten zurück.

«Vicomte, haben Sie die Nachricht Ihrer Majestät entziffert?»

«Das habe ich, Doktor.»

Er zeigt ein Blatt Papier.

«Lesen Sie vor, Vicomte!»

Mit dem Kopf unter dem Ofenschieber lehnt La Marmotte das letzte Stück Kuchen ab. Sidonie-die-Niedliche hat sich zu ihm heruntergebeugt, um zu lauschen, als dürften die Worte, die nun kommen, nicht wiederholt werden. Der Vicomte hält das Blatt oben und unten, wie ein Ausrufer auf dem Marktplatz.

«Folgendes, meine Herren, beliebt Ihre Majestät uns mitzuteilen. Ich übersetze sinngemäß. Sie fasst sich kürzer, wie Sie verstehen werden.»

Er räuspert sich und beginnt mit bewegter Stimme zu lesen.

Ich erkläre mich einverstanden, dass Sie für
mich tun, was Ihnen die Ehre gebietet. Wenn
Ihrem Vorhaben kein Erfolg vergönnt ist, so
wünsche ich, dass Er mir auf meinem Weg gezeigt wird.

Der Vicomte rollt das Blatt zusammen. Stille. Niemand scheint unmittelbar nach der Königin das Wort ergreifen zu wollen.

«Ich muss noch anmerken, meine Herren, dass ‹Er› mit einer Majuskel geschrieben ist.»

«Mit einer Majuskel!»

Der Kommandeur richtet sich auf. Er bricht das Schweigen mit seiner ganzen Statur. Aber sein Zorn überragt ihn noch um Haupteslänge.

«Ihre Majestät will diesen Jungen sehen! Das ist doch absurd!»

«Ich bitte Sie, Kommandeur, beherrschen Sie sich.»

Er schlägt auf den Tisch, sodass der beinahe entzweibricht.

«Mich beherrschen, Doktor, wenn unsere Königin selbst ein so skandalöses Ansinnen ans uns richtet?»

«Kommandeur, mäßigen Sie Ihre Worte. Es handelt sich um den Willen Ihrer Majestät!»

«Sind Sie sicher, Vicomte? Ich sehe nur Nadelstiche auf einem übel riechenden Stückchen Papier einerseits und sibyllinische Floskeln andererseits.»

Er schlägt dem Vicomte die Blätter aus der Hand.

«Ziehen Sie etwa meine Redlichkeit in Zweifel, Kommandeur? Wenn das der Fall ist ... ich beherrsche den Degen zwar nicht so vortrefflich wie Sie, aber ich bin bereit.»

«Genug, meine Herren!»

Doktor Seiffert geht dazwischen. La Marmotte würde den Louisdor, den er noch nicht hat, plus die zwei, die er eigentlich verdient hätte, bei einem Duell ohne Zögern auf den Kommandeur setzen. Außerdem fragt er sich, wie es der Rotschopf schafft, der Blinden alles zu erzählen. Vor allem die Blicke.

«Ihre Redlichkeit ziehe ich nicht in Zweifel, Vicomte. Ich zweifele kurz gesagt am Willen der Königin.»

«Wie können Sie es wagen, Kommandeur!»

«Wir alle wissen doch, meine Herren, welches Martyrium Ihre Majestät seit der Gefangennahme erleidet. Der König ist tot, sie wurde von ihren Kindern getrennt, es mangelt ihr an Schlaf, an Pflege, und sie kann nicht einmal ihre Notdurft verrichten, ohne beobachtet zu werden. Ihr Körper ist mit seinen Kräften am Ende. Diese Frau ist es, die uns schreibt, nicht die Königin, die wir aus Versailles kennen.»

«Sie reden irre, Kommandeur. Die Königin ist und bleibt die Königin.»

«Leere Worte, Vicomte! Es gibt keine Königin mehr, bald wird es die Frau nicht mehr geben, und es bleibt kaum noch die Mutter. Haben Sie nicht gesehen, wie die Richter sie bei ihrer Verhandlung gedemütigt und ihr das Rückgrat gebrochen haben, indem sie sie der Blutschande mit ihrem Sohn bezichtigten?»

«Ich habe vor allem gesehen, wie Ihre Majestät den Saal zu Tränen rührte, als sie sagte ... *Ich appelliere an alle Mütter hier in diesem Raum!* ...»

«Ich weiß, Vicomte, auch ich war dabei. Es war herzzerreißend und unerträglich. Diese Frau ist es, die uns um den Jungen bittet. Eine Mutter, die von ihrem eigenen Sohn verleumdet wurde.»

«Das genügt, Kommandeur! Das ist zu viel für einen ergebenen Diener Ihrer Majestät wie mich.»

«Wir sind alle ergebene Diener Ihrer Majestät, Vicomte ... wenn auch in unterschiedlichem Maß.»

«In unterschiedlichem Maß! Was für eine ... sibyllinische Floskel, wie Sie es nennen würden, Kommandeur. Und außerordentlich verletzend, wenn sie auf mich gemünzt ist! Ich muss allerdings einräumen, dass ich tatsächlich nicht das ‹Maß› an Vertrautheit mit Ihrer Majestät besitze wie Sie beide: Sie, Doktor Seiffert, der Sie der Leibarzt von Madame de Lamballe, der Busenfreundin der Königin, waren. Und was Sie angeht, Kommandeur, so war Ihr ‹Maß› an Vertrautheit mit der Königin ja allgemein bekannt.»

Plötzlicher Aufruhr wie im Hühnerhof. Der Doktor hindert den Kommandeur daran, den Vicomte beim Kragen zu packen und ihm die Kleidung zu zerzausen. Der Vicomte rückt gelassen seine Perücke wieder zurecht.

«Friede, meine Herren!»

Die Blinde reckt ihren Stock über das Handgemenge. Ihre Stimme ist durchdringend.

«Friede! Sind wir hier, um die Königin zu retten, oder um herauszufinden, wer am vertrautesten mit ihr war? Bei diesem Wettbewerb haben mein Sohn und ich schon verloren.»

Der Rotschopf ist also ihr Sohn! Das hatte La Marmotte sich gleich gedacht. Das ist ja das Allerbeste, eine blinde Mutter! Die ist immer ganz Ohr.

«Außer Doktor Seiffert, meine Herren, kennen Sie mich nicht. Ich bin Catherine Urgon, vermählte Fournier, ehemalige Klöpplerin, die sich die Augen mit der Nadel ausgestochen hat. Man nennt mich Frau Catherine. Das hier ist Pobéré, mein vierzehnjähriger Kleiner, Schuhputzer von Beruf. Weder er noch ich kennen die Königin. Wir haben sie womöglich noch nie gesehen. Und trotzdem werden wir sie retten.»

Doktor Seiffert, der Kommandeur und der Vicomte haben sich schweigend wieder versöhnt. Sie lauschen der Blinden.

«Morgen, meine Herren, werden sich in der Rue Saint-Honoré fünfhundert tapfere Männer und Frauen versammeln und die Königin auf ihrem Weg zur Guillotine erwarten. Fünfhundert, die sie nicht besser kennen als ich. Kohlenhändler, Wäscherinnen, Färber und Perückenmacher. Fünfhundert Mann, jeder bewaffnet mit zwei guten Pistolen und einem Messer. Sie werden am *Porche Rouge* stehen, hinter dem Haus des Schreiners Duplay, in dem Robespierre wohnt. Zur verabredeten Stunde werden sie die Reihen der Wachen durchbrechen, die Königin entführen und durch den *Porche Rouge* in Sicherheit bringen.»

«Und dann?»

Der Vicomte kann seine Aufregung nicht verbergen.

«Das, meine Herren, fragen Sie Doktor Seiffert. Er kennt unseren Plan. Oder, noch besser, schließen Sie sich uns an. Gerade wollten Sie sich doch duellieren. Stoßen Sie zu uns! Wir versammeln uns eine Stunde bevor die Königin vorbeikommt, am *Porche Rouge*. Kommen Sie und helfen Sie, die Königin zu retten!»

«Madame, ich finde Ihr Vorhaben ausgesprochen bewundernswert. Aber gestatten Sie mir eine Frage: Warum tun Sie das?»

«Sie meinen wohl: Warum tun andere es nicht? Andere, die mehr Interesse daran haben sollten. Pah! … Sagen wir, Monsieur le Vicomte, ich trage eine Schuld ab. Doktor Seiffert ist der Einzige, der die ganze Geschichte kennt. Um es kurz zu machen: Dank der Güte eines Mannes konnte das Augenlicht meines Sohnes gerettet werden. Dieser Mann ist der Herzog von Penthièvre, der Schwiegervater der Madame de Lamballe. Wissen Sie, dieser Kleine ist eine stolze Schuld für eine Mutter.»

Frau Catherine nimmt ihren Sohn bei den Schultern, als wolle sie ihn den Anwesenden vorstellen.

«Noch eines, meine Herren. Aus dem Herzen einer Frau gesprochen. Wenn ich morgen meine letzte Reise antreten müsste und wüsste, dass irgendwo auf dieser Welt ein Kind aus meinem Schoß lebt, dann wäre es mein größter Wunsch, es zu berühren und seine Stimme zu hören … Nur ein einziges Mal! … Ich würde beruhigt gehen und all jene mit mir ins Paradies nehmen, die mir geholfen haben, dieses Kind zu finden. Viel Glück!»

Frau Catherine und Pobéré gehen: die Mutter voraus, ihr folgt der Sohn mit seinem Schuhputzerschemel über der Schulter. Hinter ihnen hängt Schweigen im Raum … Der Kommandeur schüttelt es als Erster ab.

«So weit ist es gekommen, meine Herren. Eine Klöpplerin belehrt uns über dieses vorgebliche Kind!»

«Nein, Kommandeur. Es handelt sich nicht um ein vorgebliches Kind. Der Junge existiert tatsächlich.»

«Ah! Ich vergaß, Doktor Seiffert, dass Sie sogar zu wissen behaupten, wo er sich befindet.»

«Das weiß ich tatsächlich. Mein Informant ist absolut zuverlässig.»

«Ihr Informant! Der berühmte Zamor! Dieser Maharadscha, der unser Geld im Karo-Bube und sämtlichen zwielichtigen Spielsalons des Schwarzenviertels verschwendet.»

Unwillkürlich prägt La Marmotte sich ein … vorgeblich … Zamor … Karo-Bube … und … Spielsalon.

«Das Vordringlichste war es doch, Kommandeur, den

Aufenthaltsort des Jungen in Erfahrung zu bringen, während wir die Entscheidung Ihrer Majestät abwarteten. Diese hat sie uns soeben übermittelt. Die Königin wünscht den Jungen auf ihrem Weg zu sehen. Sie, der Vicomte und ich, wir waren uns einig, den Willen der Königin erfüllen zu wollen.»

«Nein, Doktor! Ich will es nicht mehr!»

Der Kommandeur schlägt mit der Faust auf den Tisch. Der Vicomte geht auf ihn zu. Der Größenunterschied scheint ihn nicht zu ängstigen.

«Kommandeur, ich finde Ihren Sinneswandel recht drastisch und für einen Ehrenmann höchst bedenklich. Ich kann mir nur vorstellen, dass persönliche Gründe Sie dazu bewegen! Sollte es mit Ihrem zweifarbigen Blut in Zusammenhang stehen?»

«Was wollen Sie damit andeuten, Vicomte?»

Diesmal ist Doktor Seiffert nicht schnell genug, um zu verhindern, dass der Kommandeur den Vicomte bei der Kehle packt.

«Meine Herren! Denken Sie doch an die Königin!»

Widerstrebend lässt der Kommandeur los und findet sofort seine Gelassenheit wieder. Er geht vor dem Tisch auf und ab.

«Wissen Sie, meine Herren, ich hoffte, die Nachricht der Königin würde dieser Maskerade ein Ende setzen und das groteske Märchen von diesem heimlichen Kind endlich entkräften.»

«Kommandeur, haben Doktor Seiffert und ich Ihre Worte in dem Sinn zu verstehen, dass Sie Ihren Eid zurücknehmen wollen?»

Das, so weiß La Marmotte, das ist unmöglich. Ein Eid ist wie ein Kuss, den kann man nicht rückgängig machen.

«Für mich existiert das Kind, das Ihre Majestät zu sehen wünscht, schlicht und einfach nicht, meine Herren. Es gibt nur einen einzigen Dauphin. Er ist derzeit im *Temple* inhaftiert. Seine neun Jahre sind unsere Zukunft. Es wird der Augenblick kommen, in dem er Frankreichs Thron besteigt.»

La Marmotte fragt sich, ob der, der ihn so gerne für sich Rad schlagen lässt, sich an jenem Tag an ihn erinnern wird … Erster Radschläger des Königs … Nicht schlecht als Titel!

«An diesem gesegneten Tag werden wir, wie ich hoffe, gemeinsam rufen können: Es lebe der König! … Es lebe Louis XVII.! …»

Niemand ist in den Hochruf des Kommandeurs eingefallen. ‹Diese Herren› betrachten einander argwöhnisch. Ihn scheint das nicht weiter zu überraschen. Er wendet sich zur Tür.

«Adieu, meine Herren, es ist alles gesagt. Ich gehe, um meine Pflicht zu tun. Ab diesem Augenblick werde ich all meine Überzeugung und Energie daransetzen, dieses Märchen zu entkräften, und zwar mit allen Mitteln! Das ist meine letzte Tat als Ehrenmann.»

Mit dem Hut am Herzen verbeugt er sich vor dem Doktor und dem Vicomte.

«Ein jeder für sich! Gott trifft seine Wahl!»

Der Kommandeur geht. Der Raum wirkt plötzlich leer.

«Vicomte, damit sind die Fronten wenigstens klar. Nun sind wir nur noch zu zweit, um dem Wunsch der Königin zu entsprechen: Sie und ich.»

La Marmotte schaudert es bis in die Augenwinkel. Er schlüpft aus seinem Versteck. Sidonie-die-Niedliche wischt sich mit der Schürze die Tränen ab.

«Nun, meine gute Sidonie, ist Coco fertig?»

Doktor Seiffert erscheint in der Küchentür. Falls er auch gerührt ist, verbirgt sein Bart das vollständig. Sidonie-die-Niedliche reicht ihm den Mops. Er inspiziert ihn beinahe unanständig genau.

«Sie sind eine Fee. Man sieht nichts! Nun können wir Ihrer Majestät die Antwort übersenden ... Auf gleichem Weg sozusagen. Der Vicomte chiffriert sie gerade. Junger Mann, du kennst deine Aufgabe.»

«Und mein Louisdor?»

La Marmotte findet sich richtig mutig.

«Den bekommst du, wenn du diesen Mops bei du-weißt-schon-wem abgegeben und den anderen hierher zurückgebracht hast.»

Der Doktor geht mit dem Hund in die Bibliothek.

«Hier, mein Junge, für unterwegs.»

Wo es nur geht, steckt ihm Sidonie-die-Niedliche Leckerbissen zu: einen Apfel, Nüsse und eine noch ganz warme Pastete. La Marmotte fragt sich, wohin inzwischen die Hand des Seemanns mit dem Ring unter dem Handschuh gerutscht sein mag.

«Passen Sie gut auf Coco auf, mein Junge. Ihre Majestät hängt so sehr an ihm. Und ich auch. Aber ich habe vollstes Vertrauen zu Ihnen.»

Das ist alles. Sie sagt nicht … Er ist mein Ein und Alles … Und auch nicht … Wenn Sie zurück sind, gibt es jede Menge Äpfel, Nüsse und Pasteten, für Ihre Mühe. Sidonie-die-Niedliche sagt gar nichts, aber das ist auch nicht nötig. Sie siezt ihn so liebevoll.

«So, die Nachricht ist im Kasten!»

Doktor Seiffert reicht ihm den Mops.

«Er wird dir keine Scherereien machen, junger Mann, ich habe ihn anästhesiert, damit er nicht an seiner Naht knabbert. Wir zählen auf dich. Du weißt, was du zu tun hast.»

Doktor Seiffert tätschelt La Marmotte die Wange. Seine Hand riecht nach Medizin, und das Lächeln hinter seinem Bart lässt nichts Gutes ahnen. Er geht wieder zum Vicomte in die Bibliothek und schließt die Tür. Zu schade. La Marmotte hätte gerne noch mehr erfahren. Der Wachesteher mit den beiden Pistolen am Gürtel schiebt ihn zum Ausgang. Er hätte Sidonie-der-Niedlichen gerne noch ein letztes Mal zugewunken. Keine Zeit. Im Gang schmollen die Ahnen noch immer. Der Wachesteher schiebt ihn bis an die Tür zur Passage. Rumms! Schon ist er draußen, mit drei Schlüsselumdrehungen hinter sich und einer Nacht voll Nebelsuppe vor sich.

Die Straße ist menschenleer. Unwillkürlich stellt La Marmotte sich vor, wie die Nachricht durch Cocos Gedärm wandert. Ohne Grund, außer dass er sich im Dunkeln gerne Angst macht, denkt er an den Piqueur mit seiner Pike zum Bauchaufschlitzen. Der kann überall sein. Das Klügste wäre es, auf einen Passanten zu warten und ihm zu folgen. Nur, wenn man stehen bleibt, wächst die Angst umso schneller. Ganz schön zäh, so 'n Gefühl. Cocos Gewicht beruhigt ihn etwas. Aber falls er rennen muss, wäre es besser, dem Hund mit dem Umhang eine Art Hängematte zu knoten, um die Hände frei zu haben.

Kann ich dir helfen, Lümmel?»

Die Pike! Mit der Bohnenstange dahinter! Auch wenn man darauf gefasst ist – das Herz springt einem trotzdem aus der Hängematte. Diesmal wird es schwierig, ihn loszuwerden. Der Kerl hat ihn in eine Ecke gedrängt.

«Ich hab dir schon mal gesagt, ich heiße La Marmotte, wie das Murmeltier.»

«Schon, aber das ist doch kein Name.»

«Hast du schon mal welche gesehen, Murmeltiere, mein ich?»

«Nein, aber du siehst ihnen nicht ähnlich … He! Bring mich bloß nicht durcheinander. Du wirst mir jetzt endlich antworten: Hast du das geschrieben, ja oder nein?»

Er holt eine zusammengeknüllte Papierkugel hervor. Das muss der Zettel sein, den er der Guillotine auf das Podest gelegt hat. Während La Marmotte so tut, als würde er nachdenken, schiebt er unauffällig den Säbel vom Rücken nach vorn. Er wird versuchen, unter dem Umhang unbemerkt den Griff zu packen. Und sich dann kühn auf den Piqueur stürzen, um ihn zu durchbohren, gleich über der Umhängetasche. Mitten in den Bauch! Da ist bestimmt keine königliche Nachricht aufzuscheuchen. Danach muss man die Klinge herausziehen, indem man den Fuß aufs Brustbein setzt. Das Schwierigste dabei ist es, sich nicht schmutzig zu machen.

«Warum fragst du, Bürger?»

«Weil ich höflicher bin, als meine Pike glänzt.»

«Wenn's nur um Höflichkeit geht ...»

La Marmotte verneigt sich ... Ja! ... Bei dem geheuchelten Bückling hätte er beinahe den Säbel zu fassen bekommen.

«Ja, das war ich.»

«Du kannst also schreiben.»

«Na klar!»

Geschafft. La Marmotte hat die Hand am Griff. Wenn er den Piqueur durchbohrt hat, wird er ihm die Adresse von Sidonie-der-Niedlichen geben, für die Kreuzstich-Narbe.

«Kannst du auch lesen, Marmotte?»

«Das gibt's meist im Zweierpack.»

«Wusst ich's doch!»

Der Piqueur stürzt sich auf ihn. La Marmotte hat den Angriff nicht kommen sehen. Zu spät. Die Bohnenstange packt ihn um den Leib, hebt ihn hoch und presst ihn gegen die Wand. Das gilt nicht. Auf Nahkampf war La Marmotte nicht vorbereitet. Der Kerl umschlingt ihn wie eine zahnlose Krake und stinkt nach Skorbut. Diese unbedeckte Kloake wird ihn noch ersticken! Der anhängliche Stinker küsst ihn ab. Das hätte er sich ja denken können. Dieser Piqueur ist ein Tricktrack-Ritter, ein Engelsfresser, ein Kindervertilger, ein Sodomit, eine durchlöcherte Kokarde … ihm gehen die Wörter und die Puste aus.

«Du kannst lesen! Du kannst schreiben! Also … bringst du es mir bei!»

Der Piqueur lässt La Marmotte los, und dieser starrt ihn fassungslos an. Lesen lernen! Das ist alles, was er will.

«Warum ausgerechnet ich?»

«Weil du klein und schwarz bist: Dann schaff ich das auch.»

Ob diese Einstellung das Lernen fördert? Aber tun wir so, als wären wir einverstanden. Einem Verrückten soll man nicht widersprechen.

«Bürger, ich muss dich warnen. Es wird nicht leicht, all das heute Abend zu lernen. Außerdem muss ich dringend zum Pont-au-Change.»

«Ich begleite dich, Marmotte.»

Ein Mann, eine Pike und ein barfüßiger Junge, das sieht eher aus wie ein Gefangenentransport.

«Weißt du, Marmotte, ich muss nur noch die Buchstaben lernen. Die Wörter hab ich schon. Schau mal!»

Er öffnet seine Umhängetasche. Sie ist voll gestopft mit Papierschnipseln jeder Größenordnung.

«Hier, das ist mein letzter Fang.»

‹Moineau›, der Name der Straße, aus der sie gerade kommen. Er war also der Verfolger.

«Da ist mein längstes. Ich habe es auf dem Boden gefunden.»

Stolz wie ein Schneekönig hält der Piqueur ihm strahlend ‹Logotachygraph› unter die Nase. Und dann ‹Konvent›, ‹Gleichheit›, ‹Brot› … Marmotte liest im Gehen. Der Piqueur reicht ihm die Wörter wie Leckerbissen. La Marmotte betrachtet sie staunend. Ein Wortjäger in den Straßen von Paris! Jedenfalls der erste, den er trifft. Mit dem Wort ‹Meinung› in der Hand rennt La Marmotte um ein Haar gegen eine erloschene Straßenlaterne.

«Warum hast du eine Pike, wenn du sie nicht benutzt?»

«Zur Tarnung. Heutzutage hat doch jeder eine.»

La Marmotte gibt dem Piqueur seine Pastete, ohne recht zu wissen, warum. Da kommt aus einer Seitengasse eine lärmende Gruppe mit Fackeln.

«Jetzt ist sie erledigt, die Österreicherin! Hermann und Fouquier haben sie in der Mangel. Sie schwitzt gerade vor dem Tribunal. Wir gehen uns ihre Grimassen anschauen. Kommt ihr mit?»

Der Piqueur zuckt bedauernd mit den Schultern. Er zeigt auf Marmotte.

«Geht nicht. Er muss mir die Buchstaben beibringen.»

Die Bande lacht und hastet weiter. Ein Mädchen stimmt die *Carmagnole* an. Die anderen fallen ein. Singend stürmen sie mit flackernden Fackeln und riesige Schatten werfend durch die Rue de l'Arbre-Sec. Das ist der Weg zum Revolutionstribunal. La Marmotte und der Piqueur gehen weiter die Rue Saint-Honoré entlang.

Endlich trifft Marie-Antoinettes Blick den des Kommandeurs. Er steht direkt hinter der Absperrung. Um durch die *Grande Chambre* dorthin zu gelangen, musste er seine breiten Schultern ebenso einsetzen wie die Geldbörse. Welch erbärmliche Treibjagd! In ein paar Stunden wird jeder einzelne Körper aus dem Publikum lebendiger sein als der der Königin.

Wie sehr sie gealtert ist!

Der Kommandeur beobachtet, wie sie die Augen schließt. Dieses ergraute Haar, dieser abgezehrte, aber immer noch stolze Hals, diese um Haltung bemühte Brust. Der Kommandeur bewundert ihren entschlossenen Willen, diese Farce mit Würde zu ertragen.

Endlich sieht sie ihn.

Als Erstes erkennt die Königin das lange schwarze Haar, das ihm offen auf die Schultern fällt. Ihre Brust hebt sich. Sie möchte aufstehen. Zu ihm gehen. Wie aus Versehen mit der Fingerspitze seine Hand streifen. Das letzte Mal war es bei Madame de Polignac, auf dem Pianoforte im Musikzimmer. Er spielte dieses Stück von Gluck so einfühlsam … Sie weiß nicht mehr welches, aber ihre Hand erinnert sich besser. Sie trommelt mit den Fingern auf der Armlehne, als würde sie spielen. Die Geräusche rundumher verstummen. Fouquier-Tinvilles dröhnende Verlesung der Anklageschrift hört sie nicht mehr. Noten und Töne tanzen im Reigen um ihre Linonhaube.

Plötzlich sieht die Königin, wie die Finger des Kommandeurs ihr auf dem Geländer der Absperrung antworten. Jetzt erinnert sie sich wieder an die musikalische Geheimsprache, die sie benutzten, um sich vor aller Augen heimlich miteinander zu verständigen … *Tutto a te mi guida* … Er ruft ihr das Motto ihrer Jugendzeit ins Gedächtnis. Warum?

Des Kommandeurs Finger stellen ihr eine schmerzliche Frage. Ihr krampft sich das Herz zusammen. Sie antwortet. Der Kommandeur hakt nach, mit dieser ungestümen Phrasierung, die sie so an ihm schätzt. Aber die Hand der Königin beharrt. Ja … *Ich will ihn sehen* …

Der Kommandeur nimmt die Hand vom Geländer, wie man den Deckel eines Cembalos zuschlägt. Mit einem langen Blick nimmt er Abschied.

Jäh explodiert der Lärm des Saales wieder in Marie-Antoinettes Schläfen. Sie sieht dem langen, schwarzen Haar nach, das sich einen Weg durch die Menge bahnt. Fouquier-Tinvilles Stimme donnert:

«Darum fordern wir im Namen der Republik für die Witwe Capet … den Tod!»

Marie-Antoinette weicht alles Blut aus dem Gesicht. Der Kommandeur ist verschwunden. Damit sie nicht sieht, wie er die Fassung verliert, hat er sich hinter einer Säule verborgen und das Urteil dort mit angehört. Wie sehr würde er es vorziehen, dass man stattdessen seinen Tod forderte. Sie würden ihn ergreifen, über ihn herfallen, er würde sich wehren, heftig genug, um auf der Stelle von Piken und Degen durchbohrt zu werden. Diese Gunst würde ihn wenigstens davor bewahren, das zu tun, was er tun muss.

La Marmotte und der Piqueur laufen Seite an Seite die Rue Saint-Honoré entlang.

«Sag, Marmotte, wo gehen wir hin?»

«Einen Hund eintauschen.»

«Was für einen Hund?»

Er öffnet seinen Umhang.

«Den hier.»

«Verkaufst du ihn als Fleischeinlage zum Ragout? An dem ist aber nicht viel dran.»

«Nein, ich tausche ihn ein.»

«Und wogegen?»

«Gegen einen anderen Hund. Den gleichen.»

«So kommst du wenigstens nicht durcheinander. Du bist ganz schön schlau, ehrlich! Sag mal, Marmotte, nach dem Hund bringst du mir dann bei, wie man Buchstaben aneinander hängt, ja?»

La Marmotte brummt etwas, das für ein ‹Na gut, einverstanden ...› durchgehen kann. Der Piqueur ist zufrieden. Unterwegs fängt er Straßennamen ein, Spruchbänder, Fetzen von Anschlagzetteln. Seine Tasche wird bald aus den Nähten platzen. La Marmotte hat noch nie bemerkt, dass es so viele herrenlose Wörter gibt.

«Sag, Marmotte, wo wohnst du?»

«In den Büchern.»

«Innendrin? Wie geht denn das?»

«Ich hab mir darin eine Hütte gebaut.»

«Und wo ist die?»

«Zwischen dem Jardin des Tuileries und der Place Vendôme, in der ehemaligen Kapuzinerkirche. Sie wird jetzt als Bücherdepot benutzt. Dort wurden alle Bücher eingelagert, die man bei der Schließung der Klöster beschlagnahmt hat. Es sind Tausende und Abertausende!»

«Hast du sie alle gelesen?»

«Nein, nur eins! … *Die Reisen des Kapitän Cook.*»

«Ist das eine Piratengeschichte?»

«… Still! … Schau mal da.»

La Marmotte zeigt dem Piqueur ein Rad mit gelben Speichen! Das weltschönste aller Räder. Und das direkt vor ihrer Nase, in der Rue Betisy. Es hat sonnengelbe Speichen und drum herum Verdeck, Deichsel, Trittbrett, Sellett, Pferd und Kutscher. Alles zusammen ergibt eine schlafende Droschke. Verlockende Sache. Aber jetzt ist keine Zeit. Wird vorgemerkt.

La Marmotte und der Piqueur gehen weiter Richtung Châtelet. Der Piqueur fängt unterwegs ein paar Wörter ein, und schließlich stehen sie vor einem Holzschild mit der Aufschrift … ‹Café de la Barillerie› … Das Wort gefällt dem Piqueur. Umso besser, denn hier ist La Marmotte mit Du-weißt-schon-wem verabredet, für den Hundetausch. Der Piqueur wartet vor der Tür.

«Ich bleib lieber draußen.»

Schon ist er wieder auf der Jagd.

Drinnen ist es so gut wie leer. Zwei Schläfer wärmen sich gratis. Der Wirt gähnt. Du-weißt-schon-wer sitzt mit seinem breitkrempigen Hut und seinem nichtssagendsten Gesicht bei einer Flasche Wein, die ihm Gesellschaft leistet, und legt mit abgegriffenen Karten Patience. Sowie er La Marmotte erspäht, rafft er die

Karten zusammen und eilt ihm entgegen, als wolle er ihm den Weg abschneiden.

«Hast du den Köter, Schornsteinfeger?»

La Marmotte mag es nicht, wenn man ihn so nennt, und der Kerl weiß das genau. Er öffnet den Umhang und zeigt ihm den schlafenden und bestickten Mops, der in seinen Armen immer schwerer wird.

«Da lang!»

Du-weißt-schon-wer führt La Marmotte aus dem Café und durch einen Torbogen in einen gepflasterten Hof. Darin lagern aufgereihte Fässer, an der Mauer steht ein Baum, der noch Blätter trägt. Der Mond spielt Straßenlaterne.

«Her mit dem Köter.»

«Und der andere?»

«Welcher andere?»

«Der Hund, den ich dir vorhin gebracht habe, Bürger. Den musst du mir wiedergeben. So war es abgemacht. Ich muss ihn dem Doktor bringen.»

«Keine Namen! Es hat geheißen, keine Namen!»

Ganz ruhig bleiben. ‹Doktor› ist doch kein Name. Das weiß ja sogar der Piqueur.

«Ach ja ... Der andere Köter. Hat sich erledigt. Is nich mehr nötig, hamse gesagt.»

«Und mein Louisdor?»

«Welcher Louisdor?»

Es gibt ein Echo im Hof.

«Den sie mir versprochen haben.»

«Das musste mit ihnen ausmachen. Na los, rück den Köter schon raus, ich hab's eilig.»

«Zuerst meinen Louisdor.»

«Das reicht, Schornsteinfeger! Gib her!»

Du-weißt-schon-wer tauscht sein nichts sagendes Gesicht gegen ein ziemlich ärgerliches. Er rempelt La Marmotte an und reißt ihm den Mops aus den Armen. Ein Stück vom Umhang geht dabei mit drauf, der Degen klirrt auf das Pflaster, die Nüsse hüpfen, der Apfel rollt. Plop! Die Hand des Seemanns mit dem Ring unter dem Handschuh landet vor seinen Füßen. La Marmotte fühlt sich plötzlich ganz nackt.

«Das Spiel ist aus, Schornsteinfeger. Das is nix für kleine Jungs. Hast zu viel mitgehört, hamse gesagt.»

Wieso weiß er das schon? Der Piqueur ist schuld. Weil er unterwegs dauernd trödelt und Wörter pflückt …

«Und was kommt bei raus? Jetzt muss ich die Dummheiten wieder gerade biegen. Also biegen wir eben.»

Du-weißt-schon-wer legt das schlafende Hündchen auf ein Weinfass. Sieht aus wie ein Zwergbernhardiner mit Größenwahn. Der Mann zieht eine Bajonettklinge aus dem Stiefelschaft.

«Nur keine Panik, das is 'ne Freundin. Wir zwei beiden machen alles zusammen. Ich will, dass sie zuschaut.»

Er stößt sie wie einen Kleiderhaken in den Stamm des Baumes. La Marmotte bekommt Angst. Du-weißt-schon-wer ist viel zu ruhig. Wie einer, der es schon öfter getan hat. La Marmotte erstarrt. Der Mann packt ihn an der Kehle. Seine Augen lächeln. Du musst schreien. Der Kerl will dich umbringen. La Marmotte fühlt Panik in sich hochschlagen wie Flammen. Es wird eine Feuersbrunst geben. Nein, nicht einmal das. Zwei Daumen pressen sich immer tiefer in seine Kehle und nehmen ihm den Atem. Es kommt nur ein ersticktes, schleimiges Stoßgebet zutage, das als Speichel auf den Lippen erstirbt. Schlag doch zu! Mach dich los! La Marmotte klammert sich an den anderen. Er schüttelt den Kopf, wieder und wieder: Nein! Nein! Bitte nicht! Der Kerl lacht und hebt ihn hoch. Seine Füße werden eisig, der Kopf dröhnt. Ein riesiges Rad mit gelben Speichen rollt vorbei. Es verschwimmt. Seine Lider senken sich.

«Mach die Augen auf! Ich will, dass du mich anschaust!»

Der andere lässt ihn los, um ihn zu ohrfeigen. Gierig saugt das klaffende Loch in seiner Brust die ganze Nacht des Hinterhofes ein. Sein Körper wird von Schluchzern geschüttelt. Es liegt ein Duft in der Luft … Nach Linde! Der Baum ist eine Linde.

«Bringen wir's zu Ende. Hab noch anderes zu tun.»

Der Mann nimmt ihn zum zweiten Mal in den Würgegriff, so lustlos, wie man sich wieder an die Arbeit macht. Er hat keinen Spaß mehr daran. Seine Faust ist grob. Die Kälte steigt. Das Rad mit den gelben Speichen kommt wieder … *Immer noch kein Abnehmer?* … Es knarrt und eiert. La Marmotte will hinterherrennen, aber er stolpert über das Hemd des Mannes … Du wirst an meiner Brust sterben, Negerbengel! … Plötzlich reißt das Weiß des Stoffes auf und erblüht als großer Klatschmohn.

Knochen knirschen. Blut spritzt.

Verständnislos starrt der Mann auf die Spitze der Pike, die ihm aus der Brust ragt. Wie kommt sie dahin? ... Aaaaahh! Der Schrei muss schon vorher da gewesen sein, aber es tut gut, ihn zu hören, auch mit Verspätung. Der Piqueur kann ihn aufschreiben. Ein guter Fang.

Auf dem Pflaster zusammengekrümmt, hört La Marmotte seinem Körper dabei zu, wie er sich Zentimeter für Zentimeter wieder zurechtrückt. Es fehlt noch der Unterleib.

«Du könntest mir ruhig helfen, Marmotte!»

Der Piqueur hat den Fuß in den Rücken des Aufgespießten gesetzt und müht sich, seine Pike wieder herauszuziehen.

«Von wegen einfach, acht Pfund von feinstem Eisen von diesem Berg von Fleisch zu befreien!»

Für den Satz eines Sansculotten sind das eine Menge Adelsprädikate! Die Beute hängt fest am Haken, aber schließlich gibt sie klein bei. La Marmotte betrachtet Du-weißt-schon-wen. Zum Sterben hat er wieder sein nichts sagendes Gesicht aufgesetzt.

«Den Louisdor kann ich wohl abschreiben.»

Irgendwie muss er das wieder wettmachen, sonst droht ihm die Pleite à la John Law. Während der Piqueur sein Werkzeug im Rinnstein säubert, tastet La Marmotte nach der Hand des Seemanns mit dem Ring unter dem Handschuh. Sein ganzer Reichtum! Er findet sie inmitten von Nüssen und Äpfeln. Damit wird er sich Räder leisten können, so viel er will, von Droschken, Berlinen, Tilburys, Chaisen und Cabriolets. Behutsam zieht er den verklebten Handschuh ab. Sogar ein dicker Rubin genügt, und er kann sich zur Ruhe setzen. Verflixt, was ist das denn! La Marmotte starrt auf die abgeschlagene Hand mit der riesigen schwarzen Perle am Ringfinger.

Eine ungeheure, schwarze Perle – und auch noch behaart.

Eine Warze!

Eine knotige Warze, groß genug, um einen Menschen bis zum Knochen aufzuzehren. La Marmotte kann sich gerade noch gegen den Baum werfen, um zu kotzen. An den Griff der Bajonettklinge geklammert, spuckt er den ganzen Abend wieder aus. Und das alles für einen Louisdor. Nächstes Mal nehme ich Assignaten!

Er hebt den Säbel auf. Der Piqueur wirft sich den Mops über die Schulter wie einen Sack Mehl.

Von seiner Droschke aus beobachtet Seiffert, wie der schwarze Junge sich mit dem Sansculotten Richtung Quai de la Mégisserie bewegt. Offenbar hat der Wichtigtuer versagt. Halb so schlimm. Coco haben sie noch. Den braucht er ihnen nur abzunehmen. Der Doktor öffnet ein schmales Lederetui und nimmt ein schlankes, formvollendetes Skalpell heraus. «Kutscher, folgen Sie diesen beiden Gestalten!»

Marmotte, jetzt, wo ich dir das Leben gerettet habe, bringst du mir auch bei, wie man die Buchstaben aneinander hängt?»

«Nein!»

«Also hör mal! Was willst du denn noch?»

«Ein Rad mit gelben Speichen!»

4
La Vainqueuse

Ed und Jones gehen nebeneinander die Rue des Prouvaires hinunter. Ein finsterer Schlauch mit unfreundlichen Häuserfronten, die nur darauf lauern, dem verirrten Passanten eins auszuwischen.

«Wasser!»

Ein gelblicher Schwall stürzt aus einem Fenster im zweiten Stock. Ed und Jones können gerade noch zur Seite springen, da zerspritzt er schon auf dem Pflaster. Überflüssig, die Lache genauer in Augenschein zu nehmen ... Der Geruch sagt alles.

«Wenigstens hat er vorher gewarnt.»

«Sonst würden wir jetzt nach dem neuesten Nachttopf-Parfum duften.»

Während sie auf einem Eckstein ihre Stiefel säubern, bemerken sie die Droschke nicht, die in der Rue Betisy parkt. Zwei Schatten machen sich an ihr zu schaffen. Der Kutscher täte gut daran, aufzuwachen und seine Peitsche knallen zu lassen.

Die beiden denken über den Auftrag des Marquis nach. Zwölf Stunden, um ein unbekanntes Kind zu finden! Ed fragt sich, wie man sich nur auf so etwas einlassen kann. Aber Madame hat ihn mit diesem Blick angesehen ... Jones zieht es vor, den Gedanken nicht weiter zu verfolgen, dass die schwarze Messe der Marquise irgendwie nach abgekartetem Spiel roch.

Sie bleiben vor einer nur schwach erleuchteten Taverne stehen: La Vainqueuse. Über der Tür baumelt eine verrostete Blech-Bastille. Viel fehlt nicht, dass sie dem nächsten Gast den Kopf abschlägt.

«Sag mal, Ed, früher hieß das hier doch *Zum Kochtopf der Revolution*, oder?»

«Ja, aber die Wirtin hat den Namen geändert, um gegen ein Unrecht zu protestieren.»

«Was denn für ein Unrecht?»

«Wirst du gleich zu hören bekommen, das erspart sie keinem ... Still!»

Ed duckt sich und gibt Jones ein Zeichen, in Deckung zu gehen. Er zieht seine 38er. Es blitzt silbern in der Dunkelheit. Ed legt vorsichtig das Ohr an die Tür und lauscht. Er verharrt einen Moment in der typischen Haltung des eifersüchtigen Ehemannes, dann schnuppert er am Schlüsselloch.

«Riechst du das, Jones?»

«Nein. Ich rieche nichts.»

«Eben. Das ist nicht normal. Es müsste riechen.»

Jones wartet auf eine Erklärung, doch sein Partner spielt weiter den Foxterrier.

«Wonach riechen, Ed?»

«Nach Äpfeln!»

Ed macht ihm das Zeichen, das bedeutet ... Achtung, wir treten die Tür ein und gehen rein ... Jones seufzt. Das fängt ja gut an. Wir ruinieren den Türrahmen einer Taverne, weil es nicht nach Äpfeln riecht. Ed will heute Abend wohl keinen Duft auslassen.

«Fertig?»

Ein Fußtritt gegen das Schloss, und die beiden werfen sich mit gezückten 38ern in den Raum.

«Haaabt Acht!»

«Stillgestanden!»

Ed und Jones haben ihre Befehle gebrüllt. Keine Reaktion. Der Raum ist leer bis auf ein Schlachtfeld von umgekippten Tischen und Stühlen.

«Was ist denn das für ein Theater?»

Unter einer Bank taucht der Kopf der Wirtin hervor. Auf allen vieren, mit einer blonden Strähne wie einem Vorhang vor dem Gesicht und ihrem Branntweinfässchen um den Hals, wringt sie ein rötliches Scheuertuch über dem Putzeimer aus.

«Könnt ihr nicht hereinkommen wie jeder normale Mensch, Bürger? Wie wär's mit anklopfen?»

«Entschuldige, Bürgerin. Aber es roch nicht.»

«Das ist ein sauberes, anständiges Haus, ihr Männer.»

«Äh … Ich wollte sagen, es roch nicht nach Äpfeln. Und wenn es bei dir nicht nach Äpfeln riecht, stimmt etwas nicht.»

Die Wirtin streicht sich das Haar aus dem Gesicht.

«Edmond Cercueil! Ich hatte dich gar nicht erkannt, mit deinem Vogelscheuchen-Hut.»

«Vielleicht liegt es auch an meinem neuen Lächeln.»

«Tja, muss schon sagen, Säure kann einen Mann ganz schön verändern.»

Sie inspiziert sein Gesicht.

«Gute Arbeit. Man sieht gleich, dass sich eine Frau um dich gekümmert hat.»

Eds Miene wird abweisend. Er mag es nicht, wenn die Wirtin von der Marquise redet. Sie weiß das und rückt mit demonstrativen Handgriffen in die Vollen ihre Schürze samt Inhalt wieder zurecht. Dann bemerkt sie Jones.

«Ach, du bist auch mit von der Partie! Die beiden Schrecklichen sind wieder vereint. Das verspricht Abwechslung im Viertel.»

«Sieht aus, als hättest du deine Abwechslung für heute schon gehabt, Bürgerin.»

Ed weist auf das Durcheinander.

«Hältst du immer noch deine Republikaner-Zirkel ab?»

«Geht nicht. Sie haben die Bürgerinnen-Clubs verboten. Was für eine Schnapsidee! Ich soll Getränke ausgeben, sagen sie, keine Gedanken. Schon gar keine Frauengedanken. Angeblich machen die schlimmere Flecken als der Lebenssaft. Aber sie werden bald merken, dass sie trotz Schrubben schlecht weggehen und Ränder hinterlassen. Außerdem haben wir schon unsere eigenen Heiligen: Madame Roland, Rose Lacombe, Théroigne de Méricourt. Und die Verfasserin unserer Version der Menschenrechte …»

Sie zeigt an die Wand, wo die *Erklärung der Rechte der Frau und der Bürgerin* hängt.

«… Olympe de Gouges. Die wollen sie guillotinieren, obwohl sie schwanger ist! Glaubt ihr, das würden sie mit einem Mann machen?»

Jones will einen anatomischen Einwand anbringen, aber als er sieht, wie die Wirtin ihren Scheuerlappen wringt, als sei er der Hals eines Abgeordneten, verzichtet er darauf.

«Ich sehe schon, ihr seid nicht gekommen, um für das Frauenstimmrecht zu petitionieren … Die Guillotine, ja! Die Wahlurnen, nein! …»

Jones sagt sich, dass es bei den Zusammenkünften des Bürgerinnen-Clubs mit der Wirtin recht turbulent zugegangen sein muss. Sie will ein Weinfass Richtung Tür rollen. Ed hält sie auf.

«Bürgerin, glaubst du, wir sind hier, um uns dein Gejammer über die Benachteiligung der Frauen anzuhören? Dazu ist keine Zeit. Wir haben nur diese Nacht.»

«Eine Nacht! Das genügt mir vollauf, mein lieber Edmond. Wenn es eine Nacht voller Schmetterlinge ist. Fünfzehn Stunden Liebe! Das wäre ja nicht das erste Mal für uns.»

Jones hat noch nie ernsthaft versucht herauszufinden, was zwischen Ed und der Wirtin war. Und auch nicht, was noch ist. Aber es ist noch was. Ed starrt die Wirtin an … Ah, diese Augen! Wenn er nur gewollt hätte, dieser dumme Kerl, dann wären sie beide heute Inhaber des Procope, und sie würde man mit *Madame* anreden!

«Schon verstanden, ihr Schrecklichen. Setzt euch. Ich bringe euch was zu trinken.»

Die beiden räumen ein wenig auf und setzen sich. Die Wirtin kommt mit zwei Gläsern und einer verstaubten Flasche zurück. Ed erkennt das rote Wachs über dem Korken. Was Gutes. Diesen Wein haben sie zusammen geholt, damals, '89 bei Réveillon, als dessen Fabrik niedergebrannt wurde. Schöne Erinnerungen ... Die Wirtin zwinkert ihm zu.

«Plaudern wir also, meine Süßen. Beim letzten Mal habt ihr in Haarlem den Kopf eines Schwarzen mit blauen Augen gesucht. Und was ist es diesmal? Die Füße eines Barons mit Schwimmhäuten zwischen den Zehen?»

«Nein. Ein Leopardenjunge!»

Die Wirtin lacht lauthals los, dass ihr der Busen wogt.

«Hab ich's nicht gesagt! Ihr solltet eine Geschäftsstelle eröffnen: Die Schrecklichen, Aufspüren von Monstern und Absonderlichkeiten aller Art ... Bedaure, aber diesmal kann ich euch nicht helfen. Obwohl hier schon einige schräge Vögel vorbeikommen.»

«Auch solche?»

Jones hält der Wirtin die ovale Miniatur unter die Nase wie eine Polizeimarke.

«Armer Junge!»

Sie hat geblinzelt, da ist er ganz sicher.

«Wetten, den haben sie durch Säure gezogen. Sag mal, Edmond, ist das nicht vielleicht eins von deinen Kindern? Findest du nicht, dass der Junge ihm wie aus dem Gesicht geschnitten ist, Jones?»

«Bring mich nicht auf die Palme, Bürgerin! Sag uns lieber, ob du den Jungen kennst.»

Ed packt sie am Handgelenk und lässt nicht mehr locker. Dieser Kerl wäre fähig, sie auf der Stelle zu töten, ohne dass sie sich wehren könnte. Wie er sie bei der Liebe tausend Tode sterben ließ, ohne dass sie sich wehrte. Die Wirtin genehmigt sich einen Schluck direkt aus dem Fässchen. Ed reißt ihr den Branntwein vom Mund.

«Wenn du etwas weißt, Bürgerin, dann sag es.»

«Heute Abend haben wir keine Zeit für Schmeicheleien.»

«Tu nicht so, Edmond: Dir würden doch sowieso keine einfallen. Zuerst möchte ich wissen, was ihr überhaupt von dem Jungen wollt.»

«Wir wollen ihn finden. Alles andere geht dich nichts an.»

«Ich sage nichts. Ihr könnt mich prügeln, mich rösten, das Haus demolieren.»

«Ganz wie du willst, Bürgerin. Sieh dir das mal genau an!»

Ed haut seine blaue Polizeimarke auf den Tisch.

«Das bedeutet, wir sind in offiziellem Auftrag unterwegs. Du kennst das neue Gesetz über die Verdächtigen. Damit können wir dich an den Haaren packen und zum nächsten Überwachungsausschuss schleifen. Die Fortsetzung kennst du: Tribunal und Karren. Was sagst du nun, Bürgerin?»

Die Wirtin richtet sich auf, als wolle sie ihm ins Gesicht spucken.

«Ich sage, Edmond, dass du ein verdammter Schweinehund bist. Nur weil du eine blaue Lakaien-Marke vorweisen kannst, bist du noch lange nichts Besseres, als du bist: ein dreckiger …»

«Ein dreckiger was?»

Ed packt die Wirtin an den Schultern und schüttelt sie

«Ein dreckiger was? Sag es doch! Ein dreckiger Neger! Ist es das?»

Oh nein! Das Herz der Wirtin ist plötzlich völlig leer. Das wollte sie nicht sagen. Und Edmond weiß das. Er kennt sie. Das kann er nicht im Ernst glauben. Er kann doch nicht vergessen haben … Darüber könnte sie weinen vor Zorn. Kleine dunkle Kinder von ihm, die wollte sie so gerne! Jede Menge. Die das ganze Haus bevölkern, einem immer im Weg stehen, überall herumrennen, ständig plärren und dazwischen lachen wie die Lampions. Sie war bereit, pausenlos schwanger zu sein und zu brüten wie die Freiheitsstatue, mit einem Dreizack in der Hand als Tortenheber.

«Das reicht, Ed. Lass sie los! Du übertreibst.»

Er scheint plötzlich wieder zu sich zu kommen. Die Wirtin schluchzt in ihr Fässchen. Verlegen wischt Ed einen Tisch ab, als sei der es, den er trösten müsse. Natürlich wollte sie das nicht sagen, das weiß er. Aber seit man ihm die Haut verätzt hat, ist er noch empfindlicher, was seine Farbe angeht. Wie sagt man Verzeihung auf Trampelig? Zum Glück spricht die Wirtin seine Sprache. Sie akzeptiert die Entschuldigung, um die er nicht bittet, und schnäuzt sich lautstark in ihre Schürze.

«Na gut, ihr Schrecklichen, plaudern wir also. Ihr habt es so gewollt. Manchmal ist es besser, etwas nicht zu wissen. Ich habe euch gewarnt. Kommt nachher nicht und beschwert euch bei mir über das, was ich euch auftische. Und du schon gar nicht, Ed.»

Die Wirtin lässt ihnen noch eine Chance. Die niemand ergreift. Also beginnt sie zu plaudern.

«Vor zwei, drei Tagen, ich wollte gerade zumachen, da kam jemand, der war vermummt wie ein Verschwörer. Dieser Jemand war auf der Suche nach einem Kind. Er hat mir ein Porträt gezeigt. Es war derselbe Junge.»

Sie zeigt auf den Leopardenjungen.

«Wer war dieser Jemand? Hast du ihn erkannt?»

«Ja. Es war die Marquise d'Anderçon.»

Weder Jones noch Ed sehen überrascht aus. Nur betroffen. Ed steht auf und läuft zwischen den Tischen hin und her, Jones trinkt. Die Wirtin beobachtet Edmond. Sie hat Angst vor seinen ersten Worten.

«Nur zu, Bürgerin, erzähl uns deine Geschichte.»

«Sie ist ganz einfach. Die Marquise ist gekommen ...»

«Warum gerade zu dir, Bürgerin?»

«He! Lässt du mich erzählen, Edmond, oder tranchierst du mich gleich wie einen Hasen?»

Wie ungeschickt er sich bei dieser Frau immer vorkommt! Er weiß einfach nicht, wie er sie nehmen soll. Immer ist sie diejenige, die ihn packt. Jones gibt der Wirtin ein Zeichen, fortzufahren.

«Die Marquise erzählte mir von einem verschwundenen Sohn, nach dem sie sucht. Sie hatte ihn in ein Kloster gegeben, aber seit die Schwestern vertrieben wurden, hat sie nichts mehr von ihm gehört. Sie sagte, ihr ist nur dieses Porträt geblieben, sie ist sehr beunruhigt und sie will ihren Sohn wiederfinden.»

«Das ergibt doch keinen Sinn, Bürgerin. Warum hätte sie ihr Kind in ein Kloster geben sollen?»

«Wegen seines Aussehens. Mit seiner Hautkrankheit war er in der Welt nicht leicht zu zeigen, euer Leopardenjunge.»

«Von der Marquise kann ich mir das nie und nimmer vorstellen, Bürgerin.»

«Edmond! Ich dachte, sie hätte dir das Augenlicht gerettet. Ich habe eher den Eindruck, sie hat dich blind gemacht.»

«Fang nicht wieder an, Bürgerin!»

Jones geht dazwischen. Bei ihren Versöhnungen muss es ja hoch hergegangen sein. Die Wirtin erzählt weiter.

«Ihr vergesst, ihr Schrecklichen, dass das versteckte schwarze Kind seit jeher ein Klassiker ist. Wenn ihr ein bisschen mehr Zeitung lesen würdet, wüsstet ihr, dass das von Anna von Österreich bis zu Restif de la Bretonne reicht, über den amerikanischen Gesandten in Paris, Thomas Jefferson.»

Ed und Jones fragen sich, in welchen Zeitungen man dergleichen wohl findet.

«Der Jefferson, der war der Schlimmste. Er fand, dass Schwarze stinken. Aber in Paris spazierte er überall mit seiner Sklavin Sally herum. Schön war sie schon, das muss man sagen. Beinahe so schön wie die Marquise. Er hat ihr eine ganze Schar Kinder gemacht, und nicht nur ihr ...»

Ed zieht es vor, die Anspielungen der Wirtin nicht zu verstehen, sonst müsste er sie mit dem Tragriemen ihres Fässchens erdrosseln.

«Schon gut, schon gut, Bürgerin! Erzähl uns mehr von dem Kind.»

«Zu eurem Pech, ihr Schrecklichen, ist dieser Leopardenjunge kein Kind, sondern … ein Gott!»

Ed und Jones schnappen nach Luft.

«Ich hab's dir schon immer gesagt, Bürgerin, du solltest das Saufen lassen.»

«Was tischst du uns denn da für ein Märchen auf?»

«Auftischen! Das ist eine gute Idee, ihr Schrecklichen. Ihr seid wegen meiner Blutwurst gekommen. Sollt ihr haben!»

Schon steht die Wirtin am Herd. Geschirr, Pfannen und Töpfe fliegen nur so um sie herum. Sie hat mindestens sieben Arme und zehn Hände. Heute Abend ist wohl jeder ein Gott. Vor allem sie.

«Jawohl, meine Süßen, ein Gott! Ein Gott für einen Haufen Bescheuerter, die euch in Stücke hacken, wenn ihr ihm zu nahe kommt.»

«Was ist denn das für eine Geschichte?»

«Wollt ihr das Rezept? Man nehme jemand Außergewöhnlichen, der nicht weiß oder schwarz ist, sondern beides.»

Die Wirtin posiert als Göttin des Herdes. Mit einer Hand schält sie die Äpfel, mit der anderen gießt sie Milch in einen Krug, mit der dritten gibt sie Butter in die Pfanne.

«Seht ihr, das Fleisch muss zart sein. Ein Kind. Unschuld, Reinheit, das brauche ich nicht aufzuwärmen, ihr kennt das Thema.»

Mit der vierten Hand schneidet sie großzügige Scheiben Blutwurst ab.

«Dazu eine Prise Geheimnis. Man weiß nicht, woher er kommt, dieser Bengel, und auch nicht, wer seine Eltern sind.»

Mit der sechsten streut sie geheime Zutaten hinein.

«Nicht die geringste Ahnung, Wirtin, wer sein Vater oder seine Mutter sind?»

«Der Heiligen Jungfrau schaut man nicht unter den Schleier. Das habe ich bei den Schwestern der Blancs-Manteaux gelernt.»

«Warste bei den Betschwestern, Bürgerin?»

«Ja, mein lieber Edmond, ‹warst ich›. Die erste Kommunion hat mir der Gärtner im Geräteschuppen besorgt. Seither bin ich nicht nur bekehrt, sondern habe auch einen grünen Daumen. An meiner siebten Hand. Beim Mann bringe ich alles zum Blühen. Stimmt's, Edmond?»

Er geht nicht darauf ein. Diese Frau wird er entweder umbringen oder heiraten. Aber auch das wird ihre Entscheidung sein.

«Um das Rezept des Gott-Kindes abzurunden, fügst du dem Geheimnis eine Messerspitze Unglück bei: Der Junge ist stumm.»

Ed und Jones desgleichen.

Mit der achten Hand genehmigt sie sich eine üppige Kostprobe.

«Und fertig ist die Mahlzeit. Du brauchst bloß noch

die Tageskarte auszuhängen: Jugendlicher Wundertäter, der Frieden und Brüderlichkeit verströmt – für ein paar Münzen zusätzlich bekommst du auch noch die Lottozahlen. Und all das ohne ein Wort. Wenn das kein Kassenfüller ist … Achtung, heiß und fettig! Blutwurst mit drei Äpfeln nach Art des Hauses!»

Mit der neunten Hand tut sie auf, mit der zehnten lächelt sie. Schließlich rückt sie sich mit der fünften, die sie gerade wiedergefunden hat, eine blonde Strähne zurecht.

«Dazu spendiere ich einen Topf feinsten Senf aus dem Hause Maille, Geschenk eines Verehrers!»

Über die Taverne senkt sich gefräßige Stille.

«Köstlich! Ich wusste, dass es köstlich ist, aber ich wusste nicht mehr, wie köstlich!»

«Es gibt kein übleres Luder als die Erinnerung, Jones. Sie nimmt dir etwas, aber du weißt nicht was.»

«Isst du nicht mit uns, Bürgerin?»

«Ich esse nicht, ich ernähre. Das setzt schon genug an.»

Sie packt mit beiden Händen in das offensichtlich Angesetzte.

«Sag mal, Bürgerin, weißt du vielleicht, wo dein Jesuskind wohnt?»

Die Wirtin verschränkt die Arme unter der Brust. So geht es schon ins Monumentale.

«Jones, bewundere deinen Partner, den Hauptgefreiten Edmond Cercueil! Das Vorbild aller Polizisten. Mit vollem Mund, vollem Bauch und vollem Herzen kann er es nicht lassen, eine Routinefrage zu stellen. Selbst beim patriotischen Akt brachte er das fertig!»

Jones versucht sich die Szene vorzustellen.

«Glaubst du etwa, der Hauptgefreite Edmond Cercueil würde auch nur eine Sekunde von seiner Nachforschung ablassen, um zu sagen, dass es gut schmeckt?»

«Schmeckt gut!»

Es gelingt der Wirtin, das Kompliment unter Magenkollern, der Blutwurst und den drei Äpfeln in Eds Mund herauszuhören. Sie lächelt.

«Um diesem schlecht erzogenen Bengel zu antworten, frage ich ihn, ob er eine Vorstellung davon hat, wie viele Götter in Haarlem zu Hause sind.»

«Angeblich gibt es hier mehr Orden, Kirchen und Sekten als Einwohner.»

«Mach dich nicht lustig, Jones, wir haben unsere Heiligen, unsere Wunder, unsere Reliquien, Kniescheiben, Schienbeine und sogar Vorhäute.»

Ed und Jones schieben die Teller zurück. Plötzlich schmeckt die Blutwurst merkwürdig.

«Kommen wir lieber wieder auf die Marquise zu sprechen. Du hast uns noch nicht erzählt …»

Jones bricht ab. Jemand rüttelt an der Tür. Von innen ist eine Bank dagegen gestellt. Es klopft fordernd.

«Wir haben geschlossen, Bürger!»

Die Wirtin hat das mürrisch von ihrem Platz aus gerufen, ohne aufzustehen. Aber am Türgriff rüttelt es weiter. Mit einem Ruck erhebt sie sich, das Blut steigt ihr in die Wangen. Sie bläst ihre Haarsträhne beiseite und reißt wutentbrannt Sanson von der Wand.

«Wenn ich sage, wir haben geschlossen, dann haben wir geschlossen!»

Mit einem Fußtritt schleudert sie die Bank beiseite und reißt die Tür auf, als wolle sie sie aus den Angeln heben.

«Bist du taub, oder was?»

«Nein, nur blind.»

Die Wirtin sieht sich einem weißen Augenpaar gegenüber, das sie anstarrt, ohne sie zu sehen. Vor Schreck lässt sie beinahe ihr Beil fallen.

«Bürgerin, du wirst es einer armen Kranken und ihrem Sohn doch nicht verwehren, sich ein wenig aufzuwärmen.»

«Es ist bald Mitternacht. Ich will keine Scherereien mit der Patrouille.»

«Nur einen Moment.»

Ohne eine Antwort abzuwarten, drängt sich die Blinde herein, gefolgt von einem rothaarigen Jungen. Die Wirtin tritt beiseite. Ed und Jones lassen ihre 38er, die blauen Marken und das Porträt verschwinden. Die Blinde und der Junge setzen sich an einen Ecktisch hinten im Schankraum.

«Wirtin, für uns zwei Mounier!»

Jones hält die Wirtin auf, als sie vorbeikommt.

«Was in aller Welt ist ein Mounier?»

«Wo kommt ihr denn her, ihr Schrecklichen? Ein Mounier ist ein Glas Wein, das in zwei Gläsern ausgeschenkt wird. Du trinkst eins für dich, und beim zweiten denkst du an jemanden und sagst … Auf den, an den ich denke! …»

Die Wirtin wendet sich ab. Jones hält sie am Ärmel zurück.

«Und woher kommt dieser Name?»

«Sag mal, Jones, bin ich dein wandelndes Lexikon? Von Mounier stammen die ersten Paragraphen der Verfassung. Angeblich wollte er darin auch das Recht verankern, *allein zu trinken und sich zu erinnern …*»

Die Wirtin bläst sich ihre Strähne aus der Stirn und schaut Ed tief in die Augen.

«Da krieg ich direkt Lust, einen zu trinken. Du nicht, Edmond?»

Ed tut so, als würde er nicht verstehen. Die Wirtin lächelt und geht die Neuankömmlinge bedienen … Schnell serviert, schnell kassiert …

Die Machete schwebt über dem Kopf des Kommandeurs. Er kniet auf dem Boden, die Wange gegen den Hackklotz gepresst. Sein langes schwarzes Haar ist zu einem Zopf geflochten, dessen Ende waagerecht nach hinten gezogen ist und von einem Nagel im Holz gehalten wird.

«Schlag zu, Jean-Baptiste!»

«Ich kann nicht, Herr. Das ist nicht recht.»

«Schlag zu, sage ich, das ist ein Befehl!»

Dem jungen Mulatten, der die Machete hält, glänzt das Gesicht vor Schweiß. Wie auf den Feldern.

«Schlag zu, und du bist frei.»

Die Machete saust auf den Hackklotz nieder und trennt den Zopf direkt hinter dem Nacken ab. Der

Kommandeur erhebt sich und beruhigt seinen Diener.

«Du wirst sehen, mit ein bisschen Nachschneiden und Rasieren sieht das sehr gut aus. Gehen wir nach oben in mein Arbeitszimmer.»

Der Kommandeur greift nach dem Zopf, schiebt ihn in ein schwarzes Samtfutteral und verlässt mit Jean-Baptiste die Küche.

Auf dem Sekretär im Arbeitszimmer des Kommandeurs liegen versiegelte und in Geheimschrift beschriebene Briefe.

«Wenn ich morgen bis 13 Uhr nicht zurück bin …»

«Herr!»

«Hör zu. Du bringst diese Briefe zu Monsieur Deboval, meinem Notar an der Place des Victoires. Er ist ein guter Mensch. Du hast mich schon zu ihm begleitet.»

«Ich erinnere mich.»

«Er weiß, was zu tun ist. In einem dieser Briefe steckt deine Freiheit. Weine nicht! Jetzt nicht mehr. Nie wieder.»

Jean-Baptiste weint nicht, weil er frei ist, sondern weil sein Herr sterben wird.

«Es ist dafür gesorgt, dass du als Ehrenmann leben kannst, hier oder in der Heimat, ob sie Santo Domingo heißt oder wieder zu Haiti wird. Das wird die Geschichte entscheiden. Jetzt aber benötige ich dein Talent als Barbier.»

Der Kommandeur betrachtet seinen rasierten Schädel im Spiegel. Für den Rest der Nacht braucht er dieses veränderte Gesicht. Er öffnet eine Tür, hinter der ein Altar zum Vorschein kommt. Der Kommandeur entzündet unter dem schlichten Kreuz eine Kerze, kniet nieder und betet.

«Jean-Baptiste, bitte hilf mir jetzt beim Ankleiden.»

Der Kommandeur schiebt sich einen Dolch in jeden Stiefelschaft und zwei Pistolen in den Gürtel. Jean-Baptiste rückt ihm über der Weste den ledernen Köcher zurecht, den er auf dem Rücken trägt. Aus einem Wandgestell wählt er eine Machete mit Degengriff. Er prüft die Klinge und steckt sie in den Köcher.

«Mach dir keine Sorgen, Jean-Baptiste, ich gehe nur faules Zuckerrohr abschlagen.»

Die Wirtin bringt der alten Blinden und dem Rotschopf die Mouniers. Ed winkt sie zu sich. Sie stecken die Köpfe zusammen wie Verschwörer.

«Wir waren bei der Marquise und ihrer Geschichte von dem Sohn, der von einer Sekte in Haarlem gefangen gehalten wird.»

«Glaubst du daran, Bürgerin?»

«Ich gebe zu, dass ich anfangs dachte, die Marquisei ... entschuldigt ... eine arme Frau, die durch den Tod ihres einziges Sohnes irre geworden ist und versucht, ihn um jeden Preis zu ersetzen. Das kann schon vorkommen, wenn man ein Kind verliert.»

Ed beobachtet, wie die Blinde ihren Mounier trinkt. Er denkt an die Marquise. Ohne sie würde auch er mit diesen weißen Augen trinken. Die Wirtin erzählt weiter.

«Das dachte ich also bei mir, ihr Schrecklichen, aber dann ist mir die Hautfarbe eures Leopardenjungen aufgefallen. Er ist sehr hell. Also habe ich mir gesagt, er hat bestimmt einen weißen Vater, wie den Marquis. Wenn der aber der Vater wäre, so hätte er euch das sicher erzählt. Es sei denn … der Vater ist ein anderer.»

Diesmal ist es zu viel, Ed wird die Wirtin erdrosseln, mit bloßen Händen, und ihr dabei fest in die Augen sehen.

«Wirtin! Wo finde ich den kleinen Thron des Volkes?»

Die Blinde ist geräuschlos hinter sie getreten. Hat sie ihr Gespräch mit angehört?

«Die Tür hinter dem Pfosten, Bürgerin.»

Frau Catherine und Pobéré verlassen den Schankraum mit einer Kerze. Kaum im Hof, zieht der Junge einen Plan aus der Tasche und entfaltet ihn.

«Erzähl mir, Kleiner!»

«Alles wie geplant, Mutter. Rechts von dir und geradeaus stehen zwei hohe Gebäude. Kein Durchkommen. Links ist die Mauer, hinter der ein Garten liegen muss. Von dort aus kommt man in die Rue de l'Arbre-Sec.»

«Prüf das nach! Man muss immer alles nachprüfen.»

Der Junge klettert am Spalier hinauf und setzt sich rittlings auf die Mauer.

«Ich bin oben.»

«Erzähl mir, Kleiner. Erzähl mir, wie es dahinter aussieht …»

Die Wirtin und Jones wundern sich darüber, wie schweigsam Ed auf einmal ist. Er trinkt einen langen Zug aus seinem Weinglas und setzt es erst ab, als schon längst nichts mehr drin ist.

«Nur zu, Bürgerin, lass deiner Phantasie freien Lauf.»

«Hör doch erst mal zu. Der Marquis geht '77 mit Lafayette nach Amerika, um dort gegen die Engländer zu kämpfen. Überhaupt sollten die Amerikaner nicht vergessen, dass Frankreich sich ruiniert hat, um sie zu befreien! Zwei Millionen Pfund hat uns das gekostet! Ohne uns wären sie jetzt noch englisch.»

«Spar dir deine Reden, Bürgerin. Wir sind nicht dein Club. Komm wieder zur Marquise.»

«Na gut, aber gesagt werden musste es ... Also, die Marquise ist allein hier, der Marquis gilt als gefallen.»

Das stimmt, er war als verschollen gemeldet worden und erst '81 kurz vor der Belagerung von Yorktown wieder aufgetaucht. Er hatte von Fallenstellern gesprochen, die ihn verletzt und ohne Gedächtnis aufgefunden und mit in den Norden genommen hatten.

«Sie hat einen schwachen Augenblick. Es wird ein Kind geboren. Der Marquis erscheint wieder auf der Bildfläche. Man kann die Frucht der Sünde nicht behalten. Man gibt sie in ein Kloster.»

Jones zählt an den Fingern ab. Die Mutmaßung der Wirtin wäre um die fünfzehn Jahre alt. Das passt.

«Der Marquis kommt zurück. Man hütet das Geheimnis. Eines Tages ist das Kind verschwunden. Man sagt sich, das sei Gottes Wille. Man betet und man vergisst. Und dann geschieht das Schreckliche: Die Guillotine fordert ihren Tribut. Man verliert den einzigen, großartigen Sohn. Also will man den anderen wiederfinden. Auch wenn er ein bisschen scheckig ist.»

«Das reicht, Bürgerin!»

Ed streicht sich über die verätzten Wangen. Das ist seine Art nachzudenken. Er hätte nie gedacht, dass man mit lauter ‹man› die Marquise so genau darstellen kann. Beinahe sieht er das Oval ihres Gesichtes vor sich.

«Ich gebe zu, Bürgerin, dein Märchen hat Hand und Fuß. Aber für Jones und mich macht das keinen Unterschied. Egal woher dieses Kind stammt, unser Auftrag ist, es zu finden.»

Rrrums!

Ein Kanonenschlag gegen die Eingangstür. Das Schloss wird herausgerissen. Die Überreste fliegen durch den Schankraum und plinkern bis in die Töpfe. Die Tür selbst saust samt Angeln und Beschlägen waagerecht hinterher. Ein Windstoß fährt in den Raum, und mit ihm: die Rückkehr des Winsley-Kometen! Die leuchtende Scheibe prallt gegen einen Tisch, zerschlägt Krüge und Gläser, saust in die Luft und verkantet sich zwischen den Deckenbalken.

Die Wirtin, Ed und Jones betrachten das Flugobjekt über ihren Köpfen und identifizieren es als bekannt. Es ist ein Kutschrad mit Speichen, gelb wie eine Butterblume. Die Wirtin findet das Ding recht besehen sehr hübsch und sieht es schon zum Kronleuchter umfunktioniert.

«Mein Rad! 'tschuldigung, Madame. Würden Sie mir bitte mein Rad wiedergeben?»

Hinter dem Objekt her kommt La Marmotte hereingestürmt, ganz außer Atem von der Verfolgung. Er zieht die Wirtin an der Schürze.

«Du schon wieder! Das Theater von heute Morgen hat dir wohl nicht gereicht? Du bist ja der reinste fahrende Händler für Schlamassel aller Art! Kannst du deine Verwüstungen nicht zur Abwechslung anderswo anrichten? Ich gebe dir gerne ein paar Adressen!»

«Schon gut, Madame, schau mich nicht so böse an. Gibst du mir mein Rad wieder?»

Nicht zu glauben! Dieses Stück Honigkuchen mit seinem Kussmund und seinem Schornsteinfegerlächeln will mich um den Finger wickeln. Kommt gar nicht in Frage. Ed und Jones inspizieren den hereingeschneiten schwarzen Bengel. Mit der Miniatur in der Hand betrachten sie ihn von allen Seiten. Er bemerkt sie nicht einmal. Er wendet den Blick nicht von der Wirtin.

«Madame, bitte, geben Sie es mir wieder.»

Je länger die beiden auf das Porträt starren, desto lauter sagen sie sich … Warum nicht … Man kann nie wissen … Der Zufall … Da wäre der Auftrag schnell erledigt …

«Zieh dich aus, Junge!»

«Was ist denn mit dir los, Edmond? Stehst du neuerdings auf kleine Jungs?»

«Red keinen Unsinn, Bürgerin. Ich will nur wissen, ob er weiße Flecken hat.»

Erst jetzt bemerkt La Marmotte die beiden Kerle, die ihn splitternackt sehen wollen. Ihm bleibt der Mund offen stehen.

«Ed Cercueil und Fossoyeur Jones!»

Die beiden Angeredeten werfen sich in die Brust. Sie wussten gar nicht, dass sie so bekannt sind.

«Ihr Verräterbande! Ihr dreckigen Lügner! Ihr gemeinen Im-Stich-Lasser!»

Den Rest verstehen sie nicht mehr. La Marmotte hat sich auf sie gestürzt und drischt mit Kopf, Fäusten und nackten Füßen auf sie ein. Gar nicht leicht zu bremsen, so ein rasender Bengel. Bei einem Bürger ist das einfacher. Ein Kolbenhieb auf den Nasenrücken, ein Haken in die Magengrube, und schon hat er sich beruhigt. Aber diesen wild gewordenen Knirps müsste man erst einmal zu packen bekommen. Das wäre einfacher, wenn die Wirtin sich nicht in den Kopf gesetzt hätte, die Schlichterin zu spielen.

«Lasst den Jungen los!»

«Hände weg, Bürgerin!»

Ed gelingt es, die Wirtin auf einen Tisch zu werfen. Was eher nach einem freudigen Wiedersehen aussieht als nach einer Verhaftung. Jones hat mit dem schreienden La Marmotte mehr Mühe.

«Hör auf, du brüllst noch das ganze Viertel zusammen!»

Das bringt den Knirps erst recht auf dumme Gedanken.

«Zu Hilfe, Patrioten! Hier wird ein Kind ermordet!»

Jones stopft La Marmotte das Maul, der wehrt sich

wie rasend, dann gibt er plötzlich auf. Von heftigen Schluchzern geschüttelt, zuckt er wie ein Hampelmann. Er klammert sich an Jones' Hemd und heult dessen Brust nass. Jones schaut Ed und die Wirtin mit den Augen eines Schiffbrüchigen an ... Was soll ich nur tun? ... Gar nichts. Die drei umringen La Marmotte schweigend. Die reinste Weihnachtskrippe, mit einem schniefenden Jesus, einem Riesenochs und einem Quadratesel. Die Jungfrau Maria hat die Formen einer Schankwirtin angenommen, und Joseph repariert wohl gerade die Tür der Taverne, die der Heilige Geist bei seinem Dreinfahren aus den Angeln gerissen hat.

Über Jones' Schulter hinweg sieht La Marmotte die Blinde und den Rotschopf hinausgehen. Die-aus-der-Rue-des-Moineaux! Was haben die hier zu suchen? Haben sie ihn gesehen? Ach, diese Nacht wird immer komplizierter! Vielleicht hätte er doch lieber bei den *Reisen des Kapitän Cook* bleiben sollen.

Vor dem La Vainqueuse begegnet eine Patrouille aus sechs Nationalgardisten einer alten Blinden und einem Schuhputzer, der seinen Schemel über der Schulter trägt. Der Sergeant lässt salutieren. Die Patrouille marschiert weiter.

«Siehst du, Pobéré, denen müssen wir morgen vielleicht die Kehle durchschneiden, um die Königin zu retten.»

«Dann werden wir das eben tun, Mutter.»

«Komm, bevor wir uns mit den anderen treffen, müssen wir die Sache in der Rue Saint-Honoré noch überprüfen. Das ist das Wichtigste.»

La Marmotte lässt Jones los und wischt sich die Tränen ab. «Warum habt ihr mich nicht mit nach Amerika genommen?»

Ed und Jones mustern den schwarzen Jungen, der sie so anfährt ... Was redet der Rotzlöffel da nur? ... Dieses runde Gesicht sagt ihnen doch etwas ... Na klar! Jetzt haben sie's.

«La Marmotte!»

«Alle Achtung! Du hast dich ganz schön gemausert in einem Jahr. Du bist ja ein richtiger Kerl geworden.»

Die Wirtin findet nicht mehr durch.

«Kennt ihr den Nichtsnutz etwa?»

«Und ob wir ihn kennen, Bürgerin.»

«Er hat uns das Leben gerettet.»

Bei dieser Eröffnung sinkt sie auf eine Bank und überlässt die anderen ihren Gefühlsausbrüchen. Ed und Jones erklären La Marmotte, warum sie nicht nach Amerika gefahren sind. Sie erzählen der Wirtin zehnmal, wie sie vor einem Jahr in Haarlem den Kopf des Sohnes der Marquise gefunden haben. Sie schildern hundertmal, wie sie ihn dem Neger Delorme und seiner Bande abgejagt haben.

«Übrigens, ihr Schrecklichen, wegen Delorme ...»

«Das ist Schnee von gestern, Bürgerin.»

Ed möchte nichts davon hören, sonst spürt er noch

einmal die Säure auf seiner Haut. Jones und La Marmotte sind auf Stühle geklettert und spielen begeistert die Verfolgungsjagd in der Droschke durch Haarlem nach, als Delorme und seine Ulanenbande ihnen auf den Fersen waren. Nein, sie haben La Marmotte nicht im Stich gelassen. Sie hielten ihn für tot. Die Auferstehung wird mit Festtagswein und Limonade begossen.

«Und ich, Madame?»

Der Piqueur mit dem Mops über der Schulter steckt den Kopf zur Tür herein.

«Wer ist denn diese Bohnenstange?»

«Der gehört zu mir, Madame. Er ist mein Freund.»

«Dann komm rein, Bürger. Einer mehr oder weniger ...»

«Er betritt keine Häuser, Madame.»

«Und warum nicht?»

«Da gibt es wohl nicht genug Wörter zu finden.»

Die Wirtin bemüht sich nicht weiter, das zu verstehen. Nicht ihr Abend heute. Das kommt vor. Sie schenkt ihm ein Glas Wein ein. Der Piqueur schreibt ‹Amaryllis› von der Schiefertafel ab und zeigt es der Wirtin.

«Was ist das?»

«Das ersetzt die heilige Teresa von Avila auf dem Almanach. Es ist eine rote Blume. Ihre Form ähnelt ... den edlen Teilen des Mannes.»

«‹Edle Teile›, können Sie mir das aufschreiben, Madame?»

«Aufschreiben nicht, aber zeigen ...»

«Bürgerin!»

Das war Ed. Also wirklich! Wenn man selbst in den eigenen vier Wänden nichts Anzügliches mehr sagen darf, kann man auch gleich schließen. Das Hündchen nutzt die Gelegenheit, um die Gläser auszulecken, während die beiden Schrecklichen sich wieder in Soldaten in offiziellem Auftrag verwandeln.

«La Marmotte, betreibst du immer noch deinen Kutschräderhandel in Haarlem?»

«Jawohl. Aber zurzeit ist das Geschäft eher ruhig, Monsieur Jones.»

«Hast du den schon mal in Haarlem gesehen?»

Jones zeigt La Marmotte die ovale Miniatur. Der Junge betrachtet sie zerstreut.

«Was krieg ich dafür?»

«Eine Tracht Prügel! Und wenn du nicht antwortest, ersäufen wir dich danach im Branntwein.»

«Und auf das Glas kleben wir dann ein Etikett, auf dem steht: ‹Sturer Negerbengel›.»

Der Präsident des Tribunals fährt in der Verlesung der Anklageschrift fort.

«Das französische Volk beschuldigt Antoinette ...»

Sie mag es, wenn man sie Antoinette nennt! Wenn Hermann das wüsste, würde er sich weigern. Toinette wäre noch schöner.

«... alle politischen Ereignisse der letzten fünf Jahre sprechen gegen sie.»

Marie-Antoinette seufzt. Von Anfang an hat sie nichts anderes zu hören bekommen als vage Zeugenaussagen, unhaltbare Behauptungen, erkaufte Anschuldigungen, üble Nachrede und böswillige Lügen. Sie hat auf jeden Vorwurf geantwortet. Ihre Ankläger mussten zu den schändlichsten Verleumdungen greifen, um sie zur Strecke zu bringen. Wie konnten sie es wagen, den Sohn gegen die Mutter aussagen zu lassen? Den Dauphin gegen die Königin? Die heiligen Bande zwischen Mutter und Kind zu besudeln? Von Blutschande zu sprechen! Mein armer Schatz. Du bist so einsam in deinem Gefängnis. Sicher haben sie dir eingeredet, ich würde dich im Stich lassen, damit du mich verrätst. Marie-Antoinette verübelt sich dieses Wort … Verrat! … Sie möchte es auslöschen, aber Hermanns dröhnende Stimme dringt in ihre Gedanken.

«Bürger Geschworene, Sie werden vier Fragen zu beantworten haben.»

Antoinette verschränkt die Hände über dem Leib. Sollte dadrinnen ein Fluch über die Linie der männlichen Nachkommen wohnen? Der erste Dauphin ist so jung gestorben, der zweite stirbt nun ebenfalls. Welche Verfehlung hat sie zu sühnen?

Die Geschworenen erheben sich.

Mein Gott! Sie hat nicht gehört, wessen man sie beschuldigt. Es ist drei Uhr. Wie weit die Nacht schon vorgeschritten ist.

Also gut, Monsieur Cercueil, ich antworte, aber dafür versprechen Sie, mich mitzunehmen.»

«Kommt nicht in Frage, La Marmotte.»

«Die Wirtin hat Recht, du bist ein fahrender Händler für Schlamassel aller Art.»

«Dann könnt ihr mich hier auf der Stelle umbringen. Ich sage nichts. Ich werde nicht einmal schreien.»

La Marmotte nimmt die heroische Pose des jungen Viala beim Angriff der aufständischen Royalisten an. Die Wirtin findet, mit einem solchen Charakter könnte der Junge ohne weiteres ihr Sohn sein. Und mit Ed als Vater würde niemand *Haltet den Dieb!* schreien, wenn sie zu dritt im Palais-Royal spazieren gingen und Krapfen äßen.

«Also gut, La Marmotte, wir nehmen dich mit.»

Ed zwinkert Jones komplizenhaft zu.

«Na los, pack deine Ware aus.»

«Schwört ihr's? Spucke drauf!»

Ed und Jones spucken auf den Boden. Die Wirtin reagiert nicht einmal. Nach all diesem Theater kann sie ihre Taverne ohnehin als Schweinestall verkaufen.

«Den von dem Bild, den kenn ich. Das ist der Schecke. Er machte die Buchführung beim Mac in Haarlem. Ihr wisst ja, wer das ist.»

Allerdings. Bei diesem kleinen Zuhälter haben sie damals den Kopf des Sohnes der Marquise gefunden.

«Ist er noch dort?»

«Nein, er ist Anfang des Jahres gegangen. Ich meine, als das Jahr noch am ersten Januar anfing.»

«Wie lange hat er beim Mac gearbeitet?»

«Keine Ahnung. Das müsst ihr den Mac selbst fragen.»

Und ob! Der Mac ist der erste Name auf ihrer Tanzkarte in Haarlem. Sie träumen schon lange davon, diesem Kerl ordentlich einzuheizen. Ed und Jones packt das Jagdfieber. Die Wirtin räumt den Gastraum ein wenig auf, aber eigentlich benötigte sie dazu eine Truppe Pioniere.

«Was weißt du sonst noch, das uns helfen könnte, ihn zu finden?»

«Dass wir uns beeilen müssen, wenn wir nach Haarlem hineinwollen, ohne uns abmurksen zu lassen.»

La Marmotte hat Recht. Ed und Jones suchen ihre Sachen zusammen. Ed tritt zur Wirtin, den Hut in der Hand. Sie ergreift das Wort, damit er nicht herumzustammeln braucht.

«Ich muss dir noch etwas sagen, Edmond. Pass auf, dort triffst du ...»

«Mach dir keine Sorgen um mich, Bürgerin. Heb meine dreizehn Louisdor für mich auf. Nimm dir was raus, um den Saustall hier wieder in Ordnung zu bringen. Aber greif nicht zu tief in den Beutel, während ich weg bin.»

Die Wirtin lässt die Geldbörse in der Hand hüpfen. Sie bläst sich die Haarsträhne aus dem Gesicht und schenkt ihm einen schäkernden Augenaufschlag.

«Du weißt doch, ich habe ihn immer gut warm gehalten. Mit dem Hineingreifen warte ich, bis du zurück bist.»

Die Wirtin fragt sich, ob Edmond weiß, dass der König die Frau, die er heiratet, mit dreizehn Louisdor bezahlt.

Ed errötet. Das bedeutet, seine Haut wird an den

verätzten Stellen etwas heller. Zum Glück haben sich die anderen für die Abschiedsszene diskret verzogen.

Von draußen kann man die Gefühlsausbrüche nicht weiter verfolgen. Jones, La Marmotte und der Mops warten vor der Tür. Der Piqueur steht auf der anderen Straßenseite vor einem Anschlagzettel.

«Da kommt eine Droschke, Junge. Halt sie an. Und sag dem Kutscher auf keinen Fall, dass wir nach Haarlem wollen!»

«Für wie dumm hältst du mich, Monsieur Fossoyeur?»

Mit dem Mops auf dem Arm stellt sich La Marmotte mitten auf die Straße. Die graue Droschke kommt langsam heran, beinahe im Schritttempo. La Marmotte prüft mit Kennerblick, ob es etwas zu holen gibt. Es ist ein ausgelutschtes Exemplar, unbeleuchtet und mit zugezogenen Vorhängen. Neben ihm hält der Wagen an.

«Danke, Bürger.»

Der Kutscher rührt sich nicht. Bestimmt hat er eine üble Fahrt hinter sich. La Marmotte öffnet den Schlag. Aus dem Inneren schnellt ein Schatten hervor und reißt ihm das Hündchen aus den Armen. Eine Klinge blitzt in Richtung seiner Kehle. La Marmotte weicht aus. Etwas trifft ihn in der Magengrube. Ein Fußtritt. Er sieht den Stiefel und kugelt rückwärts gegen die Mauer. Sein Kopf schlägt auf, die Peitsche knallt, der Kutscher brüllt … Yehaaa! … Das Gespann prescht über das Pflaster davon.

«Haltet ihn!»

Es ist idiotisch, aber das hat La Marmotte tatsächlich geschrien. Tausendfünfhundert Pfund beschlagenes Fleisch und eine Kutsche aus vollstem Galopp zu halten – dazu muss man verrückt sein! Trifft sich gut: Der Piqueur ist es. Schon rennt er hinter der Droschke her, als wolle er um jeden Preis ein Wort abschreiben, das auf ihrem Hinterteil steht. Er trägt seine Pike wie einen Wurfspieß über dem Kopf. Plötzlich holt er aus und schleudert das Ding in die Luft. Die Flugbahn in Balkonhöhe ist elegant und die Landung präzise. Die kunstvoll geschwungene Spitze bohrt sich ins Dach der Droschke. Jones zieht seine 38er und schießt an dem Piqueur vorbei, der sein Werk bewundernd betrachtet, auf die Kutsche.

«Runter, verdammte Bohnenstange!»

Der Piqueur rührt sich nicht. Die Kugeln pfeifen ihm um die Ohren und streifen den Schaft mit bläulichen Blitzen. Im Dunkeln sieht es aus, als würde der Wagen Elektrizität aus dem Himmel beziehen. Die Pike schwankt auf dem Dach und fällt schließlich herab, als die graue Droschke die Kurve nimmt, um Richtung Saint-Germain-l'Auxerrois zu verschwinden.

«Was ist los?»

Ed kommt mit gezückter Pistole aus der Taverne.

«Jemand hat dem Jungen seinen Hund gestohlen.»

La Marmotte hat noch einen ganz hohlen Bauch. Aber was ihm den Atem nimmt, ist vor allem ein Geruch. Ein Geruch nach Medizin aus der grauen Droschke. Der gleiche wie von Doktor Seifferts Händen, als der ihm bei Denen-aus-der-Rue-des-Moineaux die Wange getätschelt hat. Dafür ist es jetzt die Wirtin, die herbeieilt und ihm den Bauch mit Branntwein massiert.

«Wenn deine Mutter das riecht, glaubt sie, du hättest dich besoffen.»

«Ich habe keine Mutter, aber ich will einen Schluck, damit sie Recht hat.»

Der Junge zeigt auf das Fässchen. Der Wirtin gefällt seine Antwort. Für den Schmerz wird er mit einem großzügigen Schluck entschädigt, wobei er den Kopf fest an ihre Brust pressen darf. Ed betrachtet die Szene und sagt sich, dass Ohio noch weit ist. Schnell, eine Kutsche, bevor auch er einen Schluck abhaben möchte – oder zwei.

«Na los, Junge, mach dich nützlich. Besorg uns eine echte Droschke.»

«Ich suche eine gelbe!»

«Warum eine gelbe?»

«Weil das die Einzigen sind, die sich nach Haarlem trauen.»

[illegible]
[illegible]
[illegible]

[illegible]
[illegible]

[illegible]
[illegible]

[illegible]
[illegible]
[illegible]
[illegible]
[illegible]
[illegible]

[illegible]
[illegible]

5
Haarlem

Der Kutscher der gelben Droschke lässt seine Peitsche kreisen wie eine Schleuder und stößt seinen bretonischen Kriegsruf aus:

«Yaîl! Ho! Kab!»

Der Braune bäumt sich auf. Er steigt mit den Vorderbeinen so steil in die Luft, dass er beinahe das baumelnde Aushängeschild des La Vainqueuse abschlägt. Die Wirtin steht in der Tür und bangt um ihre Blechbastille. Nun pfeift dem Widerspenstigen die Peitschenspitze um die Ohren. Das scheint ihm nicht zu gefallen. Er lässt die Hufe aufs Pflaster sausen, beißt wütend auf dem Gebiss des Zaumzeugs herum und wirft sich mit aller Kraft ins Geschirr. In der Droschke werden Ed, Jones und La Marmotte von der abgewetzten Sitzbank geschleudert. Sie landen ungeordnet an den Wänden. Vor der Taverne schwenkt die Wirtin ihre Schürze. Ed versucht, den Kopf zur Tür hinauszustrecken, um ihr zu winken. Weil es so holpert, sieht er von draußen aus wie der unentschlossene Kuckuck einer Schwarzwald-Uhr. Wieder nichts mit dem romantischen Abschied.

Das Gespann rast die Rue de la Monnaie hinunter und auf die Seine zu, als wolle es sich ersäufen.

«Bürger Kutscher, meide den Pont-au-Change. Rund

um die *Conciergerie* ist bestimmt schon viel zu viel Betrieb.»

Ein Peitschenhieb fordert Jones auf, sich um seine eigenen Angelegenheiten zu kümmern … Yaîl! Ho! Kab! … Der Lärm von Rädern und Hufen lässt die Fassaden erzittern. Bei diesem Tempo wird der Kutscher sie noch vor dem Pont Notre-Dame töten.

La Marmotte wischt sich über den Mund. Er hat gerade den Rum der Wirtin wieder dem Wind übergeben. So, wie das brennt, war es ein zweiundsiebzigprozentiger! Ed und Jones sind blass, als kämen sie direkt aus einem Bleichwasserbad. Der Piqueur wollte unbedingt draußen bleiben und auf dem hinteren Trittbrett balancieren.

Die Droschke behält ihre Geschwindigkeit bei. Sie biegt in die Rue de la Huchette ein wie die Besensonne eines Schornsteinfegers in den Kamin. Ohne nennenswert zu verlangsamen schwenkt das Gespann linker Hand in die Rue de la Harpe und sieht sich von einer Prozession aus Männern, Frauen und Kindern mit Lampions und Laternen eingeschlossen. Im Nebel wandern sie zur Seine hinunter. La Marmotte steckt den Kopf hinaus und spricht einen Sansculotten mit Schnurrbart an.

«Was ist los, Bürger?»

«Wir gehen zur Pantomime! Eine Königin, die den Kopf verliert, das sieht man nicht alle Tage.»

«Ist es so weit? Steht es schon fest, dass sie Marie-Antoinette guillotinieren?»

«So gut wie.»

Marie-Antoinette sitzt abseits auf einem Stuhl und wartet. Sie fragt sich, was die Geschworenen wohl über sie sagen. Sie sind nebenan in der *Grande Chambre* geblieben. Der Gendarm, der sie bewacht, reicht ihr ein Glas Wasser. Wie kühl es ist! Beinahe ebenso köstlich wie ihr Wasser aus Ville-d'Avray. Früher hätte sie aus dem Oberleutnant um dieser Geste willen einen Dragoneroberst mit fünfzehntausend Francs gemacht. Er ist höflich und liebenswürdig, ohne seinen Auftrag auch nur im Geringsten zu vernachlässigen. Sie gibt ihm das leere Glas zurück … Oberleutnant de Busne! … Er lächelt ihr charmant zu. Nun! Geizen wir nicht mit unserer Gunst. Machen wir ihn zum Brigadegeneral mit zwanzigtausend Francs und dem Stand eines Barons. Dieses Amt wird die Staatskasse nicht teuer zu stehen kommen.

Marie-Antoinette hört Stimmen aus der *Grande Chambre*. Sie vertraut den Geschworenen. In diesen zwei Tagen wurde nichts ernst zu Nehmendes gegen sie vorgebracht. Im schlimmsten Fall wird man sie mit ihren Kindern verbannen. Hoffentlich nicht in dieses furchtbare Guyana, die Luft dort wäre der Gesundheit ihres armen Schatzes nicht zuträglich. Das wäre ein Verbrechen. Eine Abtei wäre ihr angenehm, vorausgesetzt es gibt dort einen guten Kantor.

In der *Grande Chambre* ertönt die Glocke des Präsidenten. Marie-Antoinette schaudert.

Die Stunde des Urteils ist da.

Die gelbe Droschke schiebt sich im Schritt gegen die Menschenmenge, die zur *Conciergerie* hinunterströmt. La Marmotte hat sich schweigend in eine Ecke gekauert. Ed und Jones beobachten ihn. Seltsam, wie sehr der Junge, wenn er traurig ist, aussieht, als würde er seinen Hund wiegen.

«Sagt mal, darf man eine Mama ermorden?»

Die Schrecklichen wissen nicht, was sie sagen sollen, wenn der Junge sie mit solchen Augen ansieht.

«Sagt, darf man das?»

«Sie ermorden keine Mama, sie verurteilen eine Königin.»

«Hört man denn auf, eine Mama zu sein, wenn man Königin ist?»

Plötzlich vermissen Ed und Jones das Rütteln, die Schreie, das Peitschengeknall. Alles, was einen daran hindert, auf Fragen zu antworten, die das Wort ‹Mama› enthalten.

«Ich finde, wenn man einmal angefangen hat, Mama zu sein, kann man nicht einfach damit aufhören.»

La Marmotte schlingt die Arme um seinen Säbel und schmiegt die Wange an den Griff. Die gelbe Droschke erreicht die Rue de la Harpe. Auf der Place Saint-Michel brennt ein großes Feuer. Eine Vogelscheuche mit einer eleganten Damenhaube auf dem Kopf wird zu diesem Scheiterhaufen getragen. Soldaten und Frauen singen. Das Pferd schnaubt. Der Kutscher bellt:

«Die Hölle! Die Hölle! Da sind wir!»

Das ist seine Art, die Rue d'Enfer auf der anderen Seite des Platzes anzukündigen. Die gelbe Droschke fährt den Jardin du Luxembourg entlang bis jenseits der Rue Saint Dominique. Vor dem Portal des Feuillants des Anges biegt er nach rechts ab und fährt unter einem gemauerten Torbogen hindurch. Sogleich prasseln Steine auf die gelbe Droschke.

«Eindeutig, wir sind da!»

Ed und Jones zeigen sich mit den 38ern als Wappen am Wagenschlag. Der Steinhagel hört sofort auf.

«Ecke Lenox Avenue, ehemals Les noix, und 125. Straße! Sie sind da. Macht sieben Pfund dreißig.»

«Ist das der Preis für das Pferd, Bürger?»

Der Kutscher mustert ihn von oben herab. Nicht sehr umgänglich, diese Bretonen. Ed schluckt seinen Scherz hinunter und bezahlt. Für diesen Preis taucht auch der Piqueur wieder auf. Mit seiner Pike in der Hand springt er vom Trittbrett. La Marmotte würde ihm am liebsten um den Hals fallen. Und ihn fragen, welche neuen Wörter er unterwegs gefangen hat. Aber er lächelt ihm nur zu. Das ist besser. Ed und Jones strecken sich, als kämen sie von einer Überlandfahrt mit der Postkutsche. Die gelbe Droschke fährt an, dass die Funken stieben … Yaîl! Ho! Kab! …

Nun sind sie in Haarlem allein.

Wenigstens brauchen wir unseren Mann nicht lange zu suchen!» – Ed zeigt auf einen riesigen roten Schriftzug, der zwei Häuserblocks weiter ein ganzes oberstes Stockwerk verdeckt … *Mac, der Am-Bürger-König* … in drei Fuß hohen gelben Lettern.

«Alle Achtung, Macs Restaurant ist ja ganz schön gewachsen seit dem letzten Mal. Statten wir ihm doch einen kleinen Besuch ab.»

Ed und Jones vorneweg, marschiert die Truppe die 125. hinauf auf den Schriftzug zu. In der Straße herrscht Betrieb wie auf dem Pont-Neuf, und sie ist beleuchtet wie das Versailler Schloss.

«Sag, Marmotte, warum sind die Straßen hier alle gerade und mit Nummern?»

«Früher war Haarlem ein Park mit Blumen und Alleen. Sie haben den Grundriss beibehalten.»

Trotz der späten Stunde scheint das ganze Viertel auf den Beinen zu sein. Also die Generalstände der Langfinger, Abzocker und Messerstecher. Sie sind auf den Außentreppen nach Interessengruppen versammelt und klagen sich gegenseitig ihr Leid, während sie nach der Uhrkette, dem Ahnungslosen oder dem Kunden Ausschau halten, den sie als Nächstes ins Visier nehmen wollen. Der Piqueur kommt mit Augen und Stift gar nicht mehr nach. La Marmotte hat größte Mühe zu verhindern, dass er bei jedem Schritt entführt wird.

«Wenn du mit deinem Gerät hochkommst, kostet es das Doppelte. Der Kleine kann gratis mit!»

«Warum gehen wir nicht mit rauf, Marmotte? Sie sind doch nett, diese Damen.»

«Geh weiter!»

Der Piqueur ist enttäuscht. Er stürzt sich auf alles, was ihm vor die Nase kommt, und stopft es in seine Umhängetasche ... *Erwiderte Liebe* ... *Lotterie der Liebe* ... Hausierer, beladen wie Lastenträger, preisen ihre

Waren an … *Bilder – Bilder! Wer glaubt meinen Bildern? … Die Brooks! Die unglaubliche, aber wahre Darstellung eines Sklavenschiffes und seiner menschlichen Fracht! … Bilder – Bilder! … Einen Sou für meine Bilder!*

Ein kleiner rundlicher Mann, ganz in Gold gekleidet, verfolgt Ed und Jones mit seiner Visitenkarte in der Hand.

«Mokka! Ich bin Mokka! Ich muss mit Ihnen reden, Bürger.»

Sein pockennarbiges Gesicht veranlasst einen eher zum Weitergehen. Ed und Jones schieben ihn beiseite. Sie sind vor dem Schriftzug ‹Mac, der Am-Bürger-König› angelangt.

Der Eingang des Restaurants wird von zwei lachenden Gipsnegern bewacht. Sie tragen Tabletts mit Werbezetteln für Zahnpulver. Der Piqueur deckt sich ein.

«Ich bleibe draußen zum Abschreiben.»

Der Piqueur bezieht Posten. Ed, Jones und La Marmotte gehen ins Restaurant. Der Raum ist mit blau-weiß-roten Bändern und Kokarden geschmückt. Plakate zeigen Stillleben mit den verschiedenen Am-Bürgern, die angeboten werden … ‹Marat›, ‹Gleichheit›, ‹Republik› … Sie werden im Stehen gegessen. Es gibt keine Stühle. Nur hohe Stehtische.

Ein langer Tresen trennt die Küche ab, in der sich die als Sansculotten ausstaffierten Angestellten an den Herden zu schaffen machen. Andere schneiden, setzen zusammen und packen ein, wobei sie Arbeiterlieder singen.

Ed und Jones gehen direkt an den Tresen. Mit einem befremdlichen Gefühl hören sie die Gesänge von den Antillen. Eine junge Kellnerin mit einem Notizblock in der Hand lächelt sie an.

«Sie wünschen, Bürger? Diese Woche können Sie als Geschenkfigur zu jeder Bestellung zwischen Voltaire und Rousseau wählen. Was nehmen Sie?»

«Den Inhaber!»

Sie zeigen diskret ihre blauen Marken. Dem jungen Mädchen bleibt der Stift in der Luft hängen. Ed flüstert ihr ins Ohr:

«Geh und sag dem Mac, die Polizeibeamten Ed Cercueil und Fossoyeur Jones wollen ihn sprechen.»

«Aber gib uns trotzdem einen Voltaire und einen Rousseau für den Jungen.»

Die Kellnerin reicht ihnen die Figuren und verschwindet durch eine Schwingtür.

«La Marmotte, wo hat der Junge von dem Porträt gearbeitet?»

«Dahinter.»

Er zeigt auf einen mit Schnitzereien verzierten Holzparavent im rückwärtigen Teil der Küche.

«Wie konntest du ihn dann sehen?»

«Ich bin immer hintendran vorbeigegangen, durch den Lieferanteneingang.»

«Und was hattest du dort verloren?»

La Marmotte sucht nach einer akzeptablen Antwort. Währenddessen betritt der Mac die Bühne.

«Ed Cercueil und Fossoyeur Jones, meine lieben Freunde!»

Der Mac hat sich seit ihrer letzten Begegnung verändert. Er ist zwar noch genauso klobig und puppenhaft zugleich. Aber er hat sich noch mehr peruanisches Gold in den Mund geladen. Sein Lächeln ist das reinste Schmuckkästchen. Seine Hautfarbe ist dank des Balsams von den Inseln um zwei Grad heller geworden. Gekrönt wird das Ganze von einer altmodischen Ponyperücke.

«Wir wollten deine Spelunke besichtigen, Mac!»

«Spelunke, Spelunke! Ed Cercueil untertreibt aber! Dem Mac untersteht inzwischen das größte Schnellrestaurant von Haarlem. Sogar von ganz Paris.»

Ed und Jones stellen fest, dass der Mac seine Selbstzufriedenheit immer noch in der dritten Person äußert.

«Wirklich, Freunde, der Mac ist ein gutes Stück weitergekommen, seit wir das letzte Mal das Vergnügen hatten.»

«Kann man nur hoffen. Das letzte Mal haben wir bei dir den abgeschlagenen Kopf eines Schwarzen gefunden, der gerade in das Brüderlichkeits-Hack wandern sollte … »

«Und einen toten Weißen in deinem Weißbrot.»

«Seid still, ihr Spaßvögel, man könnte euch hören.»

Schon geschehen. Ein großer Milchkaffeefarbener steht mit offenem Mund vor seinem Doppel-Gleichheit, den er entsetzt anstarrt, als sähe er das Hackfleisch noch zwinkern. Der Mac nimmt Ed und Jones am Arm und führt sie beiseite.

«Freunde! Lassen wir die Vergangenheit ruhen. Begießen wir unser Wiedersehen bei mir oben mit einem guten Glas Gaumenprickler.»

«Deine kackbraune Limonade kannst du behalten!»

Der Mac setzt eine empörte Schulmeistermiene auf.

«Ihr müsst wissen, Freunde, dass Macs Gaumenprickler auf der Basis von aus Amerika eingeführten Kola-Nüssen hergestellt wird, deren Heilkraft bei Verdauungsbeschwerden und Mangel an Gleichmut erwiesen ist. Er ist angenehm im Geschmack und prickelt am Gaumen. Daher auch sein Name. Außerdem verleiht der Gaumenprickler Schmuckstücken ebenso neuen Glanz wie Metallbechern, Silberbesteck …»

Jones unterbricht die Anpreisungen.

«Apropos Silber, wie wär's, wenn wir hinter deinem Paravent die Abteilung Silberlinge unter die Lupe nähmen?»

Hinter dem Paravent stehen tatsächlich der Tisch, der Kleiderständer und die Kassenbücher, die La Marmotte ihnen beschrieben hat. Ein alter Mann mit Feder und Kerze schreibt Zahlenkolonnen. Mit seiner Krone aus weißem Kraushaar und den fiebrig glänzenden Augen erinnert er an einen militanten Mönch.

«Trinité! Könntest du den Mac mit seinen Freunden bitte allein lassen?»

Wortlos trägt der Mann seine Rechnungen nach nebenan.

«Kennst du den hier?»

Kaum hinter dem Paravent, zeigt Jones das Porträt des Leopardenjungen. Der Mac tut so, als würde er unter seiner Perücke nachdenken.

«Nein, nie gesehen.»

Ed packt ihn am Kragen seines Gehrocks. Teures

Stöffchen, dem Griff nach. Er zwingt ihn auf einen Stuhl.

«Schlechte Antwort. Das sagt man nicht, wenn man so ein Gesicht zum ersten Mal sieht.»

«Ach nein? ... Was sagt man denn?»

«Zum Beispiel: Wie entsetzlich! ... Mein Gott! ... Oder: Was ist denn mit dem passiert?»

«Stimmt, was ist eigentlich mit dem passiert?»

Piff, paff! Ed konnte sich weder den Hinweg noch den Rückweg der Backpfeife verkneifen.

«Er hat zu viel Balsam von den Inseln benutzt.»

«Da siehst du, was dir noch bevorsteht, Mac.»

«Tatsächlich? ... Wie entsetzlich! ... Mein Gott! ...»

Er betastet sein Gesicht, um sich zu vergewissern, dass ihm die Haut noch nicht in Fetzen herunterhängt. Im Augenblick sind eher die wackelnden Backenzähne bedenklich.

«Du hast ihn also noch nie gesehen. Auch wenn wir dir sagen, dass er hier gearbeitet hat.»

«Genau da, wo du gerade sitzt.»

Der Mac schaut unter sich, als wolle er den Jungen suchen.

«Bestimmt nicht ... Würde mich wundern ... Möglicherweise ... Aber der Mac denkt, dass es uns unmöglich ist, jeden Angestellten zu kennen.»

Ed teilt noch ein paar Backenstreiche und Maulschellen aus:

«Das ist für den Mac! Das ist für ‹er›, und das ist für uns!»

Auf seinem Stuhl zusammengesackt, denkt der Mac

darüber nach, wie viele Personalpronomen er wohl noch um die Ohren gehauen bekommt.

«Dein Gedächtnis hat nachgelassen!»

«Aber wir werden ihm auf die Sprünge helfen.»

Jones holt La Marmotte herein. Sobald der Mac ihn sieht, knirscht er vor Wut mit seinem Schmuckkästchen und stürzt sich auf den Jungen. Ed fängt ihn ab und schleudert ihn auf den Stuhl zurück.

«Was hat der hier zu suchen? Dieser Pavian hat dem Mac genug Am-Bürger gestohlen, um eine ganze Armee auf dem Feldzug zu ernähren.»

La Marmotte schaut unbeteiligt drein und spielt mit Voltaire und Rousseau als Zinnsoldaten auf seinem Bein.

«Er sagt, er hat den Jungen vom Porträt genau hier gesehen.»

Der Mac zieht ein brillantenbesetztes Lorgnon aus der Tasche und hält eine Kerze an das Medaillon.

«Ah, so sehe ich das besser. Ja, jetzt fällt es mir wieder ein! Tatsächlich, er war wohl ein- oder zweimal als Vertretung hier.»

Ed packt ein dickes Kassenbuch und schwenkt es drohend über Macs Kopf.

«Nein! Nicht die Buchführung! ... Na gut, zugegeben, der Mac kennt ihn. Er erklärt sich einverstanden, darüber zu sprechen, aber nur wenn man ihn vom Anblick dieses dreckigen Pavians, Diebes und Spitzels befreit.»

La Marmotte hat schon verstanden. Er geht durch die Küche hinaus und lässt unterwegs genügend mitgehen, um den draußen wartenden Piqueur satt zu kriegen.

«Kommen wir wieder auf das Porträt zurück.»

«Also gut, der Mac erkennt den Jungen wieder, er hat ihn hier beschäftigt. Aber weil seine Papiere nicht einwandfrei waren, wollte der Mac ihn nicht in Schwierigkeiten bringen.»

«Was heißt ‹nicht einwandfrei›?»

«Der Mac weiß nur noch, dass darin stand, er sei Inder.»

«Inder! Das ändert natürlich alles. Uns hat man gesagt, es sei ein Schwarzer.»

«Ein Schwarzer! Das ist doch vorbei, Freunde. Heutzutage gibt es keine Schwarzen mehr in Haarlem.»

Ed und Jones schauen ins Restaurant. Macht aber einen ganz anderen Eindruck.

«Nein, Freunde, es gibt keine Schwarzen von der Sklavenküste und keine Neger aus Guinea mehr! Nur noch Inder. Ihren Papieren nach kommen sie alle aus Indien! Das ist die neuste Mode. Bald gibt es in Haarlem nur noch Söhne von Maharadschas, und die heiligen Kühe werden die 5. Avenue hinunterwandern, um rund um Notre-Dame-des-Champs zu weiden.»

«Spar dir deine Ablenkungsmanöver. Wir kennen dich.»

«Ich versichere euch, Freunde, es gibt sogar AWA-Schwarze.»

«Was ist denn das nun wieder?»

«Als Weiß Anerkannte Schwarze.»

An diesem Zertifikat wären Ed und Jones durchaus interessiert, aber jetzt ist ein ungünstiger Zeitpunkt.

«Kommen wir wieder zu dem Jungen. Wie alt war er?»

«Er sagte, er sei siebzehn. Aber der Mac denkt, er war jünger.»

«Willst du uns zum Narren halten? Du hast deine Buchführung doch wohl nicht einem Halbwüchsigen anvertraut?»

«Einspruch, Freunde! Ihr hättet sehen sollen, wie er mit Florinen, Pfund, Mark, Sous und Liards jonglierte. Der Mac ist überzeugt, der Junge hatte eine Maschine im Kopf. Meine liebe Gemahlin Félicité glaubte sogar, er sei von einem Erzengel inspiriert. Wusstet ihr, dass Gabriel einem vorbeifliegenden Vogel ansehen konnte, wie viele Federn er hatte?»

«Wie geht es der guten Félicité? Was ist zurzeit ihre Masche?»

«Beim letzten Mal verwandelte sie in einem Holzofen Assignaten in Louisdors.»

«Die Zeiten sind vorbei. Macs Ehrenwort! Sie hält im ersten Stock einen Zirkel für republikanische Plaudereien ab.»

Mac zeigt an die Decke. Ed versucht, sich die dreihundert Pfund schweren Plaudereien von Félicité vorzustellen. Jones betrachtet die Deckenbalken. Da fällt ihm etwas ein.

«Sag mal, wo hat der Junge eigentlich gewohnt?»

«In seiner Güte hat der Mac ihm ein Zimmer im fünften Stock zur Verfügung gestellt.»

«Können wir es sehen?»

«Trinité wohnt jetzt darin.»

Der Mac zeigt auf den fiebrigen Alten, der nebenan über seine Zahlenkolonnen gebeugt ist. Der tut, als hätte er nichts mitbekommen. Aber Ed und Jones sind überzeugt, dass er sich kein Wort entgehen lässt. Sie verständigen sich mit einem Blick. Dieses Zimmer müssen sie sehen. Aber vorher lassen sie den Mac noch weiter auspacken.

«Warum ist der Junge gegangen?»

«Das fragt sich der Mac auch. Eines Morgens war das Zimmer leer. Er war nicht mehr da. Ich habe ihn nie wieder gesehen.»

«Wann war das?»

«Kurz nach eurem letzten Besuch.»

Ed schlägt mit den Fäusten auf den Tisch, dass die Platte gerade noch standhält. Der Mac hüpft auf seinem Stuhl in die Höhe. Ed unterdrückt die Regung, ihn in Stücke zu reißen, und zwingt sich zur Ruhe.

«Verzeih meine Ungeduld. Aber du wirst sie sicher nachvollziehen können, wenn ich zusammenfasse, was du uns gesagt hast: Jemand, den wir mitten in der Nacht mit dringlichsten Gründen und im Auftrag der höchsten Instanzen der Nation suchen und den du vor fünf Minuten noch nicht kanntest, hat deine wertvollen Kassenbücher geführt, in deinem komfortablen Haus gewohnt und ist kurz nach unserem Besuch von einem Tag auf den anderen verschwunden.»

«Verstehst du unsere Ungeduld, Mac?»

Wenn man es so formuliert, versteht er sie schon,

aber Jones' Handrücken ist weniger verständnisvoll. Er kostet ihn die wackelnden Backenzähne und eine geschwollene Lippe.

«Dann antworte einfach, bevor es hier ein Blutbad gibt. Wo kam der Junge her? Wie ist er bei dir gelandet?»

«Durch einen ehemaligen Lieferanten. Ein Bruder, der einen Hof in der Beauce hat. Er hat mir immer die Kartoffeln besorgt.»

«Ein wenig genauer?»

«Wisst ihr, für den Mac ist alles unterhalb der 110. Straße schon Savanne.»

«Wie heißt dein schwarzer Bauer?»

«Zamor! Auch einer, der behauptet, er käme aus Indien. Er läuft sogar herum wie ein Maharadscha.»

Jones bemerkt, wie Trinité sich diskret verdrückt, als habe er bei dem Namen Zamor plötzlich Lust bekommen, bei den Republikanern mitzuplaudern.

«Nennt ihn nicht Bauer, sonst kratzt er euch die Augen aus. Er ist ein feiner Herr. Hat angeblich in Versailles und am Hof von Louis XV. verkehrt.»

«Wo finden wir deinen Zamor?»

«Da müsst ihr meine liebe Gemahlin Félicité fragen. Inzwischen ist er ein Kunde von ihr. Sie ist ganz vernarrt in diesen Maharadscha. Er ist auch wirklich ein charmanter Unterhalter, das muss man sagen.»

Macs säuerlicher Tonfall lässt vermuten, dass Zamor es inzwischen seiner Frau besorgt statt ihm die Kartoffeln. Und das bei Félicités dreihundert Pfund – ein Bombengeschäft!

«Wir würden sie gern sehen, deine liebe Gemahlin.»

Der Mac zieht eine goldene Uhr aus der Tasche, nur unwesentlich kleiner als die Turmuhr der *Conciergerie*.

«Donnerstags hält sie um diese Zeit eine Sitzung in animalischem Magnetismus ab.»

«Was ist denn das für ein Unsinn? Wodu, oder was?»

«Nein, Wodu ist montags.»

«Das macht nichts, wir nehmen, was es gerade gibt.»

Eine spindeldürre Angestellte mit Glupschaugen klopft an den Paravent und schiebt ihren Schädel herein.

«Bürger! Euer Freund, der Weiße mit der Pike, ist draußen. Er sagt, es ist sehr wichtig. Ein paar Bürger wollen ihn in einen Sack stecken und ins Wasser werfen.»

Ed und Jones fahren hoch.

«Du, Mac, du rührst dich nicht von der Stelle.»

Ed verpasst ihm schnell noch eine, damit er auch wirklich sitzen bleibt. Der Mac spuckt sich einen blutigen Goldklumpen in die Hand. Er vermerkt in seinem Notizbuch … *Angeblich werden jetzt auch Zähne aus Porzellan hergestellt. Erkundigungen einholen …*

Die Schrecklichen flanken über den Tresen. Sie spalten den Saal und die Kundschaft wie trockenes Nadelholz. Am-Bürger, Pappbecher und kackbraune Limo fliegen durch die Luft.

«Bürger! Ich muss mit euch reden!»

Schon wieder dieser Mokka. Der goldene Mann mit

dem pockennarbigen Gesicht vertritt ihnen den Weg. Er streckt ihnen seine Karte entgegen, Ed geht geradeaus weiter, Mokka landet an der Wand. Ed und Jones stürmen nach draußen. Der Piqueur ist von einer drohenden Horde Weinseliger umlagert. La Marmotte ist nirgends zu sehen. Die zwei Schrecklichen drängen sich mit den Schultern durch die Reihen.

«Wo ist der Kleine?»

«Er ist hinter dem kahl geschorenen alten Schwarzen mit den weißen Haaren her.»

«Wohin?»

«Durch die Gasse hinter dem Haus, an dem ‹Neueste Mode› steht.»

Jones macht sich Vorwürfe, weil er Trinité nicht ebenfalls gefolgt ist. Dieser komische Mönch ist eine heiße Spur. Der Junge sitzt bestimmt in der Klemme. Aber zuerst müssen sie diese gierige Meute abschütteln.

«Was ist denn los, Piqueur?»

«Ich hab ein paar Kunststücke gemacht, für die Kinder, da hat der mit dem Kaninchenfell um den Hals angefangen, die anderen aufzuhetzen.»

Ed und Jones nehmen den Anheizer ins Visier. Sie treten einen Schritt vor, ziehen die Waffen und bellen:

«Haaabt Acht!» – «Stillgestanden!»

Die Menge erstarrt vor den 38ern, die wie zur Parade glänzen, und weicht langsam zurück.

«Wer sind denn die zwei Nachtwächter?»

Hasenfell bekommt Jones' Antwort vollmundig zu spüren. Fossoyeur tranchiert ihn mit einem linken Haken auf den Nasenrücken und einer Rechten ans Kinn. Zwei Zahnstümpfe fliegen, die Lippen platzen einvernehmlich auf, und die Nase kann es sich gerade noch verkneifen.

«Immer langsam! Wir sind Ed Cercueil ...»

«Und Fossoyeur Jones, Polizeibeamte!»

Sie zeigen ihre blauen Marken. Ehrfürchtiges Raunen im Publikum. Das macht Eindruck.

«Es war nicht unsere Schuld, Chef! Es war der Weiße Riese da. Er ist ein Zauberer. Er lässt uns überall Ideen herauskommen, sogar aus den Ohren und aus dem Hut.»

Der stämmige Kerl mit den eng stehenden Augen täte besser daran, sich nicht zu beschweren. Wo sollten sie ihm denn sonst herauskommen?

Zu Demonstrationszwecken lässt der Piqueur aus Eds Nase einen Zettel auftauchen, auf dem ‹Erwiderte Liebe› steht. Er macht bei Hasenfell weiter, der beunruhigt beobachtet, wie ihm aus diversen Körperöffnungen ‹Zuneigung›, ‹Geld›, ‹Gesundheit› und ‹Treue› purzeln. Das Publikum weicht zurück. Hasenfell zuckt bei jedem neuen Wort entsetzt zusammen und fällt in Trance. Er dreht sich um sich selbst und schlägt auf seinen Körper ein, als sei er von Kakerlaken bedeckt.

«Wörter! Wörter! Überall Wörter!»

Der Tanz des Besessenen lockt noch mehr Gaffer an. Die Menge drängt sich immer dichter, und allmählich erhitzen sich die Gemüter.

«Wir müssen ihn aufhalten, Jones. Auf die Art beginnt in Haarlem ein Tumult.»

«Seht mal dort!»

Der Piqueur zeigt auf eine graue Droschke, die die Kreuzung zur Lenox Avenue überquert.

«Findest du etwa, das ist der richtige Moment, um Kutschen nachzuschauen?»

«Das ist die von vorhin. Das Verdeck ist zerrissen.»

Der Piqueur hat Recht. Die Spuren seiner Pike sind genau zu sehen. Ed setzt zum Spurt an. Aber der Kreis um sie herum wird enger: verstockte Gesichter und alle Arten scharfkantiger Gegenstände in den Händen.

«Aufgepasst, Brüder! Sie wollen abhauen.»

Die Menge fällt ein wie im Chor ... Aufgepasst! ... Aufgepasst! ... und beginnt langsam und rhythmisch in die Hände zu klatschen.

«Sie singen, Jones! Sie singen in Haarlem. Es gibt nichts Schlimmeres.»

In der grauen Droschke schiebt Doktor Seiffert eine Ecke des Vorhangs beiseite. Er beobachtet die beiden schwarzen Vogelscheuchen und den langen Lulatsch mit der Pike vor dem Mac. Die geifernde Meute um sie herum scheint nichts Gutes mit ihnen vorzuhaben. Es sind tatsächlich die gleichen Gestalten wie vor dem La Vainqueuse, als er sich den Mops geholt hat. Fehlt nur der schwarze Junge. Aber wenn sie alle hier versammelt sind, muss der Rotzlöffel schon geplaudert haben. Der Doktor macht sich Vorwürfe. Der Vicomte hatte ihn doch darauf hingewiesen, dass der Bengel im

Kamin lauschte. Er hätte ihn sich sofort vom Leib schaffen sollen.

Der Doktor weist den Kutscher an, die Gangart zu beschleunigen. Er wird sich wie verabredet mit Zamor in dessen Spielsalon treffen. Das Karo-Bube ist in der 115. Straße, das ist nicht weit. Seiffert denkt an den Kommandeur. Der Mann ist gefährlich. Und noch weitaus mehr, falls der Vicomte mit seinen Vermutungen über die Abstammung des Kommandeurs Recht hat.

Schwierig, in den Augen des Vicomte zu lesen, ob er Recht hat. Dabei sind sie weit aufgerissen. Der Mund auch. Ein zusammengeknülltes Blatt Papier steckt ihm tief in der Kehle, als hätte er ein Geheimnis schlucken wollen, das einfach zu groß für ihn war. Das findet der Kommandeur auch. Der Vicomte hätte vor den anderen nicht von zweifarbigem Blut reden sollen.

«Jawohl, Vicomte. Einem Toten kann ich das anvertrauen. Ich werde nichts hinterlassen, was den Gedanken erwecken könnte, dass es in meiner Abstammung schwarzes Blut gibt. Nicht einmal Sie.»

Der Kommandeur sieht die Papiere in dem Mahagoni-Sekretär durch. Er nimmt einige Pässe, Befehle und Anordnungen an sich. Der Vicomte war ein geschickter Fälscher. Nur seinen eigenen Tod zu fälschen, das ist ihm nicht gelungen.

Der Kommandeur blättert in dem Buch, das er auf dem Schreibtisch gefunden hat ... *Die Reisen des Kapi-*

tän Cook … Als er hereinkam, um seinen Überraschungsbesuch abzustatten, war der Vicomte gerade damit beschäftigt, einen verschlüsselten Brief zu übersetzen. Er hatte den Text des Buches zu Hilfe genommen, in dem einzelne Passagen unterstrichen sind. Der Kommandeur weiß, dass die Königin die *Reisen* in ihrer Zelle gelesen hat. Dieses Buch ist eine Art Erkennungszeichen für ihre Getreuen geworden. Er selbst hatte auch eines. Er hat es an diesem Abend verbrannt, bevor er aus dem Haus gegangen ist. Benutzte die Königin dieses Buch, um sich mit der Außenwelt zu verständigen? Das wird der Kommandeur nie erfahren. Er hat den Vicomte mit der Karte der ersten Expedition des James Cook erstickt. Zu der er am 22. Januar 1768 von Norfolk aus aufgebrochen war.

«Gute Reise, Vicomte!»

Vom Fenster der ersten Etage beobachtet der Mac Ed Cercueil und Fossoyeur Jones inmitten einer Menschenmenge, die singt und in die Hände klatscht. Arme Ritter in einer Pfanne mit brutzelndem Öl. Der Mac lächelt mit dem, was ihm an Goldzähnen noch bleibt. Er notiert … *Unterhaltungsprogramm vor dem Restaurant: Gute Idee* …

«Bereit zum Durchstoß, Jones?»

«Bereit!»

Der Piqueur hält sie auf und zeigt ihnen einen Zettel, den La Marmotte abgeschrieben hat. Sie lesen mit skeptischer Miene und zucken die Achseln.

«Was riskieren wir schon?»

«Nichts. Hier ist alles möglich.»

«Schließlich sind wir in Haarlem!»

Das kam wie aus einem Mund. Zwei Warnschüsse verleihen der Aussage Nachdruck. Zwei Schüsse aus langläufigen, vernickelten 38ern. Jones hält das Wort des Piqueurs in die Luft.

«‹Gratis!› Bürgerinnen und Bürger! Es ist uns eine Freude, Ihnen anzukündigen …»

«Dass der Mac Ihnen eine Viertelstunde lang … gratis! … Am-Bürger spendiert. Aber beeilen Sie sich!»

«Für alle wird es nicht reichen.»

Eine Sekunde ungläubiges Staunen auf den Gesichtern ringsum. Und plötzlich, ein Schrei wie bei der Kanonade von Valmy. Die Horde stürzt sich ins Restaurant. Vier junge Burschen mit umgekrempelten Jakobinermützen nutzen den Tumult, um die Gipsstatuen vor dem Eingang abzutransportieren. Man sieht zwei verbindlich lächelnde Schwarze die Füße voraus durch Haarlem schweben. Mac steht noch immer am Fenster und vermerkt in seinem Notizbuch … *Gratis: Sehr gefährliches, aber wirksames Wort …*

Ed, Jones und der Piqueur haben keine Zeit, das Glück, nicht in Stücke gerissen worden zu sein, zu genießen. Der goldene Mann baut sich vor ihnen auf. Er streckt ihnen einmal mehr seine Visitenkarte entgegen.

Mokka
Lebende Erinnerung
245 Lenox Avenue, Haarlem

«Das bin ich, Bürger. Ich muss mit Ihnen sprechen.»

«Bedauere, wir haben keine Zeit.»

«Ich versichere Ihnen, Bürger, ich werde mich kurz fassen …»

Ed und Jones sind schon unterwegs in die Gasse. Der Piqueur läuft voraus.

«Da entlang. Sie führt hinter dem Restaurant vorbei.»

Der Geruch nach warmem Brot gibt dem Piqueur Recht. Sie schlüpfen durch einen Bretterzaun in einen düsteren Hof voller Ratten und großer Henkelkörbe auf Rollen, teils leer, andere voller runder Brotlaibe, die auf ihre Auslieferung warten.

«Ich habe La Marmotte bis zur Leiter begleitet. Er hat mich zurückgeschickt, damit ich euch hole. Aber dann habe ich angefangen, meine Zaubertricks zu machen …»

Ed und Jones haben größte Lust, sich den langen Lulatsch zur Brust zu nehmen, aber er schaut schon so unglücklich drein. Die aufgestellte Leiter führt zu einer Art Außengalerie aus Holz, die in Absätzen über die gesamte Fassade reicht.

«Piqueur, du beziehst Posten. Du spießt alles auf, was vorbeikommt.»

«Und diesmal rührst du dich nicht von der Stelle.»

Der Piqueur verspricht es. Ed und Jones nehmen den Aufstieg in Angriff. Eine wackelige Angelegenheit. Nach dem, was der Mac gesagt hat, müssen sie bis in den fünften Stock. Dort steht ein Fenster offen. Mit gezogenen 38ern schmiegen sie sich rechts und links davon an die Mauer. Im Zimmer ist es dunkel. Ed bedeutet Jones, dass er als Erster hineingeht. Er flankt über die Fensterbank und springt geschmeidig zu Boden. Der Duft von Weihrauch und Kerzen erfüllt die Dunkelheit. Ed lauscht. Zu still. Selbst die Ratten lauern. Da ist jemand. Jemand, der absolut unbeweglich dasteht, seinen Atem zurückhält und seinen Herzschlag dämpft. Der Kerl hat keine Angst. Schiss hat einen eigenen Geruch. Vor allem nicht bewegen. Bei diesem Spiel ist der Erste, der zwinkert, tot. Der andere sagt sich bestimmt das Gleiche und presst die Messerklinge flach gegen den Schenkel. Vielleicht ist er in Reichweite. Er hat sein Profil ausgemacht. Er wird ihn am Genick packen.

«Ed! Alles klar?»

Nicht antworten. Jones wird schon verstehen. Ed tastet über den Boden, um ein Möbelstück oder eine Wand zu finden. Das Zimmer rekonstruieren, um sich auf diesen vagen hellen Fleck zu stürzen, den er mehr ahnt als sieht. Seine Hand trifft auf etwas, das sich anfühlt wie eine Kerze, dann ein Bein. Ein Körper liegt am Boden. Ed zuckt zurück. Er hat sich bewegt! Sofort saust der helle Fleck auf ihn zu, ein silbriger Blitz kommt von unten, Ed wirft sich auf gut Glück beiseite, der Schmerz zerreißt ihm die Schulter. Er rollt sich ab. Der Schatten springt aus dem Fenster.

«Jones! Er haut ab!»

«Ich übernehme!»

Ed lauscht einer wilden Verfolgungsjagd über die Außengalerie. Er dreht sich auf den Rücken, sucht in seinen Taschen und entzündet ein Streichholz. Der Schein fällt auf nackte Füße.

«La Marmotte!»

Ihm gehört der reglose Körper, der mit dem Kopf halb unter dem Bett liegt. Draußen fällt ein Schuss. Eine Fensterscheibe zerspringt. Ein langer Schrei, dann ein ferner, weicher Aufprall. Ed stürzt ans Fenster.

«Jones! Bist du's?»

«Du enttäuschst mich. Wer soll es denn sonst sein?»

«Mach keine Witze. Der Junge ist hier. Ich glaube, er ist tot.»

Eine Öllampe gibt mehr Licht. Ed und Jones ziehen La Marmottes Körper unter dem Bett hervor. Aus einem Ohr rinnt Blut. Er hat die Faust noch um Rousseau und Voltaire geballt. Sein Gesicht unter der Lampe spielt Engelchen. Den Schrecklichen will es schier das Herz brechen. Jones tastet, drückt und tätschelt. Tatsächlich finden sich an diversen Körperstellen unverhohlene Spuren von Leben. Dieser Junge muss der schlechteste Lügner unter der Sonne sein. Ein paar Ohrfeigen, und er schlägt die Augen auf, die sofort beunruhigt umherwandern.

«Wo sind meine Soldaten?»

«Du hast sie in der Hand.»

La Marmotte lächelt, als er Voltaire und Rousseau wiederfindet, und zieht eine Grimasse, als er sich den Kopf betastet.

«Nicht weiter schlimm. Nur ein Kratzer.»

Jones will ihn beruhigen, aber La Marmotte findet sein Blut trotzdem ziemlich rot.

«Ed, der Bürger, den du verfolgt hast, war doch Trinité, oder?»

«Ja. Er ist ganz schön hartnäckig mit seinem Messer, für einen, der sonst nur mit der Feder über den Büchern sitzt. Aber sie hat ihn im Stich gelassen, die Feder, er hat wohl gedacht, er könnte fliegen, und hatte fünf Stockwerke Zeit, um seinen Irrtum zu bemerken.»

«Bist du verletzt, Ed?»

«Nichts weiter. An der Schulter, aber da, wo's nicht wehtut.»

Jones schaut sich um. Seine Narbe juckt. Irgendetwas stimmt hier nicht. Aber er weiß nicht was.

«Ed, findest du dieses Zimmer nicht seltsam, mit all den Kerzen auf dem Boden rund ums Bett, und kein anderes Möbelstück?»

«Dieser Trinité hatte etwas von einem Mönch an sich. Was, glaubst du, wollte er hier?»

«Keine Ahnung, Ed. Ich weiß nur, dass der Name Zamor eine heftige Wirkung auf ihn hatte. Wir müssen zu Félicité, damit sie uns von diesem Maharadscha erzählt. Das ist eine heiße Spur zum Leopardenjungen. Es juckt!»

«In Ordnung, Jones. Aber vorher sehen wir uns noch den fliegenden Trinité an.»

Trinité ist gelandet. Er ist sogar gebrotet. Da liegt er ausgestreckt in der Brotlieferung für das Krankenhaus *Bicêtre*. So steht's auf dem Korb. In seiner Gondel schlafend sieht er aus wie ein Luftschiffer, dem der Ballon davongeflogen ist. Jones taucht in die Brötchen, La Marmotte spielt mit Rousseau und Voltaire. Der

Piqueur hat eine Laterne an sein Gerät gehängt und schreibt auf … *Straßenkinder* … Ed hat sein Feldnecessaire herausgekramt und näht sich die Wunde.

«Das ist alles, was ich in seinen Taschen gefunden habe.»

Jones präsentiert die Ausbeute: eine Goldkette mit einem runden Medaillon, dessen Bild zwar blutbefleckt ist, aber noch immer den Leopardenjungen erkennen lässt.

«Meiner Meinung nach sind wir auf einen Verehrer des Leopardenjungen gestoßen, der dessen ehemaliges Zimmer hütete wie ein Heiligtum, Ed.»

«Das ist nicht gerade beruhigend. Es würde bedeuten, dass die Wirtin die Wahrheit gesagt hat. Wir suchen einen Gott.»

«Bei solchem Hokuspokus kann uns, glaube ich, nur die gute Félicité weiterhelfen. Nach dem, was der Mac gesagt hat, ist sie jetzt gerade mitten in einer Sitzung in animalischem Magnetismus.»

6
Mokka

Der animalische Magnetismus!

Mehr sagt Jones nicht dazu. Ist auch nicht nötig. Die Erklärung wartet hinter dieser Polstertür. La Marmotte und der Piqueur sind draußen geblieben. Der Piqueur, weil es draußen ist, und La Marmotte wegen seiner Kopfverletzung. Hat er jedenfalls gesagt. Eine Ausrede. In Wirklichkeit hat er in seinem ramponierten Schädel einen Plan ausgeheckt. Zuerst die graue Droschke wiederfinden, die vor dem Restaurant des Mac vorbeigefahren ist. Dann Doktor Seiffert den Mops abnehmen. Und dann Coco zu Sidonie-der-Niedlichen bringen, wie er es ihr versprochen hat. Und schließlich ein großes Stück Kuchen verdrücken. Ed und Jones ihrerseits haben den gleichen Plan wie immer: Schaun wir mal … Sie lassen sich nach oben führen.

«Dahinten. Im Flur. Eine Tür. Mit einem Gitter. Madame. Sie macht nicht auf.»

Die Angestellte, die spricht wie ein Hackmesser, täuscht sich. Félicité macht auf. Natürlich müssen Ed und Jones zuerst durch den Spion ihre schlanken 38er zeigen, erläutern, wie sie das Schloss aufschießen werden, und die stark erschütternde Wirkung beklagen, die es auf die Kundschaft haben wird, wenn sie die Tür eintreten. Félicité lässt sich überzeugen. Sie öffnet die Tür weit genug für ihre dreihundert Pfund glänzendes Ebenholz und ihre ganz charakteristische Art und Weise, immer im zwölften Monat schwanger zu sein. Sie ist fein herausgeputzt und hat sich die ausladende Brust, die schier aus der Umhüllung quellen will, mit rosa Taft dekoriert. Félicité ist nahe daran, vor Zorn zu platzen, und als sie nun zu flüstern beginnt, klingt es, als habe ihre Hülle ein Leck.

«Ed Cercueil und Fossoyeur Jones! Man hat mir bereits gesagt, dass ihr mit dem Mac gesprochen habt und dass es Ärger gegeben hat. Aber ich warne euch! Wenn ihr hier oben Scherereien macht …»

Sie lassen ihre blauen Marken blitzen. Das erspart es Félicité, ihre guten Freunde im Ausschuss für allgemeine Sicherheit zu erwähnen. Sie beruhigt sich etwas und führt sie geradewegs in eine Art Boudoir voller Chinoiserien in rotem und schwarzem Lack mit goldenen Drachen darauf. Die Wände sind überladen mit Spiegeln, Urkunden, Gewerbescheinen … *Gesellschaft Gelehrter Energie* … und enzyklopädischen Stichen. Der Raum riecht nach einem Freudenhaus, das in ein Wunderkabinett verwandelt wurde. Jones holt das ovale Porträt des Leopardenjungen aus der Tasche.

«Wir möchten, dass du uns von ihm und von einem gewissen Zamor erzählst.»

«Sag uns möglichst nicht, dass du sie nicht kennst, das vermeidet Ärger.»

«Psst! Ich sage nicht, dass ich sie nicht kenne. Aber ich bin mitten in einer Sitzung der Harmonisierung der Körpersäfte. Ich kann meine Patienten unmöglich allein lassen.»

«Du meinst, deine Kranken.»

«Schweigt, ihr Unseligen! Hier gibt es keine Kranken. Nur Patienten, die unter einer Zerstreuung der Energie leiden. Ich kann sie nicht allein lassen. Die Lehre des Doktor Mesmer ist in diesem Punkt unerbittlich. Das Fluidum, die Lebenskraft, würde außerhalb ihrer Körper umherirren. Das könnte sie töten. Kommt mit. Ich bin bald fertig, dann reden wir.»

Ed und Jones folgen ihr durch eine Spiegeltür in einen völlig abgedunkelten Raum. Irgendwo spielt ein Klavier eine schleppende Melodie. Nach und nach erkennen sie mitten im Raum einen ovalen Holzbehälter von etwa zwanzig Ellen Länge. Die Form erinnert entfernt an eine bauchige Schaluppe.

«Ah, das ist also Mesmers berühmter ‹Gesundheits-Zuber›!»

«Das behaupten seine Feinde, wie dieser Freimaurer Guillotin, der lieber köpft als heilt. In Wirklichkeit handelt es sich um ein Gerät, das den Magnetismus bündelt.»

Jones entschuldigt sich für die Verwechslung. Er betrachtet den Zuber genauer. Auf dem Deckel sind in regelmäßigen Abständen spitz zulaufende, bewegliche Eisenrohre angebracht. Die Patienten sitzen in Sesseln, und jeder hält das Ende eines solchen Rohres an seinen Körper. Wie Schiffbrüchige, die sich an ihr Rettungsboot klammern. Ein Nachtlicht lässt vornehm gekleidete Männer und Frauen erahnen. Félicité wandert durch den Raum und ersetzt mit ihrer Masse eine ganze Prozession. Ed und Jones hängen sich an ihre Schleppe wie Höflinge. Man hört nur das Knistern ihres Kleides zur gedämpften Melodie des Klaviers. Sie spricht laut in priesterlichem Singsang:

«Erinnert euch. Es gibt nur eine einzige Krankheit. Nur eine einzige Heilung! Lasst das Phlegma von euch abfallen … lasst das Fluidum in euch aufsteigen.»

Félicité wechselt mühelos zwischen den suggestiven Anweisungen an die Patienten und dem Geflüster mit Ed und Jones.

«*Seht! Euer Magnetismus ist zerstreut* … Es wird schwierig werden, zu dem Jungen von dem Porträt zu gelangen …»

«Kennst du ihn?»

«Es ist der Leopardenjunge … *Wir werden ihn wieder sammeln* … Jeder in Haarlem kennt ihn … *Nehmt jedes Teil, eins nach dem anderen* … Aber niemand wird euch etwas über ihn sagen.»

«Warum nicht?»

«In Haarlem wird jede Woche ein neuer Gott geboren … *Spürt, wie sich euer Magnetismus aufbaut!* … Alle paar Tage ein neuer Messias, Marabut oder Prophet … *Spürt ihn!* … Aber mit diesem Jungen ist es etwas anderes. *Er steigt auf!*»

«Woher willst du das wissen, Félicité?»

«Immerhin ist Humbug mein Beruf … *Bremst ihn noch ein wenig* … Ich hatte sogar erwogen, Erlöserin zu werden, wie die Mutter Gottes, Catherine Théot. Das läuft gut. Sogar Robespierre ist bei ihr Kunde … *Haltet ihn in euch fest.* Der Leopardenjunge hat mit alledem nichts zu tun. Der ist echt.»

Ed und Jones sagen sich, dass sie einem ganz besonderen Ereignis beiwohnen: Félicité ist ehrlich!

«Und dieser Zamor, der behauptet, in Versailles am Hofe Ludwigs XV. verkehrt zu haben …»

Jones flüstert genau wie Félicité.

«Das hat er tatsächlich. Er war der … persönliche Freund der Du Barry … *Stoßt dieses Phlegma aus!* … Der Mätresse des Königs … *Lasst das Fluidum strömen!* …»

«Du scheinst ihn ja ganz gut zu kennen. Er ist auch Kunde bei dir?»

«Sagen wir, er macht sich Sorgen um sein … Arbeitsgerät. In letzter Zeit hatte er ein paar Fehlzündungen … *Achtung, nicht zu schnell aufsteigen lassen!* … Darum kommt er her, um es zu regenerieren … *Ihr müsst die Kontrolle behalten* …»

«Und, wirkt es?»

«Besser als der Venedig-Ring. Wie wär's mit einer Probesitzung, Ed? … *Tief durchatmen!* …»

«Sag uns lieber, ob dieser Zamor heute Abend hier ist.»

«*Und jetzt lasst es fließen* … Der dort ist es, in der Mitte!»

Im Vorbeigehen zeigt Félicité auf eine Art Maharadscha mit Turban und Perle im Ohr. Das hätten Ed und Jones sich denken können. Tief in seinem Sessel hängend schwelgt Zamor voll und ganz im animalischen Magnetismus. Über sein biegsames Rohr gekrümmt, wiegt er sich röchelnd und mit verdrehten Augen in den Hüften.

«Achtung! Der Magnetismus entfaltet seine Wirkung! ... Wenn ihr etwas von ihm wollt, wartet bis zum Ende der Sitzung. Bis er bezahlt hat! Und behandelt ihn mit Fingerspitzengefühl! ... *Nun entsteht die Harmonie der Körpersäfte. Spürt sie!* ... Macht ihn mir ja nicht kaputt! Versprochen?»

«Wieso denn, Félicité? Hast du etwa Verwendung für ihn?»

«Sagen wir, er lässt mich in den Genuss seines überschüssigen animalischen Magnetismus kommen, wenn ich selbst mal zu wenig davon habe ... *Jetzt könnt ihr alle Energie in euch befreien ... Jetzt! ... Jetzt! ... Nochmal! ...»*

Félicité feuert ihre Patienten an wie eine Hebamme die Gebärende. Ed und Jones bemerken, dass das Klavier seinen Rhythmus beschleunigt hat und Zamor tief in den Sesseln Nachahmer findet. Zuckungen und Röcheln allüberall. Die Enden der beweglichen Rohre werden untereinander getauscht, das Fluidum strömt. Ed und Jones begreifen allmählich, wie die ehemalige Puffmutter sich so schnell in einen Mesmer-Zuber verwandeln konnte.

«Noch einmal! Alle zusammen! ... Jetzt!»

Dong! Dong!

Die Wände wackeln, der Fußboden bebt. Verzückung. Ekstase. Kollektiver Aufschrei! Vom Sturmläuten der großen Kirchenglocke bis zur Bedienstetenklingel. Ein jeder in seiner Tonlage. Halleluja! ... Überwältigt sehen sie sich an. Noch nie haben sie eine solche Heimsuchung erlebt.

Dong! … Dong! …

Die Anwesenden kommen wieder zu sich. Es läutet tatsächlich. Richtige Glocken. Man hört die von der Kirche Sainte-Zita heraus, deren Turm direkt angrenzt. An irgendeinem Ostertag wird ihr Geläute noch das Haus zum Einstürzen bringen.

Dong! …Dong! …

Von der Straße dringen Rufe herein.

«Den Tod! Den Tod!»

Félicité zieht die Vorhänge auf. Das Tageslicht überrascht die Patienten. Sie lassen die Rohre aus den Händen gleiten, rücken sich den Magnetismus zurecht und eilen an die Fenster. Auf dem Kirchenvorplatz hat sich ein Menschenauflauf gebildet.

«Den Tod! … Sie haben für den Tod gestimmt! … Alle zur *Conciergerie*!»

Wie auf Kommando stürzt die Truppe der Ungeduldigen ungeordnet zur Tür und überrennt dabei Félicité. Die Spiegeltür explodiert in tausendmal sieben Jahre Unglück.

«Jones! Unser Mann macht sich davon.»

In diesem Feuersbrunst-Gedränge gehört Zamor nicht zu den Langsamsten. Er schlängelt sich durch, als wolle er sich als Erster in die Flammen werfen. Jones versucht, dem Maharadscha auf den Fersen zu bleiben, aber im Engpass des Boudoirs ist kein Weiterkommen. Nichts zu machen. Ed sammelt Félicités dreihundert Pfund auf, die am Bug des Energiebündlers dahingestreckt sind wie ein von einer Schaluppe aufgespießter Wal.

«Die verdammten Scharlatane sind abgehauen, ohne zu bezahlen.»

Ed und Jones treten ans Fenster. Am Kirchturm von Sainte-Zita ist es vier Uhr. Sie haben begriffen. Dort, jenseits von Haarlem, jenseits der Seine, jenseits der Balustrade, haben sie für den Tod der Königin gestimmt.

Die Todesstrafe!»

Marie-Antoinette ist sich nicht sicher, ob sie es gehört hat, aber sie hat es verstanden. Mit ihrem Herzen, ihrem Leib, mit ihrem schmerzenden Schoß, der sich unter ihr öffnet. Antoinette fühlt, wie die Ohnmacht sie überkommt. Es ist nichts Gekünsteltes in dieser plötzlichen Schwäche. Nichts Parfümiertes. Nur der Körper, der aufgibt. Nicht hier. Nicht vor diesen Leuten. Fouquier-Tinvilles Stimme klingt fern und gedämpft.

«… Wird die Angeklagte gemäß Artikel I, Absatz 1, Satz I des Strafgesetzbuches, II. Teil …»

Will man ihren Tod auf einen Textabsatz reduzieren? Aber auch das genügt nicht. Jetzt wollen sie sie noch zerstückeln. Vierteilen.

«… und Artikel XI, Absatz 1, Satz I des II. Teils desselben Gesetzbuches … zum Tode verurteilt.»

In wie vielen Teilen wollen sie mich? Sie, von der man sagte … *ein leckeres Stück* … als sie nach Versailles kam, nun wird sie den Hunden zum Fraß vorgeworfen. Gebe Gott, dass die, die mich lieben, nicht sehen, wie sie mich zerreißen. Vor allem ihr, meine Kinder. Alle meine Kinder. Meine Gedanken fliegen zu euren Seelen. Was bin ich doch für eine schlechte Mutter, dass ich gehe und euch zurücklasse!

«Antoinette, haben Sie Beanstandungen bezüglich der Anwendung der vom Ankläger genannten Gesetze?»

Beanstandungen! Wie unpassend. Als handele es sich um eine Laune bei ihrer Modistin ... *Madame Bertin, ich habe da etwas zu beanstanden, diesen garstigen Schulterabnäher* ... Ihr krampft sich das Herz zusammen. Sie sollen hinterher wenigstens nicht sagen können, ich hätte mich dazu herabgelassen, um mein Leben zu kämpfen wie eine eitle Dame um eine Bordüre an ihrem Kleid.

«Nach der einstimmigen Erklärung der Geschworenen verurteilt das Gericht dem Antrag des Anklägers stattgebend besagte Marie-Antoinette, genannt Lorraine d'Autriche, Witwe von Louis Capet, gemäß den angeführten Gesetzen zum Tode.»

Marie-Antoinette steigt vom Podest herunter. Sie hört und sieht nichts um sich herum. Ihr Schritt ist sicher. Sie blickt auf den Durchlass der Absperrung. Jenseits dieser Absperrung wird es beginnen.

Ed und Jones mühen sich damit ab, die Magnetiseurin wieder auf die Beine zu stellen.

«Félicité, glaubst du, dein Zamor hat uns bemerkt?»

«Bei eurem Auftreten war das kaum zu vermeiden. Aber diese Art Bürger ist ohnehin besser beraten, zu rennen statt vorher nachzudenken. Irgendjemand ist immer hinter ihm her.»

«Und was genau macht seine Anziehungskraft aus?»

«Glücksspiel und Ehemänner.»

«Gibt es deiner Meinung nach einen Zusammenhang zwischen dem Leopardenjungen und Zamor, Félicité?»

«Das kann euch Mokka genauer sagen als ich. Sobald es um einen Schwarzen geht, weiß er alles.»

«Mokka? Der goldene Irre? Die Lebende Erinnerung?»

«Dieser Pockennarbige, der uns schon die ganze Zeit verfolgt?»

«Etwas mehr Respekt, ihr Grünschnäbel! Als Kind wurde er auf einem Sklavenschiff beschossen.»

Ed und Jones wissen, dass die Besatzung auf meuternde Sklaven mit getrockneten Erbsen schoss, um die Ware nicht allzu sehr zu beschädigen.

«Wo finden wir diesen Mokka?»

«Er wird euch finden.»

«Na gut, das mit Mokka kann warten. Aber über Zamor kannst du uns bestimmt einiges erzählen, Félicité.»

«Bürger, ich bin eine von der Gesellschaft für Gelehrte Energie anerkannte Magnetiseurin, keine Hellseherin.»

Das steht außer Zweifel, andernfalls hätte sie die Reaktion von Ed und Jones vorhersehen müssen. Die packen sie nämlich unter den Armen und schleppen jeder hundertfünfzig widerstrebende Pfund bis zum Zuber. Jones hebt den Deckel an.

«Wie wär's mit einem kleinen Sitzbad?»

«Ihr dürft nicht hineinschauen. Das ist ein geheimes, patentiertes Prinzip.»

Das geheime Prinzip sieht aus wie eine Reihe dunkler Apotheker-Glasballons auf einer Schüttung von Eisenfeilspänen. Die Magnetiseurin betrachtet entsetzt die enthüllten Innereien ihrer Kunst.

«Hör zu, Félicité, wir haben dich gewarnt. Genau so kommt das mit dem Ärger.»

«Du willst uns doch nicht weismachen, dass du den Magnetismus deines Maharadschas abschöpfst, ohne dass er dir ein paar interessante Dinge anvertraut.»

«Kein Grund, mir das Kleid zu zerknittern. Ich helfe euch gern weiter, allein schon, um euch loszuwerden.»

«Erzähl uns, was wir wissen wollen, und wir sind verschwunden.»

Ed und Jones lassen Félicité los. Sie schnellt empor wie eine Boje.

«Bei Zamor weiß man nie, was dahinter ist, so wie er sich brüstet. Er war der Hengst der Du Barry, das steht fest. Aber es ist noch gar nicht lange her, da lief eine Geschichte mit einer Schriftstellerin, Olympe de Gouges. Eine, die meint, die Schwarzen zu kennen, weil sie ein Theaterstück über Sklaverei geschrieben hat.»

Félicité scheint die Olympe nicht gerade ins Herz geschlossen zu haben.

«Zamor war ganz besessen von ihr. Das gab ihm Auftrieb. Endlich interessierte sich mal jemand mehr für seinen Turban als für sein Organ. Aber irgendwann hatte sie genug von ihm. Für mich ist das so eine, die einen Schwarzen braucht, um über Schwarze zu schreiben, und ein Pferd, um über Pferde zu schreiben. Kurz, sie hat ihn davongejagt wie einen Lakaien. Als sie dann ins Gefängnis kam, nach *La Force*, hat sie ihn wieder zu sich gerufen, damit er sie schwängert und so vor der Guillotine bewahrt.»

Ed und Jones lassen sich ihr Erstaunen nicht anmerken.

«Aber es hat nicht geklappt. Ergebnis, die Olympe ist sauer auf Zamor, und er fürchtet, sein Organ sei trocken. Darum kommt er zu meinen Sitzungen.»

«Was hat der Leopardenjunge mit dieser ganzen Geschichte zu tun?»

«Zamor hat sich eine Weile um ihn gekümmert, und der Junge ist verschwunden.»

«Und danach?»

«Ich sag's euch noch einmal, niemand in Haarlem wird mit euch über ihn reden. Außer Mokka. Sprecht mit ihm! Dieser Mann weiß alles. Er stellt nicht nur den besten Kaffee von ganz Paris her, er ist auch eine wandelnde Bibliothek.»

Ed und Jones verabschieden sich von Félicité, die sich allein vor ihren Zuber setzt, wie man sich vor einer Flasche Wein niederlässt, um sich zu betrinken. Ed und Jones kehren vor das Restaurant des Mac zurück. La Marmotte und der Piqueur sind verschwunden.

«Was machen wir jetzt, Jones?»

«Wir warten auf Mokka.»

«Ich hab keine Lust, mir die Beine in den Bauch zu

stehen. Wir könnten wenigstens so tun, als würden wir entschlossenen Schrittes auf und ab marschieren.»

«Nicht nötig. Schau mal, wer da kommt!»

Der kleine goldene Mann. Mokka eilt auf sie zu, eine Visitenkarte in der Hand.

«Bürger! Bürger! Ich bitte Sie. Ich bin …»

Ed unterbricht die Lebende Erinnerung, bevor sie ihre sämtlichen Titel herunterbetet.

«Schon gut, Mokka, bemühen Sie sich nicht. Wir sind einverstanden!»

Ohne es überhaupt zu bemerken, ziehen Ed und Jones den Hut vor ihm.

«Wirklich? … Oh, Bürger, welche Ehre für mich! Augenblick, ich werde sofort meine Skala befragen.»

Der kleine goldene Mann zückt eine Art Fächer aus Papierstreifen, die in unterschiedlichen Brauntönen eingefärbt sind. Er hält sie abwechselnd Ed und Jones vor das Gesicht.

«Was tun Sie da, Mokka?»

«Ich versuche herauszufinden, welche Farbe Sie haben.»

La Marmotte ist unter eine graue Droschke geschlüpft, die in der 121. Straße parkt. Der Wagen ist leer. Er wartet vor einem Spielsalon, dem Karo-Bube. Es ist der Wagen von Doktor Seiffert. Alles ist da, der Riss im Verdeck und der Geruch nach Medizin. La Marmotte presst das Ohr gegen die Tür. Vielleicht hat der Doktor Coco im Wagen gelassen. Inzwischen lenkt der Piqueur den Kutscher ab.

«Die 121. Straße, Bürger?»

«Da bist du schon, du Schlafmütze!»

Sosehr La Marmotte auch die Ohren spitzt, im Wagen ist es mucksmäuschenstill. Der Mops ist nicht drin.

«Regen Sie sich doch nicht auf. Ich suche ja nur die 121. Straße.»

«Nichtsnutziger Dummkopf! Du bekommst gleich meine Peitsche zu spüren!»

La Marmotte winkt den Piqueur zu sich. Sie beziehen hinter der Droschke Posten, um den Eingang des Karo-Bube im Auge zu behalten.

«Sag, Marmotte, warum bist du so sicher, dass er da ist, dein Doktor?»

«Weil ich eine Schlussfolgerung gezogen habe.»

«Was ist das, eine Schlussfolgerung?»

«Ich habe eine Tatsache genommen, die du mir erzählt hast, nämlich die graue Droschke, die vor dem Mac vorbeifährt, und eine Tatsache, die ich bei Denen-aus-der-Rue-des-Moineaux gehört habe … *Ihr Informant! Der berühmte Zamor! Dieser Maharadscha, der unser Geld im Karo-Bube verschwendet* … Ich bringe die beiden Dinge unter einen Hut.»

«Ist das eine Schlussfolgerung?»

«Nein, das ist ein Zusammenhang. Nachdem ich die zwei Tatsachen betrachtet habe, sage ich mir …»

«Muss man mit sich reden, wenn man eine Schlussfolgerung zieht?»

«Vor allem musst du mit dir reden wie mit einem Fremden. Um zu sehen, ob du dich verstehst.»

«Ich brauche niemanden, um mich nicht zu verstehen.»

«Bring mich nicht durcheinander, Piqueur. Wo war ich stehen geblieben? Die Droschke ... das Karo-Bube ... Zamor ... der Doktor ... Da haben wir's! Ich finde mich in meiner Schlussfolgerung selbst nicht mehr zurecht. Ich muss nochmal von vorn anfangen.»

«Nicht nötig, Marmotte, da kreuzt sie auf, deine Schlussfolgerung.»

Der Piqueur zeigt auf den als Maharadscha verkleideten Zamor, der das Karo-Bube verlässt und auf sie zukommt. Dann erscheint auch Doktor Seiffert, der Zamor einzuholen versucht. Schnell! La Marmotte und der Piqueur verstecken sich hinter der grauen Droschke. Die beiden Ankömmlinge diskutieren heftig miteinander. Bestimmt haben sie beim Spiel verloren. Der Doktor schiebt den Maharadscha in die Droschke.

«Hör gut zu, Zamor: Ich brauche den Jungen!»

«Doktor Seiffert, ich habe Ihnen doch gesagt, ich kümmere mich darum.»

«Glaubst du vielleicht, er kommt angeflogen, während du beim Kartenspiel verlierst?»

«Beruhigen Sie sich. Zuerst muss ich ins Gefängnis, die Du Barry treffen. Aber der Schließer, der mich ins Sainte-Pélagie lassen will, hat mich erst für sieben Uhr bestellt.»

«Ist deine Gräfin noch einverstanden?»

«Sie hat keine Wahl. Sie braucht Geld. Und zwar viel,

wenn sie nach Charonne in das Sanatorium Ihres Kollegen Doktor Belhomme will.»

«Ein für alle Mal, Zamor, Belhomme ist nicht mein Kollege! Er ist nur ein ehemaliger Tischler, der sein Geld damit verdient, denjenigen die Guillotine zu ersparen, die für die Unterkunft bei ihm sehr viel bezahlen können.»

«Und genau das kann die Gräfin nicht mehr.»

«Dann stimmt es also, was man sich in Paris erzählt. Von der berühmten Schmuckkassette, die sie von Louis XV. bekommen hatte, ist nichts mehr übrig?»

«Das stimmt.»

«Man erzählt sich auch, du hättest viel dazu beigetragen, sie zu leeren, Zamor. Vor allem, seit die Gräfin im Gefängnis ist und man dich beauftragt hat, über die Siegel ihres Besitzes in Louvenciennes zu wachen.»

«Wenn das der Fall wäre, Doktor, warum sollte ich dann all das tun, was ich tue, um die Du Barry aus dem Gefängnis zu holen?»

«Das frage ich mich auch. Ich glaube nicht, dass du wirklich an dieser Frau hängst. Sie hat dich zu sehr gedemütigt. Da muss es noch etwas anderes geben.»

«Doktor Seiffert, ich bin erstaunt, dass Sie meine Gefühle in Zweifel ziehen. Erinnern Sie sich, dass man mit Ihnen in Bezug auf Madame de Lamballe nicht besser umgegangen ist. Sie wissen, wen ich meine, wenn ich ‹man› sage.»

Seiffert hat größte Lust, Zamor mit dem Skalpell zu bearbeiten. Dieser Maharadscha hat kein Recht, ihn an jenen Oktobertag im Jahre 1787 zu erinnern, an dem die Prinzessin auf Marie-Antoinettes Befehl England verließ, um der Königin Gesellschaft zu leisten. Er hat es nicht vergessen, und er wird es nie vergessen. Marie-Antoinette wird es ihm büßen.

«Lassen wir das, Zamor! Es ist besser so. Wir haben ja Zeit, also erklär mir inzwischen lieber, wie deine Gräfin uns mit dem Jungen helfen soll, wenn sie nichts mehr hat.»

«Nichts bis auf ein Stück, Doktor! Und dieses Stück ist ein Schatz, der ihr das Leben retten kann. Die Schwarze Perle des Marschalls von Sachsen!»

Doktor Seiffert seufzt. Zamor hat ihm schon hundertmal von dieser einzigartigen Perle erzählt, die Louis XV. Moritz von Sachsen nach dessen Sieg bei Fontenoy geschenkt haben soll. Der Marschall habe die Perle eines Tages einem der Ulanen seiner schwarzen Garde als Belohnung gegeben. Dieser Ulan sei der Vater von Delorme gewesen. Später, unter irgendwelchen Umständen, an die sich der Doktor nicht erinnert, wurde die Perle diesem Ulanen abgenommen, und Louis XV. schenkt sie der Du Barry. Nun will Delorme sie als Erinnerung an seinen Vater um jeden Preis wiederhaben. Um die ganze Geschichte wirklich zu verstehen, wird Seiffert sich wohl auch noch eine hundertunderste Erläuterung anhören müssen.

«Eigentlich ist die Sache ganz einfach, Doktor Seiffert. An dieser Angelegenheit sind drei Personen beteiligt: Delorme, die Du Barry und Sie, Doktor.»

Zamor zeichnet ein Dreieck an die beschlagene Wagenscheibe.

«Jeder hat etwas, das ein anderer will. Delorme hat den Jungen. Die Du Barry hat die Schwarze Perle. Und Sie, Doktor, Sie haben die Freiheit der Du Barry in der Hand.»

«Das sagt sich so leicht.»

«Doktor, Sie sind der Einzige, der einen Verlegungsbefehl für die Du Barry aus dem Gefängnis in die Pension Belhomme besorgen kann. Und schon kommt die Sache ins Rollen.»

Zamor nimmt seine Erläuterungen an der beschlagenen Scheibe wieder auf. Seiffert tut, als würde er zuhören.

«Schauen Sie! Die Du Barry tauscht die Schwarze Perle gegen ihre Freiheit ein. Wir geben Delorme die Perle, und er gibt uns den Jungen. Das ist ein ganz einfacher Tausch im Dreieck.»

Doktor Seiffert mustert die Zeichnung an der beschlagenen Scheibe. Er hofft, dass die Wirklichkeit einfacher sein wird als das Schema.

«Schön und gut, Zamor. Aber was, wenn ich nicht erreiche, dass die Du Barry in die Pension Belhomme verlegt wird?»

Mit dem Ärmel wischt Zamor über die Scheibe. Es bleibt nur ein grauer Fleck. Das ist schon deutlicher. Diesmal hat Seiffert verstanden.

«Es wird Zeit, Doktor! Fahren wir nach Sainte-Pélagie zur Du Barry.»

La Marmotte und der Piqueur schieben sich unter die Droschke. Diese Geschichte von Gräfin, Perle und Jungen haben sie zwar nicht so ganz durchschaut, aber auf jeden Fall schadet es nichts, mit von der Partie zu sein. Auch wenn sie unter dem Wagenkasten an die Achsen geklammert die unbequemsten Plätze haben.

Ed spürt, wie sein Gesicht vor Zorn Gänsehaut bekommt.

«Wie bitte, Mokka? Sie wollen herausfinden, welche Farbe wir haben? Das sieht man doch, oder?»

Er weiß gar nicht, wo er den kleinen goldenen Mann noch mit seinen Blicken durchbohren soll, so durchlöchert ist der schon überall.

«Sehen Sie etwa nicht, dass wir alle beide schwarz sind? Genau wie Sie?»

«So einfach ist das nicht, Brüder! Schauen Sie nur, Sie, Cercueil, Sie sind …»

Er fächert seine Skala vor Eds Gesicht auf.

«Sie sind … kesselfarben … Fossoyeur dagegen ist eher … zarte Kohle.»

Ed und Jones mustern einander, als sähen sie sich zum ersten Mal.

«Was ist denn das für ein Unsinn, Mokka?»

«Das ist kein Unsinn, Brüder. Das ist Wissenschaft. Man hat vierundsechzig Farbabstufungen von Mulatten und Schwarzen erfasst und benannt. Ich muss genau herausfinden, welche Ihnen entspricht, damit ich die Figuren herstellen kann.»

«Was für Figuren?»

Ed und Jones finden Mokka immer pockennarbiger, immer goldener und immer verrückter.

«Ich dachte, Sie wüssten Bescheid, Brüder. Ich spreche von den Figuren in meinen Kaffeepackungen. Bisher waren es Mirabeau, Louis XVI., Madame de Lamballe, Marat, Voltaire und Rousseau. Und es werden immer mehr.»

Nun, an Modellen wird es ihm bestimmt nicht fehlen.

«Sind das die Figuren, die wir auch beim Mac gesehen haben?»

«Ganz genau. Aber um auf die Kundschaft in Haarlem einzugehen, habe ich beschlossen, eine Serie mit farbigen Helden zu lancieren. Ich habe schon einige vorgemerkt: den Chevalier de Saint-Georges, einen der findigsten Denker unserer Zeit, General Alexandre Dumas-Davy, im Augenblick im Feld. Dann natürlich die Anführer der Revolte von Santo Domingo, Biassou und Toussaint, noch andere und … Sie! Ed Cercueil und Fossoyeur Jones, die beiden ersten schwarzen Polizeibeamten von Haarlem.»

Ed und Jones nehmen den Farbton ‹Mit sich zufrieden› an, der in der Skala bestimmt nicht enthalten ist.

«Und Zamor?»

Jones findet, er hat seine Figur geschickt ins Spiel gebracht.

«Ihn natürlich auch. Schon wegen seiner Funktion als offizieller Liebhaber der Gräfin Du Barry, Mätresse des Königs Louis XV. Hinzu kommt seine Liaison mit der Dramatikerin Marie Olympe de Gouges …»

«Und Delorme? Werden Sie ihn auch darstellen?»

«Schon geschehen.»

«In welcher Funktion, Mokka? Als einen der Mörder der Madame de Lamballe, oder weil er mir das Gesicht mit Säure verätzt hat?»

«Werte Herren, es ist nicht meine Aufgabe, ihm den Prozess zu machen. Ich stelle nur dar. Die Geschichte wird ihr Urteil fällen.»

«Da machen Sie es sich aber leicht. Sie lassen die anderen handeln, und Sie, Sie stellen nur dar!»

Mokka bleibt brüsk stehen, nimmt seinen Zwicker ab und blickt Ed direkt in die Augen.

«Sehen Sie mich genau an, Edmond Cercueil. Wissen Sie, woher ich all diese Narben auf dem Gesicht und dem Körper habe?»

«Man hat uns gesagt, von einem Beschuss auf einem Schiff.»

«Ganz genau! Aus Geschützen, die mit verdorbenen Kaffeebohnen geladen waren. Das war auf der *Apollo*, einem Sklavenschiff unter dem Kommando von René Auguste de Chateaubriand. Ich war fünfzehn, als man mich in Afrika entführte. Unterwegs haben wir gemeutert. Wir haben uns nicht darauf beschränkt, darzustellen. Und das ist dabei herausgekommen!»

Mokka zeigt auf die Narben der Kaffeebohnen in seiner Haut. Ed würde sich gerne entschuldigen. Aber er weiß nicht, wie das geht.

«Das war vor beinahe vierzig Jahren, meine Herren, und seither war ich nicht einen Tag ohne Schmerzen. Als ich freigelassen wurde, wollte ich diesen Kapitän aufsuchen, nur um ihm die Narben auf meinem Körper zu zeigen. Er lebte weit weg, in der Bretagne. Als ich durch Saint-Malo kam, war ich stolz. Es war so reich und sauber. Das war auch unser Verdienst. Aber als ich in Combourg bei Monsieur de Chateaubriand ankam, als ich dieses schöne Haus sah, da schämte ich mich. Ich schämte mich nicht für ihn, sondern für mich. Ich schämte mich, ihm so entgegenzutreten, wie ich war: schmutzig, zerlumpt, erschöpft und arm. Ich war der Sklave, der sich vor seinem Herrn schämt! Ich habe die ganze Nacht im Graben gelegen und geweint, dann bin ich hierher zurückgekommen. An jenem Tag habe ich beschlossen, Figuren herzustellen, damit die Menschen sich erinnern.»

Ed und Jones fühlen sich verlegen und linkisch.

«Was ist aus diesem Kapitän geworden?»

«Aus René Auguste de Chateaubriand? Er ist tot, und sein Sohn François René ist gerade dabei, in London zu verhungern, ehe er auf seine Ländereien zurückkehrt, um zu erzählen, was er nicht erlebt hat. An diesem Tag werde ich eine Figur von ihm herstellen!»

Mokka lacht lauthals heraus. Ein Lachen, das ihm eigentlich die Kaffeebohnen aus der Haut springen lassen müsste. Ed und Jones fallen ein. Wie gut das tut, so ein herzhaftes Lachen! Schließlich bleiben sie vor einem Schild stehen … *Mokka – Kaffeefabrikant seit 1632* … Mokka hat sie unbemerkt dorthin geführt.

«Meine Herren, meine Fabrik!»

«Aber das ist ja eine Kirche!»

«Sainte-Zita von den Verlorenen Hoffnungen. Ich habe sie erworben, als das Kirchengut eingezogen wurde. Ich bezahle sie mit Assignaten, die Tag für Tag an Wert verlieren. Je länger ich warte, desto weniger kostet sie mich. Vor sechs Monaten war die Assignate von hundert Pfund dreißig Francs wert, heute sind es noch zehn. Also warte ich.»

«Sind Sie etwa ein Spekulant, Mokka?»

«Die Zeit ist es, die spekuliert, nicht ich.»

Ed und Jones denken lieber nicht daran, wie ihr Sold zusammenschmilzt.

«Sie werden sehen, in meiner Werkstatt in Sainte-Zita warten Personen, die Sie interessieren dürften.»

«Was für Personen?»

«Sie beide.»

Flach auf dem Bauch liegend beobachtet der Kommandeur seinen nächsten Gastgeber durch das Dachfenster. Er summt eine spanische Klage aus seiner Heimat. Das Lied des Kaiman. Ein Lied der Treibjagd … *Huye que te coge ese animal. Y te puede devorar* … Flieh, denn dieses Tier wird dich packen und verschlingen … Doch der, den er beobachtet, wird keine Zeit mehr haben zu fliehen. Es ist ein alter Mann mit langem weißem Haar. Er ist über einen nackten Körper gebeugt, der ausgestreckt auf einem steinernen Tisch liegt. Der Körper eines schmächtigen Jungen. Neben der Hüfte steht eine Sanduhr, die der alte Mann jetzt umdreht. Sofort führt er das Skalpell auf der Höhe der Leiste in den Leib. Ein kurzer, sauberer Schnitt. Der Kommandeur bewundert die Arbeit der Klinge. Trotz seines

Alters hat Norcia noch immer einen sicheren Blick und eine sichere Hand.

Den weiteren Verlauf der Operation kennt der Kommandeur bereits. Es muss schnell gehen, sonst wird die Fäulnis das Innere bis auf die Knochen schwarz färben. Norcia schiebt Zeige- und Mittelfinger unter die Haut. Er wühlt in den Eingeweiden. Findet Samenleiter und Hoden. Er zieht, durchtrennt und bindet ab. Fertig! Das ist alles. Nur noch zunähen. So produzieren die Barbiere in seiner italienischen Heimatstadt Lecce seit Jahrhunderten Kastraten, die entweder in den Tagen nach dem Eingriff sterben oder zu in ganz Europa vergötterten Prinzen werden. Allerdings ist der kastrierte Junge heute ein Leichnam ohne Kopf, und es ist Norcia, der singt.

Auch seine Falsettstimme hat der alte Italiener sich bewahrt.

Er wird einiges mitzunehmen haben, wenn er stirbt! Der Kommandeur vergewissert sich, dass die Klinge der Machete locker in ihrer Scheide sitzt. Er öffnet das Dachfenster und springt hinunter. Er landet genau hinter Norcias Rücken. Der alte Mann zuckt nicht zusammen. Ruhig greift er nach dem Skalpell auf dem Seziertisch und wendet sich um. Norcia hat das Gesicht des *Dottore* aus der *Commedia dell'Arte*. Er ist noch nicht einmal überrascht.

«Kommandeur! *Ma*... Wie lange ist das her!»

Norcia hat sich auch seinen affektierten italienischen Akzent bewahrt. Er zeigt auf den enthaupteten Leichnam.

«Hast du meine Operation gesehen? Ja, das hast du.

Natürlich. Du hast da oben auf der Lauer gelegen. Du bist wie der schwarze Panther. Man sieht dich niemals, und … pffft!»

Der alte Mann imitiert den Prankenschlag eines Raubtiers. Der Kommandeur sagt sich, dass Norcia noch flink ist. Er wird sich vorsehen müssen. Der Kommandeur lehnt sich an eine staubige Vitrine voller Instrumente und bemalter Organplastiken.

«Hast du gesehen? Ich war schneller als die Sanduhr. Mit geschlossenen Augen kann ich meine Finger in den Leib eines Menschen wandern lassen. Sie machen alles allein, ohne mich etwas fragen zu müssen.»

Der alte Chirurg bewegt seine Hände wie Marionetten und lässt dabei das Skalpell in einen Ärmel gleiten. Der Kommandeur registriert es.

«Und du, Kommandeur, was treibst du seit dem letzten Mal, als du meine Dienste in Anspruch nehmen musstest? Immer noch auf den Inseln mit deinen schönen schwarzen Damen zugange? Ich hoffe, sie sind zufrieden? Bist du ein guter Bock? Das verdankst du auch ein wenig mir, nicht wahr?»

Mit verschränkten Armen schaut der Kommandeur den alten Mann unverwandt an, ohne etwas zu entgegnen.

«Ah, richtig. Immer geheimnisvoll. Das Schweigen! *Il comandante che dice niente!* … Dich hätte ich wegen der Stimme operieren sollen, nicht den Jungen.»

Der alte Chirurg unterbricht sich jäh. Er spürt, dass die Klinge zu tief ins Fleisch gedrungen ist. Er zieht das Messer zurück. Zu spät.

«Norcia, du hast von dem Jungen angefangen. Sprich weiter.»

«Das war ein Fehler. Für diesen Jungen bin ich schon gestraft worden. Schau doch! Man hat sich von mir abgewendet. Früher, da war ich Norcia da Lecce! Heute ist nur noch Norcia übrig, der an enthaupteten Leichen üben muss.»

«Wer ist schuld daran, Norcia?»

«Ich selbst, das ist wahr. Aber erinnere dich, Kommandeur! Dir habe ich mehr zurückgegeben als die Stimme. Das sind Dinge, die ein Mann nicht vergessen kann.»

Norcia starrt dem Kommandeur in die Augen. Er hat den Blick eines Geldhändlers, der gerade einen Schein anbietet.

«Ich bin dir nichts mehr schuldig, Norcia. Ich habe dich für diese Arbeit bezahlt.»

«Diese Arbeit! So nennst du das Privileg, die Frauen zu lieben ohne die Gefahr, ihnen Bastarde zu machen? Schätzt du meine Arbeit nicht höher als ein gewöhnliches Kondom aus Darmhaut?»

Der Kommandeur schweigt.

«Ich kenne dich. Wenn du mir nicht antwortest, bist du gekommen, um mich zu töten.»

«Vermutlich.»

«*È cosi la vita!* … Aber vorher wirst du doch noch einen Schluck mit mir trinken.»

«Nur wenn es Amarone ist.»

«Komm mit.»

Norcia und der Kommandeur verlassen das Laboratorium, wobei sie einander genau im Auge behalten. Durch voll gestellte Kulissen und einen roten Samtvorhang gelangen sie auf die Bühne eines winzigen italienischen Theaters. In der Mitte stehen wie Requisiten zwei Sessel, ein niedriges Tischchen, vier Stielgläser und eine Flasche Amarone.

«Wie du siehst, Kommandeur, habe ich dich erwartet.»

Ed und Jones erkunden Mokkas Werkstatt. Sie erinnert an die eines Herstellers von Krippenfiguren. Das Feuer unter dem gemauerten Ofen wirft tanzende Schatten in den Raum. Die Regale sind überladen mit einer verstaubten Armee weißer Figuren aus gebranntem Ton.

Mokka reicht Ed und Jones ihre Figuren. Die beiden legen sie auf die offene Handfläche. Die Figuren zeigen sie, wie sie gerade mit den 38ern in die Luft schießen. Wie kann Mokka sie so genau kennen? Ed und Jones meinen sich rufen zu hören ... Haaabt Acht! ... Stillgestanden! ... Ein seltsames Gefühl, sich selbst in der Hand zu haben. Mokka betätigt sich als Museumsführer.

«Ich habe die Werkstatt in einem der Kellerräume von Sainte-Zita eingerichtet. Die Kirche wurde auf einem ehemaligen Steinbruch erbaut. Man kann es sich kaum vorstellen, aber unter unseren Füßen liegen ausgedehnte Höhlen und ein toter Arm der Bièvre.»

«Mokka, Sie haben uns doch nicht hierher gebracht,

um mit uns eine historische Führung durch Sainte-Zita zu machen.»

«Ein wenig Geduld noch. Sehen Sie!»

Der goldene Mann entzündet einen Kupferleuchter mit drei Öllampen aus smaragdgrünem Opalglas, den er mit einer Kette zur Decke hinaufzieht. Das Licht fällt auf den Bezug eines Billardtisches.

«Wie in Haarlem üblich, muss dieser Keller als Spielhölle gedient haben. Der Tisch stand schon hier. Wie ihr seht, habe ich einen Plan der Pfarrbezirke von Paris darauf übertragen.»

Auf der grasgrünen Fläche wirkt es, als habe man die Stadt aufs Land transportiert. Ed und Jones wussten gar nicht, dass es in Paris so von Heiligen wimmelt.

«Auf diesem Plan habe ich historische Figuren verteilt, von denen euch einige interessieren dürften.»

Ed und Jones erkennen … Marat in seiner Badewanne, Charlotte Corday mit ihrem Messer mit Ebenholzgriff, Camille Desmoulins mit einem Eichenblatt in der Hand, Fouquier-Tinville hinter seinem Tisch … Erstaunlich, wie sehr man den Menschen an seinem Zubehör erkennt. Das muss man wohl bedenken, wenn man der Nachwelt erhalten bleiben will.

Dort, wo sich auf dem Stadtplan die *Conciergerie* befindet, steht Marie-Antoinette allein, ein wenig abseits. Jones ist fasziniert.

«Mokka, woher wissen Sie so genau darüber Bescheid, was wo geschieht?»

«Ich habe ein ganzes Netz von Informanten. Ich

nenne sie meine Spinnen. Sie sind in jeder Mauerritze verborgen und spinnen ein Netz über die ganze Stadt. Ich sitze in der Mitte und warte.»

Jones schaut ungläubig drein. Er hat Lust, Mokkas Netz auf die Probe zu stellen.

«Wollen mal sehen: Wo auf Ihrem Plan ist Zamor?»

«Dort! Er ist unterwegs zwischen der 121. Straße und dem ehemaligen Kloster Sainte-Pélagie ...»

Er zeigt auf einen Maharadscha mit Turban. Ed liest auf dem Sockel ... *François Sébastien Zamor (1751 –).*

«Ihr Zamor, meine Herren, wird die Du Barry im Gefängnis besuchen.»

Jones betrachtet die Gräfin ... *(1743 –).* Irgendwie beunruhigend, diese Lücke, die dem Geburtsjahr auflauert.

«Mokka, wenn Sie uns wirklich helfen wollen, dann sollten Sie jetzt vielleicht den Leopardenjungen ins Spiel bringen.»

«Haben Sie eine Figur von ihm?»

«In welcher Funktion sollte ich den Jungen darstellen, meine Herren?»

Wenn Ed und Jones diese Frage beantworten könnten, bräuchten sie nicht mehr mit ihm Zinnsoldaten zu spielen. Mokka blickt lange auf seine Uhr mit blau-weiß-rotem Zifferblatt und zählt an den Fingern ab.

«Bedaure, meine Herren, aber ich muss gehen. Es ist bald Zeit für meine Posteritäten-Runde. Aber vorher werde ich Ihnen noch ein wenig behilflich sein.»

Mokka greift nach einigen Figuren und platziert sie

auf den Stadtplan von Paris, indem er sie auf dem Billardtisch mit dem Rechen eines Croupiers hin- und herschiebt.

«Stellen wir zuerst die Damen auf. Marie-Antoinette und die Du Barry erwarten uns schon. Schieben wir die Marquise d'Anderçon zu ihnen.»

Ed findet, sie ist die Schönste von allen. Er wagt gar nicht, sich auszumalen, dass er die Marquise in die Hand nehmen könnte.

«So weit die Damen. Nehmen wir nun die Herren, das geht schneller. Diese Geschichte ist eine Frauengeschichte …»

«Das reicht, Mokka! Warum beantworten Sie nicht einfach unsere Fragen?»

«Eine Figur zu werden, meine Herren, das muss man sich verdienen!»

«Wir wollen aber keine Figuren werden! Wir wollen den Leopardenjungen finden, ihn dem Marquis d'Anderçon bringen und Landwirte in Ohio werden!»

Mokka lacht lauthals heraus.

«Landwirte in Ohio! Das wollen Sie wirklich?»

«Jawohl! Mit Kühen, Schweinen und Hühnern!»

«Nun, wenn das so ist, meine Herren Landwirte: Hier ist er, Ihr Leopardenjunge!»

Mokka zieht eine Holzschatulle aus dem Regal und öffnet sie über dem Billardtisch. Figuren purzeln heraus und verstreuen sich über den Stadtplan von Paris. Sie stürzen übereinander, springen noch einmal hoch und kommen verquer zu liegen. Die meisten sind in

Haarlem aufgehäuft. Man vermeint sogar einen Hagel von Riesen auf das Dach von Sainte-Zita prasseln zu hören.

«Meine Herren, da ist der Leopardenjunge! Er gehört Ihnen. Ich drehe jetzt meine Posteritäten-Runde. Ich werde in Sainte-Pélagie erwartet.»

«Was hat es denn mit dieser Posteritäten-Runde auf sich?»

«Das interessiert Sie nicht, meine Herren. Sie ziehen ja die Kühe vor!»

Mokka greift nach seiner Umhängetasche, setzt seinen goldenen Hut und eine zornige Miene auf und verschwindet über die Treppe, die zur Kirche hinaufführt. Ed und Jones bleiben ratlos zurück und stehen mit hängenden Armen vor diesem Figurenchaos. Die Wirtin diskutiert mit der Marquise, während sich Zamor vor den Augen der Du Barry an eine völlig apathische Marie-Antoinette drängt.

«Jones, glaubst du, das alles hat irgendeinen Sinn?»

«Mindestens genauso viel wie das, was die Marquise uns in der Krypta erzählt hat. Wir sind in Haarlem, da ist alles möglich!»

Befangen nimmt Ed eine Figur aus dem Haufen, als hätte er Angst, die anderen aufzuwecken.

«Was ist das denn für einer? Mit seinem Kurzsäbel sieht er aus wie ein Zuckerrohr-Schneider.»

«Und diese alte Frau, kommt die dir nicht bekannt vor?»

Ed und Jones sehen die Blinde mit ihrem Sohn in der Taverne der Wirtin vor sich. Und der hier? … Und diese da? … Jetzt wühlen sie aufgeregt wie Schatzsucher in den Figuren.

«Hier, Ed! Ich habe ihn gefunden! Schau her. Ich habe ihn … den Leopardenjungen!»

Er zeigt ihn vor wie auf einem Thron.

«Aber nein! Das ist doch La Marmotte.»

Jones sieht genauer hin. Tatsächlich, der Junge hat seinen Säbel an der Seite und diesen Blick voller Spott über den Bürger.

«Was hat er denn in dieser Geschichte zu suchen? Sehr seltsam, vor allem, weil ich bei der Königin das hier gefunden habe.»

Ed öffnet die Faust. Auf seiner Handfläche, direkt auf der Glückslinie, sitzt ein Hündchen, dem eine lange Zunge aus dem Maul hängt.

La Marmotte und der Piqueur klammern sich unter der Droschke fest. Im Lärm der Räder und im Knarren des Kastens sehen sie das Pflaster vorbeirasen. Bestimmt werden die Streben beim nächsten Schlagloch brechen. Sie stellen sich Zamor und den Doktor vor, die bequem über ihnen sitzen und plaudern.

«Marmotte, kannst du mir das Geräusch der Hufe aufschreiben?»

La Marmotte nuschelt eine Lautmalerei daher … Kataklong! … Kataklong! … Sie scheint dem Piqueur zu gefallen. Den Pferden gefällt sie auf jeden Fall, denn die übernehmen sie sofort … Kataklong! … Kataklong! …

Mit völlig durchgerütteltem Magen denkt La Marmotte an Coco. Er hat Sidonie-der-Niedlichen versprochen, ihr das Hündchen zurückzubringen. Also muss er es dem Doktor abnehmen und mit ihm abhauen. Im Rennen ist La Marmotte unschlagbar. Die Droschke wird langsamer und hält an. La Marmotte steckt den Kopf zur Seite heraus ... Sainte-Pélagie ... Der Piqueur und er tasten sich ab. Es ist noch alles dran ...

Ed und Jones legen die Figuren zurück auf den Billardtisch, spurten die Treppe zur Kirche hinauf und rennen das Mittelschiff entlang.

«Mokka! Warten Sie!»

Die Kirche ist voll. Die Bankreihen sind von einer adretten Gemeinde bemalter Schwarzer aus Gips bevölkert: Fackelträger, Gitarrenspieler, Kandelaber oder stumme Diener. Mokka sitzt auf einem Betstuhl. Mit dem Zwicker auf der Nase sortiert er auf seiner Tasche gelbe Blätter.

«Was ist denn los, meine Herren, sind Ihnen die Kühe abhanden gekommen?»

Mokka hat noch nicht mal von seinen Blättern aufgeblickt, um diese Nettigkeit loszuwerden, die durch die Kirche hallt. Ed und Jones möchten nicht unbedingt zugeben, dass ihnen von all den Figuren ganz schwindelig geworden ist und dass sie Mokka brauchen, um sich mit ihnen zurechtzufinden. Sie ziehen es vor, das Thema zu wechseln.

«Sagen Sie mal, Mokka, was sind denn das alles für Statuen?»

«Junge Leute aus Haarlem haben eine Befreiungsfront für Schwarze aus Gips gegründet. Sie lassen sie überall mitgehen, wo sie sie finden … diese demütigenden Darstellungen des Schwarzen … So formulieren sie das. Dann lassen sie sie im Wald von Bondy wieder frei.»

Ed und Jones sind platt. Sie wussten gar nicht, dass es so viele Schwarze in Gefangenschaft gab.

«Sputen wir uns, meine Herren. Wir gehen am Pfarrhaus vorbei, holen meinen Wagen und fahren nach Sainte-Pélagie.»

Ins Gefängnis der Du Barry. So übersetzen es Ed und Jones. Bei dem Gedanken, die Gräfin zu sehen, juckt es sie an diversen Körperstellen. Sie erreichen das Pfarrhaus.

«Ist das Ihr Wagen, Mokka?»

«Allerdings!»

Früher könnte es tatsächlich einer gewesen sein. Aber das Gefährt, das da vor der Tür steht, muss heute einen anderen Namen tragen. Es ist eine Art Leichenwagen, der hinter ein Pferd gespannt ist. Der Kasten wird von einem Auswuchs überragt, der an ein riesiges Päckchen Kaffee erinnert. Das Ganze ist in Gold und Schwarz gehalten, bis hin zu den Scheuklappen des Pferdes, und trägt die Aufschrift … *Mokka rex arabica seit 1632 …*

«Ist das Unternehmen schon so lange in Ihrer Familie, Mokka?»

«Durchaus nicht. Aber die Leute mögen es, wenn das, was sie essen oder trinken, Tradition hat.»

Ed und Jones steigen kommentarlos in den Leichenwagen. Mokka klettert auf den Kutschbock und setzt sein Gespann in Bewegung.

«Die Erinnerung in allen Ehren, aber Geschäft ist Geschäft, meine Herren.»

Der goldene Leichenwagen verlässt Haarlem durch den steinernen Torbogen. In der Rue de l'Enfer vermischt sich der Nebel noch mit der Dunkelheit, doch es rüttelt schon ein guter Kaffeeduft durch die Straßen.

Marie-Antoinette sitzt am Tisch und liest den Anfang ihres Briefes noch einmal ... *15. Oktober, 4.30 Uhr morgens* ... Es ist, als sei, seit sie den Gerichtssaal verlassen hat, nichts geschehen. Als sie in ihrem Verlies angekommen war, hatte eine Flut von Gedanken sie überwältigt, die sie hatte ordnen müssen. Das Schreiben war ihr als die dringlichste Sache überhaupt erschienen. Sie erinnert sich kaum noch daran, wie spärlich man ihr Papier und Kerze zugeteilt hatte. Schreiben! Das musste sein. Schreiben, aber wem? Madame Elisabeth natürlich! Dieser treuen Seele, der Schwester ihres guten Louis. Sie wird ihre Botin sein. Aber was sagen, wie ihre Gedanken ordnen, und womit beginnen?

15. Oktober, 4.30 Uhr morgens ... Mein Gott! Sie hat das Datum im alten Stil geschrieben, und sie hat sich vertan. Heute ist der 16. Durch die Verhandlung hat sie jedes Zeitgefühl verloren. Beinahe hätte sie sich einen Tag früher sterben lassen. Marie-Antoinette berichtigt den Fehler. Sie wendet sich um und betrachtet Oberleutnant de Busne, der auf einem Stuhl sitzt und schläft, den Kopf an die Wand gelehnt. Der Arme! Er muss vollkommen erschöpft sein. Der brave Mann hat sich das Ausruhen redlich verdient. Er war eine würdige Begleitung aus dem Gerichtssaal hinaus, und sein Arm war ein sicherer Halt diese schreckliche Treppe des Turms Bonbec hinunter.

Im Schlaf gibt der Oberleutnant leise Geräusche von sich, wie ein Kind, das es auf der Brust hat. Wie der erste Dauphin. Sie denkt an jene Juninacht in Meudon, als sie am Bett ihres Sohnes nicht einmal Totenwache hatte halten können. Die Etikette! Sie hat sich oft gesagt, dass diesem Kind die Gnade zuteil wurde, früh genug zu gehen, um von alledem nichts mitzuerleben. Wie klug von ihm!

Marie-Antoinette nimmt den Faden ihres Briefes an Madame Elisabeth wieder auf. Sie muss sich beeilen. Ihre Feder ist so träge … *Ich bin ruhig, wie man es ist, wenn das Gewissen dem Menschen keine Vorwürfe macht. Ich bedauere es tief, meine armen Kinder zu verlassen. Sie wissen, ich habe nur für sie gelebt, und für Sie, meine gütige und liebevolle Schwester …*

Die Feder gleitet im Kerzenlicht über das Papier. Von Zeit zu Zeit hält Marie-Antoinette inne und kennzeichnet Wörter entlang der Diagonalen des Blattes, dann zählt sie an den Fingerknöcheln ab. Ob sich Elisabeth an ihre geheime Art, die Wörter zu lesen, erinnern wird? Was sie ihr anvertraut, darf nur sie allein wissen. Die Zensoren werden den Brief lesen, Fouquier-Tinville, Hermann … Wird der Brief ihre Freundin überhaupt erreichen? Sie muss wenigstens so tun, als glaube sie daran. Weiter.

… Ich muss auf eine Sache zu sprechen kommen, die mein Herz sehr bekümmert. Ich weiß, wie dieses Kind Ihnen Qual bereitet haben muss, verzeihen Sie ihm, liebe Schwester, denken Sie an seine große Jugend …

Marie-Antoinette liest die letzten Sätze noch einmal. Sie erschauert. Sind sie nicht zu durchsichtig? Ihre Hand zittert, als sie die Feder ins Tintenfass taucht. Ein Klecks! Sie könnte vielleicht einen Tintenklecks machen, wie damals, am Tag ihrer Vermählung, als sie ihren Namen ins Kirchenbuch eintragen sollte. Doch wer könnte auf den Gedanken kommen, dass dieses Kind existiert? Nicht einmal sie, seine leibliche Mutter, wusste es. Die Kerze flackert. Die Hand der Königin über dem Blatt zittert jetzt nicht mehr.

… und wie leicht es ist, ein Kind das sagen zu lassen, was man will, und sogar das, was es selbst nicht versteht …

Marie-Antoinette hebt den Blick zu dem schmalen Fenster ihres Verlieses. Sie späht nach dem Tagesanbruch. Von dort wird er zu ihr kommen. Es ist noch nicht so weit. Sie schreibt weiter … *Ich bitte Gott von Herzen um Vergebung für all meine Sünden, die ich begangen habe, seit ich lebe. Ich hoffe, dass er in seiner Güte meine letzten Gebete erhören wird, so wie all jene, die ich seit langem an ihn richte, damit meine Seele seines Erbarmens und seiner Güte teilhaftig wird.*

Sie betrachtet die herunterbrennende Kerze. Antoinette denkt daran zurück, wie begierig sie darauf war, die Kerzen bei diesen langweiligen Konzerten von Lully zusammenschmelzen zu sehen. Mechanisch trommeln ihre Finger auf den Tisch, als würde sie Klavier spielen. Gluck! Sie sieht das entschlossene Gesicht des Kommandeurs bei der Gerichtsverhandlung vor sich. Welcher Starrsinn! Seinerzeit hätte er wegen einer flüchtigen Berührung ihrer Hände auf der Klaviatur von ihr verlangt, dass sie für ihn den Hof verließe.

Ich vergebe allen meinen Feinden, was sie mir angetan haben. Ich sage meinen Tanten und all meinen Brüdern und Schwestern Lebewohl. Ich hatte Freunde.

Ihr Herz krampft sich zusammen. Sie denkt an Fersen. Dabei hatte sie sich das streng verboten. Der Gute! Sicher macht er sich bittere Vorwürfe, dass er sie nicht gerettet hat. Auch sie hatte ihrer liebsten Freundin nicht helfen können, der Prinzessin von Lamballe. Sie hört noch die Schreie der Menge an jenem Septembertag '92. Mein Gott! Schon über ein Jahr. Sie erinnert sich an die verstörte Stimme des Königs.

«Nein, meine Liebe, gehen Sie nicht. Es ist Ihre verehrte Oberhofmeisterin. Es ist entsetzlich! ...»

Unter den Fenstern im *Temple*, in dem sie inhaftiert waren, trug man auf einer Pike aufgespießt ihren frisch gepuderten Kopf umher. Warum war die Prinzessin nach Frankreich zurückgekehrt? Zu ihr nach Paris? Welch ein Irrsinn! Damals hatte sie den Brief, den die Prinzessin ihr hatte überbringen lassen, nicht verstanden.

Madame, ich komme nach Paris zurück. Denn hier ist jemand von Ihrem Blute, der Ihnen im höchsten Maße am Herzen liegt, über den ich seit seinem ersten Atemzug in Ihrem Namen wache und der in großer Gefahr schwebt …

Heute versteht sie. Madame de Lamballe hatte dieses Kind insgeheim in ihre Obhut genommen. Wie undankbar und ungerecht sie der Prinzessin gegenüber gewesen ist! Wie sehr bereut sie ihr grausames und oberflächliches Spiel mit Madame de Polignac, die ihrerseits sie so schnell im Stich gelassen hat.

Sie hört Geräusche vor der Zellentür. Sie muss diesen Brief zu Ende bringen.

Denken Sie immer an mich. Ich umarme Sie von ganzem Herzen, ebenso wie meine armen und teuren Kinder. Mein Gott! Wie herzzerreißend es ist, sie für immer zu verlassen! Adieu! Adieu! Nun bleiben mir nur noch meine geistlichen Pflichten.

Dort oben sieht es aus, als warte das Morgengrauen schon ungeduldig darauf, durch das Kellerfenster zu schlüpfen.

7
Sainte-Pélagie

Das Morgengrauen hat beschlossen, jeden Morgen bei einer anderen Frau aufzuwachen. Heute im Gefängnis *Sainte-Pélagie* an der Ecke Rue de la Clef und Rue du Puits-de-l'Hermite. Mitten in der Fassade aus grauem Stein, im zweiten Stock, genau hinter dem fünften Fenster, liegt die Krankenstation. Dort will Madame Roland sterben.

Sie sitzt auf dem Rand ihres Strohlagers, ein Blatt Papier in der Hand. Das lange schwarze Haar fällt ihr offen bis zur Hüfte. Das Morgengrauen versucht, ihre Lebensfreude wieder zu wecken, indem es sie mit den ersten Sonnenstrahlen streift. Es berührt sie und fährt ihr sanft über Gesicht und Hals, um die Erinnerung an Liebkosungen in ihr zu wecken. Aber sie verscheucht es. Hartnäckig läuft es über ihren Arm, streicht über die Innenseite des Schenkels und das Knie. Die Frau erzittert nicht. Es fällt direkt vor ihre Füße. Sie ignoriert es. Da gibt es auf und verliert sich auf dem Boden zwischen verstreuten Blättern.

Das Morgengrauen ist verstimmt: Es hätte lieber bei der Königin aufwachen sollen. Vielleicht ist es noch nicht zu spät. Es sputet sich, eilt und fliegt. Aber als es ganz außer Atem die *Conciergerie* erreicht, hat die Königin den Kopf in die Hände gelegt. Der Brief ist fertig. Er liegt auf dem Tisch, die Kerze brennt noch. Das Morgengrauen klopft ans Fenster, um ihre Aufmerksamkeit zu wecken … *Poch! Poch! Poch! … Madame! Madame! … Ich bin es, ich bin da!* … Die Königin wird es sehen. Sie wird überrascht sein … *Oh, mein Gott, Sie sind da! Beinahe hätte ich Sie versäumt* … Und sie wird unten an ihren Brief anfügen … *Postskriptum … Der Tag bricht an …*

Aber Marie-Antoinette blickt nicht auf. Das Morgengrauen hat kein Glück, es wird weder neben Madame Roland noch neben der Königin erwachen. Wie pflegen die Männer zu sagen … Solche Tage gibt es eben … Also gut, denkt sich das Morgengrauen, dann bin ich eben demokratisch. Und es trollt sich, um neben einer Unbekannten aufzuwachen.

Oh, mein Gott, ich habe ihn versäumt!»

Marie-Antoinette grämt sich. Sie hat den Augenblick verstreichen lassen, in dem der Tag in ihr Verlies gekommen ist. Den genauen Augenblick. Einen weiteren wird es nie wieder geben. Bei diesem Gedanken krampft sich ihr Herz zusammen. Dabei waren die letzten Monate nichts anderes als eine Folge von letzten Tagen. Ihr Mann, ihre Kinder, ihre Schwester … Und dennoch ist es dieses winzige Bruchstück versäumter Tag, das sie begreifen lässt, dass ihr nun alles unaufhaltsam durch die Finger rinnt.

Marie-Antoinette schreckt hoch. Sie entdeckt einen

Mann, der in ihrer Zelle an der Wand lehnt. Der Mann beobachtet sie. Es ist nicht Oberleutnant de Busne. Der hätte niemals eine so lässige Haltung angenommen. Es ist ein anderer Gendarm.

«Bitte verzeihen Sie meine Reaktion, Monsieur, nehmen Sie es nicht als Beleidigung, ich hatte Sie nicht gesehen.»

Der Mann antwortet nicht. Er betrachtet sie mit einem Blick, den sie inzwischen gut kennt. Es ist der Blick all jener, die durch ihre Zelle gegangen sind, hier oder im *Temple*, tags wie nachts. Jene, die gekommen waren, um die Österreicherin zu sehen, Madame Veto, die Messalina. Inzwischen kann sie ihren Spitznamen schon in den Augen ihres Gegenübers lesen. Der dort mit dem schräg gelegten Kopf ist eher der Typ Rosstäuscher. Er schätzt ihre Hüften ab und betrachtet ihren Busen, wie man einer Kuh die Hand ans Euter legt. Er findet ihn weniger voll und straff, als er erwartet hatte. Er ist enttäuscht. Heute Abend in der Taverne wird er sagen ... *Meiner Treu, Madame Defizit hinterlässt uns ja nicht viel, an dem wir uns schadlos halten könnten* ... Und sie werden lachen.

Marie-Antoinette denkt an ihren Körper. Sie hofft, dass er in den bevorstehenden Stunden aufhören wird zu nässen. Sie wollen nicht dieses Frauenblut von ihr. Sie wollen das Blut der Königin. Sonst würden sie sich betrogen fühlen.

«Sagen Sie, Gendarm, hat Oberleutnant de Busne sich entfernt?»

«Er wurde verhaftet, Bürgerin.»

«Aus welchem Grund?»

«Ich bin nicht befugt, Sie davon in Kenntnis zu setzen, Bürgerin.»

Sie kann es sich vorstellen. Schon die schlichte Geste, ihr auf der Treppe den Arm zu reichen, wie man die Partnerin zum Menuett geleitet, kann in den Tod führen. Marie-Antoinette erzittert. Wann wird das Unglück aufhören, die zu treffen, die sich ihr nähern? Vor allem die Männer. Sie wird doch noch anfangen, an den ‹Fluch des faulen Zahnes› zu glauben. So oft hat man ihr erzählt, dass ihre Mutter, die Kaiserin, die Schmerzen ihrer fünfzehnten Niederkunft nutzte, um sich einen faulen Zahn ziehen zu lassen … Ein Zahn weniger, eine Tochter mehr. Ein schlechtes Vorzeichen …

Ihre Mutter hatte Recht. Marie-Antoinette bringt Unglück. Sie macht sich Vorwürfe, die Pläne derer unterstützt zu haben, die sie retten wollen. Noch heute Nachmittag, während der Unterbrechung der Verhandlungen. Anstelle der guten Rosalie brachte ihr eine aufgeputzte Unbekannte die Suppe. Die Frau hatte ihr zugeflüstert … Halten Sie sich bereit. Es wird auf der ungeraden Seite gegenüber Nummer 400 stattfinden, direkt hinter Robespierre. Am *Porche Rouge*! …

Seitdem sagt Marie-Antoinette sich vor … *Gegenüber der 400* … *Robespierre* … also in der Rue Saint-Honoré … *Am Porche Rouge* … Sie kann nicht verhindern, dass ihr Herz aufjubelt. Wie leicht es noch immer Hoffnung schöpft!

Frau Catherine und Pobéré biegen in die Rue de la Vannerie ein und erreichen das La Cave des Charbonniers. Sie steigen direkt zur Etage des Weinhändlers hinauf. Der Raum ist niedrig, der Fußboden mit Stroh bedeckt, leere Weinkisten stapeln sich, an den Balken hängen Gerätschaften. Zwei Männer und eine Frau sitzen im Kreis unter einer Lampe beim Kartenspiel. Etwas abseits füttert ein Bursche mit breiten Schultern ein Lämmchen aus einer Zinnflasche.

Die Blinde baut sich vor ihnen auf.

«Ich höre Nuckeln. Spielst du immer noch die Amme, Merlin?»

«Wissen Sie, Frau Catherine, wir mussten seine Mutter schlachten. Seither folgt es mir wie ein Hund.»

«Willst du es der Königin überreichen?»

Alle lachen freundlich. Merlin ist verlegen.

«Ihr anderen, seid ihr alle da, meine Tapferen? Redet ein wenig, damit ich euch sehe.»

Jeder sagt ein paar Worte. Jean-Baptiste, Guillaume und Elisabeth.

Auf einen Wink von Frau Catherine machen sie sich an die Arbeit. Pobéré breitet auf seinem Schuhputzerschemel einen Stadtplan aus. Die Blinde ergreift das Wort.

«Wie abgesprochen wird es am *Porche Rouge* geschehen. Hier!»

Pobéré zeigt auf ein Kreuz am Ende der Rue Saint-Honoré, dort, wo sie auf die Rue Royale trifft.

«Bei der ungeraden Nummer gegenüber der 400, hinter dem Haus von Duplay. Das ist der Tischler, der

Robespierre beherbergt und mästet. Der Torbogen ist rot. Wir greifen ein, wenn der Wagen der Königin vorbeifährt. Er kommt aus der Rue de la Monnaie.»

«Wie gut wird sie bewacht?»

«Augenblick, Guillaume! Bevor wir auf die Details eingehen, müssen wir eine Frage besprechen, die mir Kummer macht. Der Henker!»

Ein Schaudern geht durch die Zuhörer. Das Wort ‹Henker› eignet sich gut zum Flüstern. Frau Catherine fährt fort.

«Ihr wisst ja, dieser Sanson ist noch größer und kräftiger als sein Vater, der Louis XVI. geköpft hat. Ein Prachtkerl. Er ist jung, bringt aber gut seine zweihundert Pfund auf die Waage, und das bei sieben Fuß.»

Bewunderndes Raunen.

«Das ist noch nicht alles. Ihr müsst wissen, meine Tapferen, was die Vorschriften besagen: *Besteht die unmittelbare Gefahr, dass der Verurteilte durch List und Gewalt seiner gerechten Strafe entgeht, ist der Scharfrichter kraft seines Amtes befugt, dem mit allen Mitteln zu wehren, welche die Notsituation erfordert* … Was bedeutet …»

Die Männer brauchen allerdings eine Erklärung.

«Dass Sanson, wenn wir den Wagen angreifen, die Königin augenblicklich fesseln kann. Damit wäre alles verloren. Also müssen wir Sanson als Ersten eliminieren. Für ihn brauchen wir eine Charlotte Corday … Dich, Elisabeth! … Bist du immer noch bereit? Wenn du zurücktreten möchtest, sag es. Niemand wird dir deshalb einen Vorwurf machen.»

Elisabeth richtet sich auf. Ihr Blick spricht Bände.

Sie zieht einen Dolch aus dem Rock, der ihre ganze Antwort enthält.

«Diese sieben Zoll werde ich Sanson ins Herz bohren. Für die Königin tue ich das ohne Zaudern, das schwöre ich.»

Guillaume drückt ihr die Hand. Er ist stolz auf seine Frau, das spürt man. Frau Catherine geht zu ihr und umarmt sie.

«Danke, Elisabeth. Ich wusste, dass auf deine Frauenseele Verlass ist. Meine Tapferen! Sobald Sanson den Dolch zwischen den Rippen hat, ergreift ihr die Königin. Nicht vorher! Verschont seinen Gehilfen, er ist noch ein Kind.»

«Kein Mitleid für die Henkersbrut!»

«Jean-Baptiste! Ich bin blind, ist mein Sohn es etwa auch?»

Die Versammelten votieren ebenfalls für Gnade dem Gehilfen gegenüber.

«Sobald ihr die Königin ergriffen habt, bringt ihr sie hierhin!»

Pobéré zeigt die Stelle auf dem Plan.

«Der *Porche Rouge*! Es sind kaum dreißig Ellen vom Karren bis zum Portal. Aber alle werden sich gegen euch stellen. Zu diesem Zeitpunkt greifst du ein, Merlin.»

«Ich bin bereit, Frau Catherine!»

«Das musst du auch sein, mein Tapferer, denn in diesem Moment hängt alles von dir ab. Sanson ist von Elisabeth erdolcht worden, die Männer überfallen den Karren, sie laden dir die Königin auf den Rücken, und du bringst sie direkt zum *Porche Rouge*. Du darfst nichts anderes sehen als dieses Tor. Wenn wir es erreicht haben, können sie Marie-Antoinette niemals mehr zurückholen. Nie mehr!»

Alle starren auf diese winzige Öffnung, durch die sie das Leben einer Königin hindurchschleusen müssen.

«Haben wir den *Porche Rouge* erst hinter uns, durchqueren wir den Hof bis zum Gartenhaus. In diesem Gartenhaus befindet sich ein Brunnen, durch den man in das Kanalisationsnetz gelangt, das uns zum Quai des Tuileries führt. Der Weg ist mit weißen Kreuzen markiert. In den unterirdischen Gängen haben wir Zeit, die Königin als Schornsteinfeger zu verkleiden. Mit abgeschnittenem Haar wird niemand sie erkennen. Vom Quai aus geht es hinunter bis zum Port aux Huîtres. Dort wird die Königin auf ein Segelboot steigen, das Pobéré steuert. Alle, die sich am *Porche Rouge* nicht anschließen konnten, müssen sich wie abgesprochen durch die Taverne in der Rue de la Monnaie zurückziehen. Wir haben die Örtlichkeiten überprüft.»

Pobéré zieht einen Kreis um das La Vainqueuse und fährt mit dem Finger den Weg zur Kirche Saint-Germain-l'Auxerrois nach.

«Meine Tapferen, unser Plan ist makellos. Er kann nicht scheitern.»

Norcia und der Kommandeur heben ihre Weingläser. Gleichzeitig sagen sie … Auf den, an den ich denke! … und trinken langsam, mit geschlossenen Augen. Norcia greift nach dem Korken und riecht genüsslich daran.

«Hmmm! ... Der Amarone Masi! ... *L'Amarone della Valpolicella* ... Der beste Wein der Welt ... *Virilità e grazia* ... Der Wein der Zauberer. In ihm kann man die mächtigsten Liebestränke verbergen. Er enthüllt die Seele und regeneriert den Körper. In Wirklichkeit glaube ich, Kommandeur, der Amarone ist das wahre Blut Christi.»

«Lästern Sie Gott nicht!»

«Fürchten Sie, dass ich im Stande der Todsünde verscheide? Welches war gleich der Grund dafür, dass ich sterben soll? Würden Sie mein Gedächtnis auffrischen?»

Norcia prostet dem Kommandeur zu.

«Sie werden nicht sterben, Norcia. Für mich sind Sie bereits tot. Dafür, dass Sie dieses Kind kastriert haben.»

«Das Kind kastriert!»

Norcia richtet sich aus seinem Sessel auf und lacht in trillerndem Falsett.

«Wer hat Ihnen denn diesen Unsinn weisgemacht?»

«Wollen Sie etwa abstreiten, dass Sie an dem Jungen einen Eingriff vorgenommen haben?»

«Sie müssen wissen, Kommandeur, dass ich früher viele ‹Eingriffe› vorgenommen habe, wie Sie es nennen. Ich galt als der Meister der intimen Körperteile! Den Männern gab ich die Zeugungs- und Manneskraft zurück, den Frauen die Jungfräulichkeit. Aus ganz Europa kamen sie zu mir. Selbst Personen von hohem Geblüt.»

«Sie sprechen vom bedauernswerten Prinzen von Lamballe.»

«Zu ihm hat man mich zu spät gerufen. Er stank schon nach Aas, war von den Blattern zerfressen und halb entmannt. Zum Glück ist meine Arbeit meist angenehmer, wie etwa die Du Barry wieder zu flicken. Oder verschwiegener, zum Beispiel wenn es sich um die Königsfamilie handelt. Louis XVI.! Vor meiner Operation konnte er sieben Jahre lang seine ehelichen Pflichten nicht erfüllen. Der Dauphin hat sich im *Temple* ein königliches Körperteil zerquetscht, und die Königin …»

«Vorsicht, Norcia! Ich werde nicht zulassen, dass Sie die Ehre Ihrer Majestät besudeln.»

«Da hätten auch Sie sich besser zusammennehmen müssen.»

Der Kommandeur senkt den Kopf.

«Jawohl, Kommandeur, damals waren Sie der Liebhaber der Königin.»

«Ihre Behauptung ist nicht einmal eine Antwort wert.»

«Schämen Sie sich etwa dafür? Nein, ich glaube eher, Sie fürchten sich. Vor den Konsequenzen. Sie fürchten, Kommandeur, dieses Kind könnte der Beweis dafür sein, dass in Ihrer Ahnenreihe schwarzes Blut fließt.»

«Dafür, Norcia, werde ich Sie töten!»

«Wie bitte, Kommandeur? Sie haben mich bereits getötet, Sie werden mir nicht auch noch mit dem Tode drohen!»

«Meinetwegen, Norcia, das war eine geistreiche Antwort, ich gebe nach. Lassen Sie hören, wie Sie es rechtfertigen, ein Kind zu kastrieren. Denn da waren wir stehen geblieben.»

«Ebenso einfach, Kommandeur, wie man es rechtfertigen kann, einem flüchtigen Neger auf Ihrer Plantage in Santo Domingo das Bein abzuschlagen.»

«Ich wende nur das Recht an, das mir der *Code noir* einräumt. Gehören Sie zu denen, die den Henker schuldig sprechen?»

«Durchaus nicht. Aber der Chirurg in mir ist neugierig. Wenn Sie amputieren, tun Sie das mit der Machete? Die Sache interessiert mich. Auf welcher Höhe schlagen Sie das Bein ab? Über dem Fuß? Am Knie? Zertrümmern Sie vorher die Kniescheibe? Wie betäuben Sie den Schmerz? Mit Rum, Koka, Opium? Haben Sie ein Mittel gegen den Brand? Auch ein anderer Punkt fesselt mich: In welchem Moment schreien sie am meisten?»

Der Kommandeur geht auf der Bühne auf und ab, die Hände hinter dem Rücken verschränkt.

«Sie sehen, Kommandeur, wir sind beinahe Kollegen. Wir können über unsere Kunst plaudern. Ich mit dem Skalpell, Sie mit der Machete.»

«Das reicht, Norcia! Sie versuchen auf billigste Weise, unsere Unterhaltung in andere Bahnen zu lenken, damit wir das Kind vergessen.»

«Vergessen? Wie könnte ich! Ich erinnere mich genau an den Tag, an dem es mir gebracht wurde. Wegen einer Phimose. Einer banalen Vorhautverengung. Wie bei Louis XVI. Die Beschneidung ging ohne Probleme vor sich. Der Junge kam wieder. Ich überwachte die Vernarbung. Alles verlief wunderbar, bis zu jenem Tag … Ein Drama.»

Norcia nimmt eine tragische Pose ein.

«Der Junge war acht Jahre alt. Es geschah auf dieser Bühne. Genau da, wo Sie jetzt stehen, Kommandeur. Der Junge betrat sie gern, seit er wusste, dass der Chevalier de Saint-Georges hier ein Stück auf der Geige gespielt hatte. Und plötzlich fand das außergewöhnlichste Ereignis meines ganzen erbärmlichen Lebens statt. Es war auch die denkbar schlimmste Tragödie.»

«Was ist geschehen, Norcia?»

«Der Junge hat gesungen … Ich wusste sofort, dass ich die schönste Stimme vor mir hatte, die jemals ein Mensch gehört hat. Ich weiß, meine Worte sind nicht sehr originell. Aber wie soll man es sonst ausdrücken? Es war ein echtes Wunder! Ich war in einem Zustand absoluter Glückseligkeit, und zugleich hatte mich eine überwältigende Angst gepackt.»

«Aber weshalb?»

«Dieses Kleinod würde vergehen. Der Junge würde in den Stimmbruch geraten. Niemals mehr würde diese einzigartige Stimme zu vernehmen sein. Nein: In dem Augenblick, in dem ich ihn hörte, wusste ich, dass ich ihn zum … Kastraten machen musste!»

Mokka hält den goldenen Leichenwagen gegenüber dem Eingang von Sainte-Pélagie an. Er schaut auf seine blau-weiß-rote Uhr: Fünfzehn Minuten von Haarlem bis hier … Gar nicht schlecht! Vor dem Gefängnistor wartet eine lange Schlange von Männern und Frauen. Ed und Jones fragen verwundert:

«Um diese Uhrzeit schon Besucher, Mokka?»

«Nein! Das sind Lieferanten, Perückenmacher, Barbiere, Kammerfrauen und Diener, die sich pünktlich zur Morgentoilette der *Pistoliers* einfinden.»

«Pistoliers?»

«Die Zahlungskräftigen. Ah, meine Herren, Sie sind doch durch und durch Polizisten! Sie werfen die Menschen ins Gefängnis, aber was drinnen vorgeht, davon wollen Sie nichts wissen.»

Ed und Jones mögen das Wort Polizist nicht. Sie sind Soldaten. Mokka springt von seinem Kutschbock.

«Helfen Sie mir, meine Maschine zu entladen.»

Ed und Jones heben einen dreirädrigen Rollwagen aus dem Leichenwagen. Mokka bringt zwei zylindrische Kupferkessel darauf an, jeder mit einem Hahn versehen und überragt von einem Ständer, an dem Eisenbecher aufgereiht hängen. Ein Schild informiert … *Mokka rex arabica. Kaffee stärkt die Glieder, verleiht dem ganzen Körper einen angenehmen Duft, fördert die Blutung der Frauen, heilt Krätze …*

«Kommen Sie, wir gehen hinein, aber lassen Sie mich machen! Ihre Marken lassen Sie lieber stecken, das gibt nur Schwierigkeiten. Der beste Passierschein ist das hier.»

Der goldene Mann wirft eine Geldbörse in die Luft. Seine Umhängetasche vertraut er Jones an, das Schreibzeug Ed. Er lädt sich einen braunen Leinenbeutel auf die Schulter und rollt den Wagen zum Gefängnistor. Murren in der Warteschlange. Mokka ignoriert es. Er betätigt den Klopfer, was unangenehm nach Hausdurchsuchung klingt. Das Gitter des Guckfensters wird beiseite geschoben.

«Mokka, der Giftmischer! Wohl die Schlange nicht gesehen? Stell dich gefälligst hinten an!»

Mokka zeigt die Geldbörse und den Leinenbeutel. Das Auge am Guckfenster leuchtet auf. Es folgt ein ausgiebiges Klimpern von Schlüsseln, Schlössern und Riegeln, das endlich den Salpeteratem des Schließers freigibt. Der Mann ist zerknautscht wie nach einer unbequemen Nacht. Mokka steckt ihm eine Münze zu, damit er die Augen besser aufkriegt, und schiebt den Rollwagen resolut in den schmalen Eingangskorridor. Er stellt den Leinenbeutel neben die Tür und tritt an einen vergitterten Schalter. Ed und Jones folgen ihm.

«Die gehören zu mir. Sind meine Angestellten.»

Der Pförtner kratzt sich am Kinn und mustert sie misstrauisch. Er schließt die Tür mit noch mehr Schlüsselumdrehungen ab und inspiziert den Inhalt des Leinenbeutels.

«Ich hab dir doch gesagt, ich mag lieber brasilianischen Tabak!»

Der Schnüffler ist verstimmt. Ed und Jones sehen aus wie zwei Melchiore, die Tasche und Schreibzeug tragen. Sie beobachten. Mit all seinen Gitterstäben wirkt der Ort wie eine Falle, die nach faulem Köder stinkt. Wenn jemand Alarm schlägt, haben sie keine Chance. Der Pförtner unterbricht seine Bestandsaufnahme des grauen Beutels und nimmt sie selbst unter die Lupe.

«Was hat denn der hier? Du wirst uns doch keine Blattern einschleppen?»

«Finger weg!»

Ed packt das Handgelenk im Flug, dreht den Arm einmal im Schloss herum und arretiert ihn im Rücken unterhalb der Schulter. Gleich müsste es im Ellbogen krachen. Das trockene Geräusch eines Schieberiegels, und der Knochen zerbirst, die Splitter durchstoßen Haut und Stoff, frisches Blut sprenkelt den Fußboden. Aber Ed begnügt sich damit, dem Pförtner ein Knie in die Lendengegend zu bohren und seinen Schrei mit der Hand zu ersticken. Er fügt den Kerl passgenau ins Gitter ein. Der brüllt, schnauft und sabbert, all das, während er in einen Gitterstab beißt. Ed hält ihm die blaue Marke unter die Nase.

«Na, kapiert?»

Den Stab zwischen den Zähnen, versucht der Pförtner eine Sprechübung. Sicher will er sagen … Ja! … Absolut! … Aber an der Aussprache muss er noch feilen. Ed lässt ihn los. Mokka eilt herbei und bringt den Pförtner mit scheinheilig-betrübter Miene wieder in Ordnung. Er nimmt das Geld aus der Tasche und das Gespräch dort wieder auf, wo sie stehen geblieben waren.

«Was gibt es Neues im Gefängnis, Bürger?»

«Gestern haben wir die hundertfünfzig Gefangenen überschritten.»

«Sehr gut. Dann muss ich mehr Becher mitbringen.»

«Diese Theaterdamen haben schon wieder mit mir gesprochen. Denkst du an ihre Denunziation? Es wird höchste Zeit!»

Mokka macht eine ausweichende Handbewegung.

«Sonst noch was?»

«Äh ... ich weiß nicht, Mokka, ob du den Sitzungssaal benutzen kannst. Heute Nacht hat dort ein ... geheimes Verhör stattgefunden.»

«Du meinst eine Orgie. Ist sie noch nicht zu Ende, um diese Uhrzeit?»

«Ähm ... bis auf ein paar ... Überreste!»

«Egal, ich brauche diesen Saal. Nur dort kann ich meine Maschine nachfüllen. Ist das alles, Bürger?»

«Ach ja! ... Die Ballnarren organisieren ein Spiel im Hof, um 9 Uhr, gegen die Mannschaft aus dem Gefängnis Saint-Lazare. Da wird viel los sein.»

«Danke, Bürger. Siehst du, wenn du willst, bist du richtig nützlich.»

Mokka greift nach dem Leinenbeutel.

«Du hast ganz Recht, der brasilianische Tabak ist der beste. Ich werde sehen, ob ich dir welchen besorgen kann.»

Mit seiner gesunden Hand öffnet der Pförtner das Gitter. Als er sie durchlässt, bauen Ed und Jones sich vor ihm auf. Er weicht ihrem Blick aus.

«Wo finden wir die Bürgerin Du Barry?»

«Zelle Nr. 5 auf dem Stockwerk *‹Idées›*, Kommissar.»

«Und wo sind hier die Ideen?»

«Ganz oben. Dort sitzen die ein, die zu viele davon hatten. Drunter sitzen die *‹Grinches›*, die Langfinger, also Diebinnen und Straßenmädchen, und ganz unten die *‹Pailleux›*, die nur Stroh bekommen. In der Männerabteilung ist es genauso.»

Ed erkundigt sich:

«Wo sind die Frauen?»

«Kommen Sie, Bürger Kommissare. Ich zeig's Ihnen.»

Der Pförtner vollführt im Laufen einen Bückling nach dem anderen. So sieht er aus, als würde er seinen Schlüsselbund wie eine Kuhglocke um den Hals tragen. Er führt sie zu einem schmalen Hof, der rechts und links von zwei lang gestreckten Gebäuden flankiert ist.

«Da sind die Frauen und dort die Männer.»

«Aber die sind ja ganz nah beieinander!»

«Wie verhindern Sie denn, dass sie miteinander kommunizieren?»

Der Fatalist zuckt mit den Schultern, um zu sagen, dass er es nicht verhindern kann. Als Beweis zeigt er bei den Männern an einem offenen Fenster auf dem Stockwerk ‹*Idées*› einen splitternackten Gefangenen, der sich mit der einen Hand rasiert und mit der anderen weiter unten den Begleitrhythmus dazu geigt. Das versteht der Pförtner also unter ‹kommunizieren›.

«Sie müssen wissen, Bürger Kommissare, früher war das hier ein Kloster. Da gab es an den Fenstern weniger zu sehen. Die heilige Pelagia war ein gefallenes Mädchen, das zum ehemaligen Gott bekehrt wurde.»

«Da wir gerade beim Vorstellen sind, wer ist denn der Bürger da am Fenster mit dem Schaum überall?»

«Das ist ein General, der Herzog von Biron, früher hieß er Herzog von Lauzun, deshalb nennen wir ihn hier den Doppel-Herzog. Die Frauen sind ganz verrückt nach ihm. Sie müssen wissen, er war der Liebhaber der Königin. Ein Original, das die Mittel hat, sich seine Launen zu leisten.»

Ed und Jones bewundern die allerdings beachtlichen Mittel. Und sie sind nicht die Einzigen. Gegenüber treibt es die Frauenabteilung an die Fenster. Mokka gesellt sich wieder zu Ed und Jones, und sein Goldton wirkt leicht genervt.

«Meine Herren, sputen wir uns! Ich habe eine Runde zu absolvieren. Es ist schon beinahe … sieben Uhr. Helfen Sie mir! Ich stelle meinen Rollwagen im Sitzungssaal auf, um den Kaffee zu machen. Orgie hin, Orgie her. Ich ziehe einfach meinen Kneifer ab.»

Sie gehen in den Saal.

Mokka bereitet seine Maschine vor. Er nimmt die Deckel von den Zylindern und füllt gemahlene Kaffeebohnen ein. Währenddessen nehmen Ed und Jones das Ende des geheimen Verhörs vom Vorabend in Augenschein. Wie der Pförtner schon sagte … ein paar Überreste! … Im Dämmerlicht sehen Ed und Jones sich unauffällig um. Eine Reihe Grau-in-grau-Gemälde. Sie erkennen die verschiedenen obszönen Figuren aus einem Medaillen-Kabinett. Aber hier sind es keine Kameen von graziler Transparenz. Stattdessen Radierungen aus dem Säurebad. Es haben sich Interessengemeinschaften zusammengefunden, die sich ohne Einwilligungsprobleme vergnügen. Ein Grunzen genügt als Zustimmung, und man unterschreibt ins Unreine direkt auf dem Tisch. Die Dinge geraten so sehr ins Beben, dass eine Schublade anzüglichen

Schluckauf bekommt. Weiter hinten entblättert sich ein armer gefallener Priester gegen Gebot. Er entblößt ein Erbteil kümmerlicher Nippsachen, die sich die gierigen Bieterinnen gegenseitig aus den Händen reißen. Andere sind voll der patriotischen Gesinnung: Die Glut ihrer Körper erwacht im Bestreben, erbauliche Bilder nachzustellen. Man erkennt ... die Freiheit, die auf der Tyrannei hockt, welche ihren regen Dreizack reckt ... den Regenerationsbrunnen mit dem fruchtbaren Busen und seinem Karussell von thronenden Kurgästen ... die Gerechtigkeit mit verbundenen Augen, die tastend ihre Wägung vornimmt, die nackte Wahrheit ... Und noch viele andere.

Plötzlich reißt Mokka ein Streichholz an und entzündet unter den Kesseln eine Schiene von Ölbrennern. Ihr Flackern lässt die Gestalten deutlicher erkennen.

«Es ist so weit, meine Damen und Herren: Mokkas Kaffeekocher! Eine fahrende Maschine, die heißen Kaffee produziert! Ein Wasserbehälter, eine Wärmequelle, eine Destillierschlange, eine Tülle und kochendes Wasser, das langsam auf dieses feine Pulver tropft, welches in einem Filter aus seidenem Strumpfgewebe festgehalten wird. In fünf Minuten ist der Kaffee fertig.»

Mokka setzt sich an einen Tisch, schaut auf seine blau-weiß-rote Uhr und zählt dabei mit den Fingern. Jones findet diese Manie seltsam.

«Warum tun Sie das?»

«Das liegt an diesen verflixten neuen Uhren, auf denen der Tag zehn Stunden, die Stunden hundert Minuten und die Minuten hundert Sekunden haben.

Eine vorzügliche Reform! Ohne die Finger zu Hilfe zu nehmen, weiß man gar nicht mehr, was die Uhr geschlagen hat.»

Mokka sieht noch einmal auf die Uhr und klappt dann plötzlich den Deckel seines Schreibzeugs zu.

«Meine Damen und Herren, die Orgie ist beendet!»

La Marmotte und der Piqueur hängen vor Sainte-Pélagie noch immer unter der Droschke. Sie warten schon seit geraumer Zeit darauf, dass Zamor und Doktor Seiffert aus dem Wagen steigen ... Endlich! ... Die beiden Männer gehen an der Gefängnismauer entlang. Der Doktor trägt seine Arzttasche. La Marmotte sagt sich, dass da bestimmt Coco drin ist. Der Arme! Er muss ja ersticken. Zamor und Seiffert erreichen eine kleine Holzpforte, die so grün ist, dass man automatisch annimmt, hinter ihr liege ein Gemüsegarten. Die beiden Männer bleiben heftig diskutierend davor stehen. Sie sind sich wohl nie einig.

«Was wollen wir hier, Zamor? Das ist nicht der Gefängniseingang.»

«Hier erwartet mich der Schließer, der uns in die Männerabteilung führen wird.»

«Ich denke, wir treffen die Du Barry!»

«Nicht direkt. Das ist zu riskant.»

«Vorsicht, Zamor, versuch nicht, mich reinzulegen.»

«Beruhigen Sie sich, Doktor. Sie sind zu nervös. Sie hätten lieber im Wagen auf mich warten sollen.»

«Damit eines klar ist, Zamor: Ich bin auf dich angewiesen, aber Vertrauen habe ich keines zu dir. Deshalb werde ich dich nicht mehr aus den Fingern lassen, bis ich den Jungen habe.»

Seiffert packt Zamor am Kragen seines Maharadscha-Gewandes. Der Piqueur und La Marmotte nutzen das kleine Handgemenge, um sich anzuschleichen. Es ist noch nicht hell genug, als dass man sie sehen könnte. Die grüne Gemüsegartenpforte wird geöffnet. Sie sehen Zamor und Seiffert hineingehen.

La Marmotte und der Piqueur rennen los. Zu spät. Die Pforte ist schon wieder verschlossen. Mit seinem Gerät harpuniert der Piqueur die Mauer. La Marmotte klettert hinauf und setzt sich rittlings auf die Kante. Der Aufstieg des Piqueurs gestaltet sich schwieriger. Er schnauft, ächzt und lässt die Zunge heraushängen: eine blau-weiß-rote Rieseneidechse. Als er endlich bei La Marmotte ankommt, ist er schweißgebadet und hauptsächlich rot.

Ohne Atempause lassen sich die beiden an einem wilden Weinstock von der Mauer hinuntergleiten. Unten landen sie mit einer Pirouette, auf die sie sehr stolz sind. Kein Wunder, dass sie im Gemüsegarten mit Beifall empfangen werden.

«Bravo, Jungs!»

Ein Kürbis und eine Salatgurke mustern sie.

«Aber zum Fliehen geht's in die andere Richtung.»

Sie werden an diversen Körperstellen nachdrücklich gepackt. Bei genauem Hinsehen stellt sich heraus, dass Kürbis und Gurke in Wirklichkeit zwei Gendarmen sind, die schon beinahe Wurzeln geschlagen hatten.

Der Gemüsegarten erinnert plötzlich verdächtig an den Hof, in dem die Gefangenen Ausgang haben. In der Nähe eines Brunnens bemerkt La Marmotte ein Mädchen in seinem Alter im Matrosenkleid, das auf einer Schaukel sitzt und in einem großen Buch mit Bildern blättert. Sie hat langes, goldfarbenes-aber-nicht-allzu-blondes Haar und rundherum blaue Augen. La Marmotte findet, dass in diesem Garten trotz allem ausgesprochen schöne Dinge wachsen.

Meine Damen, meine Herren, ich sagte, die Donnerstags-Orgie ist beendet!»

Mokkas Befehl schlägt ein wie ein Gewehrschuss in einen Baum voller Raben. Es kommt Bewegung in die Genreszenen und Aufruhr in die erbaulichen Gemälde. Die Beteiligten verlassen den Saal fluchtartig, wobei sie sich schamhaft die Gesichter bedecken. So manche frisch hochgezogene Hose zeigt noch deutliche Reste männlicher Posen. Ed und Jones beruhigen die Anwesenden mit ihren blauen Marken. Nur eine junge Frau mit vollendet gerundeten Brauen steht noch nackt mitten im Raum. Unter einem Tisch hebt sie eine blonde, fein gelockte Perücke auf, bedeckt sich damit die Brüste und geht schweigend hinaus.

«Donnerstagnachts ist es immer so. Darum war es mir lieber, dass Sie mich begleiten.»

«Mokka! Wir sind doch nicht Ihre Leibwächter! Darf ich Sie daran erinnern, dass wir gerade eine Ermittlung durchführen?»

Der goldene Mann kommt nicht dazu, zu antworten. Eine magere Frau in schwarzem Schultertuch tritt vor ihn.

«Haben Sie das Opium?»

«Nein! Ich habe Madame Roland doch schon gesagt, dass ich ihr keines geben werde.»

«Aber wenn sie unbedingt sterben will …»

«Ich habe kein Recht, in den Lauf der Geschichte einzugreifen.»

«Ach, Monsieur Mokka, jemand wie Sie könnte da schon etwas ausrichten …»

«Lassen Sie es gut sein. Die Antwort ist nein, und Schluss. Sagen Sie ihr, ich werde sie oben in der Krankenstation besuchen.»

«Haben Sie wenigstens ein paar interessante Dinge für die Nachwelt gefunden?»

Mokka blättert in dem Bündel gelber Blätter, zieht eines heraus, faltet es zusammen, versiegelt es mit Wachs und reicht es der Frau.

«Sie soll das lesen und mir dann sagen, was sie davon hält.»

Die Frau entfernt sich. Man spürt, wie es sie in den Fingern juckt, das Blatt zu öffnen.

«Mokka, was steht eigentlich auf diesen gelben Blättern?»

«Ich sagte es schon, meine Herren … Posteritäten! … Begleiten Sie mich nach oben, ich werde es Ihnen erklären. Und Sie werden sehen, mit heißem Kaffee wird man immer freundlich empfangen.»

Der Kommandeur steht hoch aufgerichtet auf der Bühne. Als Norcia das Wort ‹Kastrat› ausgesprochen hat, ist er zurückgewichen wie ein Heldendarsteller, der sein Entsetzen ausdrücken will..

«Zum Kastraten! Norcia, Sie geben zu, dass Sie das Kind kastriert haben. Wer, zum Teufel, hat Ihnen das Recht dazu gegeben?»

«Die Kunst! Jenes Recht, das einen dazu verpflichtet, ein Meisterwerk um jeden Preis zu retten. Denn die Stimme dieses Jungen war ein Meisterwerk. Wenn Sie ihn nur gehört hätten! Er hat mehrmals auf dieser Bühne gesungen. Allein. Ohne Publikum. Wegen seines Äußeren ertrug er keine Zuschauer. Die, die kamen, um ihn zu hören, blieben hinter einem Vorhang verborgen. Diese Stimme, die etwas Tierhaftes und Kindliches zugleich hatte, hat bei allen tiefen Eindruck hinterlassen.»

«Aber Sie haben diese Stimme nicht gerettet, Norcia. Im Gegenteil.»

«Das ist wahr. Und *darin* liegt meine Schuld, das gebe ich zu. Meine Hand hat gezittert. Zum ersten Mal.»

«Sie haben den Jungen stumm gemacht!»

«Unsinn, Kommandeur! Nach der Operation hat er sich geweigert zu singen. Er hat sich sogar geweigert zu sprechen. Aber er ist nicht stumm. Davon bin ich überzeugt. Ich könnte dafür sorgen, dass er seine Stimme wiederfindet. Aber man hat ihn mir brutal entrissen, um ihn nach England zu bringen, mit diesem Doktor Seiffert. Ich habe seine Spur erst im vergangenen Jahr wiedergefunden, als der Junge allein in Paris war, ohne Schutz. Er! Das absolute Meisterwerk, als Gehilfe in einem Schnellrestaurant! Und all das nur, weil Madame de Lamballe so dumm war, nach Paris zurückzukommen, um sich hier abschlachten zu lassen.»

«Madame de Lamballe! Sie hat den Jungen also großgezogen.»

«Du liebe Zeit, vor lauter Amarone habe ich meinen Text durcheinander gebracht. Das nennt man aus der Rolle fallen, nicht wahr, Kommandeur?»

«Norcia, Sie haben gerade gesagt, Madame de Lamballe hat sich um den Jungen gekümmert. Ist sie auch seine Mutter?»

«Nein! Bedaure, da muss ich Sie enttäuschen, Kommandeur. Die de Lamballe ist nicht seine Mutter. Sie hat ihn sofort nach der Geburt in ihre Obhut genommen. Dank ihres Vermögens konnte sie dem Jungen in aller Diskretion die beste Erziehung zukommen lassen. Das ist ihr auch gelungen. Heute, mit fünfzehn, beherrscht er die schönen Künste ebenso meisterhaft wie die Waffen. Seinem Lehrmeister und Vorbild, dem Chevalier de Saint-Georges, ist er bereits ebenbürtig. Die beiden gleichen einander so sehr, dass ich mich gelegentlich frage, ob nicht der Chevalier sein Vater ist.»

«Aber der Chevalier de Saint-Georges ist doch ein Mulatte!»

«Genau wie das Kind, das Sie töten wollen, Kommandeur.»

Bürger Flüchtige, schon seid ihr wieder zu Hause!»

La Marmotte und der Piqueur werden von den beiden Gendarmen quer durch die Zelle gestoßen. Man ist schnell am anderen Ende angelangt. Sie ist vielleicht zehn Fuß im Quadrat groß. Bei kleinen Füßen. Gurke und Kürbis in Uniform nehmen schon die halbe Fläche ein.

«Macht es euch gemütlich, bis ihr verhört werdet. Im ersten Stock kostet es vierzehn Pfund pro Monat, im Voraus zu zahlen. Jeder angefangene Monat wird berechnet.»

«Darum guillotinieren wir immer am Zweiten!»

Der Kürbis- und der Gurkengendarm kichern, der eine, indem er seinen Wanst auf und ab hüpfen lässt, der andere unter heftigen Schwingungen des Adamsapfels. Sie erwähnen die zahlreichen ‹Bediensteten›, die zur Verfügung stehen, und die ausgezeichnete Verköstigung. La Marmotte notiert ‹Spitzel› und ‹Suppe›.

«Guten Aufenthalt, Bürger! Denkt vor allem daran, klingende Münze beizuschaffen.»

«Sonst bleibt ihr nicht lang.»

Die beiden Gendarmen gehen hinaus und lassen die Tür weit offen stehen. La Marmotte inspiziert den langen Korridor zwischen den Zellen rechts und links. Ein Schließer geht vorbei und öffnet eine Tür nach der anderen … Lüften! … Lüften! …

Der Korridor erhält sein Licht durch Fenster zum Hof. Im Gebäude gegenüber sieht man auf den verschiedenen Stockwerken Frauen vor den Zellen diskutieren. La Marmotte kann weder Zamor noch Doktor

Seiffert entdecken. Dabei haben sie doch gesagt, sie wollten die Gräfin Du Barry treffen. La Marmotte denkt an das Mädchen auf der Schaukel und an die aufgegangene Schleife an ihrem Kleid. Wenn man sich bei einem Mädchen nur an ein einziges Detail erinnert, dann ist man verliebt. Was für ein Glück: Das passiert ihm gerade, als er ins Gefängnis geworfen wird.

Zamor beugt sich aus einem Fenster im zweiten Stock der Männerabteilung von Sainte-Pélagie. Er schaut in den Gefängnishof. Neben ihm steht Doktor Seiffert an die Wand des Korridors gelehnt und hält sich in Deckung.

«Mach schnell! Dein Schließer hat uns eine Viertelstunde gegeben und keine Sekunde länger.»

Zamor versucht, sich von der Nervosität des Doktors nicht anstecken zu lassen. Er spricht mit der Du Barry, die ihm gegenüber im anderen Gebäude steht. Sie dürfen keine Aufmerksamkeit erregen. Die ganze Kunst besteht darin, so zu tun, als würde er sich mit jemand anderem im Hof über irgendein belangloses Thema unterhalten. Beide beherrschen diese galante Winkeltaktik aus den Salons und den Wäldchen von Versailles. Wer hätte gedacht, dass sie sie eines Tages im Gefängnis nutzen würden?

«Ich bringe dir Neuigkeiten von deinem Sohn.»

Vom Gebäude gegenüber aus spielt die Du Barry das gleiche Spiel. Sie richtet ihre Antwort an eine Gefangene, die in einer anderen Richtung steht.

«Ich hoffe, ef geht meinem Petit-Louif fo weit gut?»

«Es geht ihm ausgezeichnet, und er kann immer besser sprechen.»

Der Doktor hört zu und bemüht sich zu verstehen.

«Zamor, wer ist dieser Petit-Louis?»

«Mein Papagei. Und jetzt halten Sie den Mund!»

«Haft du mir daf grofe Wollknäuel für die moofgrüne Wefte mitgebracht, die ich meinem Petit-Louif ftricke?»

«Ich habe einen Beutel voll Moos dabei.»

‹Beutel voll Moos›! Seiffert findet diese Bezeichnung nicht sehr schmeichelhaft für sich.

«Der Beutel ift gut, aber ohne daf Moof kann ich die Wefte für Petit-Louif nicht ftricken. Er könnte krank werden und fogar fterben.»

Der Doktor zieht Zamor am Ärmel.

«Was sagt die Gräfin?»

«Sie sagt, ohne die große Geldsumme, die sie haben will, ist sie nicht bereit, von dem Jungen zu reden.»

«Antworte ihr so, wie wir es abgemacht haben. Im Tausch gegen die Schwarze Perle hole ich sie hier heraus.»

Zamor übersetzt.

«Eine Weste ist gut gegen die Kälte, aber ein langer Spaziergang draußen, an der frischen Luft, ist der Gesundheit weitaus förderlicher. Er macht die Jungen kräftig und … zu schönen Männern.»

Dem Ton nach, in dem die Du Barry antwortet, scheint ihr der Vorschlag zu gefallen.

«Was die Pension Belhomme angeht, so ist sie einverstanden. Sie sagt, sie händigt uns die Schwarze Perle aus, gegen den schriftlichen Verlegungsbefehl in dieses Sanatorium vor heute Mittag.»

«Vor heute Mittag! Sie ist ja wahnsinnig! Egal, Zamor, sag ihr, das geht in Ordnung. Ich hoffe, ihr habt mir mit eurem albernen Kauderwelsch nichts vorgemacht. Sonst werdet ihr euch wünschen, ihr wärt unter der Guillotine gelandet.»

Zamor übermittelt der Du Barry die charmante Drohung, wobei er Guillotine mit ‹Kragenschoner› übersetzt.

«Kommen Sie, Doktor, wir können jetzt gehen.»

«Erst holen wir den Hund wieder ab.»

In seinem Kabuff lässt der Schließer den Mops mit einem Schlüsselbund spielen. Zamor und Doktor Seiffert bemühen sich, ihre Ungeduld nicht zu zeigen.

«Wie drollig er ist, mit seiner platt gedrückten Nase. Der wär was für meine Tochter. Belle-de-Nuit liebt Tiere.»

«Das ist aber ein schöner Name, Belle-de-Nuit, Schöne der Nacht.»

«Der Name ist nicht schön, sondern republikanisch, Bürger! Sie ist an einem 16. Vendémiaire zur Welt gekommen, das war Belle-de-Nuit. Einen Tag später, am 17., hätte sie Citrouille geheißen: Kürbis. Was is'n dein Hund für 'ne Rasse?»

«Das ist ein Mops, Bürger.»

«Es heißt Bürger Schließer! Ein Patriot muss es damit genau nehmen.»

Etwas abseits im Korridor beobachtet ein Gefangener mit gepuderter Perücke, Seidenstrümpfen und Silberschnallen an den Schuhen die Szene über ein aufgeschlagenes Buch hinweg ... *Die Reisen des Kapitän Cook* ... Sein fiebriger Blick beunruhigt Zamor. Eine Vorahnung. Dieser gepuderte Mann, der nur vorgibt zu lesen, starrt den Hund so komisch an. Zamor stößt den Doktor grob in die Rippen.

«Ja, Zamor ... So, also ... Wir gehen dann!»

Der Doktor öffnet seine Arzttasche, die er im Kabuff des Schließers stehen gelassen hatte, und streckt die Hände nach dem Hund aus.

«Lass nur, Bürger, er erstickt ja dadrin! Ich trage ihn bis zur Tür. Wir gehen durch den Hof, das ist unauffälliger.»

Zamor, der Doktor, der Mops und der Mopsträger marschieren als Prozession die Treppe hinunter. Der Mann mit dem Buch folgt ihnen in einigem Abstand. Er starrt immer noch auf den Hund, der dem Schließer das Ohr leckt.

Am Gittertor des Hofes gibt der Schließer dem Doktor den Mops zurück.

«Schade, ich hätte ihn gerne behalten, für meine kleine Belle-de-Nuit.»

In diesem Augenblick tritt der Mann mit dem Buch hinter sie und stößt einen trillernden Pfiff aus.

«Coco!»

Der Mops jault auf und springt ihm in die Arme. Der Mann drückt ihn an sich, dass man um das Hundeleben fürchtet, und riecht mit tiefen Atemzügen an ihm.

«Ihr Duft! Sie ist es! Es ist ihr Duft!»

Sein Gesicht verzieht sich ekstatisch. Der Schließer braucht einen Moment, um sich von seiner Überraschung zu erholen, dann wirft er sich wütend auf ihn, um ihm den Mops zu entreißen. Aber der Mann wehrt sich und stößt den Schließer zurück. Die Schlüssel fliegen, Zamor und der Doktor werden gegen das Gittertor geschleudert. Der Schließer stürzt zu seinem Kabuff, greift nach einem Degen und hält ihn dem Gepuderten an die Kehle.

«Her mit dem Hund!»

«Er gehört euch nicht! Er gehört unserer Königin. Er trägt ihren Duft an sich. Ihr seid es noch nicht einmal wert, ihn zu berühren.»

«Es heißt ehemalige Königin, Bürger!»

«Sie ist unsere Königin und wird es auch bleiben! Eure Wortklauberei kann daran nichts ändern.»

«Es heißt ‹ehemalige›! Das hat der Konvent so beschlossen.»

«Der Konvent! Ich finde, ehemaliger Mensch, in diesen neuen Zeiten verstößt der Konvent gegen jede Konvention.»

«Sag ‹ehemalige› Königin!»

Der Schließer presst die Degenspitze gegen die Halsschlagader des Gepuderten.

«Sag es! Oder ich spieße dich auf.»

«Nur keine Umstände. Das mache ich selbst.»

Mit einer jähen Bewegung zerreißt er sich die Kehle an der Degenklinge. Das Blut spritzt aus dem durchtrennten Adamsapfel. Er fährt sich mit den

Händen an den Hals und bricht mit entsetztem Blick zusammen.

«Verzeiht, dass ich nicht vermeiden kann, euch mit meinem Blut zu besudeln.»

«Dreckiger Aristokrat! Er hat es nicht gesagt!»

Der Schließer hebt Degen und Schlüsselbund auf. Zamor wischt sich die Stiefel sauber. Vorbeigehende Gefangene wagen es nicht, den Körper des Mannes anzusehen. Sein Blut ist über das aufgeschlagene Buch geflossen und bildet darin eine große, dunkle Landkarte. Doktor Seiffert nimmt den Mops auf den Arm.

«Nein, Bürger. Ich glaube, Sie schenken mir den Hund für meine kleine Belle-de-Nuit. Sein Duft wird ihr gefallen.»

Der Schließer klimpert mit seinem Schlüsselbund. Stimmt, wenn man genau hinhört, klingt das ziemlich nach einem Geschenk.

Hinter sich hören Zamor und Doktor Seiffert den Ruf eines fahrenden Händlers … *Kaffee! Kaffee! Mokka rex arabica!* … Das wäre nicht schlecht. Etwas Heißes und Kräftiges könnten sie jetzt gut gebrauchen. Zamor und der Doktor verlassen das Gefängnis durch den Hof.

Mokka erreicht mit seiner fahrenden Kaffeemaschine das Stockwerk der ‹*Pailleux*› … *Kaffee! Kaffee! Mokka rex arabica!* … Sofort wird er von einer Gruppe extravagant gekleideter Frauen umlagert … Kaffee für das Französische Nationaltheater! … Sie stürzen sich auf die Becher. Ed und Jones werden im Handumdrehen eingespannt.

«Meister Mokka, wo haben Sie denn diese beiden Prachtstücke aufgetrieben? Die würden wir gerne einmal in kleinem Kreis vorsprechen lassen.»

Anzügliches Kichern. Die Rollen scheinen in der Gruppe streng verteilt: Chorführer und antiker Chor.

«Meister Mokka, die Angelegenheit ist ernst. Sie müssen unbedingt diesen Brief betreffend Madame Grelis schreiben.»

«Kommt nicht in Frage! Ich weigere mich, eine Schauspielerin aus Ihrem Hause zu denunzieren, die sich nichts vorzuwerfen hat.»

«Aber wir haben uns doch auch nichts vorzuwerfen. Nicht wahr, meine Damen?»

Chor der Tugendhaften.

«Begreifen Sie doch unsere Verzweiflung, Meister Mokka, wir wurden schon dummerweise von den männlichen Rollen getrennt, die in den *Madelonettes* einsitzen. Das beschneidet unser Repertoire drastisch. Und nun will man uns auch noch Madame Grelis vorenthalten, die als Andromache einfach unersetzlich ist! Nicht wahr?»

Allgemeiner Lobgesang.

«Ein kurzer Denunziationsbrief an den Wohlfahrtsausschuss würde genügen, und Madame Grelis wäre wieder mit ihrer Truppe vereint. So wäre unsere Spielzeit gerettet!»

«Ich habe nein gesagt! Ich kümmere mich um die Nachwelt, nicht um Ihre Tournee.»

Allgemeiner Klagegesang.

«Das ist ungerecht. Die Ballnarren haben Monsieur

Fontaine denunziert, um ihn in die Gefängnismannschaft zu bekommen, mit der Begründung, er habe einen so präzisen Schuss. Und uns verwehrt man die gleiche Gunst in Bezug auf Madame Grelis. Ich frage hier und jetzt: Ist ein Ballnarr heute mehr wert als ein Mime der *Comédie Française*?»

Allgemeine Empörung.

«Nun denn, Meister Mokka, wir werden uns anderweitig bemühen. In diesem Haus mangelt es schließlich nicht an Spitzeln. Wenden wir uns nun lieber den Geistesblitzen zu, die Sie uns mitgebracht haben.»

Mokka zieht ein gelbes Blatt aus der Tasche. Die Chorführerin nimmt es ihm aus den Händen und liest vor.

«Überschrift ... Für die Nachwelt oder Florilegium geistreicher letzter Worte für den ausschließlichen Gebrauch der zur Guillotine verurteilten Theaterdamen ... Das nenne ich eine Eröffnung! ...»

Ed und Jones werfen Mokka einen verblüfften Blick zu.

«Jawohl, meine Herren, ich handele mit letzten Worten, Schafottsprüchen, historischen Zitaten oder geistreichen Bemerkungen. Das sind meine Posteritäten!»

«Ruhe im Publikum, der Vorhang geht auf!»

Die Chorführerin hat sich schon in Positur geworfen.

«Meine Damen, ich bitte um Ihre Aufmerksamkeit. Vorweg sei bemerkt, dass diese Sache höchst findig dargestellt und nach Gattung und Inhalt gegliedert ist, ganz wie bei den Enzyklopädisten. Wir haben die Wahl zwischen: ‹spöttisch›, ‹geistreich›, ‹philosophisch›, ‹rachsüchtig›, ‹religiös› …»

Raunen der Preziösen.

«Gehen wir direkt zu unserer Sparte über … geistreich! Ich lese … Situation: Der Unglückliche erblickt den Halskragen der Guillotine …

Das Loch für den Souffleur, vermute ich.

Mein Lebtag braucht' ich seine Dienste nich.»

Das Publikum applaudiert.

«Noch eines, ebenfalls in Versform!

Oh Publikum, warum so ungeduldig?

Zu meinem Tod die Zugab' bleib ich schuldig!

Absolut bewundernswert, Meister Mokka! … Jetzt dieses, aus dem Register ‹spöttisch› … Auf dem Schafott:

Diese tristen Bretter gibt man mir zu küssen?

Ach, mit meinem Blut werd ich sie schmücken müssen!»

«Wunderbar! …»

Die Chorführerin umarmt Mokka wie in einer versöhnlichen Schlussszene.

«Meine Damen, mir kommt da eine Idee. Heute Abend geben wir Meister Mokkas Worte für die Nachwelt. Wir nennen diese Zerstreuung kurzerhand … Posterität!»

Hochrufe und Applaus.

Die Truppe stiebt auseinander wie eine Schulklasse, die gelben Blätter als Fahnen über den Köpfen. Schon sind sie durch die nächste Gruppe ersetzt. Rufe nach

Kaffee und Worten werden laut. Ed und Jones ziehen sich aus dem Trubel zurück.

«Mokka, wir überlassen Sie Ihren Posteritäten. Wir gehen nach oben und verhören die Du Barry.»

Marie-Antoinette wartet auf Rosalie. Ihre Dienerin wird bald kommen. Sie hatte sie gebeten, sich um acht Uhr einzufinden. Wenigstens wird ihr das junge Mädchen einen kleinen Schutz vor den Blicken dieses Gendarmen bieten. Sie hat das Gefühl, als habe ihr Körper wieder begonnen, unter ihr zu bluten. Sie wagt es nicht, von ihrem Stuhl aufzustehen, aus Angst, sich besudelt zu zeigen.

Welche Frivolität! Dieses sind vielleicht die letzten Augenblicke, in denen es ihr vergönnt ist, allein zu sein. Sie sollte sie den Gedanken an die Ihren und der Gewissenserforschung widmen. Stattdessen sorgt sie sich um Flecken auf der Kleidung. Sie nimmt es sich übel, solch oberflächlichen Bedenken zu erliegen. Vielleicht ist sie tatsächlich so leichtfertig, wie man sie in den Zeitungen immer schimpft?

Ihr fehlt die Zeit, die Gedanken zu ordnen und Antworten auf all diese Fragen zu finden.

«Bürger Gendarm, wären Sie so freundlich, mir zu sagen, wie spät es ist?»

«Nein, Bürgerin, das wäre ich nicht. Ich habe meine Befehle.»

«Weshalb? Fürchtet man, ich könnte mit den Stunden entfliehen?»

Der Gendarm antwortet nicht. Er starrt sie immer noch an. Immerhin, sie ist zufrieden mit ihrer geistreichen Entgegnung. Manchmal brauchte es nur das, um einen langweiligen Abend bei Madame de Lamballe zu retten. Die arme, liebe Seele! Warum ist es ausgerechnet das Stichwort Langeweile, das die Erinnerung an sie wachruft? Aber … ist es die Langeweile oder nicht eher … das Blut!

Ed und Jones steigen in den obersten Stock des Gefängnisses hinauf. Sie gehen zur Du Barry wie zu einem Rendezvous. Auf der Treppe kommen ihnen reihenweise Frauen in allen Bekleidungsstadien entgegen. Mit dem Nachttopf in der Hand, dem Handtuch über der Schulter, im Morgenmantel oder schon herausgeputzt, die Dienerin auf den Fersen. Gestank und Parfum wirbeln wild durcheinander … *Platz da! Platz da! Der erste Toilettendienst der Madame de Prinon!* … Ed und Jones werden von einem tänzelnden, behandschuhten Perückenmacher und seinem weiß gepuderten Gehilfen überholt, der eine Silberglocke auf einem Tablett vor sich her trägt … *Platz da!* … *Platz da!* …

Im Stockwerk der *Idées* angekommen, biegen Ed und Jones in den Zellenkorridor ein. Jones bleibt stehen und zeigt auf eine Frau ein paar Schritte vor ihnen. Sie steht am offenen Fenster zum Hof.

«Glaubst du, das ist die Du Barry?»

«Ich wüsste nicht, wer sich sonst so elegant zu entkleiden versteht.»

8
Die Du Barry

Ed und Jones gehen den Gefängniskorridor entlang, ohne die so elegant entkleidete Frau, die ihnen den Rücken zudreht, aus den Augen zu lassen. Vor ihnen trägt ein hoch gewachsenes junges Mädchen zwei Eimer mit dampfend heißem Wasser. Sie bringt sie in die Zelle Nr. 5.

«Bürgerin Du Barry?»

«Wir sind gekommen, um Ihnen ein paar Fragen zu stellen.»

Die so elegant entkleidete Frau antwortet nicht. Sie lässt Ed und Jones in Gesellschaft ihres Parfums warten. Ein Rest von Bergamotte, über Nacht etwas verwelkt, steigt aus ihrem Haar wie aus erloschener Asche.

«Bürgerin, es ist besser, Sie antworten uns.»

Ed bewegt seine Polizeimarke vor dem Gesicht der Gräfin wie ein Glöckchen, mit dem man einen Schlafwandler weckt.

«Meine Herren, verwechfeln Fie mich mit einer Forelle, die man mit einem Köder fängt? Man hat Ihnen ficher gefagt, ich fei lüftern auf allef, waf glänft. Aber fo fehr nun auch wieder nicht.»

Ed und Jones waren gar nicht darauf gefasst, dass die Du Barry eine Stimme haben, dass sie so schrill sprechen und dass sie lispeln könnte. Man macht sich selten Gedanken darüber, welche Stimme zu einer Ikone gehört. Mit etwas körperferner Grazie wendet sich die Gräfin um und schaut sie an. Man erwartet, dass ihre Augen smaragdgrün sind, sie sind aber schlicht braun. Dass sie juwelengeschmückt ist, doch Ohren, Hals und Hände sind nackt. Dass ihr Gesicht noch immer die Züge einer königlichen Mätresse trägt. Das tut es. Besonders diese bittere Falte um den Mund. Die Gräfin ist vielleicht mehr Forelle, als sie glaubt.

«Sie sind doch die Bürgerin Du Barry?»

Sie deutet einen spöttischen Hofknicks an. Ed und Jones haben noch nie jemanden gesehen, der mit solcher Menge Stoff so viel enthüllt.

«Jeanne Bécu, Gräfin Du Barry! Momentan fern ihrer Ländereien.»

«Ed Cercueil!»

«Fossoyeur Jones!»

Auch sie momentan fern ihrer Ländereien in Amerika.

«Donnerwetter! Man schickt mir pfwei Prachtftücke von Indern. Ich fehe, man kennt meinen Geschmack.»

Die Du Barry mustert sie mit einem Blick, der ihnen Hemd und Hose aufknöpft. Ed und Jones sind verlegen bei dem Gedanken, dass der gleiche Blick auch auf Louis XV. ruhte.

«Wenn auch Fie, meine Herren, wegen meinef Schmuckf gekommen find, dann kommen Fie pfu fpät. Man hat mir bereitf allef geftohlen.»

«Wir kommen nicht deswegen, Bürgerin.»

«Wir suchen ein Kind.»

«Ein Kind! Im Gefängnif Fainte-Pélagie! Ef ift allerdingf wahr, daff hier viele Kinder gemacht werden. Wir haben fogar ein Schwängerungfpfimmer, um der Guillotine über den Bauch pfu entgehen. Daf Alter hat mich diefer Möglichkeit beraubt, fonft hätte ich viele Fluchtverfuche unternommen.»

«Wir suchen diesen Jungen.»

Jones reicht ihr das ovale Porträt. Die Du Barry nimmt es in die Hand und tritt ans Fenster, um es im Licht zu betrachten. Sie neigt es hin und her, wie man einen Edelstein prüft.

«Bürgerin, kennen Sie dieses Kind?»

«Natürlich kenne ich ef.»

«Wer ist es?»

«Ef ift mein Kind!»

La Marmotte schaut aus dem Fenster. Er ist enttäuscht. Das Fenster geht nicht auf den falschen Gemüsegarten mit dem Mädchen auf der Schaukel. Er hätte ihr so gerne beim Schaukeln zugesehen, nur um das blaue Band an ihrer Taille flattern zu sehen.

«Marmotte, schau mal, was ich gemacht habe.»

Der Piqueur zieht ihn in die Zelle zurück, die er mit Wörtern aus seiner Umhängetasche geschmückt hat. ‹Baldachin› über dem Bett, ‹Deckel› über dem Krug ... In Ordnung. Aber ‹Brüderlichkeit› im Nachttopf, ‹Demagogie› neben dem Fenster und ‹Guillotine› an der Tür. Ganz schön leichtsinnig, diese verirrten Wörter.

«Marmotte, glaubst du, wir bleiben lange hier?»

Er macht sich mehr Gedanken darum, wie er Coco wiederbekommen soll, um ihn Sidonie-der-Niedlichen zurückzubringen. Vielleicht am *Porche Rouge*, von dem die alte Blinde gesprochen hat. Sie hat gesagt, nach dem Haus von Robespierre. La Marmotte weiß jetzt, wo das ist. Aber die Sache hat einen kleinen Haken. Der *Porche Rouge* ist draußen, in Freiheit. Der Piqueur muss in seiner Tasche das Wort ‹Flucht› finden. Auch wenn es genauso leichtsinnig ist wie die anderen, mit seiner Hilfe werden sie die Sache schon schaukeln.

Frau Catherine und Pobéré gehen die Rue Saint-Honoré hinunter Richtung Rue de la Monnaie. Sie springen vor zwei Pferden zur Seite, die durch die Straße preschen wie zum Angriff und hinter denen eine Kanone über das Pflaster rattert. Jede Menge Schreie, Hufgetrappel und Lärm.

«Scheinen es ja eilig zu haben, die Burschen! Kleiner, merk dir die Position der Geschütze und die Namen der Einheiten an der Strecke.»

«Hab ich alles, Mutter.»

«Der Betrieb und das Aufgebot an Patrouillen ist kein gutes Zeichen für uns. Könnte sein, dass er die Sache schon für 10 Uhr angesetzt hat.»

«Glaubst du, jemand hat geredet?»

«Nein, aber wenn ich auf ihrer Seite wäre, würde ich es tun. Man muss immer mit dem Kopf des anderen denken.»

«Wie ich mit deinen Augen?»

«Du bist kein anderer, Pobéré. Du bist ein Stück von mir. Du bist mein Kleiner.»

Die Blinde drückt ihren Sohn an sich und zaust ihm durch den roten Schopf. Der Form halber tut er so, als wolle er sich losmachen, aber in Wirklichkeit genießt er es.

«Sag mal, Mutter, warum war der Herzog von Penthièvre eigentlich so gut zu mir?»

«Eines Tages werde ich dir das erzählen. Aber noch ist nicht der richtige Zeitpunkt. Merk dir nur, dass die Stunde gekommen ist, in der wir ihm helfen müssen, um ihm zu danken. Gehen wir in die Taverne in der Rue de la Monnaie. Ich muss Jean-Baptiste sehen.»

Der sitzt schon an einem Tisch im Schankraum des La Vainqueuse. Der junge Mann ist aufgeregt.

«Frau Catherine! Ich habe gute Neuigkeiten! Wir haben zwanzig Burschen aus Vanves für unsere Sache gewonnen, jeder mit zwei guten Pistolen bewaffnet.»

«Bravo, Jean-Baptiste! Wie viele hast du inzwischen geworben? Beinahe fünfhundert! Dafür wird dir die Königin mindestens eine Baronstochter zur Frau geben.»

«Holla! Ich bin noch nicht einmal neunzehn und nur Perückenmacher.»

«Nach dieser Sache werden dir die Perücken ganz von selbst und frisch gepudert auf den Kopf fliegen. Du leistest gute Arbeit. Die Königin wird stolz auf dich sein.»

Die Blinde nimmt den jungen Mann bei den Schultern und drückt ihn. Er ist kräftig und voller Energie. Trotzdem spürt sie verhärtete Muskeln, die den Nacken versteifen. Jean-Baptiste verschweigt ihr etwas. Sie sinnt darüber nach, während sie hört, wie er aufsteht und die Taverne verlässt. Unnötig, ihren Sohn zu beunruhigen.

«Hör zu, Pobéré. Ich warte hier auf dich, und du findest heraus, um welche Uhrzeit die Hinrichtung stattfinden soll. Das ist sehr wichtig.»

«Die Uhrzeit ist uns schnuppe, wir retten sie doch ohnehin vorher!»

«Geh trotzdem. Und sieh zu, dass du mir einen Karren besorgst.»

«Einen Karren? Wozu das denn?»

«Damit ich Königin spielen kann.»

Marie-Antoinette liegt auf der Pritsche. Der Gendarm hat seinen leeren Blick auf sie gerichtet. Er scheint mit den Gedanken anderswo zu sein. Vielleicht hat er einfach nur Hunger, Lust auf eine Pfeife oder darauf, die Stiefel auszuziehen. Marie-Antoinette lächelt. Wenn sie so porträtiert würden, gäben sie das Modell eines alten bürgerlichen Ehepaares ab, das sich langweilt. Die Augen auf das Fenster gerichtet, denkt sie an ihren Sohn … Ihr Schätzchen … Hat ihn dieser niederträchtige Simon, sein Wärter, geweckt, um ihm zu sagen, dass seine Mutter sterben wird? Mit welchen unflätigen Worten? Wird das arme Kind sie nachsprechen wie eine patriotische Artigkeit, für ein Glas Wein? Was gibt es Widerlicheres als diese hartnäckige Verbissenheit, den Namen einer Mutter in den Augen ihres Sohnes zu besudeln. Tränen tropfen auf ihren Handrücken. Dabei hatte sie sich vorgenommen ... Aber ihr schwinden die Kräfte. Das Warten und der bleichende Tag bluten sie aus. Sie schreckt hoch. Ein Schlüssel dreht sich im Schloss. Noch nicht! Mein Gott, wie ihr der Leib plötzlich versagen will. Wie spät ist es?

«Ich bin es, Madame.»

Es ist Rosalie, der schöne Engel! Wie gut sie verstanden hat, dass man sie ab jetzt bei jedem Geräusch, bei jeder Aufregung beruhigen muss wie ein Kind. Rosalies Stimme zittert, aber sie trägt ihr schönstes Lächeln im Gesicht.

«Madame, Sie haben gestern Abend nichts zu sich genommen und fast nichts während des Tages. Was möchten Sie heute Morgen essen?»

Mein Gott! Wie ihre Zeit in dieser einfachen Frage zusammengedrängt ist. Wie gerne hätte sie von Rosalie gehört, welche Pantoffeln sie ... morgen tragen möchte.

«Liebes Kind, ich brauche nichts mehr, für mich ist alles zu Ende.»

Warum hat sie das gesagt? Nur um Rosalies armes Herz zu quälen? Es ist nicht alles zu Ende. Draußen wartet man nur darauf, sie diesem Schicksal zu entreißen. Marie-Antoinette spricht sich vor ... *Robespierres Haus* ... *Porche Rouge* ... Sie muss ihnen vertrauen. Neue Kräfte sammeln, für den entscheidenden Augenblick.

«Madame, ich habe für Sie eine Fleischbrühe auf dem Herd stehen.»

Eine Fleischbrühe! Das rührt sie beinahe zu Tränen. Eine Fleischbrühe. Ihr, die solchen Widerwillen dagegen empfand, mit großem Aufgebot den Bedürftigen Suppe auszuschenken. Sie wird als letzte Gabe eine Fleischbrühe aus Rosalies Händen empfangen, ohne ihr diese Güte jemals anders danken zu können als durch ein Lächeln. Rosalie beginnt ratlos zu weinen. Wie närrisch ich mich verhalte! Sie muss denken, dass ich über sie lächele, dass ich über ihre Gabe spotte. Wie ich in diesem Augenblick den hochmütigen Ausdruck der Habsburger um meinen Mund hasse! Diese ganz gewöhnlichen Hautfalten, in denen die anderen mein Innerstes zu lesen glauben. Rosalie will sich zurückziehen. Ich habe die gute Seele verletzt.

«Bleiben Sie, mein Kind!»

O mein Gott, wie kommen mir die Tränen beim Anblick dieses schönen Gesichts. Wie gern hätte ich sie beschenkt. Wie gern hätte ich sie unbekümmert und fröhlich mit ihren Freundinnen im *Trianon* gesehen. Sie hätte ihren Rang mit Stolz getragen. Was gibt den Ausschlag dafür, dass man keine Fürstin ist?

«Gut, liebe Rosalie, bringen Sie mir die Fleischbrühe.»

Die Dienerin geht hinaus und kommt sogleich zurück, als brenne der Herd direkt vor der Zellentür. Marie-Antoinette hat sich auf die Pritsche gesetzt. Ihre Beine tragen sie kaum noch. Das wiederholte Öffnen und Schließen der Tür hat ihr das Gefühl gegeben, man könne nun jederzeit kommen, um sie zu holen. Letztlich hatten diese Riegel ihr so etwas wie Sicherheit gegeben. Wie wenig Wert sie darauf legte, und wie sie ihren armen Louis mit seinen Sicherheitsschlössern neckte … ‹Sicherheit› … Bei diesem Wort zieht sich ihr Magen zusammen … Nein! … Danke, mein Kind … Sie kann keinen Löffel mehr zu sich nehmen.

«Wie spät ist es?»

Die Königin hat ihre Frage in einem Augenblick geflüstert, in dem die Dienerin sie vor dem Blick des Gendarmen verdeckte.

«Sieben Uhr vorbei.»

«Rosalie, meine Blutungen haben wieder angefangen. Sie bringen mir ein frisches Hemd …»

«Ja, Madame …»

«Heda, Bürgerinnen! Keine Beratung, oder ich melde das.»

Männer spüren es, wenn Frauen flüstern. Aber meist ist es dann schon zu spät.

«Sie bringen mir außerdem …»

«Vorsicht, Bürgerinnen! Ich melde das.»

Meldedas. Kein schlechter Name für einen Gendarm. Er hat die gute Seele Rosalie eingeschüchtert. Sie zittert ja! Ich werde sie lieber aus dieser Beklemmung entlassen.

«Rosalie, kommen Sie um acht Uhr, um mir beim Ankleiden zu helfen.»

«Ja, Madame.»

Wenn Rosalie wiederkommt, hat sie nur noch zwei Stunden zu leben.

Bürgerin Du Barry, Sie behaupten, das Kind auf dem Porträt sei das Ihre?»

Ohne zu antworten macht die Gräfin auf dem Absatz kehrt und verschwindet mit dem Porträt in ihrer Zelle. Ed und Jones folgen ihr.

«Herpflich willkommen in meinem Louvefiennes!»

Die Gräfin zeigt ihre Zelle mit Gesten, die an hohe Zimmerdecken gewöhnt sind.

«Bewundern Fie mein Bad!»

Die Du Barry weist auf eine dampfende kupferne Sitzbadewanne.

«Mein einpfiger Luxuf! Ich habe fie Marat genannt, waf kein Luxuf ift, fondern eine Frechheit. Heute ift die Frechheit der äuferfte Luxuf, nicht wahr?»

Sie lacht und wirft ihr Haar zurück. Ed und Jones tauschen einen verwunderten Blick. Die Du Barry scheint die Wasserträgerin in der Zelle nicht bemerkt zu haben. Das Mädchen steht mit verzücktem Gesicht vor einem Anschlag an der Wand.

«Ninon! Daf genügt, du verdirbft dir noch die Augen. Fpute dich, Marat ift noch nicht voll.»

Wie aus einem Traum gerissen, greift das junge Mädchen nach seinen Eimern und geht. Die Gräfin erklärt:

«Fie ift ein bravef Mädchen, aber ohne einen Fou. Und hier ift daf tödlich. Gegen den kleinen Wafferdienft laffe ich fie ein paar meiner Schmuckstücke auflefen.»

Sie zeigt auf den Anschlag. Ed und Jones treten näher und lesen:

Zweitausend Louisdor Belohnung. Diamanten und Schmuck verloren.

Bei Madame Du Barry, im Schloss von Louveciennes, bei Marly, wurden folgende Diamanten und Schmuckstücke gestohlen: ein Ring mit weißem Brillant, rechteckig, etwa 35 Gran, Krappenfassung … ein Schmuckkästchen mit 20 bis 25 Ringen, darunter ein großer Smaragd; Ohrgehänge mit Stein in Ajourfassung, etwa 36 Gran, von schöner Farbgebung, aber unrein, mit deutlichen Einschlüssen …

«Nun, meine Herren! Wollen Fie fich ruinieren?»

«Hat man Ihnen all das gestohlen?»

Jones tippt auf den Anschlag, der sie tatsächlich Zeile um Zeile ruiniert, und das über Generationen.

«Auch mein Gedächtnif hat mir einigef geftohlen.»

Ed und Jones treten einen Schritt zurück. Sie fürchten schon, dass der Anschlag ihnen die Taschen durchsucht.

«Bürgerin Du Barry, Sie behaupten, das Kind auf dem Porträt sei das Ihre. Bestätigen Sie das?»

«Jawohl, ich beftätige. Waf wollen Fie noch wiffen?»

«Lediglich, wo es sich befindet.»

«Ich habe nicht die geringfte Ahnung.»

«Aber Sie sind doch seine Mutter!»

Die Du Barry lacht auf.

Ein herzhaftes, unaffektiertes Lachen, das sie vollends zu entkleiden scheint.

«Ich, die Mutter diefef Kindef! … Und wer, glauben Fie, ift der Vater? … Etwa Feine Majeftät Louis XV.? …»

Jetzt lacht sie lauthals heraus. Ihr Lachen erfüllt das

gesamte Stockwerk der *Idées* und schallt hinunter bis zu den *Pailleux*.

«Spotten Sie nicht, Bürgerin.»

Plötzlich verstummt sie. Mit geradezu schwermütiger Miene.

«Meine Herren, wenn ich von Feiner Majeftät fpreche, fpotte ich nicht, ich erinnere mich!»

Die Gräfin schlägt die Hände vors Gesicht. Sie gibt kleine, kieksende Schluchzer von sich. Ed und Jones hatten sich die Sache ganz anders vorgestellt. Eigentlich hatten sie sich gar nichts vorgestellt. Jones hält ihr ein Taschentuch hin, mit dem man ein Kaltblutpferd trockenreiben könnte.

«Danke, ich habe felbft einf.»

Die Du Barry zaubert aus ihrem Dekolleté ein zartes Spitzentuch und das passend bestickte Lächeln gleich dazu.

«Meine Herren, glauben Fie den Tränen nicht. Dann müfften Fie pfwangfläufig auch den Frauen glauben.»

Plötzlich haben Ed und Jones große Lust, Bauern in Ohio zu werden, den Jahreszeiten zu glauben, dem sprießenden Korn, dem Regen, den Tränen und den Frauen, die Frauen sind.

«Zum letzten Mal, Bürgerin, sind Sie die Mutter dieses Kindes oder nicht?»

«Fehen Fie mich an, meine Herren, und fehen Fie daf Porträt an! Mit wem hätte ich diefef Kunftwerk produpfieren follen?»

«Mit Zamor!»

Die Gräfin lässt ihr Spitzentaschentuch fallen. Weder

Ed noch Jones machen Anstalten, es aufzuheben. Sie wenden kein Auge von der Du Barry. Ihr Blick hat einen schrecklichen Ausdruck angenommen. Wie schnell das Wetter auf diesem Gesicht wechselt!

«Daf genügt, meine Herren!»

Plötzlich tauchen in der Zelle zwei Gefängniswärter mit Hahnenkamm-Mützen auf. Sie schauen sich mit Argusaugen um.

«Bürgerin Du Barry, hast du die Verdächtige gesehen?»

«Welche Verdächtige?»

«Gut gebaut, aber zickig. Die Bürgerin Devey. Sie soll zu den *Pailleux* umziehen und hat sich versteckt.»

«Lafft fie doch in Frieden! Und jetpft hinauf!»

«Nimm dich in Acht, Bürgerin …»

«Verschwindet, fage ich, oder ich laffe euch von meinen Lakaien verprügeln.»

Die beiden Hähne mustern Ed und Jones … Das sind ja mal ansehnliche Lakaien. Na gut … Vielleicht suchen sie doch besser anderswo. Ed beobachtet die Du Barry, die sich Hals und Dekolleté mit einem feuchten Tuch abtupft. Sie scheint wirklich betroffen zu sein.

«Also, Bürgerin, sind Sie die Mutter dieses Kindes oder nicht?»

«Meine Herren, ich kann Ihnen ganpf eindeutig antworten … Nein! Ich bin nicht die Mutter und Pfamor ift nicht der Vater.»

«Aber Sie und Zamor …»

«Daf ift wahr und allgemein bekannt. Und ich will

nicht behaupten, daff ef nicht eine Pfeit gegeben hätte, in der wir unf hätten vergeffen können und vielleicht ein Fujet zu diefem Modell gemalt hätten. Aber, meine Herren, in meiner Ftellung als Mätreffe def Königf wäre ef kataftrophal für meine Intereffen gewefen, wenn ich schwanger geworden wäre. Und noch viel mehr, wenn diefe Hautfarbe inf Fpiel gekommen wäre. Können Fie fich vorftellen, welchen Fkandal daf in Verfailles gegeben hätte?»

«Warum behaupten Sie dann, es sei Ihr Kind?»

«Fo fagt man eben.»

«So sagt man was, Bürgerin?»

«Daff ich im Leben diefef Kindef eine gewiffe Rolle gefpielt habe. Fagen wir, daff ich Madame de Lamballef kleinef Geheimnif durch Pfufall erfahren habe.»

«Was für ein Zufall?»

«Daf Kopfkiffen, meine Herren. Daf Kopfkiffen ift der Pfufall der Dirnen. Ich kann von diefem Pfufall fprechen, weil ich vermute, daff er bereitf tot ift. Verdient hätte er ef jedenfallf. Er hief Norcia da Lecce. Ein italienischer Chirurg, deffen gröfte Begabung ef war, Engel pfu machen. Waf fehr praktisch ift, wenn die Natur ef wagt, den Vorrang vor den Freuden def Königf pfu beanpfruchen.»

Eine elegante Art auszudrücken, dass man Kinder den Schweinen vorwirft, weil Seine Majestät im Bett ungeduldig werden könnte.

«Diefer Italiener war der Günftling von Madame de Lamballe, feiner Landfmännin. Fie war eine Carignan-Favoie, ein bedeutendef Fürftenhauf auf Turin. Diefer

Norcia da Lecce hat den jungen Prinpf von Lamballe operiert.»

«Was war das für eine Operation?»

«Nun, nach dem Eingriff nannte man ihn … Prinpf-ohne-Bälle!»

Ed und Jones begreifen, dass ein solcher Spitzname in Versailles ebenso sicher töten kann wie ein Chirurg.

«Wo finden wir diesen Norcia da Lecce?»

«Wenn er noch lebt, müffte er in den Gefindehäufern einef der Pavillonf im Jardin du Roi pfu finden fein.»

«Sie meinen den Jardin des Plantes, Bürgerin.»

«Nein! Für mich wird man einen König niemalf durch Pflanpfen erfepfen können.»

Die Gräfin denkt, Norcia da Lecce könnte einen guten Lockvogel für diese beiden Kerle abgeben.

«Norcia da Lecce, meine Herren, hat fich viel um daf Kind gekümmert. Aber auf irgendwelchen geheimnifvollen Gründen hat Madame de Lamballe einef Tagef beschloffen, den Jungen auf feiner Obhut pfu nehmen und ihn ihrem Leibarpft anpfuvertrauen. Ihrem fehr perfönlichen Leibarpft, wenn Fie mir folgen können.»

«Kennen Sie den Namen dieses sehr persönlichen Leibarztes, Bürgerin?»

Wie dumm von ihr! Schon sind die beiden hinter einer dickeren Fliege her. Und an der werden sie zu schlucken haben!

«Er ift Deutscher. Doktor Feiffert. Aber Fie werden Mühe haben, ihm die Beichte abpfunehmen. Er hält fich in London auf, während Norcia da Lecce nicht weit von hier pfu finden ift.»

Die Gräfin zeigt in eine Richtung, die etwa mit dem Jardin du Roi zusammenfällt, vor allem aber mit der Zellentür. Ed und Jones finden ihren Daumen plötzlich sehr gewöhnlich.

«Kommen wir wieder zu dem Jungen, Bürgerin. An Ihrer Geschichte ist nicht einzusehen, warum Madame de Lamballe, Prinzessin von Geblüt, Erbin von Penthièvre, einem der reichsten Männer Frankreichs, sich um die Erziehung eines schwarzen und kranken Kindes kümmern sollte!»

«Ist die Prinzessin seine Mutter?»

«Denken Fie doch einmal nach! Wenn daf der Fall wäre, hätte der Herpfog von Penthièvre allef in Bewegung gefepft, um diefen Jungen pfu fich pfu holen und ihn alf Erben einpfufetpfen. Vergeffen Fie nicht, daff ihm feit dem Tod feinef älteften Fohnes nur noch eine Tochter bleibt, um feinen Namen weiterpfugeben.»

«Können Sie sich wirklich einen Prinzen von schwarzem Geblüt vorstellen, Bürgerin?»

«Meine Herren, mit Einkünften von pfwei Millionen ift man nicht schwarpf, fondern reich!»

Das ist allerdings ein Farbton, der in Mokkas Skala noch fehlt. Ed und Jones sind ganz benommen von dieser Wahrheit. Die Du Barry genießt die Wirkung mit Unschuldsmiene. Plötzlich kommt Ninon, die Wasserträgerin, in die Zelle gerannt. Ohne Eimer, dafür mit hängenden Armen und verzweifelter Miene.

«Frau Gräfin! Sie haben Aurore Devey.»

«Diefe verdammten Schurken! Ich wuffte ef! Wo find fie, mein Kind?»

«Im Schwängerungszimmer ... Äh, ich meine ... in der Nr. 11.»

«Meine Herren ...»

«Schon verstanden, Bürgerin.»

«Zeigen Sie uns den Weg, Mademoiselle.»

Ed und Jones rennen hinter Ninon durch den Korridor.

«Da ist es!»

Sie zeigt auf eine Zellentür am Ende des Korridors. Davor steht einer der beiden aufgeplusterten Hähne Wache. Etwas abseits wartet seufzend ein Pärchen: ein für die Hochzeitsparade herausgeputzter Pfau und eine Frau im rosa Domino. Der Pfau beklagt sich.

«Diese Verzögerung ist dem Genuss äußerst abträglich! Vor lauter Warterei vergeht es einem ja. Ich bin doch kein Brunnen! Wir hatten unsere Runde vorgemerkt. Aber ganz offensichtlich ist hier Schiebung am Werk.»

Ed baut sich vor dem Aufgeplusterten auf, der vor der Zellentür Wache hält. Selbst mit aufgerichtetem Kamm ist er einen guten Kopf kleiner.

«Was hat es denn mit dieser Schiebung auf sich?»

«Verhör eines Verdächtigen, Bürger.»

Der Aufgeplusterte grinst und zwinkert Ed verschwörerisch zu. Das Zwinkerauge kommt nicht dazu, sich wieder zu öffnen. Ed haut mitten rein. Der Faustschlag zieht auch einen Teil der Nase in Mitleidenschaft. Die Augenbraue platzt auf, der Kopf fliegt nach hinten und donnert an die Tür. Niemand sagt ... Herein! ... aber Ed und Jones treten trotzdem ein, wobei sie den Aufgeplusterten vor sich her schieben.

«Verschwinde, Norbert! Warte gefälligst, bis du an der Reihe bist. Du siehst doch, dass ich noch nicht fertig bin!»

Der, der noch nicht fertig ist, ist der zweite Aufgeplusterte. Den halb nackten Rücken zur Tür gewandt, steht er vor einem Tisch. Die Hosen ringeln sich um seine Knöchel, die Hinternstöße gehen mit rhythmischem Keuchen einher.

«Doch! Du bist fertig!»

Ed stürzt sich auf ihn, versetzt ihm einen Tritt in die Grübchen der Nierengegend, packt den Mann an den Schultern, reißt ihn zurück und schleudert ihn gegen die Wand. Aurore Devey liegt bäuchlings auf dem Tisch, mit hochgeschobenem Rock, an Hand- und Fußgelenken gefesselt.

Jones bedeckt sie mit seinem Wachsmantel, bindet sie los und führt sie hinaus. Vor der Zellentür protestiert der frustrierte Pfau.

«Na endlich! Wurde ja auch Zeit! Ich weiß nicht, ob ich jetzt noch kann.»

Jones stößt ihn mit einem Tritt beiseite, der sein Können sicher nicht fördert. Der Pfau gibt klein bei und schleicht gekrümmt davon, gefolgt vom Domino.

«Warten Sie! Mein Geld! Ich habe schließlich bezahlt! Ich will mein Geld zurück!»

In der Zelle lässt Ed dem Halbnackten keine Zeit, sich zu fassen. Ein Schlenker mit dem Kopf, und die Lippen platzen auf. Ed packt ihn um die Taille, reißt das Knie nach oben und stößt zu … Nochmal! Und nochmal! … Der Mann ringt nach Luft, hustet und sabbert. Ed quetscht seine Wirbelsäule und raunt ihm ins Ohr:

«Magst du es so?»

Ed nicht. Er entledigt sich des Wracks, indem er es in der gleichen Haltung auf den Tisch bindet wie Aurore Devey. Ed packt den Aufgeplusterten, der Wache schob.

«Ich hab nichts getan!»

«Eben. Das holst du jetzt nach.»

Als Ed die Zelle verlässt, steht Ninon vor der Tür. Sie hat gerade noch Zeit, einen aufgeblasenen Hahn zu sehen, der sich ohne rechte Überzeugung auf einem anderen, weniger aufgeblasenen abmüht. Ninon lächelt und reicht Ed ein Glas Wasser.

«Sie werden sehen, Monsieur, es ist schön kühl.»

Ed geht zurück zur Du Barry. Jones ist schon dort. Als er in die Zelle kommt, sagt dessen Blick, dass es nichts mehr zu besprechen gibt. Die Gräfin sagt schlicht … Danke! …

«Meine Herren, wo waren wir vor dieſer … Unterbrechung ſtehen geblieben?»

«Sie hatten einerseits behauptet, dass man mit Ein künften von zwei Millionen nicht schwarz ist, sondern reich, andererseits aber, dass man Sie vom Hofe gejagt hätte, wenn Ihnen das passiert wäre. Ist das nicht ein Widerspruch?»

«Ganpf und gar nicht. Fie müffen wiffen, daff die Mätreffe def Königf für alle eine Dirne ift und daff jeder nur auf eine Gelegenheit lauert, fie daf fpüren pfu laffen. Bei mir kam diefe Gelegenheit am 10. Mai 1774. Der Todeftag Feiner Majeftät Louis XV. Daf Ende der Welt.»

Ninon kommt mit zwei Eimern Wasser zurück, die sie in die Wanne schüttet.

«Wiffen Fie, meine Herren, woran man in Verfailles merkt, daff ein König geftorben ift? … Am Lärm! … Am Getrappel der Höflinge, die die grofe Treppe hinunter rennen, um fich alf Erfte dem neuen Herrscher pfu Füfen pfu werfen.»

Die Du Barry sieht aus, als würde sie das Getrappel noch einmal hören.

«In jener Minute, meine Herren, wird diefe kleine herablaffende Rothaarige von Marie-Antoinette Königin, und ich, ich bin nichtf mehr. Fie ift noch keine pfwanfig, ich bin über dreifig. Man läfft mich fallen, in dem Moment, in dem der König fein verrückteftef Verfprechen hält.»

«Welches Versprechen?»

«Schwarpf pfu werden.»

Ed und Jones erstarren. Die Du Barry taucht lässig die Hand ins Badewasser. Sie nickt Ninon zu … Ja, so ist es genau richtig … Mit den Eimern in den Händen vertieft sich das Mädchen augenblicklich in die Lektüre des Schmuckanschlags.

«Der König war ein biffchen eiferfüchtig auf Pfamor. Oh! Eine königliche Eiferfucht. Daf heift, er bat mich, nichtf dergleichen pfu glauben. Einef Nachtf fagte der König pfu mir …

‹Diefer junge Mann scheint Ihnen besonderef Vergnügen pfu bereiten, Madame. Wenn daf der Preif Ihrer Pfufriedenheit ift, verfpreche ich Ihnen, ebenfallf schwarpf pfu werden!›

‹Majeftät, diefe Herausforderung ift Ihrer Gröfe würdig. Eher würde ich wieder pfur Jungfrau.›

‹Ich nehme Fie beim Wort, Madame. Ich werde schwarpf und Fie pfur Jungfrau. Eine folche Wette braucht einen entfprechenden Einsapf.›

‹Majeftät, ich schlage vor, die Schwarpfe Perle def Marschallf von Fachfen. Man fagt, fie fei ohnegleichen. Und ihre Farbe scheint mir für unfere Wette fehr geeignet.›

‹Madame, ef gilt. Ich werde die Perle für Fie pfurückholen.›»

Die Du Barry scheint die Szene noch einmal zu erleben und die Schwarze Perle vor sich zu sehen.

«Ich habe die Wette gewonnen, dank einef Befuchef bei Norcia da Lecce. Er hat mir eine hinreifende Jungfräulichkeit wiedergegeben! In diefem Fach hat er ef pfur Meifterschaft gebracht. Ein Dienft, den er auch viel Jungfräulicheren und viel ... Königlicheren alf mir erwiefen hat.»

Ed und Jones bemerken die Anspielung. Sie denken bei sich, dass die Du Barry die Kunst beherrscht, so zu tun, als plaudere sie, dabei in Wirklichkeit aber zu reden.

«Ich habe gewonnen, und ich hatte eine wunderbare Hochpfeitfnacht mit dem König. Denken Fie nur! Eigentlich war ich dapfu beftimmt, Jungfrau pfu bleiben.

Leider bin ich in Vaucouleurs geboren, wo ef schon Jeanne d'Arc gab. Fie hat mir die Rolle verdorben, alfo bin ich ftattdeffen Dirne geworden.»

Die Gräfin scheint eine besondere Vorliebe für dieses Wort zu haben, als wolle sie es zähmen.

«Bei feinem Tode hat auch der König fein Verfprechen eingelöft. Die Pocken. Er war am ganpfen Körper mit dunklen Pufteln bedeckt. Louis XV. war schwarpf geworden ... für mich.»

Die Du Barry streicht über das Badewasser.

«Wunderbar! Mein Bad ift fertig. Bedaure, meine Herren, aber ich muff Fie bitten, fich pfurückpfupfiehen.»

Die Gräfin versucht schon zum zweiten Mal, sie hinauszukomplimentieren.

«Wir tun nichts dergleichen! Ed hat Ihnen eine Frage gestellt, und Sie werden nun endlich darauf antworten.»

«Und wenn ich nicht will?»

«Dann nehmen Sie Ihr nächstes Bad in der *Conciergerie*.»

Der Du Barry weicht alle Farbe aus dem Gesicht. Sie denkt an die kleine Rothaarige, die hingerichtet wird. Eine Rache, auf die sie seit der Demütigung bei Hofe wartet. Seit jenem 1. Januar 1772 ... *Es sind heute viele Leute hier in Versailles* ... Die Gräfin hat sich geschworen, die Königin diesen Satz büßen zu lassen. Darum wird sie genau in der Stunde von Marie-Antoinettes Hinrichtung damit beginnen, Tag für Tag eine rote Perle auf eine Halskette zu fädeln. Um diese

Genugtuung will sich die Du Barry nicht bringen lassen.

«Nun gut, meine Herren, ich bin bereit pfu antworten, aber nicht, mein Bad kalt werden pfu laffen. Drehen Fie fich um. Ninon, du kannft gehen.»

Mit einem letzten Blick rafft das Mädchen noch ein paar Schmuckstücke auf dem Anschlag zusammen. Ed und Jones drehen sich um. Das Rascheln eines Kleides, das zu Boden gleitet, springt sie von hinten an. Sie hören die Gräfin in der Holztruhe herumsuchen. Es gelingt ihnen, sie aus dem Augenwinkel andeutungsweise zu sehen. Genug, um sich zu sagen: Jeanne Bécu, Gräfin Du Barry, Mätresse von Louis XV., steht nackt hinter uns! Schlagartig bekommen sie Lust, Kinder zu machen, allein schon, um ihnen das zu erzählen.

«Daf ift der angenehmfte Augenblick def Lebenf, meine Herren.»

Finden sie auch. Vor allem, wenn der Augenblick von kleinen plätschernden Geräuschen begleitet wird, die man deuten kann, wie es einem die Phantasie eingibt.

«Bürgerin, nutzen Sie unsere Befangenheit nicht aus, um uns nicht zu antworten.»

«Stellen Sie sich nur vor, wir würden uns umdrehen!»

«Auch Fie tun beffer daran, fich daf nur vorpfuftellen, meine Herren. Ich bin eine alte Frau von inpfwischen fünfpfig Jahren. Daf Bild, daf Fie fich auf dem Gedächtnif von mir machen, wird in jedem Fall vorteilhafter fein ... Oh! Wie ungeschickt! Du dumme ...»

Die Du Barry beschimpft sich selbst. Ein gelbes Blatt flattert Ed und Jones vor die Füße.

«He, ihr Füfen! Gebt mir meine Notipfen wieder. Fie find mir in der Wanne auf den Händen geglitten!»

Jones hebt das Blatt auf und reicht es der Gräfin, ohne sich umzuwenden.

«Danke! … Äh … Ich arbeite an fo einer Art Memoiren. Ich habe nämlich beschloffen, ebenfallf welche heraufpfugeben.»

Ed und Jones lächeln. Sie haben das Gelb von Mokkas Blättern und seine Notarsschrift erkannt. Die Gräfin spricht plötzlich mit neuem Schwung. Man merkt, dass sie ihren Text wiedergefunden hat. Wahrscheinlich waren das, was sie aus der Truhe geholt hat, diese ‹Memoiren›.

«Ich habe schlieflich genaufo viel pfu erpfählen wie diefe verrückte Madame Roland, die überall herumläuft und fagt, fie wolle fterben. Fie schreibt ef fo oft, daff fie bald nur noch ihr Leben alf Poftfcriptum anpfuhängen braucht.»

«Das ist Mokka pur.»

«Wie beliebt, meine Herren? Waf haben Fie nur mit Ihrem Mokka?»

«Das ist ein Freund von uns, der mit geistreichen Worten handelt – auf Papier von genau dem gleichen Gelbton.»

Ein Donnerschlag hinter ihrem Rücken, mit metallischem Theatergrollen. Die Gräfin hat auf die Abdeckung der Badewanne geschlagen.

«Waf pfum T… hat mir diefer v… Sch…k… da wieder …»

Das ist kein Mokka! Weder vom Aroma noch vom

Geschmack her. Ed und Jones lauschen mit hochgezogenen Schultern, den Blick gedankenverloren auf einen Riss in der Mauer gerichtet. Und plötzlich … schlägt der Blitz ein.

«Alfo gut, verdammt, diefer Junge ift daf Kind der Königin.»

Langsam, mit geschlossenen Augen, trinkt Norcia einen Schluck Amarone.

«Kommandeur, der Junge ist zwar Mulatte, aber wegen der Hautkrankheit, an der er leidet, kann ich nicht einmal sagen, ob er heute schwarz oder weiß ist. Ein Kreole wie Sie wird sich darüber nicht wundern. Sie kennen die Launen der Hautfarbe. Sie verblasst, verschwindet, und plötzlich taucht sie wieder auf, mitunter erst Generationen später.»

«Ich weiß das alles.»

«Das muss beunruhigend sein für jemanden wie Sie, Kommandeur. Man kann nie wissen, ob nicht eines Tages die Farbe wieder auftaucht. Wie kann man sich seiner Vorfahren so sicher sein?»

«Sie lassen nicht locker, Norcia. Sie finden wohl Spaß an dem Versuch, mich zu verletzen, indem Sie einen Schatten des Zweifels auf mein Blut werfen!»

«Nicht ich habe diesen Schatten geworfen, Kommandeur, sondern Sie. Warum hätten Sie mich sonst vor fünfzehn Jahren gebeten, dafür zu sorgen, dass Sie ohne Nachkommen bleiben?»

«Das geht nur mich etwas an. Machen Sie weiter,

Norcia. Da Sie den Schnitt schon gesetzt haben, müssen Sie nun tiefer eindringen.»

«Ich glaube, und ich wiederhole mich, Sie wollen diesen Jungen töten, weil er der lebendige Beweis für die Existenz von schwarzem Blut in dem Ihren sein könnte.»

«Wühlen Sie, Norcia! Wühlen Sie in den Eingeweiden! Allerdings sehe ich keinen Zusammenhang zwischen dem Jungen und mir.»

«Es gibt einen, Kommandeur. Und das ist die Königin! Auch wenn Sie es bestreiten, Sie waren Marie-Antoinettes Liebhaber, und dieses Kind ist Marie-Antoinettes Sohn. Vielleicht sogar ... der Ihre.»

In der Droschke, die sich in leichtem Trab von Sainte-Pélagie entfernt, sitzen schweigend Zamor und Doktor Seiffert. Sie haben den Kutscher angewiesen, die Gangart zu verlangsamen. Beide müssen nachdenken. Der Doktor fragt sich, wie es ohne den Mops weitergehen soll. Für seine Geldgeber war der Hund wie ein königliches Siegel. Er sieht den aufgewühlten Gesichtsausdruck des Mannes im Gefängnis vor sich. Seinen Blick, als er am Mops das Parfum von Marie-Antoinette gerochen hat ... Ehemalige Königin! ... Für ein Wort zu sterben!

Doktor Seiffert denkt an Marie-Thérèse, Madame de Lamballe. Auch sie ist für ein Wort gestorben. Sie weigerte sich, ihren Folterknechten die Schmähreden auf die Königin nachzusprechen. Daraufhin haben sie sie massakriert. Innerlich begehrt der Doktor auf. Es wäre nichts geschehen, wenn Marie-Antoinette die Prinzessin nicht mitten während der Unruhen nach Paris zurückgeholt hätte. Seiffert streicht sich über den Bart. Er hat geschworen, ihn erst wieder zu stutzen, wenn er diesen Tod gerächt hat.

Zamor ist zufrieden. Alles läuft nach Plan. Doktor Seiffert wird zur Pension Belhomme galoppieren, um die Papiere für die Verlegung der Gräfin Du Barry zu besorgen.

«Warum willst du die Dokumente unbedingt blanko, Zamor?»

«Eine reine Vorsichtsmaßnahme. Wenn Sie durch einen unglücklichen Umstand gefasst werden, Doktor, können Sie sich herausreden. Mit dem Namen der Du Barry auf den Befehlen ist Ihnen das Schafott sicher.»

Damit hat Zamor zweifellos Recht, aber Doktor Seiffert traut ihm nicht. Er spürt, dass der Maharadscha versucht, ihn hinters Licht zu führen, auch wenn er keine Ahnung hat, auf welche Weise.

Zamor weiß, warum er Blanko-Dokumente will. Er wird einen Namen eintragen, aber nicht den der Du Barry.

Marie-Antoinette presst sich die Hände auf den Leib. Die Schmerzen packen sie wieder. Dabei ist sie auf ihrer Pritsche liegen geblieben, seit Rosalie mit der Fleischbrühe gegangen ist. Wenn die gute Seele nur daran denkt, ihr ein frisches Hemd mitzubringen!

Wenn man es ihr nur erlaubt. Das wäre die letzte Niederträchtigkeit, die Königin zu zwingen, besudelt in den Tod zu gehen. Warum muss ihr Frauenkörper sie so tyrannisieren? Ausgerechnet an diesem Tag? Er, der doch mit den Jahren so fügsam geworden ist. Er, den die Geburten das Kinderkriegen gelehrt haben. Mit halb geschlossenen Augen durchlebt sie eine Niederkunft nach der anderen noch einmal, wie einen Weg zurück.

Der Letzte, Louis Auguste, dieser Schatz, ist geschlüpft wie eine seidige Knospe. Bei Louis, meinem armen ersten Dauphin, war es, als käme er mit einer Dornenkrone auf die Welt! Aber welche Freude in den Augen des Königs! Dieses Gefühl, endlich eine vollwertige Königin zu sein! Das Glück, einen Satz auszulöschen, der sie noch immer verfolgt … *Es ist nur ein Mädchen!* …

Vor den Augen sämtlicher Höflinge, wie es die Etikette in Versailles verlangte, war Marie-Thérèse gerade geboren und hatte sie beinahe umgebracht. Sie erinnert sich an das schwarze Gesicht jenes kleinen Schornsteinfegers mit seiner langen Mütze. Er war auf einen Stuhl geklettert, um besser zu sehen, und betrachtete sie mit schräg gelegtem Kopf.

Plötzlich zuckt ihr ein stechender Schmerz durch den Leib, wie jedes Mal, wenn sie an diese Geburt denkt. Dabei erinnert sie sich kaum daran. Sie war nahezu ohnmächtig, dem Tode nahe und halb erstickt. Man machte sich an ihr zu schaffen wie rund um eine Feuersbrunst. Wie durch einen weichen Nebel nahm sie das mit Madame de Lamballe vereinbarte Zeichen wahr, das bedeutete … Es ist kein Junge …

Marie-Antoinette erinnert sich nicht mehr, woher dieser widerliche Satz kam … *Es ist nur ein Mädchen!* … Aber er dröhnte ihr in den Ohren. Der Vorwurf des gesamten Hofes.

Die Königin hatte soeben ihr erstes Kind zur Welt gebracht, aber auch ihr entriss man es wie einen faulen Zahn. Es war wertlos … *Es ist nur ein Mädchen* … Immer wieder dieser Fluch! Sie war nahe daran aufzugeben, sich dem Tod zu überlassen, und dennoch blieb ihr eine seltsame Empfindung. Sie hatte das Gefühl, als sei ihr Leib nicht vollständig leer. Als sei er noch immer bewohnt. Man sagte ihr, man habe sie von einem falschen Keim befreit. Ein falscher Keim! Wie vor beinahe zehn Jahren in Fontainebleau, als diese schreckliche Droschkentür sie am Leib getroffen hatte.

Es klopft an der Zellentür. Der Gendarm öffnet. Es ist acht Uhr. Marie-Antoinette weiß: Nun muss sie sich ankleiden.

Der Kommandeur erhebt sein Glas Amarone und prostet Norcia zu.

«Auf den, an den ich denke!»

«Kommandeur, ich finde Ihre Gelassenheit höchst befremdlich. Ich sage Ihnen, dass der Junge, den Sie töten wollen, möglicherweise Ihr Sohn ist, und Sie trinken.»

«Denken Sie daran, Norcia, für mich sind Sie schon

tot! Vielleicht habe ich ja auf Sie getrunken. Auf die Erinnerung an Sie. Denn alles, wovon Sie gesprochen haben, existiert bereits nicht mehr. Madame de Lamballe wurde ermordet, die Gräfin Du Barry ist auch bald so weit, und Doktor Seiffert weiß wesentlich mehr, als er wissen sollte.»

«Und ich?»

«Für Sie, Norcia ... *È finita la commedia!* ... Gehen wir ab von dieser Bühne. Es wird Zeit.»

«Wie schade, Kommandeur, ich würde zu gern wie die Scheherazade aus *Tausendundeiner Nacht* immer noch eine Geschichte mehr erzählen, um die Stunde meines Todes hinauszuzögern.»

«Sie haben sie schon lange genug hinausgezögert, Norcia.»

Die beiden Männer steigen von der Bühne hinunter. Blitzschnell lässt Norcia das Skalpell aus dem Ärmel gleiten und schlägt nach der Kehle des Kommandeurs. Die Klinge streift das Kinn. Der Kommandeur hat schon den Dolch aus seinem Stiefelschaft in der Hand. Das Skalpell zischt an den Augen vorbei, wühlt im Herzen. Die Hand ist schnell, der Blick wach. Der Kiefer minimal angespannt. Der ganze Körper gekrümmt ... Es ist zu viel Hass dabei, Norcia! Die Kehle, die Augen, das Herz! Zu viel Sinn für Anatomie. Zu viel Lust am Quälen. Töte, Norcia! Töte! Nur das. Einfach so, ganz direkt. Ohne Umschweife ...

Der Kommandeur stößt Norcia den Dolch in den Leib.

Dem alten Chirurgen entfährt ein Klagelaut im Falsett. Wie ein Schmerz, den man nicht beschreiben kann, weil man den richtigen Ton nicht trifft. Er lässt das Skalpell fallen und starrt auf den Dolch in seinem Körper.

«Ein guter Schnitt, Kommandeur. Vielleicht minimal zu kurz.»

Norcia packt die Klinge mit beiden Händen, steigt auf die Bühne und blickt zornig in den Saal. Der Kommandeur erwartet, ihn sich verneigen und mit einer theatralischen Geste zusammenbrechen zu sehen. Doch plötzlich verschwindet er hinter dem roten Vorhang. Der Kommandeur stürzt ihm nach. Bis er sich durch die Falten des Vorhangs gefunden hat, ist Norcia schon im Laboratorium. Er steht aufrecht vor dem Steintisch, auf dem der nackte, enthauptete Leichnam liegt. Der alte Mann hat sich das blutige Hemd bis über den Bauch hochgeschoben. Mit einer Hand hält er den Dolch in der Wunde fest. Mit der anderen greift er nach der Sanduhr, die neben dem Leichnam steht.

«Norcia, nein! Tun Sie das nicht!»

«Für den Jungen! Ich schulde ihm ...»

Der Chirurg dreht die Sanduhr um. Er neigt den Dolch und beginnt langsam daran zu ziehen, um den Schnitt zu vergrößern ... *minimal* ... Sein Gesicht erstarrt. Die Hände arbeiten schnell. Zwei Finger wühlen im Fleisch der Wunde wie in einer pulsierenden Tasche. Blut befleckt die Handgriffe und den Körper. Plötzlich schreit die Maske auf. Die Hände zerren die bauchige Masse der Eingeweide aus dem Leib, dann einen blutigen Strang. Norcia zieht ein Skalpell mit kurzer Klinge aus der Westentasche und lässt sich zu

Boden gleiten, den Rücken an den Fuß des Steintisches gelehnt, die Beine gespreizt. Er keucht und röchelt. Über seinem Kopf rieselt der Sand. Norcia packt das Skalpell fester und setzt den Schnitt. Er zuckt, reißt den Mund auf zu einem Schrei, der nicht kommt. Der Oberkörper sackt auf den Unterleib, dessen Inhalt sich zwischen den Beinen ausbreitet. Norcia starrt verständnislos auf das Stück von sich, das er in Händen hält. Er murmelt:

«Norcia … da Lecce!»

Der Kommandeur greift nach der Sanduhr und dreht sie um. Ein Körnchen zögert.

«Ich habe auch diesmal gewonnen, Kommandeur …»

Ed und Jones fragen sich, ob sie das, was die Du Barry eben herausgeschrien hat, richtig verstanden haben. Aber es gibt keinen Zweifel. Sie wiederholt es und hämmert es auf das Kupfer der Badewanne wie ein eigensinniger Schmied.

«Jawohl, meine Herren! Diefer Junge ift daf Kind der kleinen Rothaarigen! Marie-Antoinette, Königin von Frankreich! Diefef Tugendengelf, diefer geflickten Jungfrau. Von ihrem erften Tag bei Hofe an hat fie mich verachtet, gedemütigt, überfehen! Fie hat niemalf daf Wort an mich gerichtet. Ein einpfiger Fatpf in pfwei Jahren … *Ef find heute viele Leute hier in Verfailles* … Daf hinterliftige Ding! Fie wird schon fehen. Nachher, auf der Plafe Louis XV., da werden viele Leute fein!»

Ed und Jones spüren die Wut der Gräfin im Rücken. Der Riss in der Mauer klafft.

«Jawohl, meine Herren! Der Junge, den Fie fuchen, wird in Kürpfe Waife fein.»

«Vorsicht, Bürgerin! Was Sie da sagen, ist äußerst schwerwiegend und kann weit reichende Folgen haben.»

«Können Sie Ihre Behauptung beweisen?»

«Daf kann ich allerdingf, und ich bin die Einpfige, die ef kann.»

«Bürgerin, dann müssen Sie uns diesen Beweis aushändigen, und zwar sofort!»

Es ist seltsam still hinter Ed und Jones.

«Bürgerin, haben Sie gehört? Sie müssen uns diesen Beweis aushändigen.»

Keine Antwort. Ed und Jones sehen einander beunruhigt an. Wie auf Kommando drehen sie sich um. Die Gräfin ist verschwunden. Ihr Haar schwimmt an der Wasseroberfläche. Ed stürzt hin und packt es. Jones taucht die Hände ein und greift blindlings zu. Er bringt eine fröhliche Du Barry an die Oberfläche, die prustet wie ein Walross. Was tut man, wenn man eine Gräfin in den Armen hält, die nicht einmal zu bemerken scheint, dass sie nackt, nass und schwer ist? Die Antwort: Man dreht sich um und starrt wieder auf den hämischen Riss in der Mauer.

«Danke, meine Herren, daf habe ich nicht mehr getan, feit ich klein war. Diefe Demonftration hat Ihnen hoffentlich deutlich gemacht, daff ich diefen Beweif nur dem aufhändige, der mich hier heraufholt.»

Mokka betritt die Zelle mit einer Tasse heißen Kaffees. Er nimmt seinen goldenen Hut ab und küsst der Gräfin die Hand.

«Meifter, ich habe Ihnen einige Vorwürfe pfu machen bepfüglich Ihrer ‹Pofteritäten›.»

«Weshalb, Gräfin? Sind sie nicht nach Ihrem Geschmack?»

«Durchauf! Ich finde fie amüfant und geiftreich. Fie find mir höchft gedeihlich, um vor einem Publikum von Edelmännern pfu brillieren, die mir weifmachen wollen, daff fie nicht im Bilde find.»

Viel sagender Seitenblick auf Ed und Jones.

«Meine Kritik betrifft die Blätter.»

Die Du Barry greift nach einem Bündel ‹Posteritäten› und beugt sich dabei in gewagter Manier aus der Badewanne.

«Diefef Gelb ift fehr kleidfam und nüpflich, damit man fie nicht verlegt. Aber ihre übertriebene Gröfe macht fie unhandlich und kurpf gefagt indifkret. Man müffte fie verkleinern, pfum Beifpiel, indem man fie faltet wie einen Fächer, etwa wie diefef Ekfemplar.»

Sie reicht Mokka das Ergebnis.

«Stimmt, das liegt besser in der Hand. Aber man kann das Wort ‹Posteritäten› nicht mehr lesen. Man sieht nur noch … Post it…»

«Poft-it! Daf ift doch grofartig! Und ef klingt wunderbar englisch, nicht wahr? Poft-it! … Meine Herren, Fie find Pfeugen meiner Erfindung, wenn ef dapfu kommen follte, daff man meine … Vaterschaft anpfweifelt!»

Erneutes Augenzwinkern an Ed und Jones. Vielleicht

ein Hinweis darauf, dass sie auch weiß, wer der Vater des Kindes ist.

«Gräfin, hier sind die letzten Worte, um die Sie mich gebeten haben.»

Mokka reicht der Du Barry ein gelbes Blatt.

«Mal fehen ... *Pfeig dem Volk meinen Kopf. Er ift ef wert!* ... Ein biffchen kurpf ... *Freiheit, wie viele Verbrechen hat man in deinem Namen begangen* ...»

«Das sagt Madame Roland sehr zu.»

«Foll fie daran erfticken! ... Diefef hier ... *Nur noch eine Minute, Herr Scharfrichter!* ... Ach nein! Ef fällt durch wegen pfu viel Würde ... *Sch*... Daf ift gewagt!»

«Dafür hat sich der Herzog von Biron vormerken lassen.»

«Ich überlaffe ef ihm gerne. Ef pafft pfu einem General, obwohl auch diefef fich fehr gut eignen würde: Er reicht dem Scharfrichter ein Glaf Wein mit den Worten ... *Trinken Fie fich etwaf Mut an, Fie haben ef wirklich nicht leicht mit Ihrem Beruf!* ... Noch einf mit dem Scharfrichter. Ef wird heifen, daff man feine Pofterität mit dem Henker teilen muff ... *Werter Herr, ich bin Ihnen auf Verfehen auf den Fuf getreten. Bitte verpfeihen Fie, ich tat ef nicht abfichtlich* ... Ja, daf ift recht amüfant und neckisch. Aber für mich hat ef pfu viel ‹f›. Ift Ihnen aufgefallen, meine Herren, daff daf einpfige ‹f›, daf ich korrekt auffprechen kann, daf in ‹Schmuckstück› ift? Ich brauche einen Schafottfpruch mit diefem Wort. Ich kann doch nicht lifpeln, wenn ich fterbe, daf nimmt der Fache den nötigen Ernft.»

Mokka sucht in seinen Post-it. Ed und Jones fragen

sich, was sie in einem solchen Augenblick wohl sagen würden.

«Ich hätte da eines, Madame. Beim Anblick des Halskragens der Guillotine rufen Sie aus: *Wie, jener Kragen wird mir nun zum Schmuckstück gereichen? Im Leben hatte ich einen edleren Geschmack! …*»

«Also wirklich, Meifter, Fie enttäuschen mich! Ift daf allef, waf Fie der Du Barry für ihre Todefftunde pfu bieten haben? Ich muff mich doch meiner Ftellung würdig erweifen.»

«Bedaure, Madame. Zurzeit ist der Verbrauch so hoch …»

Die Gräfin überfliegt das Blatt mit unentschlossener Miene noch einmal.

«Nein! Ef ift wirklich nichtf dabei, waf mir pfufagt. Fei'f drum. Wenn ich kein lepftef Wort habe, dann bleibt mir nur noch, eben nicht zu fterben!»

Die Gräfin lacht und klatscht in die Hände.

«Ah, das ist ausgezeichnet. Darf ich es notieren, Gräfin?»

«Fo verkehrt ift die Welt heutpfutage, Meifter. Die Dirnen machen Worte und die Königinnen Baftarde!»

Ed und Jones versuchen, all die Anspielungen der Du Barry unter einen Hut zu bringen. Mokka ist enttäuscht und räumt brummelnd seine Post-it zusammen. Verstimmt verlässt er die Zelle nach einem kurzen Handkuss und Hutgruß. Ed und Jones wenden sich der Gräfin zu, die sich fröstelnd in ein Laken gehüllt hat.

«Bürgerin, Jones und ich, wir werden das, was Sie

uns heute über die Königin und dieses Kind gesagt haben, gründlich überprüfen.»

«Hoffen wir für die Nachwelt, dass Sie uns nicht belogen haben.»

«In meiner Fituation, meine Herren, kann ich mir daf Privileg leiften, nicht pfu lügen. Daf ift tatfächlich einef der wenigen Privilegien in meinem Leben, die ich nicht aufgenutft habe. Und diefef Wort ftammt nicht von Mokka!»

Ed und Jones verlassen die Du Barry mit dem Gefühl, dass sie sie nicht wiedersehen werden. Sie rekrutieren einen Gendarm, den sie vor der Zellentür der Gräfin postieren.

«Absolutes Verbot für jeden, mit der Gefangenen Kontakt aufzunehmen. Du bürgst mit deinem Kopf dafür, Bürger.»

«Und schau nicht durchs Schlüsselloch. Sie wäre imstande, dich zu betören.»

9
Zamor

Im Gefängnishof läutet die Gebetsglocke. Ed schaut aus dem Fenster. Die Ballnarren sind am Kicken. Jones zieht seinen Partner am Ärmel.

«Keine Zeit für so was, Ed. Wir müssen zum Marquis.»

«Nur eine Minute. Schau doch mal!»

Unten herrscht ein reges Durcheinander von Höflingen. Zwischen zwei Holztoren an den beiden Schmalseiten rennen sie kreuz und quer über das Spielfeld. Jones hält das Ganze für ziemlich unsinnig. Ed findet, die Blauen von Sainte-Pélagie stellen sich besser an als die Gelben von Saint-Lazare, vor allem wegen ihrer Angriffe über die Flanken. Die offenen Fenster der Korridore haben sich auf allen Stockwerken mit Zuschauern gefüllt. Die *Pailleux* feuern an, die *Grincheux* wetten, die *Idées* kommentieren. Auch Mokka ist dabei. Er hat seine fahrende Kaffeemaschine stehen lassen und seinen Zwicker aufgesetzt, was bedeutet, dass er nachdenkt.

«Meine Herren, haben Sie die ganze symbolische Tragweite dieses Zeitvertreibs erfasst?»

Mokka entwickelt seinen Gedanken weiter, ohne ihnen Zeit für eine Antwort zu lassen.

«In Wirklichkeit spielen diese Männer nicht. Sie

kämpfen gegen den Tod. Der Ball stellt den Kopf des Gemarterten dar. Ein Symbol des Entsetzens, das man mit Füßen tritt, das man von sich stößt, um sich davor zu schützen, und das man vor allem dem anderen zuspielt. Denn der andere soll sterben. Warum gerade mit dem Fuß, werden Sie mich fragen?»

Nein, Ed und Jones fragen immer noch nichts.

«Die Verwendung der Hand scheint näher liegend und einfacher. Aber die Hand, meine Herren, ist ein Werkzeug der Arbeit. Schwielen sind ihre Stigmen. Weiße Hände sind das Privileg des Aristokraten oder des Heiligen. Mit dem Fuß zu spielen bedeutet, sich dieses Privileg und diese Gnade anzueignen!»

Ed und Jones betrachten ihre Hände. Auch sie hätten ein wenig Privileg und jede Menge Gnade nötig.

«Da! Sehen Sie nur, welch großartige Geste!»

Vor dem umlagerten Tor von Sainte-Pélagie hebt der Doppelherzog von Biron den Ball mit beiden Händen über den Kopf.

«Es ist die gleiche Haltung wie die des Scharfrichters, wenn er den Schaulustigen den abgetrennten Kopf zeigt. Dem Gegenstand der Angst wird der Dämon ausgetrieben. Der Gegenstand des Verlangens wird erigiert!»

Ed und Jones fragen sich, ob Mokka nicht zu viel Mokka getrunken hat.

«Und wer vollzieht diese Geste, meine Herren? … Der Torhüter! … Der Einzige, der das Recht hat, den Ball mit den Händen zu berühren. Den Schrecken über die Köpfe der Menge emporzuheben. Der Herzog von

Biron hat dieses Sonderrecht mit den Worten eingeführt … Ich liebe es, öffentlich Hand anzulegen! …»

Ed und Jones erkennen den Mann wieder, der sich am frühen Morgen nackt am Fenster rasiert und dabei allerdings Hand angelegt hat.

«Es gäbe noch vieles zu sagen. Dieses Spiel hat einen tiefen Sinn und eine große Zukunft. Sehen Sie nur die Begeisterung!»

Das Publikum an den Fenstern unterscheidet sich inzwischen nicht mehr nach Stockwerken. Überall die gleichen Rufe, Anfeuerungen, Pfiffe und Gesänge, die die Gefängnismauern erfüllen und weit darüber hinausschallen.

«Eines Tages wird dieses Spiel der Ballnarren die Guillotine ersetzen. Ganze Massen werden zusammenströmen, um es zu sehen.»

Plötzlich explodiert ein Schrei im Gefängnis. Die Blauen von Sainte-Pélagie haben ein Tor geschossen. Die Spieler fallen einander um den Hals und hören gar nicht mehr auf, sich Küsschen rechts und links zu geben. Man könnte meinen, sie spielten überhaupt nur, um sich zu umarmen. Die andere Seite setzt Trauermienen auf.

«Übrigens, Mokka, wir leihen uns Ihren Leichenwagen.»

«Wozu?»

«Das wäre zu kompliziert zu erklären. Ein oder zwei Besuche, dann holen wir Sie wieder ab.»

Mokka zuckt mit den Achseln und wendet sich erneut den Ballnarren zu. Was für seltsame Zeiten, in denen Männer hinter einem Kind oder einem Ball herrennen!

Ed und Jones verlassen das Gefängnis Sainte-Pélagie. Sie bahnen sich ihren Weg durch die Zulieferer, Anwälte, Besucher und Kommissare, die bunt durcheinander gewürfelt vor dem Tor warten. Ed und Jones gehen zu Mokkas Leichenwagen. Der sieht noch lächerlicher aus als in ihrer Erinnerung.

Marie-Antoinette wagt es nicht, Rosalie anzusehen. Das junge Mädchen hat soeben ihre Zelle betreten. Sie steht schweigend im Halbdunkel zwei Schritte vor ihr. Marie-Antoinette spürt, wie das Mädchen schaudert. Die gute Seele ist ganz verstört. Sie bringt kein Wort heraus. Vor Aufregung kann sie nicht gestehen, dass ihr Ersuchen abgewiesen wurde … *Madame, Sie müssen mir glauben! Ich habe alles versucht.* So steht es also! Diese Schurken verweigern der ehemaligen Königin von Frankreich für ihre Sterbestunde ein letztes sauberes Hemd! … *Beruhigen Sie sich, mein Kind, ich weiß, es ist nicht Ihre Schuld.* Marie-Antoinette fühlt die Klinge in ihren Leib dringen wie ein glühendes Eisen. Sie hat keine Kraft mehr, aufzubegehren und um ihr Recht zu kämpfen. Mögen sie sie durch diese Schande zu strafen glauben – sie wird sich nicht so weit erniedrigen, bei ihren Henkern um ein Hemd zu betteln.

Die Königin stellt sich dieser neuerlichen Kränkung. Sie blickt auf. Rosalies Augen schwimmen. Sie zittert, starr vor Kummer. In den Armen, die sie der Königin entgegenstreckt, trägt sie als Opfergabe einen herrlichen weißen Fleck. Einen strahlenden Lichthof, direkt unter dem Kragen gefaltet. Ein frisches Hemd! Eine Woge der Dankbarkeit überwältigt Marie-Antoinette. Sie unterdrückt ihre Tränen angesichts des Schreckens, der plötzlich in Rosalies Blick aufscheint. Ich muss diese gute Seele beruhigen. Mein erschüttertes Gesicht hat sie glauben lassen, ich sei enttäuscht. Oh nein! Dieses Hemd ist das schönste, das man mir je gereicht hat.

Die Königin lächelt Rosalie an.

«Danke, mein Kind.»

«Madame! …»

«Versagen wir uns die Rührung, mein Kind. Wir müssen uns fertig machen.»

Marie-Antoinette nimmt das Hemd aus Rosalies Armen entgegen … Wie sauber es ist! … Sie legt es aufs Bett. So im Halbdunkel ausgebreitet sieht es aus wie eine enthauptete liegende Grabstatue. Die Königin ringt nach Atem. Sie wendet sich ab und begegnet dem leeren Blick des Gendarmen. Marie-Antoinette hatte seine Anwesenheit schon beinahe vergessen. Sie hatte geglaubt, er habe sich einfach in Luft aufgelöst. Das wäre auch sehr ehrenhaft von ihm gewesen. Mit einer energischen Kopfbewegung fordert sie ihn auf, den Blick abzuwenden. Der Mann strafft den Rücken. Er beißt die Zähne zusammen. Er hält ihrem Blick herausfordernd stand. Dieser Sekundenbruchteil einer Beleidigung hätte ihm früher einen königlichen Geheimbefehl und die Bastille eingebracht. Sie kann doch diesem Mann, damit er versteht, nicht die Ursache ihrer Schamhaftigkeit enthüllen. Das wäre höchst unschicklich. Die Königin gibt auf, aber den Blick senkt sie nicht.

Wo kann sie sich entkleiden, möglichst weit entfernt von diesem Unverschämten? Rosalie schlägt ihr den engen Zwischenraum zwischen Pritsche und Wand vor. Das junge Mädchen bedeutet ihr, wie es sich so zwischen den Gendarmen und sie stellen kann, dass sie vor seinen Blicken geschützt ist. Der Königin fällt auf, dass diese gute Seele ihr all das zu verstehen gegeben hat, ohne auch nur ein Wort zu sprechen. Heute erst erkennt sie die Klarheit dieser geheimen Sprache unter Frauen. So oft hat man ihr ihre Freundschaften vorgeworfen. Sie denkt an Madame de Polignac, die sie so eilig im Stich gelassen hat, und an die teure Lamballe, die zu eilig zurückgekommen ist. Wie konnte sie das Geheimnis um dieses Kind so lange vor ihr verbergen? Ein Junge! Das Geschick des Reiches hätte einen anderen Verlauf genommen. Warum? Was kann sich hinter diesem Geheimnis so zutiefst Schreckliches verbergen, dass sie der Meinung war, sogar die Liebe einer Mutter könne es nicht begreifen?

In dem schmalen Zwischenraum hinter der Pritsche lässt Marie-Antoinette ihr schwarzes Kleid von den Schultern gleiten.

Oh mein Gemahl! Glaubt nicht, dass ich die Trauer um Euch ablege. Mir wurde gesagt, sterben muss man in Weiß. Es würde das Volk verärgern, wenn es mich in Schwarz zur Hinrichtung fahren sähe. Heutzutage darf man das Volk nicht verärgern, nicht einmal im Sterben.

Ich tröste mich damit, dass das Weiß die Trauer der Königinnen ist.

Marie-Antoinette blickt auf ihr blutbeflecktes Hemd hinunter. Mein Körper, wie sehr er mir das übel zu nehmen scheint! Der Gendarm nähert sich Rosalie und reckt den Kopf, um an ihr vorbeizuschauen. Die Königin bemerkt seine Taktlosigkeit.

«Im Namen des Anstands, Monsieur, erlauben Sie, dass ich die Wäsche ohne Zeugen wechsle!»

«Das kann ich nicht zulassen. Meine Befehle gehen dahin, jede Ihrer Bewegungen im Auge zu behalten.»

… Im Auge behalten! … Das ist eine echte Bürokraten-Wendung. Man glaubt, Madame de Tourzel damals zu hören, die hinter Madame Brunier hereilte, um sie daran zu hindern, die Kerzen in den Räumlichkeiten meiner Tochter schon zu putzen, kaum dass sie angezündet waren. Das war drollig. Meine arme Marie-Thérèse wanderte mit ihrem Buch in der Hand von Zimmer zu Zimmer, immer dem Licht nach, wie eine Sonnenblume … *Wussten Sie, Madame, dass man in diesem Hause keine erloschene Kerze wieder anzünden kann?* … Nein, das wusste sie nicht … *Denn die erloschene Kerze fällt den Pfründen des Schlafzimmers zu, die man sich hier mit geradezu unfasslicher Gier teilt* … Das wusste sie nicht … *Haben Sie eine Vorstellung davon, was dieser Gewinn bedeutet?* … Sie zog es vor, das nicht zu wissen. Und das hat man ihr bitter vorgeworfen.

Die Erinnerung an ihre Tochter Marie-Thérèse, die in einem leeren Salon von Versailles im nachlassenden

Tageslicht liest, genügt ihrem Gedächtnis, um diese kleinen Boshaftigkeiten zu verzeihen.

Oh meine geliebte fünfzehnjährige Tochter! Ich bete dafür, dass ihr Frauenblut eine heiligere Bestimmung hat als das meine!

Behutsam streift Marie-Antoinette das blutbefleckte Hemd ab, ohne ihre Nacktheit preiszugeben.

Seiffert ärgert sich über Zamor. Diese Pension Belhomme ist ja am Ende der Welt! Das Droschkenpferd trabt schon seit einer Ewigkeit den Anstieg von Charonne nach Notre-Dame-de-Bon-Secours hinauf. Man glaubt sich hundert Meilen von Paris entfernt … Endlich! Das Tor … Die Bäume im Park sind kahl, es sind erst wenige Fensterläden geöffnet. Hier ist der Morgen träge wie Frau Belhomme. Da kommt sie schon.

«Doktor Seiffert! Sollte einer meiner Gäste leidend sein, und ich weiß nichts davon?»

Sie empfängt ihn auf der Terrasse mit dem Händedruck einer ehemaligen Wäscherin. In der Nähe der Außentreppe sitzt eine Tischgesellschaft von Aristokraten, die mit abgespreiztem kleinem Finger die Teetasse zum Mund führen.

«Leidend! Ich war leidend, Madame, weil ich Sie so lange nicht gesehen habe.»

«Immer noch ganz Charmeur, der Doktor!»

Sie weiß gar nicht, wie sehr! Früher hätte es zwischen ihnen nichts anderes als Aderlässe und Klistiere gegeben.

«Bringen Sie mir Neuigkeiten von unserer lieben Olympe de Gouges? Mir ist zu Ohren gekommen, dieser Engel ist im Gefängnis *La Force* der Verzweiflung nahe. Eine böswillige Matrone behauptet, sie sei gar nicht schwanger. Können Sie da nicht Abhilfe schaffen?»

«Madame, man ruft mich, damit ich Engel mache, nicht damit ich sie schwängere. Doch im Augenblick muss ich Ihren Gemahl sprechen, in einer dringenden und ... lohnenden Angelegenheit.»

«Treten Sie ein! Er wird Sie gern empfangen. Sie befreien ihn von diesen zwei Gräfinnen, die nur wichtig tun.»

Der Doktor geht zum Sprechzimmer von Belhomme. Hinter der Tür hört er einen lauten Wortwechsel.

«Bürgerinnen! Wenn Sie Ihre monatliche Rate nicht zahlen können, muss ich Ihnen leider eine Bescheinigung über untadelige Gesundheit ausstellen.»

«Über untadelige Gesundheit!»

«Wie entsetzlich! Monsieur Belhomme, damit bringen Sie uns um!»

«Mit einer solchen Bescheinigung wandern wir direkt aufs Schafott.»

«Bürgerinnen, ich leite eine Klinik, kein Asyl.»

«Eine schöne Klinik, Monsieur, in der man fürs Kranksein bezahlt!»

Doktor Seiffert vor der Tür weiß den Schlagabtausch zu würdigen, aber er hat es eilig. Er klopft energisch an, tritt ein, ohne eine Antwort abzuwarten, grüßt die beiden Damen kurz und tritt direkt an den Schreibtisch.

«Doktor Belhomme, ich habe Ihnen einen äußerst dringenden Fall zu unterbreiten. Aber wie ich sehe, sind Sie beschäftigt.»

«Wir waren gerade fertig. Bürgerinnen, Sie haben mich verstanden. Wenn Sie binnen zwei Tagen nicht den laufenden Monat und ein Quartal im Voraus begleichen, unterschreibe ich Ihre Bescheinigungen.»

«Wenn dem so ist, bleibt uns nur noch zu sterben.»

Die beiden Frauen erheben sich und verlassen gekränkt das Sprechzimmer.

«Wer war das, Belhomme?»

«Die Herzogin von Châtelet und die Herzogin von Gramont. Aber das ist schon vergessen. Was bringen Sie mir, werter Kollege?»

Für Seiffert ist dieses ‹werter Kollege› das Unerträglichste an Belhomme. Aber heute Abend wird er es hinnehmen müssen.

«Ich bringe Ihnen die Du Barry!»

«Donnerwetter! Das ist ja Ihr bester Fang! Darauf müssen wir anstoßen. Ein Glas Wermut? Ich mache ihn selbst aus Tokajer und Absinth.»

Einen Wermut um neun Uhr morgens! Seiffert lehnt diesen Angriff dankend ab.

«Augenblick, Belhomme! Die Du Barry gibt es nur für eine Gegenleistung. Ich brauche ihren Verlegungsbefehl aus Sainte-Pélagie und die Einweisung in Ihr Haus … und zwar sofort.»

«Sofort! Wie in aller Welt soll ich Fouquier-Tinville dazu bringen, mir um diese Uhrzeit solche Dokumente auszustellen?»

«Sehen Sie, werter Kollege, Sie haben hier Blankoformulare, von denen wir bereits anderweitig sehr fruchtbaren Gebrauch gemacht haben.»

Belhomme überlegt. Die Du Barry auf der Habenseite ist in jedem Fall ein gutes Geschäft. Nur wird Fouquier sie nicht ohne weiteres aus seinen Fängen lassen. Er will ihre Haut und wird wahrscheinlich noch mehr herausschlagen als sonst. Egal, es wird trotzdem noch genug übrig bleiben. Besser, man frisst nach dem Löwen als nach dem Schakal. Vor allem in Anbetracht der Tatsache, dass hier bald zwei Herzoginnen-Plätze frei werden.

Pobéré betritt das La Vainqueuse und geht direkt zu Frau Catherine an den Tisch.

«Mutter, ich habe eine gute Neuigkeit!»

«Setz dich erst mal, du bist ja völlig verschwitzt, mein Kleiner.»

Sie streicht ihm über den Kopf und trocknet ihm mit dem Ärmel den Hals.

«Ich bin so schnell gerannt, um es unseren Tapferen zu sagen.»

«Nun, dann sag es!»

«Die Königin wird um zwölf Uhr guillotiniert!»

«Ha, mein Kleiner! Das müssen wir begießen. Heda, Frau Wirtin, zwei Schoppen!»

Sie schütteln einander die Hände, als hätten sie in der Königlichen Lotterie gewonnen. Die Wirtin schlägt mit dem Geschirrtuch auf eine Bank. Eine

Schande, sich so unverhohlen über den Tod einer Frau zu freuen! Na, mit Réveillon-Wein brauchen die nicht zu rechnen.

«Sprich leiser, mein Kleiner.»

Pobéré flüstert.

«Die Hinrichtung soll um Punkt zwölf Uhr stattfinden. Ich weiß es von einem Laternenanzünder, der es von einem Gerichtsschreiber aus der *Grande Chambre* gehört hat. Wir haben also zwei Stunden mehr, um unsere Leute zu sammeln und auf ihre Posten zu bringen.»

«Damit haben wir gewonnen!»

Schlecht gelaunt serviert die Wirtin die Schoppen, und das ist nicht zu übersehen! Der Schuhputzer kostet und verzieht das Gesicht.

«Das ist ja ungenießbar! Was will sie uns denn da andrehen, diese Schlampe!»

«Beruhige dich, mein Kleiner! Jetzt ist nicht der richtige Augenblick, um Ärger zu machen. Hast du mir einen Karren besorgt?»

«Ja, Mutter. Aber ich verstehe nicht, wie du damit ‹Königin spielen› willst, wie du gesagt hast.»

«Komm mit. Du wirst schon sehen.»

Durch das Gitter der Eingangsschleuse reicht der Kommandeur dem Pförtner von Sainte-Pélagie ein Bündel Papiere.

«Zivilverwaltungsausschuss: Polizei und Rechtswesen!»

«Es waren bereits Kommissare von Ihnen hier.»

«Bürger, wir ruhen nicht, um die freiheitstötenden Verschwörer und Hetzer gegen die Nation zu entlarven. Solltest du etwa zu jenem Gesindel gehören, das den Nationalkonvent zu behindern trachtet, der mit gewissenhaftem Durchgreifen allen Konspiranten und ihren Handlangern das Handwerk zu legen sucht?»

«Da hat man dich ganz falsch informiert, Bürger. Ich bin ein guter Patriot!»

Vor allem, wenn er auf einem Dokument all diese Stempel, Siegel und Unterschriften sieht.

«Bei meinem Überwachungsausschuss wird man es dir bestätigen: Ich denunziere Verschwörer ebenso gut wie jeder andere.»

«Ausgezeichnet, Bürger! Mach weiter so. Mit Männern wie dir wird die Freiheit sich überall durchsetzen. Zeig mir dein Haftregister.»

«Aber ...»

«Willst du mich in meiner Amtsausübung behindern, Bürger?»

Doch nicht einen sechs Fuß und sechs Zoll großen Hünen, der redet wie ein Kommissar. Der Kommandeur fährt mit dem Zeigefinger die Namenslisten und Eintragungen entlang ... ‹aufsässig›, ‹verdächtig›, ‹Sohn eines Emigrierten›, ‹Föderalist›, ‹im Verdacht, verdächtig zu sein› ...

«Was bedeutet denn das ... *Diese Bürgerin ist bekannt genug, um hier keine Angaben zu machen ...*»

«Das sind die Damen vom Theater. Sie haben spitze Schreie ausgestoßen ... Wie bitte? Man verlangt, dass die Raucourt Angaben zur Person macht? Sehen Sie mich an, meine Herren! Was gibt es da noch anzugeben? Ich bin die Raucourt! Das macht jede Angabe überflüssig! … Alles hat applaudiert. Es war besser als ein Platz im Parkett.»

Der Kommandeur lächelt. Damit sind wieder … zwölf, dreizehn, vierzehn, fünfzehn! … Frauen gerettet. Im entscheidenden Moment wird man sie nicht ausfindig machen können … *Du Barry! Ehemalige Kurtisane* … Zelle Nr. 5 im zweiten Stock. Der Kommandeur verlässt den Pförtner, steigt hinauf und geht den Korridor entlang. Überall wird geschrien, gebrüllt, gesungen. Niemand beachtet ihn. Ein Ballspiel im Hof zieht alle Blicke auf sich. Umso besser.

Da ist es! Vor ihrer Tür steht ein Gendarm. Der Kommandeur baut sich in seiner ganzen Größe vor ihm auf und hält ihm seine Befehle vor die Nase.

«Zivilverwaltungsausschuss! Das ist doch die Zelle der Jeanne Du Barry?»

«Jawohl, Bürger Kommissar.»

«Ich muss die Gefangene verhören.»

«Unmöglich, Bürger Kommissar. Ich habe Befehle.»

«Siehst du nicht, dass ich auch welche habe?»

Er wedelt mit dem Blatt Papier und seinem blau-weiß-roten Band.

«Bürger Kommissar, ich habe Befehle von höherer und nachdrücklicherer Stelle.»

Der Kommandeur tritt so dicht vor den Gendarm, dass er ihn beinahe berührt, und sagt halblaut zu ihm:

«Eine nachdrücklichere Stelle als mich gibt es nicht.»

Der Gendarm spürt die Spitze einer Klinge zwischen den Rippen.

«Öffne die Tür!»

«He, Gendarm! Was ist los?»

Das ist die Stimme der Gräfin hinter der Tür.

«Hier ist ein Kommissar, der Sie verhören will, Bürgerin. Aber ich habe Befehle.»

Die Du Barry erschauert in ihrem Bad. Diesen Kommissar hat Zamor geschickt! Er kommt, um ihre Verlegung in die Pension Belhomme zu unterschreiben. Zamor hat es geschafft! Der Gendarm fuhrwerkt hektisch am Schloss herum. Er wird noch den Schlüssel abbrechen! Da schiebt sich die Tür auf. Im Spalt sieht die Gräfin die hoch gewachsene Gestalt des Kommissars hinter dem Gendarm. Ihr Retter! Da blitzt es in seiner Hand auf. Ein Messer schnellt auf die Brust der Gräfin zu. Ihr Herz zerbirst. Sie wirft sich nach hinten.

Der Kommandeur zielt noch einmal, aber dieser Dummkopf von Gendarm schmeißt sich dazwischen. Der Kommandeur packt ihn im Genick und schiebt ihn in die Zelle. Mit dem Dolch in der Hand mustert er den winzigen Raum. Die Badewanne, die Pritsche, das Fenster, die Truhe. Sonst nichts.

Die Du Barry ist verschwunden!

Plötzlich bricht draußen lautes Geschrei los. Was ist geschehen? Der Kommandeur lässt den halb erstickten Gendarm los und tritt auf den Korridor. Rufe von den Fenstern und im Hof. Am Ende des Korridors sieht der Kommandeur ein großes, mageres Mädchen und einen pockennarbigen Schwarzen, die auf ihn zu rennen. Er ist entdeckt. Die Sache ist gescheitert. Er muss aufgeben.

Der Kommandeur geht bis zur Treppe, ohne den Schritt zu beschleunigen. Sein Herz hat es eiliger. Das Mädchen und der Schwarze sind verschwunden. Sie waren wohl doch nicht hinter ihm her. Er hätte genug Zeit gehabt, sein Vorhaben zu Ende zu bringen. Als er die Eingangshalle erreicht, ertönt über seinem Kopf ein heiserer Schrei.

«Alarm! Mord! Er flieht!»

Gerenne und Aufregung im zweiten Stock. Nur noch ein paar Schritte bis zum Ausgang. Er hört den Gendarm die Treppe herunterhasten.

«Zivilverwaltungsausschuss. Ich gehe!»

«Schon, Bürger Kommissar?»

«Mach schnell, ich bin in Eile!»

Der Pförtner öffnet die erste Gittertür. Jetzt sind sie in der Schleuse. Nur noch eine Tür, und er ist draußen. Der eisenbeschlagene Schritt des Gendarmen dröhnt in seinem Rücken.

«Alarm! Alarm!»

«Was hat er denn, der Bürger?»

Der Pförtner, der an seinem Schlüsselbund herumhantiert, dreht sich um. Der Kommandeur drängt ihn.

«Los doch, keine Behinderung der Amtsausübung!»

Bei diesem Stichwort findet er den richtigen Schlüssel.

Er steckt ihn ins Schloss.

«Da ist er! Alarm! Der Verdächtige entkommt!»

Der Gendarm zeigt mit dem Finger auf den Kommandeur, zieht den Degen, wirft sich gegen das Gitter und sticht zwischen den Stäben hindurch. Der Kommandeur packt den Pförtner am Hals und benutzt ihn als Schutzschild.

«Du Schurke! Den Kommissar werd ich dir besorgen!»

Der Kommandeur entgeht der Degenspitze, der Pförtner nicht. Der Kommandeur dreht den Schlüssel, stößt die Tür auf und stürzt nach draußen. Gott, wie erfrischend die Luft ist. Sogar mitten in dieser johlenden Dienerschaft vor der Tür! Er rennt zu seinem Pferd, springt auf und gibt ihm die Sporen bis aufs Blut durch die Rue de la Clef. Rufe ertönen hinter ihm. Eine Kugel prallt gegen ein Fenstersims. Aber er ist schon davon.

Vor der Place Sainte-Geneviève lässt der Kommandeur sein Pferd in Trab fallen. Er lockert die Zügel und klopft ihm den Hals. Durch welches Wunder ist diese Dirne von Du Barry aus ihrer Zelle verschwunden? Nichts mehr zu machen. Jetzt muss er Doktor Seiffert abfangen. Der ist sicher mit seinem Informanten, diesem Zamor, unterwegs. Dürfte nicht weiter schwierig sein, die beiden ausfindig zu machen.

Plötzlich bricht im Hof lautes Geschrei los. Die Blauen von Sainte-Pélagie haben ein Tor geschossen. Ninon die Wasserträgerin und Mokka rennen durch den Korridor. Das junge Mädchen ist ihn holen gekommen, während er dem Spiel der Ballnarren zusah … Kommen Sie schnell! Es ist Aurore Devey. Sie finden bestimmt die richtigen Worte. Schnell kommen! Weiß dieses schöne Kind denn nicht, dass selbst ein wandelndes Gedächtnis alt werden und außer Atem geraten kann? Nein. Sie hat Beine, mit denen sie jeden Schürzenjäger einholen könnte. Ninon und Mokka rennen den Korridor der *Idées* entlang. Er ist menschenleer. Alles drängt sich an den Fenstern. Am anderen Ende bemerkt Mokka einen hoch gewachsenen Mann, der viel zu gelassen wirkt. Er kommt aus der Zelle der Du Barry. Dieser Mann hat einen herrschaftlichen Gang, der ihm wohl bekannt ist.

«Da ist sie!»

Das junge Mädchen zeigt ihm Aurore Devey, die vor dem offenen Fenster auf einem Stuhl steht. Es sieht beinahe so aus, als würde sie das Spiel verfolgen, wäre da nicht dieser starre Blick über den Hof hinaus und dieses Band um den Hals. Es ist ein Laken, dessen Ende am Fenstergriff verknotet ist. Keiner der Umstehenden scheint etwas zu bemerken. Mokka tritt näher.

«Madame, ich bitte Sie …»

Sie wendet ihm ihr Gesicht zu. Es ist geschminkt wie das eines Mädchens. Sie bringt Mokka mit einem matten Lächeln zum Schweigen und kippt aus dem Fenster ins Leere. Ein Schrei, dann Stille. Der Körper von Aurore Devey pendelt friedlich über dem Hof. Alle starren auf ihre Hand, die eine blonde, fein gelockte Perücke umklammert.

Hast du gehört, Piqueur?»

«Was denn?»

«Die Stille.»

La Marmotte tritt aus der Zelle. Im Korridor ist jede Bewegung erstarrt. Die Schaulustigen beugen sich schweigend aus den Fenstern. Das ganze Gefängnis scheint wie geistesabwesend. La Marmotte winkt den Piqueur zu sich.

«Schau her, so schreibt man ‹Flucht›. Und jetzt komm!»

Selbst das Häuschen des Schließers ist leer. Der Piqueur holt sich dort seine Pike und La Marmotte seinen Degen. Im Hof sind keine Gefangenen mehr, nur das lesende Mädchen auf der Schaukel in der Nähe des Brunnens. Auch La Marmottes Herz gerät ins Schaukeln. Natürlich wegen der langen goldfarbenen-aber-nicht-allzu-blonden Haare und den rundherum blauen Augen, aber vor allem wegen des Hundes, den sie im Arm hat.

«Coco!»

Der Arme sieht ziemlich seekrank aus. Seine Zunge hat einen Grünstich, Augen und Nase triefen um die Wette. Das Mädchen auf der Schaukel betrachtet sie ohne jede Verwunderung.

«Guten Tag. Ich heiße Belle-de-Nuit. Und ihr?»

«Das ist der Piqueur, und ich bin La Marmotte. Wir wollen in der richtigen Richtung fliehen.»

«Wieso kennt ihr meinen Hund?»

«Weil es vorher unserer war.»

«Ach so! Mein Vater hat ihn mir gerade geschenkt.

Er hat ihn einem Ehemaligen abgenommen, zusammen mit diesem Buch, das ein bisschen eklig aussieht, aber eine schöne Geschichte erzählt.»

La Marmotte kann den Titel nicht lesen. Auf dem Umschlag ist ein dunkler Fleck. Er fragt sich, wie er Belle-de-Nuit den Hund abschwatzen kann.

«Und, gefällt dir der Hund? Er ist halt ziemlich klein. Wenn du magst, tauschen wir ihn ein.»

«Gegen was?»

Der Piqueur und La Marmotte kramen in ihren Taschen und reihen ihre Besitztümer auf dem Rand des Brunnens auf. Zwei Figuren und jede Menge Zettel.

«Ein Voltaire! … Ein Rousseau! … und sehr seltene, herrenlose Wörter, die wir selbst auf der Straße eingefangen haben.»

«Das interessiert mich nicht! Davon hab ich schon jede Menge in dieser Geschichte, auch wenn ich den Anfang nicht lesen konnte, wegen des Blutes.»

Sie zeigt die ersten Seiten, die mit dunklen Flecken bedeckt sind.

«Was ist das für ein Buch?»

«Die Reisen des Kapitän Cook …»

«Schade, der Anfang ist am schönsten. Vor allem das, was vor dem Anfang ist.»

«Kennst du das Buch?»

«Ich kann es auswendig! Es ist mein Lieblingsbuch … Wie wär's: Ich biete dir den Anfang von *Kapitän Cook* gegen diesen ziemlich kleinen Hund.»

«Einverstanden.»

La Marmotte stellt sich in Pose und deklamiert.

«Zuerst die Titelseite ... *Bericht der auf Befehl Seiner Majestät des Königs von England unternommenen Entdeckungsreisen auf die Südhalbkugel ...*»

Belle-de-Nuits Augen werden ozeanisch groß, der Piqueur will auf dem nächsten Schiff anheuern, und Coco ist überhaupt nicht mehr seekrank. Mit geheimnisvoller Miene und dunkler Stimme fährt La Marmotte fort:

«Die Geographie jener Hälfte der Erdkugel lag im Dunkeln, als der unsterbliche Doktor Cook seine Reisen antrat ...»

La Marmotte verkündet ... *Erste Reise! Von England in den Pazifik über das Kap Hoorn ...* Da springt Belle-de-Nuit von der Schaukel und reicht ihm den Mops.

«Hier hast du deinen Hund zurück. Mit dir wird er weiter herumkommen als hier. Wenn du draußen bist und mal wieder in die falsche Richtung fliehen willst, kannst du kommen. Ich bleibe hier. Ich lese bis Tahiti.»

La Marmotte nuschelt ein ... Ja ... ganz bestimmt! ... Er wird wiederkommen. Der Piqueur, der eher verdrossen wirkt, schiebt ihn die Mauer hoch und zieht ihn auf die andere Seite.

«Sag, Marmotte, was hat man davon, lesen zu können, wenn man es auswendig kann?»

La Marmotte hört ihn nicht. Er denkt an Belle-de-Nuit, die nach Tahiti segelt.

«Mir sollst du auch Bücher auswendig vorlesen, Marmotte. Du hast gesagt, du hast ganz viele bei dir zu Hause in der Kapuzinerhöhle. Warum gehen wir nicht zu dir?»

«Zuerst bringen wir den Mops zu Sidonie-der-Niedlichen. Danach gehen wir zu mir. Versprochen.»

Sie springen achtern auf ein stolzes Cabriolet mit niedrigen Spanten und hoher Bilge … *16. Oktober: Leichter Wind, Himmel bewölkt. Wir nehmen Kurs nach Norden Richtung Rue des Moineaux …*

Zamor sieht sich um, um sicherzugehen, dass ihm niemand gefolgt ist. Er geht niemals auf direktem Weg nach Hause. Nachdem er sich von Doktor Seiffert getrennt hat, der zur Pension Belhomme gefahren ist, hat er ein paar Mäander beschrieben und dann sein Wohnhaus betreten. Zamor geht in den fünften Stock hinauf. Die Treppe wackelt wie eine Hängebrücke. Im feuchten Treppenhaus stinkt es schwefelig nach Latrinen. Zamor vergewissert sich noch einmal, dass er allein ist, und tastet in einem Loch oberhalb des Flurfensters nach dem Schlüssel. Niemand da, außer den üblichen Untermietern, einem mageren Rattenpaar. Zamor tritt an eine Tür. Noch ein letzter misstrauischer Blick ringsum, dann schließt er auf und geht hinein.

Kaum ist die Tür wieder geschlossen, stimmt Petit-Louis, der Papagei, lauthals ein Lied von den Antillen an.

«Mé zami, mvê tadé: Baré!»

Zamor brummt auf Kreolisch ‹Halt's Maul›, was sofort wirkt: Noch lauter kreischt Petit-Louis die Übersetzung … *Meine Freunde, ich höre den Ruf: Haltet den*

Dieb! … Zamor geht durch einen Perlenvorhang, der ihn jedes Mal an einen Wasserfall auf Martinique in der Nähe von L'Anse-à-l'Ane erinnert. Er tritt an den Käfig des weißen Papageis und steckt seinen Zeigefinger zwischen den Stäben hindurch, damit der Vogel ihn beknabbern kann. Petit-Louis beruhigt sich. Zamor legt Turban und Gehrock ab. Er säubert den Käfig, gießt frisches Wasser nach, füllt Hirse auf und führt dabei mit dem Papagei ein Gespräch Marke altes Ehepaar … Na, wie geht's? Wie war dein Tag? … Und deiner? … Ich kann dir sagen … Das Ganze in einem Kreolisch, das nur sie beide verstehen.

Seinerzeit belustigte das die Du Barry sehr. Genauso, wie wenn er Petit-Louis einen Frack anzog, der seinem eigenen aufs Haar glich und über und über mit bunten Edelsteinen bedeckt war … *Sieh nur, Petit-Louis stellt dich mit seinem Glanz in den Schatten!* Der Frack hängt an einem Kleiderbügel unter dem Käfig, als wolle Petit-Louis zu einer Abendgesellschaft aufbrechen.

Zamor mustert seinen Palast. Ein Dachzimmer, dessen ganzes Mobiliar aus einer quer durch den Raum gespannten Hanfhängematte besteht. An den Wänden hängen Kleidungsstücke: Livreen, Wämser, Gewänder aller Art und in der Mitte sein grüner Frack aus Sachsen mit den Goldtressen … wie der von Petit-Louis! … Am Boden läuft eine Reihe Schuhe aller Art um den Raum herum wie die Fußleiste im Salon einer feinen Dame. In einem Winkel klebt über einem Stapel Bücher das Plakat eines Theaterstücks … *18. Dezember 1789 Aufführung von: Das Sklaventum. Die Schwarzen Za-*

mor und Mirzha oder Der Glückliche Schiffbruch. Drama in 3 Akten von Olympe de Gouges, Schriftstellerin … Beginn Punkt 5 Uhr … Der Saal ist durch Öfen beheizt, die das Publikum nicht belästigen …

Traurig denkt Zamor an Olympe. Er hatte die Zeit mit ihr so genossen. Sie liebte ihn den ganzen Tag und pausierte nur, um ihm eine Tragödie, ein Pamphlet oder eine Schmähschrift zu diktieren. Mein Schwarzer mit der Schreibfeder! … Sie erzählte ihm von der *Île de Gorée*. Vom herben Geruch der Steine, dem Meer und dem krausen Blau der Wellen. Heute, in ihrem Gefängnis, will sie ihn nicht einmal mehr sehen … Du hast dich an die Du Barry verkauft! Du hast dich an deinen Herrn verkauft! … Wie kann er ihr begreiflich machen, dass er es nur für sie getan hat? Der Schmuck, die Schwarze Perle, der Leopardenjunge, die Passierscheine. Alles! Wie kann er ihr begreiflich machen, dass er sich bei ihr zum ersten Mal als Mann fühlte? Es wäre so einfach gewesen, sie diesen Sommer aus dem Sanatorium Escourbiac herauszuholen … Unschuld flieht nicht! … Nun, dann muss er sie eben gegen ihren Willen retten.

Zamor tritt an das Dachfenster und öffnet es. Dahinter kommt ein verglastes Gewächshaus zum Vorschein, das eng an das Geländer geschmiegt ist. Darin wächst eine weiße Blume. Zamor streicht zärtlich über das erblühte Fleisch des Anthuriums. Jedes Mal glaubt er darin den Duft einer Frau zu finden. Er streckt sich in seiner Hängematte aus und betrachtet schaukelnd die Blüte.

Plötzlich springt Zamor zu Boden, schließt das Fenster und kniet vor einem Paar Lack-Schnallenschuhe nieder. Er stellt sie zur Seite und hebt einen Parkettriemen ab. Das am nächsten liegende Versteck ist immer das sicherste. Er schiebt einen langen Stiefelknecht in die Höhlung und zieht einen braunen Lederbeutel heraus. Zamor geht zur Tür und lauscht. Nichts. Er wirft den edelsteinbesetzten Frack auf Petit-Louis' Käfig.

«Bedaure, aber du bist zu neugierig.»

«Di kwa.»

«He, Vogel! Mit den Jahren hättest du ruhig auch mal Französisch lernen können.»

Der Papagei spricht und versteht es perfekt. Aber nur, wenn er will. Zamor entkleidet sich und streckt sich nackt in der Hängematte aus. Er knotet den Lederbeutel auf und lässt eine riesige Perle auf seinen Bauch rollen, die im Nabel liegen bleibt. Die Schwarze Perle des Marschalls von Sachsen. Falsch, Doktor Seiffert! Nicht die Du Barry hat sie, sondern ich. Er lässt die Schwarze Perle hin und her rollen wie ein Pendel. Nur diese Perle vermag Olympe zu retten. Und dafür muss er dem Tiger Delorme Futter vorwerfen, ohne selbst gefressen zu werden.

Zamor kleidet sich wieder an und geht aus dem Haus. Er liebt diesen Moment der Leere in Haarlem. Es ist die Stunde der Düfte nach Croissant, Kaffee, Schokolade. Ein Zeitungsverkäufer ruft durch die Straßen … *Marie-Antoinette! Hinrichtung steht unmittelbar bevor!* … Zamor kauft ihm eine Ausgabe ab. Er verspürt nicht einmal Freude. Dabei hat er niemals jenen

Abend in einer Allee in Versailles vergessen, an dem sie ihn einen Affen schimpfte, während er die Schleppe der Du Barry trug. Nachher, wenn sie vorbeikommt, wird er an der Straße stehen. Am liebsten würde er sich einen Pavian auf die Schulter setzen, damit sie sich erinnert.

Durch den Garten des Pfarrhauses geht Zamor um Sainte-Zita herum und schlüpft in den stillgelegten Brunnen La-Négresse-qui-rit, dessen riesiger steinerner Schlund noch immer über dem verschütteten Becken klafft. Zamor steigt eine Treppe hinunter, die unter der Kirche verschwindet. Sowie man das Gittertor hinter sich gelassen hat, muss man nach einem metallenen Handlauf greifen, der einem den Weg in der Dunkelheit weist. Die Hand darauf legen und niemals loslassen. Wo der Handlauf unterbrochen ist, muss man warten. Das kann dauern. Delorme liebt es, seine Besucher zu ängstigen. Zamor wartet. Jemand kommt ihn abholen.

«Folge mir, Bruder.»

Der Mann mit der heiseren Stimme führt ihn wie einen Blinden. Der Boden ist schlammig. Seltsam. Normalerweise ist diese Passage trocken. Noch immer im Dunkeln, steigen sie eine lange und steile Reihe unregelmäßiger, gehauener Stufen hinauf.

«Warte hier, Bruder.»

Der Mann lässt ihn allein. Zamor steht am Rande eines Abgrunds. Er hört es hinter seinem Rücken tropfen. Man braucht ihn nur zu stoßen, und er wird in der Tiefe zerschellen.

Man stößt ihn.

Zamor schreit auf. Sein Körper fällt. Er rollt über den Boden und bleibt auf dem Rücken liegen. Ein Lichtschein blendet ihn. Lautes Lachen dringt an sein Ohr. Seine Augen gewöhnen sich an das Licht. Er erkennt einen Kreis von Männern, die sich über ihn beugen.

«Meine Brüder, darf ich vorstellen? Der große Maharadscha von Haarlem!»

Die Spötter sehen aus wie Soldaten auf Raubzug. Sie tragen grüne und goldene Uniformreste über allerlei bunt zusammengewürfelten Kleidungsstücken.

«Steh auf! Der Große Meister ist bereit, dich zu empfangen.»

Ihm werden die Augen verbunden. Ein Mann packt ihn hart am Arm und führt ihn. Als ihm die Augenbinde wieder abgenommen wird, hat er zunächst Mühe zu begreifen, wo er ist. Er befindet sich in einer weitläufigen Höhle im kreidigen Fels, in die man eine Kirche gehauen hat. Sie ist noch nicht vollendet, scheint aber als lateinisches Kreuz angelegt zu sein, mit Mittelschiff, Chor und Querschiff. Auf halber Höhe läuft eine Galerie rundherum. Zamor ist beeindruckt von den Ausmaßen der Baustelle. Dutzende von Männern arbeiten daran. Er bemerkt ein Leopardenfell, das von einem Balkon der Galerie herunterhängt. Doch das Erstaunlichste ist diese Brigg von mindestens fünfundzwanzig Klaftern Länge, die in einem Seitenschiff gebaut wird. Eine gekenterte Galeere in einer Höhle! Im Mittelschiff erhebt sich ein mit smaragdgrünem Tuch bedecktes Podest, auf dem als Thron ein weiß bemalter Holzsessel steht. Darüber hängt sanft schaukelnd ein riesiges Gemälde im Goldrahmen. Es zeigt den Marschall von Sachsen in Galauniform mit seiner schwarzen Ulanengarde hoch zu Ross.

«Da staunst du, nicht wahr, Bruder? Das war vor dem Schloss von Chambord. Der Größte in der Mitte, das ist mein Vater!»

Delorme! Mit einer Reitpeitsche in der Hand sitzt er lässig auf seinem Thron. Sein enormer Kopf dient ihm als Krone, und seine weit auseinander stehenden Zähne erwecken den Eindruck, als habe er gerade jemanden verschlungen. Um ihn herum stehen Männer, die direkt dem Gemälde entsprungen zu sein scheinen. Die gleiche beeindruckende Statur, die gleiche Uniform in Grün und Gold, die gleichen Helme mit Rosshaarbusch, der gleiche wilde Blick.

«Tritt näher, Bruder. Willkommen auf der Sklavenstraße!»

Zamor wird ins Mittelschiff geschoben, bis zum Fuß des Podests. Er patscht durch trübes Wasser, das auf den Steinplatten steht.

«Bruder, wir werden hier demnächst die erste dem Sklavenhandel gewidmete Gedenk- und Erlebnisstätte einweihen.»

Delorme spult sein Programm ab. Er erläutert, wie der Besucher … innerhalb von zwei Tagen! … und in absolut wirklichkeitsnahen Situationen! … das Leben der Sklaven von der Gefangennahme bis zur Plantage nacherleben kann. Wie er sich … ohne Aufpreis! …

ausplündern, in Ketten legen, verkaufen und mit einem Brandzeichen versehen lassen kann, um schließlich auf einer Plantage auf den Antillen zu arbeiten ... Naturgetreu nachgestellt! ... Er kann auch an Bord der Sklavenarche gehen, eine genaue Nachbildung der *Brooks*, des berühmten englischen Sklavenschiffes.

«Nutz die Gelegenheit, Zamor! Im Moment ist es noch gratis, aber später ... All das verschlingt so viel Geld, mein Bruder.»

«Ich habe meinen Beitrag bereits geleistet, Großer Meister.»

«Das ist wahr, du bist ein freigebiger Bruder. Aber so viele andere vergessen, wo sie herkommen. Hast du mir mitgebracht, was abgesprochen war?»

«Wo ist der Junge, Großer Meister?»

«Dort!»

Delorme zeigt auf eine altertümliche Sänfte, die im Querschiff steht. Mit ihren vorgezogenen Vorhängen scheint sie nur darauf zu warten, von livrierten Lakaien aufgehoben und davongetragen zu werden.

«Ich will ihn sehen.»

«Gib mir zuerst die Schwarze Perle, die meinem Vater gestohlen wurde.»

Er zeigt auf das Gemälde.

«Delorme! Du weißt genau, dass ich sie nicht bei mir habe. Deine Männer haben mich durchsucht. Wer wäre verrückt genug, sie hierher mitzubringen?»

«Ist alles schon vorgekommen!»

Delorme lacht. Sein flächiges Gesicht rund um die auseinander stehenden Zähne leuchtet auf. Delorme hat Glückszähne. Allerdings nur, was ihn selbst betrifft.

«Tja, Zamor, was sollen wir jetzt tun? Soll ich dich meinen Männern übergeben, damit sie dir die Füße rösten, dir bei lebendigem Leib die Haut abziehen und dir einen Knochen nach dem anderen brechen?»

«Nicht nötig. Ich habe meine Vorkehrungen getroffen, wie du dir denken kannst. Wenn ich nicht innerhalb einer Stunde hier herauskomme, verschwindet die Schwarze Perle auf Nimmerwiedersehen.»

Delorme springt von seinem Thron auf. Schreiend schlägt er mit der Peitsche auf die Sessellehne.

«Diese Schwarze Perle steht mir zu. Sie wurde meinem Vater gestohlen, wegen einer Laune der Du Barry, dieser Dirne! Ich habe es nicht nötig, um sie zu bitten. Ich brauche sie mir nur zu holen!»

Plötzlich beruhigt sich Delorme. Er setzt sich wieder, schlägt die Beine übereinander wie zur Konversation und lächelt. Das macht ihn noch furchteinflößender.

«Also ... Was schlägst du vor, Zamor?»

«Ich nehme den Jungen mit und bringe ihn an einen sicheren Ort. Zur verabredeten Stunde und an der verabredeten Stelle gebe ich dir die Perle.»

«Nein! Der Junge rührt sich hier nicht weg!»

«Du fürchtest, ich könnte dich übers Ohr hauen, Großer Meister. Du denkst, ich könnte mit dem Jungen fliehen, ohne dich zu bezahlen. Aber nichts und niemand kann Haarlem ohne dein Einverständnis verlassen!»

Delorme betrachtet seine Reitpeitsche, als wolle er

sie um Rat fragen ... *Mit diesem Salon-Maharadscha riskierst du gar nichts ...* Das denkt er auch.

«In Ordnung, Zamor, du kannst den Jungen sehen und ihn mitnehmen.»

Zamor geht zur Sänfte. Er zögert, dann öffnet er langsam den Schlag. Der Leopardenjunge! Dort sitzt er, direkt vor ihm, im duftenden Halbdunkel. Der Junge wendet den Kopf und sieht ihn an.

Ed parkt Mokkas Leichenwagen vor dem Anwesen des Marquis d'Anderçon. Er ist stolz: Seit Sainte-Zita hat er so gut wie nichts überfahren, niedergetrampelt, umgestoßen oder überrollt. So gut wie. In der Rue de Viarmes rund um den Kornmarkt herrscht reger Verkehr von Wagen, Lastträgern und Handkarren. Dieser Kreisverkehr gleicht einer Manege der verschiedenen Gewerbe, die Rufe der Händler dienen als Gütesiegel der Gilden und als Köder für den Kunden. Jones bewundert eine Milchfrau, die umherwandert und dabei ihre rote Schürze schwenkt ... *Milch! Milch! Milch! Schöne Rundungen. Zwei Sous der Schluck!* ... Ed beobachtet die Fassade des Anwesens der Anderçon mit finsterer Miene. Jones errät seine Stimmung.

«Vorsicht, Ed, wir dürfen nicht zu grob mit dem Marquis umspringen. Er ist immerhin unser Vorgesetzter.»

«In Ordnung. Aber wir werden ihm klar machen, dass wir den Auftrag niederlegen, wenn er uns nicht sagt, wer der Junge wirklich ist.»

Ed und Jones sehen einander an. Wieso haben sie

das Gefühl, dass das Haus des Marquis leer ist? Das Eingangstor ist verschlossen. Auf ihr Klingeln öffnet niemand. Ed stellt sich auf den Kutschbock des Leichenwagens und manövriert ihn dicht an die Mauer. Das Pferd ist fügsam, es kennt sein Metier. Jones hat verstanden. Er klettert auf die Mauer und springt in den Hof. Ed zeigt seine blaue Marke in die Runde, denn die Passanten sind beunruhigt.

«Wir sind von der Polizei, Bürger!»

Das Stichwort beruhigt nicht, aber es sorgt dafür, dass jeder wieder geflissentlich seiner Arbeit nachgeht … *Messer! Scheren! Nach Bedarf wieder scharf!* … Jones öffnet das Eingangstor von innen. Ed stößt zu ihm. Sie gehen über die Außentreppe hinein. Niemand, weder in der Eingangshalle noch im Blauen Salon. Sie steigen in die Krypta hinunter. Leer. Ed und Jones gehen in die Zimmer hinauf. Die Türen stehen offen. Das Zimmer der Marquise ist durchwühlt, die Matratze auf den Boden geworfen, der Spiegel des Frisiertischs zerbrochen. Das Schlafzimmer des Marquis scheint unangetastet.

Ed und Jones durchsuchen das Haus wie Diebe, mit groben Gesten, um ihre Besorgnis zu überspielen. Hier wurde gekämpft. Nirgends ist Blut. Aber manchmal ist das schlimmer. Sie stellen Theorien auf, damit ihre Herzen nicht die Nerven verlieren. Ed denkt an die Marquise. Wie hilflos fühlt man sich vor einem leeren Haus! Vielleicht sind sie ja gegangen … Emigriert! … Dieses Wort spukt in ihren Köpfen herum, seit sie hereingekommen sind. Verlassene Häuser sind in diesen

Zeiten an der Tagesordnung. Man lässt einen oder zwei Diener zurück, die sich im Haus bewegen, um die Nachbarn zu täuschen, bis man die Grenze erreicht hat.

«Was, glaubst du, ist hier vorgefallen, Ed?»

«Es kann alles sein. Diebstahl, Plünderung, Entführung ...»

«Still! ... Hör doch mal, Ed!»

Ein Geräusch. Es kommt von dieser schmalen Platte in der Täfelung neben dem Fenster. Ein Kratzen. Ed und Jones ziehen die 38er. Sie gehen näher heran. Jetzt ist es ganz deutlich zu hören. Vielleicht eine Ratte. Es ist dahinter. Jones erinnert sich an die Bewegungen des Marquis. Er streckt die Hand aus, betastet den Fries ... Klack! ... Die Platte öffnet sich und gibt eine Bibliothek voller Bücher in roten Ledereinbänden frei. Im unteren Bereich kommt eine Nische zum Vorschein und in der Nische zusammengekauert ...

«Thomas!»

Ed zieht ihn heraus und faltet ihn auf.

«Edmond und Jonathan! Meine Lebensretter! Ohne Sie wäre ich in Kürze erblichen.»

«Verblichen, Thomas. Bleich bist du schon.»

«Nicht verwunderlich, so sehr litt ich Mangel an Atemluft in diesem hinterletzten Grabesverlies.»

Ed und Jones fragen sich, wie Thomas' Sätze wohl klingen würden, wenn ihm die Luft nicht knapp wäre.

«Was ist passiert, Thomas?»

Der Diener reckt sich auf der Suche nach einer Größe, die er nie hatte.

«Sogleich anschließend nach Ihrem unvermittelten Weggang erschienen unverhofft einige Individuen, um unverzüglich meinen vorzüglichen Herrn, Monsieur le Marquis, zu sehen.»

«Thomas! Kannst du nicht einfach sagen: Als Sie weg waren, kamen Männer, die den Marquis sehen wollten. Dann fragen wir: Was für Männer? Und du antwortest …»

«Solche von der Art, denen man nachts nicht ohne Laterne begegnen möchte, Monsieur Edmond.»

«Ah! Schon besser.»

«Kanntest du sie?»

«Nie gesehen.»

«Nicht mal durchs Schlüsselloch?»

«Das vielleicht schon. Tatsächlich kenne ich viele Leute mittels dieser Vorrichtung.»

«Wovon haben diese Männer und der Marquis gesprochen?»

«Von einem Jungen!»

«Was für ein Junge, Thomas?»

«Ein Junge, der gerettet oder getötet werden sollte.»

«Wann?»

«Heute.»

Recht bedacht waren Thomas' lange und unverständliche Sätze ihnen doch lieber.

«Was hat der Marquis gesagt?»

«Er hat sich verteidigt. Die Männer beschuldigten ihn des Verrats und sagten, es sei seine Schuld, dass der Junge in Gefahr sei und die anderen nach ihm suchten.»

«Welche anderen, Thomas?»

«Erinnerst du dich an Namen, Orte, Einzelheiten … Irgendetwas!»

Thomas versucht, sich an ein Irgendetwas zu erinnern. Normalerweise verlangt man das Gegenteil von ihm.

«Ich weiß noch, dass sie immer wieder von einem Arzt oder einem Doktor sprachen, der wohl Deutscher ist.»

«Deutscher! Hast du seinen Namen mitbekommen?»

«Namen wurden überhaupt nicht genannt.»

«Wovon haben die Männer noch gesprochen?»

«Von einem Kommandeur … einem Kreolen! Das Wort habe ich behalten, weil Madame la Marquise es mir schon einmal erklärt hat, aber ich habe vergessen, was es bedeutet. Wissen Sie zufällig, was das ist, ein Kreole?»

«Das ist ziemlich kompliziert!»

Thomas findet, dass die Marquise besser erklären kann als Ed.

«Sie beide, Edmond und Jonathan, was sind denn Sie?»

«Kesselfarben und zarte Kohle.»

Jones kann es aber auch nicht besser.

«Außer dem deutschen Doktor und dem kreolischen Kommandeur erinnerst du dich an nichts?»

«Nein. Mir wurde allmählich die Luft knapp … Ach doch! Sie sprachen auch noch von einem motzigen Hund.»

«… einem Mops!»

Ed und Jones sagen sich, dass sie La Marmotte wieder finden müssen. Aber das wissen sie schon lange.

«Und was geschah dann?»

«Es war schrecklich! Sie haben sich furchtbar laut gestritten. Die Männer sagten, mein Herr habe der Marquise zu viel erzählt. Sie sei schuld, wenn die ganze Sache scheitere. Man müsse sie finden und unschädlich machen.»

«Unschädlich machen!»

Ed haut seinen Kopf in die Täfelung der Bibliothek. Thomas fühlt mit ihr.

«Monsieur hat sich gewehrt. Ich fürchtete, sie würden ihn töten. Ich glaube, sie haben ihn niedergeschlagen und mitgenommen. Danach habe ich nichts mehr gehört. Bis Sie gekommen sind.»

«Und die Marquise? Wo war sie währenddessen?»

«Sie war kurz vorher weggegangen. Ich habe sie mit der Fackel bis an ein rückwärtiges Tor begleitet, das auf die Rue Mercier hinausgeht.»

«Thomas, weißt du, wo Madame la Marquise hingegangen ist?»

«Madame wollte nicht, dass ich sie begleite. Sie hat nur gesagt … Ich gehe Blutwurst und Äpfel besorgen … Dabei mache ich sonst immer die Einkäufe.»

«Blutwurst und Äpfel! Thomas, du bist großartig!»

Ed und Jones stürzen sich auf den Diener. Sie umarmen ihn und beglückwünschen ihn, dass ihm die Luft wegbleibt. Also wirklich. Sie haben ihn wohl nur gerettet, um ihn eigenhändig zu meucheln!

«Los, Ed, wir haben keine Zeit zu verlieren. Im gestreckten Galopp zum La Vainqueuse, zur Wirtin!»

Durch das Fenster sieht Thomas Ed und Jones nach, die in ihrem seltsamen Leichenwagen verschwinden. Er geht zur geheimen Bibliothek und greift wahllos nach einem der roten Bücher … *Théveneau de Morande … Geheime Memoiren einer Kurtisane* … Es wird Zeit, dass er lernt, kurze Sätze zu bilden.

La Marmotte sieht zu, wie Coco Sidonie-der-Niedlichen das Gesicht leckt. Mit klagenden Seufzern macht er sich eifrig zu schaffen. Sie rührt sich nicht. Der Mops weiß gar nicht mehr, was er mit seiner Zunge noch anstellen soll. Es ist aber auch so viel sauber zu lecken von diesem Blut. Das halbe Gesicht ist voll. Es ist aus dem Schädel geflossen. Dort hat man wohl zugeschlagen, mit der Pfanne oder dem schweren Kupfertopf. In ihrer Küche hat man sie getötet. Vielleicht war sie gerade dabei, ihm gefüllte Hörnchen zu backen. Sie hat noch Mehl an den Händen und an der Schürze. Warum tötet man eine Frau, die Kuchen backt? Ihr Körper liegt auf der Seite, der Kopf in der Nähe des Kamins, als habe sie dort hindurch fliehen wollen. La Marmotte hätte ihr geholfen, wenn er da gewesen wäre. Coco gibt es auf, all das Blut abzulecken. Er legt den Kopf auf ihre Schulter. Irgendwann wird sie schon aufwachen.

«Wo soll ich ihn hintun, Marmotte?»

Der Piqueur schleift den Wachesteher in den Flur.

Der wurde erdolcht. Man hat ihm nichts weggenommen, nicht einmal die beiden Pistolen. Der Piqueur lehnt ihn an die Wand, unter die umgedrehten Gemälde der Ahnengalerie. Als würde er jeden Moment anfangen zu schnarchen. La Marmotte wagt es nicht, Sidonie die Augen zu schließen. Er hat Angst, dass sie kalt ist. Diese Kälte, die keiner anderen gleicht und die er schon einmal an einem Leichnam am Seineufer gespürt hat. In den Falten seines Umhangs findet er den roten Apfel und die Nüsse. Er legt sie Sidonie neben das Gesicht. Das macht man so, wenn jemand eine lange Reise vor sich hat.

«Marmotte, wir müssen verschwinden. Womöglich kommen sie zurück.»

Der Piqueur hat Recht. ‹Sie›, das kann der Vicomte sein, der Doktor, der Kommandeur oder ein anderer.

«Jetzt gehen wir zu dir, Marmotte. Du hast es versprochen.»

Das stimmt, auch wenn er sich fragt, was er jetzt mit Coco anfangen soll. Es gibt nur noch einen Menschen, dem er ihn bringen könnte. Dem Dauphin. Es wird nicht leicht, in den *Temple* zu kommen. Schon gar nicht heute. Der Piqueur nimmt im Flur ein Gemälde von der Wand.

«Was machst du da?»

«Ich nehme einen Ahnen mit.»

«Wozu das denn?»

«Ein Ahne kann einem immer mal nützen. Ich hab noch nie einen gehabt. Und du, hast du welche?»

«Nein, nicht dass ich wüsste.»

«Dann nimm dir doch auch einen. Wir hängen sie bei dir auf. Hier sind sie zu nichts mehr nütze.»

Doktor Seiffert betastet die Passierscheine in seiner Westentasche. Belhomme hat sich zuerst gesträubt, sie blanko zu lassen, wie Zamor es wollte. Aber schließlich hat er nachgegeben. Die Aussicht, die Du Barry bei sich zu beherbergen, war zu verlockend. Trotzdem findet der Doktor Zamors Forderung immer noch seltsam. Aus dem Wagen beobachtet er den Eingang des Karo-Bube. Hier ist er mit Zamor verabredet. Da kommt er! Er ist allein. Seiffert winkt ihm vom Wagen aus zu.

«Und?»

«Ich habe den Jungen, Doktor. Er ist an einem sicheren Ort. Und Sie?»

«Ich die Papiere. Zuerst will ich den Jungen sehen.»

«Fangen wir doch mit den Papieren an, da wir gerade dabei sind.»

Der Doktor zögert, dann zieht er zwei dicke Blätter aus der Innentasche und faltet sie auf … *Verlegungsbefehl … Im Namen des Volkes wird angeordnet, dass … verlegt wird nach* … und eine *Einweisung* … Zamor lächelt. Tatsächlich blanko. Diese Papiere sind mehr wert als die schönsten Juwelen. Sie sind Freiheit, die man sich um den Hals hängen kann. Zamor denkt an Olympe. Diesmal kann sie sich nicht weigern, sich retten zu lassen.

«Folgen Sie mir, Doktor.»

Zamor führt ihn in die 125. Straße zu einem flaschengrünen Wagen, der rückwärts in einer Toreinfahrt geparkt ist.

«Da ist er. Tun Sie nichts, was gegen unsere Abmachungen verstößt, Doktor. Der Kutscher hat Anweisung, beim kleinsten Wink loszufahren.»

Zamor öffnet den Wagenschlag. Seiffert erblickt den Jungen. Er sitzt zurückgelehnt auf der Bank und zeigt ihm das Profil. Seine Haltung wirkt abwesend, beinahe kalt. Zamor lauert auf die Reaktion des Doktors. Der Junge wendet den Kopf. Seiffert verbeugt sich.

«Majestät!»

Über das frische Hemd zieht Marie-Antoinette ein schlichtes Kleid aus weißer Baumwolle. Rosalie hilft ihr, es an Schultern und Taille zurechtzuzupfen. Ihre Hände sind sicher und leicht. Was für ein liebenswertes Gesicht sie hat. Nach zwei Versuchen über der Brust beschließt Marie-Antoinette, ihren Musselinschal hoch oben zu schließen. Das junge Mädchen hätte ihn gern tiefer.

«Rosalie, das wird unser einziger Zwist gewesen sein.»

Als sie ihre weiße Linonhaube richten will, ersetzt ihr das Mädchen mit kleinen Kopfbewegungen den Handspiegel und hilft ihr, die richtige Neigung zu finden. Dieses Mädchen kann wirklich alles. Marie-Antoinette streift die Pantoffeln ab und schlüpft in ihre pflaumenblauen Schuhe. Nun ist sie fertig. Ihre Putzmacherin,

Madame Bertin, würde einen extravaganten Namen für diesen Aufzug erfinden und ein Preisschild von fünftausend Livre dazu.

Plötzlich erblasst Marie-Antoinette. Sie sieht auf dem Boden, in dem schmalen Zwischenraum hinter der Pritsche, das Knäuel ihres beschmutzten Hemdes, das sie dort ausgezogen hat. Der Gendarm scheint von diesen Frauensachen genug gesehen zu haben, er starrt gähnend auf seine Stiefel. Rosalie hat verstanden. Sie vertritt ihm die Sicht. Die Königin schlüpft in den Zwischenraum, greift nach dem Hemd und wickelt es sich als Muff ums Handgelenk. Marie-Antoinette erschauert. Sie blickt sich in der Zelle um. Wo kann sie dieses Hemd verstecken? Sie will nicht, dass sie es finden, wenn sie sich nachher ihre Hinterlassenschaften teilen. Sie würden dieses Hemd zur Schau stellen wie das einer jungen Braut. Sie hört die obszönen Sprüche … Schaut doch mal, Freunde! Sie hat sich ja lange Zeit gelassen damit, ihr Hufeisen zu verlieren, die Capet, aber es hat sich gelohnt! …

Freudiger Schreck durchzuckt Marie-Antoinette. Sie hat hinter der zerrissenen Wandbespannung eine kleine Höhlung entdeckt. Dort schiebt sie das Hemd hinein, das ganz darin verschwindet. Diesmal ist das Halbdunkel ihr Verbündeter. Dieses Hemd wird niemandem auffallen. Vielleicht wird man es niemals finden.

Rosalie und Marie-Antoinette wechseln einen Blick und ein Lächeln. Das junge Mädchen kann nun gehen. Sie wagt es nicht zu sprechen, vor Angst, aus Versehen … Adieu! … zu sagen.

Die Königin sieht Rosalie nach, die mit ihrem gewohnt schüchternen Schritt und diesem leichten Senken des Kopfes unter dem Türrahmen die Zelle verlässt. Als hätte sie Angst, sich den Kopf zu stoßen. Wenigstens meine Puderquaste aus Schwanenflaum hätte ich ihr gern gegeben. Das Wort passt so gut zu ihr. Ich hoffe, die Freunde, die mir noch geblieben sind, werden sich um sie kümmern.

Die Tür fällt ins Schloss. Der nächste Mensch, der hereinkommt, wird ihr Henker sein.

Kaum hat sie angefangen zu warten, da werden die Riegel der Zellentür bereits aufgeschoben. Ein Mann in Schwarz erscheint ... Was, der ist es? Wenig beeindruckend, dieser Henker! Und ich dummes Ding habe mich so vor ihm gefürchtet ...

«Madame, ich bin Abbé Girard.»

Um ein Haar hätte sie laut aufgelacht. Selbst in diesem Halbdunkel – den Pfarrer mit dem Henker zu verwechseln! Das hieße, das Pferd von hinten aufzuzäumen. Du liebe Zeit! Und wenn sie jetzt einen Lachanfall bekäme?

«Ich komme, um Ihnen die Dienste meines Amtes anzubieten.»

«Monsieur, ich nehme an, Sie sind auf die Verfassung vereidigt?»

«Ja, Madame. Aber ...»

«Das genügt mir. Ohne Ihnen zu nahe treten zu wollen: Ich kann in Ihnen auf keinen Fall einen Diener Gottes sehen.»

«Aber, Madame, was wird man sagen, wenn man erfährt, dass Sie den Beistand der Religion zurückgewiesen haben?»

«Sagen Sie denjenigen, die Sie darauf ansprechen, Gottes Barmherzigkeit ist auch dafür groß genug!»

«Darf ich Sie begleiten, Madame?»

«Wie Sie wünschen.»

Ein Priester, der sich mit wenig zufrieden gibt. Zumindest wird er ihr ein magerer Schutz sein, falls es zu einem Aufruhr kommt.

«Gendarm! Glauben Sie, das Volk wird mich zum Schafott gehen lassen, ohne mich in Stücke zu reißen?»

«Bürgerin, Ihre Leibwache besteht aus einhundert Gendarmen zu Fuß, Pikenträger werden Ihnen folgen, und dreißigtausend Bewaffnete sind entlang der Strecke postiert.»

Das wollte sie wissen. Sie muss sich bereithalten, ohne Verdacht zu erregen ... Der *Porche Rouge*, nach Robespierres Haus ... Eine Sache beunruhigt sie. Sie weiß immer noch nicht, wo auf der Strecke man ihr den Jungen zeigen wird. Konnte ihr armer Coco seine Aufgabe erfüllen? Ihr Verteidiger Larivière sollte schon längst hier sein. Wo bleibt er nur? Endlich betritt er die Zelle.

«Larivière, wissen Sie, dass man mir nach dem Leben trachtet?»

Seinem Gesichtsausdruck nach verwirrt und beunruhigt ihn diese Frage. Ob er fürchtet, dass ich den Verstand verliere? Er weiß also nichts von dem Plan, mir zur Flucht zu verhelfen. Aber woher wird der Retter dann kommen? Wie soll ich ihn in der Masse erkennen?

10
Die Marquise

Marie-Antoinette kniet am Fußende der Pritsche nieder und schließt die Augen. Sie versucht, sich an Rosalies Gesicht zu erinnern. Das junge Mädchen hat erst vor wenigen Minuten die Zelle verlassen, und schon verblassen seine Gesichtszüge. Wie vergesslich ihr Geist doch ist! Er wendet sich von dieser guten Seele ab, die so aufmerksam und zuvorkommend zu ihr war, und ist schon ganz damit beschäftigt, auf die Geräusche vor der Tür zu lauern. Wie gern hatte sie den Stimmen im Frauenhof gelauscht, hatte die Gespräche der Gefangenen am Brunnen mitgehört. Diese Frauen können sich gar nicht vorstellen, wie sehr ihr Lachen oder ihre Heimlichkeiten die Lust in ihr, der Königin, weckte, sich unter sie zu mischen. In ihrem schlichten Baumwollkleid würde sie aussehen wie eine von ihnen. Aber was sind das doch für müßige Gedanken! Sie ist die Königin. So ist es eben. Alle scheinen bemüht, sie ständig an ihre Sonderstellung zu erinnern, um sie dann noch tiefer zu demütigen. Aber wie können sich die Menschen einbilden, sie könnten ihr etwas nehmen, was sie doch von Gott hat? Wie unsinnig! Wenn sie nur noch eine gewöhnliche Bürgerin ist, dann müsste man sie doch auch Abschied nehmen lassen wie alle anderen! Soll man ihr doch erlauben, ans Hofgitter zu gehen und jene zu umarmen und zu küssen, die sie liebt.

Stattdessen muss sie sich im Gebet von der missmutigen Miene dieses auf die Verfassung vereidigten Geistlichen Gesellschaft leisten lassen. Armer Schwarzrock, der schmollt, weil man ihn um die Beichte gebracht hat. Er bietet ihr ein Kissen für die Beine, weil er Trost für die Seele nicht zu geben hat.

Plötzlich öffnet sich die Zellentür, und eine Gruppe düsterer Männer mit Hüten kommt herein. Marie-Antoinette bekreuzigt sich und steht auf. An der Spitze der Gruppe erkennt sie Hermann. Der Präsident des Tribunals baut sich vor ihr auf. Sein Gesicht soll wohl feierlich wirken, aber es ist nur hart. Zwei Richter flankieren ihn. Donzé-Verteuil, der während der Verhandlung Papierkugeln knüllte, und Foucauld, der vor sich hin döste. Wo ist der Henker? Sie reckt den Hals, um ihn hinter den Richtern zu erspähen. Er ist nicht da. Das bedeutet, das Tribunal hat sie in einer Anwandlung von Milde begnadigt! Das wird der Schreiber jetzt verkünden. Der mit dem originellen Akzent aus Marseilles. Fabricius. Er steht hinter den Richtern. Mit einem Blatt Papier in der Hand.

Die vier schwarz gekleideten Männer lassen die Stille wirken. Dann ergreift Hermann das Wort.

«Hören Sie aufmerksam zu, wir verlesen Ihr Urteil.»

Ihr Herz krampft sich zusammen. Das Urteil verlesen! Noch einmal! Sie strafft den Rücken. Glauben sie denn, das Fallbeil lässt sich nach Belieben lösen und wieder hochziehen wie ein Jo-Jo? Das ist doch kein Spiel! Ist das die Art, wie man einer Königin mitteilt, dass sie sterben wird?

Ohne Marie-Antoinettes Blick und Haltung zu beachten, ziehen die vier Männer gleichzeitig die Hüte. Sie wirken verlegen. Sie hätten in den Augen der Königin gern etwas mehr Entsetzen gesehen, um sich sicherer zu fühlen … Die Angst des Opfers ist Vergebung für den Henker …

Fabricius weiß, dass er mit einem eleganten Federschwung diesen Gedanken aus seinem Geist und die Hüte aus dem Protokoll streichen wird. In diesen stürmischen Zeiten kann es durchaus vorkommen, dass mit dem Hut auch der Kopf davonfliegt.

Marie-Antoinette starrt sie herausfordernd an.

«Das ist nicht nötig, ich kenne den Urteilsspruch nur allzu gut.»

«Das tut nichts zur Sache. Die Vorschrift verlangt, dass er Ihnen ein zweites Mal verlesen wird.»

Marie-Antoinette gibt die Gegenwehr auf. Sie hat nicht einmal gesehen, wer gesprochen hat. Oft ist sie ihrer Kurzsichtigkeit dafür dankbar gewesen, dass sie sie von den Menschen befreit. Für ihren guten Louis war das schlimmer. Ihn befreite sie von der Welt. Während ihr Schicksal im Mund der Richter Gestalt annimmt, muss sie diese Zeit für sich selbst in Besitz nehmen und ihren Lauf umkehren. Draußen … am *Porche Rouge*, hinter Robespierres Haus … machen sich Menschen bereit, ihr zu helfen. Marie-Antoinette hat soeben das Bild der Sanduhr begriffen, die man umdreht. Das eigene Schicksal stellt man umso mehr auf den Kopf, je weniger noch vor einem liegt.

So wird es für sie eine besonders große Umwälzung sein.

Abbé Girard wendet sich zur Seite und zieht unauffällig seine Taschenuhr. Warum findet sie es so unpassend, dass ein Priester auf die Uhr schaut?

Zamor kann es sich nicht versagen, die beiden Passierscheine, die ihm Doktor Seiffert gegen den Leopardenjungen ausgehändigt hat, wieder und wieder zu lesen. Die Stufen zu seinem Zimmer fühlen sich an wie ein fliegender Teppich. Es ist ihm, als würde er Olympe auf einem duftenden Pferd entführen. Doch dann bleibt Zamor brüsk stehen. Im Treppenhaus hängt ein ungewohnter Geruch. Du denkst zu viel an Olympe, jetzt ist es schon so weit, dass du sie überall riechst. Vorsichtshalber geht er ans Flurfenster und schiebt die Passierscheine in einen Winkel unter der Dachrinne.

Er betritt sein Zimmer. Kaum hat er die Schwelle überschritten, da lässt ihn ein vager Eindruck vor dem Perlenvorhang erstarren. Irgendetwas stimmt nicht. Er zieht das Messer. Immer diese Angst, dass sein Schlupfwinkel eines Tages entdeckt wird. Beruhige dich. Du hast die Passierscheine, den Schmuck und die Schwarze Perle. Du bist ganz nah am Ziel. Du wirst als Herr in deine Heimat zurückkehren. Mit dicken Koffern, zehn Maultieren, die sie tragen, und Olympe auf der Türschwelle. Zamor lächelt. Er steckt das Messer wieder weg und geht durch den Vorhang, wobei er die feinen Perlen über sein Gesicht streichen lässt … Der Wasserfall von L'Anse-à-l'Ane! … Ein heftiger Schlag stoppt ihn. Etwas schnürt ihm die Kehle zu. Es ist nicht die Erinnerung, sondern eine Hand. Die kräftige Hand von Irgendetwas-stimmt-nicht. Sie presst ihn an die Wand.

«Rühr dein Messer nicht an!»

Zamor denkt nicht einmal daran. Der Mann, der ihn gepackt hält, ist ein Hüne mit gegerbter Haut, frisch rasiertem Schädel, und er trägt eine Machete auf dem Rücken. Die Hand könnte ihn mühelos zermalmen.

«Hör gut zu, Zamor. Ich habe es eilig. Ich suche den Leopardenjungen, und du wirst mir sagen, wo er ist.»

Das sind immerhin klare Verhältnisse. Achtung, er kennt deinen Namen.

«Lüg mich nicht an.»

Der Mann spricht wie ein Herr mit der Gerte im Stiefel. In seinen Augen sieht man gleichzeitig die Meute, die Peitsche, die Hunde und die Fackeln … die ganze Treibjagd! … Der Mann hebt ihn hoch und schleppt ihn ins Zimmer. Der edelsteinbestickte Frack ist über den Papageienkäfig geworfen. Das war es, was nicht stimmte. Petit-Louis hat nicht ‹Haltet den Dieb› gerufen, als Zamor hereingekommen ist.

«Ich weiß, dass du mit Doktor Seiffert um den Leopardenjungen verhandelst. Ich bin der Kommandeur. Hat er dir von mir erzählt?»

«Nein, er hat nichts gesagt.»

«Pass auf, du solltest mir nichts verschweigen, sonst …»

Der Kommandeur dreht sich leicht, um die Machete auf seinem Rücken zu zeigen. Zamor hatte sie schon gesehen. Beruhige dich wieder. Du musst dein Leben retten. Mehr, wenn du kannst.

«Darf ich meinen Papagei versorgen?»

«Geh, aber mach keine Dummheiten.»

Zamor nimmt Petit-Louis' Frack vom Käfig und wirft ihn achtlos in die Hängematte. Der Kommandeur bemerkt nicht, dass er soeben mehrere hunderttausend Livre Smaragde, Diamanten und Rubine in Sicherheit gebracht hat … *Die sichtbarsten Verstecke sind die besten …* Zamor reinigt den Käfig. Er versucht nachzudenken. Wer ist dieser Kommandeur? Auf welchen Wegen ist er bis zu ihm gelangt?

«Wie haben Sie mich gefunden?»

«Du wagst es, mir Fragen zu stellen, ohne meine zu beantworten.»

Der Kommandeur versetzt ihm mit der Gerte einen Hieb auf die Wange. Zamor hatte vergessen, wie sich das anfühlt.

«Also, wo ist dieser Leopardenjunge?»

«Beim Doktor.»

«Wohin bringt er ihn?»

Sinnlos, einen Fluchtversuch zu unternehmen, nicht einmal über die Dächer wäre es möglich. Vor ein paar Augenblicken sah sich Zamor als Herr in einem weißen Haus. Jetzt will er nur lebend davonkommen. Zamor gießt dem Papagei frisches Wasser in den Trinknapf.

«Er fährt zu einem Marquis, der sein Anwesen in der Nähe des Kornmarktes hat.»

«Der Marquis d'Anderçon! Der eine meiner Negerinnen mit seinem Namen beglückt hat. Das hätte ich mir denken können. Noch einer, dem ich einen Besuch abstatten muss. Und du, woher kommst du?»

«Von der Pflanzung in L'Anse-à-l'Ane auf Martinique.»

«Warum verkleidest du dich dann als Maharadscha? Schämst du dich etwa?»

Der Kommandeur zeigt auf den Turban und das Gewand. Zamor zieht es vor, nicht hinzusehen.

«L'Anse-à-l'Ane! Dann bist du ein Neger von Monsieur de Belair!»

«Ich bin niemandes Neger! Ich bin frei! Und Verwalter der Domäne von Louveciennes, kraft des Willens Seiner Majestät Louis XV. Ich habe die Urkunden, wenn Sie sie sehen wollen!»

«Nicht nötig. Rühr dich nicht ... Euer Durchlaucht!»

Der Kommandeur mimt eine weit ausholende Verbeugung.

«Jawohl, Kommandeur, ich bin frei, und mein Vater ...»

«Ich weiß, ich weiß! Dein Vater ist Monsieur de Belair. Alle Mulatten sind die Söhne ihres Herrn. Das ist allgemein bekannt.»

Zamor sieht in den Augen des Kommandeurs eine dunkle Wolke aufziehen. Er verschließt sich, wird nervös. Er wird ein Ende mit dir machen wegen einer Wolke. Niemals vor einem Kreolen über gemischtes Blut reden. Zamor weiß das doch genau.

«Darf ich mein Anthurium gießen?»

«Ein Anthurium! Du hast diese Blume, hier in Haarlem! Das glaube ich dir nicht. Ich will sie sehen!»

Zamor geht zum Fenster und öffnet das Gewächshaus. Der Kommandeur schiebt ihn beiseite und kniet nieder. Er hebt eine Scheibe an.

«Unglaublich! Ein Anthurium! Wie hast du das geschafft?»

Zamor zeigt auf den Kaminabzug. Der Kommandeur streichelt den Rand des Blütenblattes. Er atmet den Duft der Blüte an der tiefsten Stelle ein. Zamor hat den Eindruck, als suche auch er die darin verborgene Frau.

«Dieses Anthurium will ich haben!»

«Niemals!»

Der Kommandeur packt Zamor an den Haaren und zwingt ihn, sich bis zum Boden zu krümmen.

«Du wagst es, mir zu widersprechen? Was ich will, pflege ich mir zu nehmen!»

«Töten Sie mich, wenn Sie wollen. Aber warum auch die Blume töten? Sie hat Ihnen nichts getan.»

Auf Knien atmet der Kommandeur den Duft des Anthuriums. Er denkt an die Königin. An dieses Parfum, das sie auf seinem Handrücken zurückließ, damit er es mit in die Heimat nehmen konnte. Der Kommandeur lässt Zamor los. Er bekreuzigt sich, erhebt sich und setzt den Hut auf.

«Ich gehe, Zamor. Hüte diese Blume. Du verdankst ihr dein Leben. Aber kreuze meinen Weg nicht mehr. Eine zweite Chance bekommst du nicht. Und noch ein letzter Rat: Wenn du noch lange leben möchtest, kauf die Körner für deinen Vogel nicht immer am gleichen Ort. Der Händler ist geschwätzig.»

Stehen geblieben! Kein Durchgang.»

Der Wachmann hält Pobéré seinen weißen Stab vors Gesicht.

«Wo willst du denn mit deiner Ladung hin, mein Junge?»

Der Mann zeigt auf den Karren, in dem gegen die Fahrtrichtung, mit einem Hanfsack über den Knien, Frau Catherine sitzt, um ‹Königin zu spielen›.

«Bürger, ich bringe meine arme, gebrechliche Mutter nach Hause. Sie ist blind, und ihre Beine tragen sie nicht mehr.»

«Wo wohnst du?»

«Rue Saint-Honoré!»

Diesmal hat Frau Catherine geantwortet. Der Wachmann beugt sich über sie, die Hände trichterförmig vor den Mund gelegt.

«Das ist schlecht, gute Frau! Du musst einen Umweg über die Rue Baillette machen und wieder hinunter zu den Quais!»

Zu schreien braucht er nicht. Was für eine lästige Manie, jeden Blinden auch gleich für taub zu halten. Als hätte man bei der Verteilung der Gebrechen nicht das Recht, etwas auszuschlagen.

«Bürger, mein Weg ist aber viel kürzer: über die Rue de la Monnaie, Rue du Roule und dann die Rue Saint-Honoré entlang ...»

«Sicher. Aber das ist der Weg der Witwe Capet, in einer Stunde schon. Darum darf hier keiner mehr durch. Na los! Kehrt um!»

«Aber Bürger …»

«Tu, was ich dir sage, Alte, oder du kommst auf die Wache.»

Sie überlegt. Der Umweg kostet sie eine Stunde und die letzte Erkundigung, die sie noch einholen müssen. Die ganze Sache droht an diesem weißen Stab zu scheitern.

«Gut, Bürger, ich gehorche. Aber zuvor möchte ich, dass du einer alten gebrechlichen Patriotin eine Gunst erweist.»

«Was soll es denn sein?»

«Zeig mir einmal deinen Stab.»

Der Wachmann mustert sie misstrauisch. Pobéré nickt ihm aufmunternd zu, den Launen einer Alten nachzugeben. Der Mann reicht der Blinden den Stab und sie betastet ihn strahlend.

«Ich wusste es. Dein Stab ist fest und glatt. Man fühlt, dass du ihn nicht auf dem Kopf des Volkes abgenutzt hast. Sag mir, steht nicht darauf eingraviert … *Für das Gesetz …*»

«Jawohl, gute Frau. Und auf dem Knauf findet sich das Auge der patriotischen Wachsamkeit … *Sehen, ohne gesehen zu werden!*»

«Oh! … Sehen, ohne gesehen zu werden … Wie gerne hätte ich eure Devise und einen Stab wie deinen, damit ich nicht mehr ständig rufen muss, wer ich bin.»

Frau Catherine schlägt die Hände vors Gesicht und beginnt zu schluchzen. Der Ordner tritt verlegen von einem Bein aufs andere. Er schaut sich verstohlen um. Wenn man ihn verdächtigt, eine gebrechliche Frau zu misshandeln, gibt es Ärger. Er schlägt sich mit dem Stab in die Handfläche, als wolle er sein Herz gnädig stimmen.

«Also … Geht schon durch!»

Pobérés Karren mit Frau Catherine setzt seinen Weg fort.

«Mutter, du warst großartig! Wie gerne möchte ich einmal werden wie du!»

«Sag das nie wieder, mein Kleiner! Du solltest es nicht eilig haben, in das Alter zu kommen, in dem man darauf angewiesen ist, Mitleid zu erregen. Erhalte dir so lange wie möglich jenes, in dem man dich fürchtet. Jedes Mal, wenn man dir den Rücken beugt, soll das eine Feder in dir spannen.»

«Ich werde darüber nachdenken.»

«Denk vor allem an unsere Sache. Dieser weiße Stab bedeutet, dass die Tapferen, die noch nicht auf ihrem Posten sind, Mühe haben werden, die verabredeten Stellen zu erreichen, ohne aufzufallen.»

«Sie werden alle da sein, Mutter!»

«Dann fahr zu, mein Kleiner. Darum wollte ich einen Karren. Um den Weg genauso zu erleben wie die Königin. Von hier an will ich, dass du mir alles erzählst … in Farbe.»

Hoo-la! … Hooo! …»

Ed lehnt sich weit zurück und zieht mit aller Kraft die Zügel an. Er ist richtig stolz. Mokkas Leichenwagen ist auf zwei Häuser genau dort zum Stehen gekommen, wo er sollte. Er lässt das Pferd rückwärts gehen und springt vor dem verrosteten Schild des La Vainqueuse vom Bock. Die Wirtin rollt ein Fass nach draußen und singt dabei … *La vivandière est amoureuse! – Verliebt ist die Marketenderin!* …

«Ach, die Schrecklichen! Auch wieder im Lande! Seid ihr jetzt unter die Hausierer gegangen? Und das um diese Tageszeit … *Mokka, rex mokka!* … Na, mit dieser Karre übersieht euch bestimmt keiner.»

«Immerhin haben sie uns nur wegen dieser Karre passieren lassen.»

«Es ist ja ordentlich was los hier bei dir.»

Jones zeigt auf einen Trupp Nationalgardisten mit geschulterten Gewehren, die Richtung Rue Saint-Honoré marschieren.

«Das will ich meinen! Ich hab schließlich einen Logenplatz für den Karren der Österreicherin.»

«Den Pont-Neuf haben sie auch schon gesperrt. Uns haben sie nur durchgelassen, weil wir behauptet haben, wir würden Robespierre beliefern.»

«Das haben sie euch abgenommen? Dabei weiß doch jeder, dass Robespierre keinen Kaffee trinkt, sondern Blut.»

«Bürgerin, pass auf, was du sagst. Heutzutage haben die Wände Ohren.»

Jean-François Mourard, Eisenwarenhändler im Viertel Saint-Eustache, wohnhaft in der Impasse de Fosse-Repose Nr. 3, hat ebenfalls Ohren. Er hat genau gehört, dass die Bürgerin Marie Moureuil, Inhaberin der Taverne namens Zum Kochtopf der Revolution, inzwischen umbenannt in La Vainqueuse, gelegen in der Rue de la Monnaie gegenüber der Nr. 37, zu zwei Bürgern von dunkler Hautfarbe gesagt hat … Robespierre trinkt keinen Kaffee, sondern Blut! … Bist du ganz sicher, Bürger? … Er hat es bei seinem Patriotismus geschworen … Sehr gut … hat der Kommissar gesagt … Wir erledigen alles Weitere! …

Die Wirtin stellt das Fass aufrecht und schiebt es vor das Fenster der Taverne. Ed und Jones packen mit an.

«Wenn ich mich dadrauf stelle, habe ich vielleicht eine Chance, etwas zu sehen. Hier wird bald ein Heidenbetrieb sein. Kommt doch rein, ihr Schrecklichen, da sind wir unter uns.»

Ed und Jones folgen der Wirtin nach drinnen. Unter sich sind sie dort allerdings. Die Leere scheint hier die Nacht verbracht zu haben. Die Wirtin sichert die Tür von innen mit einer Eisenstange.

«Na, habt ihr euren Leopardenjungen gefunden?»

«Hast du nichts Essbares für uns, Bürgerin?»

Die Wirtin kennt das schon. Erst wird gegessen, dann geredet.

«Wie wär's mit einem Omelett mit drei Äpfeln?»

«Apropos, was ist eigentlich der Dritte?»

«Ich, Jones! Zu meinem Unglück bin ich die Königin der Äpfel! Ich bin einfach zu gutmütig: Man schält mich, man isst mich bis aufs Kernhaus, und dann wirft man mich weg. Stimmt's, Edmond?»

Die Wirtin verschwindet in der Küche und lässt Ed schmoren. Zwei-, dreimal Pfannenklappern, brutzelnde Butter, ein Hauch Apfelduft, und schon kommt sie mit einem zusammengefalteten Omelett und einer Flasche Réveillon-Wein zurück. Ed und Jones stürzen sich darauf.

«Schmeckt gut!»

Die Wirtin lächelt. Ed macht Fortschritte. Aber sie macht sich nichts vor: Sobald der Bauch voll ist, wird es wieder um den Leopardenjungen gehen. Ed wartet noch nicht einmal so lange. Mit vollem Mund legt er los.

«Bürgerin, wir müssen mit der Marquise reden.»

«Wir wissen, dass sie hier ist.»

«Stimmt. Sie ist oben in meinem Zimmer.»

Ed streicht der Wirtin über die Hand.

«Schön, dass du es nicht abstreitest.»

Jones hätte nie geglaubt, dass Eds riesige Pranke zu einer so zärtlichen Geste fähig ist.

«Aber seht euch vor! Die Marquise ist im Moment empfindlich wie eine Mimose. Wenn ihr ihr wehtut, nehme ich Sanson von der Wand und hacke euch in Stücke.»

Die Wirtin hat die Stimme nicht erhoben. Sie hat nur einen kurzen Zug aus ihrem Fässchen genommen. Das ist schlimmer.

«Was hat sie dir gesagt, Bürgerin?»

«Nur dass der Marquis entführt wurde. Das wisst ihr sicher schon. Aber bevor sie ihn geholt haben, konnte er ihr noch zwei Briefe zustecken, die sie euch geben soll.»

«Was für Briefe?»

«Einen vom Marquis und einen von Madame de Lamballe.»

Ed und Jones schieben ihre Teller zurück, stehen wortlos auf und gehen zur Treppe, die zum Zimmer der Wirtin hinaufführt.

«Wartet! Noch eins. Mit der Marquise steht es schlimmer, als ich euch gesagt habe. Sie wollte sterben.»

Zamor wartet am Fuße des Podestes. Delorme sitzt auf seinem Thron und lässt sich die Stiefel von einem schokofarbenen Jungen in Livree blank polieren.

«Du bist pünktlich, Bruder. Das ist gut. Bringst du mir die Schwarze Perle?»

Zamor ist beunruhigt. Das Wasser in der Höhle ist noch weiter gestiegen und bedeckt nun den Boden des gesamten Mittelschiffs. An der Sklavenarche arbeitet ein ganzes Heer von Männern. Sie stehen knöcheltief im Schlamm. Es sieht aus, als wäre das Schiff in einer Bucht auf Grund gelaufen. Auf Steine gelegte Bretter dienen als Stege. Männer mit nackten Oberkörpern sind mit dem Einsetzen des Steuerruders beschäftigt, das an Seilen in der Luft schwebt.

«Nun, Zamor, was ist mit der Schwarzen Perle?»

«Hier ist sie!»

Zamor zieht einen Lederbeutel heraus. Diesmal haben ihn die Wachen nicht durchsucht, bevor sie ihn hierher brachten.

«Tritt näher!»

Mit einer hochmütigen Geste lädt Delorme ihn ein, auf das Podest zu kommen. Zamor gehorcht.

«Gib her!»

Delorme reißt ihm den Beutel aus den Händen. Er knotet ihn auf und nimmt die Schwarze Perle heraus. Er betrachtet sie einen Moment mit leerem Blick, dann reckt er sie wie eine Trophäe zu dem riesigen Gemälde des Marschalls von Sachsen und seiner Ulanengarde empor.

«Vater, hier ist deine Perle!»

Hochrufe aus dem Hintergrund der Höhle antworten ihm.

«Zamor, du hast soeben ein großes Unrecht wieder gutgemacht.»

Mit geschlossenen Augen schnuppert Delorme an der Schwarzen Perle.

«Hmmm! Sie riecht noch nach der Gräfin! Weißt du, dass der König die Angewohnheit hatte, diese Perle irgendwo an ihr zu verstecken? Stell dir vor, Louis XV. spielte mit der Schwarzen Perle Ostereiersuchen auf der Du Barry!»

Delorme lacht ordinär. Zamor mag es nicht, wenn von solchen intimen Spielen der Gräfin gesprochen wird.

«Was meinen Teil des Handels angeht, kannst du beruhigt sein, Zamor: Dein Doktor Seiffert hat Haarlem unbehelligt verlassen. Ich habe ihm zwei Männer auf die Fersen gesetzt, um ihn zu überwachen und damit ich weiß, was aus meinem Leopardenjungen wird.»

Zamor sagt sich, dass Delorme ihm Seiffert vielleicht sogar noch vor dem Kommandeur vom Leib schaffen wird.

«Vergiss nicht, Bruder, dass die Schwarze Perle trotz ihres sentimentalen Wertes für mich lediglich die Leihgebühr für den Leopardenjungen bis Mittag begleicht.»

«Ich weiß. So war es zwischen uns abgesprochen.»

«Sollte der Junge durch irgendeinen misslichen Umstand nicht zurückkommen, so würdest du mir mindestens den Schmuck schulden, den du der Du Barry gestohlen hast.»

Zamor tut empört.

«Nur ruhig, Bruder, darin liegt keine Beleidigung. Der Schmuck ist nur die gerechte Entschädigung für die Sklaverei, die diese billige Dirne dir auferlegt hat. Der Schmuck, den du so gut versteckt hast …»

Zamor lauscht der Andeutung nach. Ein Schweißtropfen läuft ihm zwischen den Schulterblättern den Rücken hinunter. Plötzlich schallt ein lang gezogener Entsetzensschrei durch die Kirche. Zamor zuckt zusammen. Delorme beruhigt ihn.

«Das hat nichts zu bedeuten. Nur eine Demonstration in einer Besucherkabine. Komm mit, Bruder, ich hatte versprochen, es dir zu zeigen. Du wirst staunen.»

Delorme erhebt sich von seinem Thron, verscheucht den Schuhputzer und führt Zamor in den rückwärtigen Teil der Kirche. Da gibt es allerdings einiges zu bestaunen. Das Querschiff steht voller Eingeborenenhütten. Zamor fühlt sich mitten in eine Plantage auf den Antillen versetzt. Wäre da nicht das schlammige Wasser, das überall zu steigen scheint. Delorme führt ihn zu einer runden Bronzetür in der Apsis.

«Früher war diese Röhre eine Zuleitung zum Brunnen La-Négresse-qui-rit. Eine Beleidigung für den Schmerz unserer Brüder. Ich habe sie verschlossen.»

Unvermittelt stößt Delorme Zamor in eine massiv gebaute Hütte. Es ist eine Schmiede. Zwei Männer packen ihn, setzen ihn auf einen Schemel und ziehen ihm das Gewand aus. Zu seinen Füßen raucht drohend ein Kohlebecken, rot glühende Brandeisen warten darin.

«So, Bruder. Du bist in einer Besucherkabine. Hier kann man sich mit einem Brandzeichen versehen lassen. Die Auswahl an Motiven ist groß.»

Delorme zieht ein Eisen aus der Glut und bläst darauf.

«Findest du nicht, dass dieses an einen Rubin erinnert? Ach ja, Bruder, hatte die Du Barry bei ihren Edelsteinen eigentlich auch … Rubine?»

Delorme packt Zamor an den Haaren und nähert das Brandeisen seinem Gesicht. Er spuckt auf das rot glühende Metall. Es ist, als spüre man das Zischen schon auf der Haut. Zamor wehrt sich nicht. Er hat schon beim Anblick des Kohlebeckens begriffen. Aber dieser Hund von Delorme wird nicht in den Genuss seiner Angst kommen. Schreien wird er, das ja. Er wird sich die Kehle aus dem Leib schreien.

«Bruder, ich erweise dir eine besondere Ehre. Ich nehme für dich das ‹D› wie Delorme. Es sei denn, du sagst mir, wo du den Schmuck deiner billigen Dirne von Gräfin versteckt hast.»

«Lieber sterbe ich.»

«Die Wahl liegt nicht bei dir, Bruder. Haltet ihn fest!»

Die beiden Schmiede ziehen Zamor die Arme nach hinten und den Kopf nach oben. Delorme reißt ihm das Hemd über der Brust auf. Plötzlich fährt er entsetzt zurück. Das Brandeisen fällt ihm aus den Händen. Er kann den Blick nicht von der wulstigen Narbe auf Zamors Haut abwenden. Über dem Herzen ist die Brust mit einem … ‹DB› … gebrandmarkt.

«Jawohl, Bruder! Unser Großer Meister Delorme hatte die gleiche Idee wie diese billige Dirne von Du Barry.»

Delorme versetzt Zamor einen Hieb mit der Gerte und spuckt ihm ins Gesicht.

«Werft diesen verkommenen Neger hinaus!»

Die Schmiede schleppen Zamor nach draußen. Im Querschiff kommen ihnen zwei gestiefelte Männer entgegen. Ein schlaksiger Bursche mit Kiwi-Haut und ein Schnauzbärtiger mit Ring im Ohr. Sie rennen aufgeregt und mit klirrenden Sporen vorbei.

«Meister! Großer Meister!»

Zamor wird von den Schmieden nach draußen gestoßen. Er hört nur noch:

«Der Leopardenjunge ist verschwunden!»

In der Kutsche wird der Leopardenjunge durchgerüttelt. Er sitzt schweigend in der Ecke, den gesenkten Kopf unter der Kapuze seines Umhangs verborgen. Doktor Seiffert beobachtet ihn. Seit sie in Haarlem losgefahren sind, hat er sich nicht gerührt. Er wirkt ruhig. Ob er begriffen hat, was Seiffert in ein paar Minuten von ihm erwartet? Es muss schnell gehen, und er muss sich geschickt anstellen. Wird er es fertig bringen? Trotz der Handschellen? Der Doktor musste sie ihm anlegen. Sonst wäre er geflohen. Seiffert blickt verstohlen nach draußen. Die beiden schwarzen Reiter, die ihnen seit Haarlem folgen, sind immer noch da. Er muss sie loswerden, sonst führt er sie direkt zum Marquis d'Anderçon. Der Doktor ruft den Kutscher.

«Heda, Freund! Kennst du die Sackgasse, die früher Impasse du Chat-Blanc hieß?»

«Hinter dem Grand Châtelet, gegenüber von der Jetaillerie, Bürger?»

«Genau! Hör mir gut zu.»

Die Geldbörse, die der Doktor ihm reicht, würde jeden die Ohren spitzen lassen. Das ist auch nötig, um bei Hufgetrappel und dem Rattern der Räder auf dem Pflaster seine Anweisungen zu verstehen.

Die beiden schwarzen Reiter, die die Droschke verfolgen, treiben ihre Pferde in schnellen Galopp. Der Wagen vor ihnen ist verschwunden. Er ist in voller Fahrt in die Rue de la Vieille-Place-aux-Veaux eingebogen. Wenn sie den Leopardenjungen verlieren, wird der Große Meister sie töten. Zwei in ihr Gespräch vertiefte Schornsteinfeger überqueren vor ihnen die Straße. Die

Pferde scheuen, können nicht ausweichen und rennen sie samt Leitern und Ausrüstung über den Haufen. Schimpfen wird laut, Umstehende eilen herbei, die Pferde stolpern, die Hände an den Zügeln sind nervös, die Eisen gleiten auf dem glatten Pflaster aus, aber Tiere und Menschen fassen sich wieder, sammeln sich und stürmen der Droschke nach. Gerade noch rechtzeitig, um das Heck des Wagens in einem Gässchen verschwinden zu sehen. Kaum dort angelangt, sehen sie, wie die Droschke rückwärts wieder herauskommt. Eine Sackgasse! Außerdem manövriert der Kutscher so ungeschickt, dass er die ganze Straße versperrt.

«Gut gemacht, mein Freund!»

Hinter einem Hoftor versteckt, konnte sich der Doktor diesen Ausruf nicht verkneifen. Das war gut investiertes Geld. Der Trick mit der Sackgasse hat perfekt funktioniert. Der Junge ist genau im richtigen Moment aus der Droschke gesprungen. Er ist flink und ruhig. Seiffert lauscht der Kutsche nach. Bis die beiden Reiter merken, dass sie leer ist, hat er schon längst das Anwesen des Marquis d'Anderçon erreicht.

Im La Vainqueuse ist das Zimmer der Wirtin nur von einer Kerze erhellt. Ed und Jones sitzen neben dem Bett und betrachten die schlafende Marquise. Sie sind beunruhigt. Was, wenn sie nicht mehr aufwacht … Sie wollte sterben … Mehr konnte die Wirtin ihnen nicht mehr nachrufen, bevor sie hier hereingestürmt sind. Wie kann man sich umbringen wollen, wenn man so schön ist? ... Sie fühlt sich schuldig ... Aber weshalb? ... Ed starrt auf den Brief der Prinzessin de Lamballe in seiner Hand, als enthielte er die Antwort. Jones und er haben ihn wieder und wieder gelesen, bis sie ihn auswendig konnten. Jetzt kennen sie die ganze Geschichte des Leopardenjungen. Sie sollten sich darüber freuen oder wenigstens erleichtert sein, aber im Augenblick denken sie nur an die Marquise.

Ed lauscht auf ihren Atem, beobachtet das Heben und Senken der Brust, das Beben der geschlossenen Augenlider. Er liebt diese Gefahr und diese Sorge, weil sie ihm das Recht geben, sie im Kerzenlicht zu betrachten.

«Ed, länger können wir nicht warten. Die Wirtin wird sich um sie kümmern. Wir wissen, was wir wissen wollten.»

«Und der Marquis?»

«Was ist mit dem Marquis?»

«Ich verstehe nicht, was er uns in seinem Brief erklärt. Du?»

Ed zeigt auf das zusammengefaltete Blatt, das Jones auf den Knien liegen hat.

«Klar ist jedenfalls, dass der Marquis sich ruiniert hat, weil er Unsummen in die Vorbereitung seiner Expedition gesteckt hat, auf der er die Nordwestpassage finden wollte. Wir wussten ja, dass er davon ganz besessen ist, aber nicht, dass es so schlimm war!»

«Das verstehe ich ja auch, Jones. Ich verstehe sogar, dass der Marquis immer mehr Risiken eingegangen ist, um neue Geldquellen aufzutun. Und dann?»

«Dann? Ein Retter kommt und leiht dir Geld, bis zu dem Tag, an dem er dich um eine kleine Gefälligkeit bittet, die du ihm nicht abschlagen kannst. Der Retter ist Doktor Seiffert, die ‹kleine Gefälligkeit› ist ... der Leopardenjunge, den er finden muss – für eine gute Sache. Dann bekommt der Marquis heraus, dass der Doktor den Jungen nicht retten, sondern beseitigen will. Aber es ist zu spät, Seiffert ist dem Jungen schon auf den Fersen.»

«Also lässt der Marquis uns kommen, damit wir den Leopardenjungen vor diesem Doktor Seiffert finden.»

«Darum hatten wir nur ... zwölf Stunden, um ein Kind zu retten! ...»

«Bei alledem kapiere ich aber nicht, warum die Marquise sich so schuldig fühlt, dass sie versucht, sich umzubringen.»

«Vielleicht war sie es, die Doktor Seiffert einen Mittelsmann in Haarlem besorgt hat.»

«Zamor?»

«Ja, Zamor ... Seinetwegen fühlt sie sich schuldig. Sie hat das Leben des Leopardenjungen in Gefahr gebracht ... und unseres auch.»

«Das stimmt, Jones.»

Die Marquise! Sie ist aufgewacht. Wie schwach ihre Stimme ist! Sie setzt sich im Bett auf. Sie trägt nur ein weißes Männerhemd, das über dem Busen leicht offen steht ... Mein Gott, wie schön sie ist! ... Ed würde es gern anders ausdrücken können, Jones versucht es nicht einmal.

«Ich muss euch noch einige Dinge zu dem Brief von

Madame de Lamballe sagen. Was ihr gelesen habt, ist wahr. Der Leopardenjunge entstammt der ersten Niederkunft Ihrer Majestät Marie-Antoinette, am 19. Dezember 1778. Er ist der Zwillingsbruder von Marie-Thérèse. Seines Äußeren wegen wollte man ihn bei der Geburt töten, aber Madame de Lamballe rettete ihn und zog ihn auf, bis sie letztes Jahr hingerichtet wurde. Oben auf dem Blatt lest ihr … *Gefängnis Petite Force, 2. 9. 92* … Das ist der Vorabend ihres Todes! Dieser Brief war sicherlich für die Königin bestimmt, aber der Herzog von Penthièvre hat ihn ihr nie ausgehändigt. Schlimmer noch: Delorme gelangt durch einen Gefängnisspitzel in Kenntnis des Inhalts. An jenem schrecklichen Montag, dem 3. September, quält er Madame de Lamballe, um zu erfahren, wo sich der Leopardenjunge befindet. Vier Stunden lang erträgt sie das Martyrium, doch sie sagt nichts. Den Rest kennt ihr. Durch Zamor gelingt es Delorme schließlich doch, des Jungen habhaft zu werden. Die Königin in der *Conciergerie* erfährt von seiner Existenz. Vermutlich durch Doktor Seiffert, der sich damit endlich an Marie-Antoinette rächen kann. Sie, die ihn von Madame de Lamballe getrennt hat und die er für deren Tod verantwortlich macht, will ihr Kind sehen. Also heckt er den abscheulichen Plan aus, die Königin glauben zu machen, dass er ihren Sohn retten will, um sie desto grausamer zu bestrafen. Alles Weitere …»

Mutlos lässt sich die Marquise in die Kissen sinken. Ed würde am liebsten die Kerze ausblasen, damit sie wieder einschläft. Plötzlich ruft unten die Wirtin:

«Ed und Jones, zu mir!»

Von der Straße aus beobachtet Doktor Seiffert die Fenster des Marquis d'Anderçon. Es gehen ungewöhnliche Dinge vor sich. Hinter den Vorhängen des Waffensaales im ersten Stock sprechen zwei Männer miteinander. Das war nicht vorgesehen. Der Marquis sollte allein sein, wenn er den Leopardenjungen bringt. Der Doktor kann sich nicht entschließen hineinzugehen, solange die Männer da sind. Er kauft dem Jungen ein Glas Mandelmilch und einen Liebesapfel, damit er sich geduldet. Die Straßenhändlerin reckt neugierig den Hals. Seiffert rückt die Kapuze um das Gesicht des Jungen zurecht und zieht den Umhang auch über die Handschellen, die sie aneinander ketten. Es wäre ein Jammer, wenn sie im letzten Moment noch auffliegen würden.

In der Tür zum Waffensaal stehend, beobachtet der Kommandeur beunruhigt einen winzigen Lakaien in blauer Livree, der vor dem Fenster auf einem Stuhl hockt. Wieso führt dieser Dummkopf Selbstgespräche? Man könnte meinen, er unterhielte sich angeregt mit der klapperigen Rüstung, die vor ihm steht.

«Was die Emigrierten und das Manifest von Brunswick betrifft, Ritter vom Verrosteten Harnisch, stimme ich durchaus nicht mit Ihnen überein. Unserer Armee wird es gelingen, sie zu beliegen.»

«Besiegen!»

Thomas fährt hoch. Kaum ist sein Herz wieder in der Brust gelandet, entdeckt er den Hünen, der ihn gerade korrigiert hat. Furchteinflößender als die Rüstung! Schrecken und Angst werfen Thomas in die eine Richtung, die Livree in die andere. Derart hin und her gerissen, gerät das Ganze aus dem Gleichgewicht und stürzt rücklings nach hinten, der Stuhl rutscht unter ihm weg, er klammert sich an den Vorhang und nimmt in seinem Fall Stoff, Gardinenstange, Schraubhaken und Ringe mit. Die schwerfällige Rüstung taumelt, zögert und schlägt schließlich mit ihrem ganzen Alteisen der Länge nach zu Boden. Schulterstücke, Diechlinge, Visier, Beintasche und Eisenschuhe fliegen nach allen Seiten. Was trug man damals an Vokabular am Leib!

Der Kommandeur schnappt Thomas am Ellbogenschützer.

«Wieso hast du mit dieser Rüstung geredet?»

«Ich belebte das Fenster, Monsieur. Im Falle, dass die Nachbarschaft fälschlicherweise zu dem Glauben gelangen sollte, ich sei allein im Hause.»

«Du bist also nicht allein?»

«Doch, aber das darf nur ich allein wissen.»

«Du scheinst verwirrt. Wo ist dein Herr?»

Der Kommandeur hält ihn am ausgestreckten Arm in die Luft.

«Monsieur, ich bitte Sie, lassen Sie mich herunter, ich bin nicht schinderfrei.»

«Schwindelfrei! ...»

«Es ist trotzdem nicht weniger hoch.»

«Also, ich habe gefragt: Wo ist dein Herr?»

«Verzeihen Sie, Monsieur, ich habe nicht recht verstanden: Wen darf ich melden?»

Thomas wird herumgeschleudert, auf den Rücken geworfen und bekommt statt einer Antwort ein Knie in den Magen. Der Kommandeur zieht seine Machete.

«Schau dir die Stücke dieser Rüstung genau an. So wirst du auch gleich aussehen. Ich beginne mit dem Panzerhandschuh.»

«Nein, Monsieur! Nicht diese Hand, ich bin Linkshänder!»

Der Kommandeur lässt seine Machete niedersausen. Ein dumpfer Schlag. Thomas schreit auf. Die Klinge steckt direkt vor seinen Fingerspitzen im Parkett.

«Wie ungeschickt ich heute bin! Ich versuche es noch einmal.»

«Nein!»

Thomas denkt an die verstreute Rüstung und daran, in wie unglaublich viele Teile man einen Körper zerlegen kann. Sogar einen kleinen.

«Dann rede.»

«Also … Das Haus ist leer, ich bin allein, deshalb spiele ich der Nachbarschaft etwas vor, damit ich nicht ausgeplündert werde.»

«Geplündert genügt.»

«Stimmt, es ist ohnehin kaum noch etwas zu holen.»

«Du hast mir immer noch nicht gesagt, wo dein Herr ist.»

«Er ist emigriert!»

Diesmal landet die Machete direkt neben dem Ohr. Thomas hört, wie die Klinge vibriert und ihm sagt: Sei nicht dumm … Stahl ist starrköpfiger als der Mensch.

«Äh … Ich wollte sagen, mein Herr ist nicht mehr

hier. Er wurde emigriert, von Männern, die ihm das Gar aus machen wollten.»

«Den! Den Garaus. Probleme sind männlich.»

«Meist männlich im Plural!»

«Lass deine Spielchen. Das mit deinem Herrn glaube ich dir. Du bist viel zu ängstlich, um dreimal hintereinander zu lügen.»

Sogar für zweimal, denkt Thomas.

«Ist der Doktor mit dem Jungen hier gewesen?»

Thomas wagt nicht zu fragen … Welcher Doktor? … Mit welchem Jungen? … Das klingt zu sehr nach zerstückelten Teilen. Vor allem, weil er über den fraglichen Jungen für einen feigen Diener viel zu viel weiß.

«Monsieur, ich habe keinerlei Ahnung, wovon Sie reden.»

«Das glaube ich dir schon weniger. Ich kenne keinen Diener, der nicht an Türen lauscht und durch Schlüssellöcher schaut.»

«Monsieur, ich habe eine Entschuldigung. Die befinden sich alle gerade in meiner Höhe.»

«Hast du die Negerin gesehen?»

«Monsieur meinen Madame la Marquise?»

«Für mich ist sie mehr Negerin als Marquise.»

«Monsieur haben sicher Recht, denn Monsieur wiegen hundert Pfund mehr als ich.»

Der Kommandeur presst Thomas' Kopf hart aufs Parkett. Der Nachteil an dieser Haltung ist, dass sie ihm schmerzhaft das Ohr quetscht, der Vorteil, dass er ganz deutlich hört, wie jemand die Treppe heraufkommt.

Pobéré schiebt seine Mutter im Karren vor sich her die Rue Saint-Honoré entlang Richtung Palais-Royal.

«Komm, mein Kleiner, erzähl mir, was du siehst. Viele Soldaten?»

«Vor allem Gendarmen, Mutter. Sie sorgen für die Absperrung.»

«Die Farben, Kleiner! Erzähl mir von den Farben.»

«Blau, viel Blau, das Weiß der Uniformhosen und das Gold der Tressen.»

«Und Rot? Rot mag ich am liebsten.»

«Auf dem Schild vom Weinhändler, eine ganze Traube! Ach ja, und da trägt eine Dienerin einen Korb Tomaten.»

«Tomaten! Am 16. Oktober. Sie kommt bestimmt aus dem Hôtel des Américains. Dort ist sogar im Winter der Frühling zu Gast. Schau dich um, Kleiner, der *maître d'hôtel* ist bestimmt auch nicht weit.»

«Stimmt, Mutter. Er ist ganz rot im Gesicht und sieht besorgt aus.»

Damit hat Pobéré eher sich selbst beschrieben. Er schaut und schaut, aber er sieht die Tapferen nicht an den Stellen, an denen sie um diese Uhrzeit schon sein sollten.

«Klar, mein Kleiner! Der Bursche denkt an sein Menü. Ein Tisch mit fünfzehn Gedecken, das sind zwei Suppen, zwei Vorspeisen, acht Entrees, zwei Hauptgerichte, zwei Braten und acht Süßspeisen. Weißt du, dass ich als Mädchen beim Herzog von Penthièvre die Teller aufgetragen habe?»

«Nein, das hast du mir nie erzählt, Mutter. Was würde es denn an einem Tag wie heute bei ihm zu essen geben?»

«Willst du das ganze Menü?»

Pobéré will alles. Alles, was es ihm erspart, das zu beschreiben, was er wirklich sieht: die Soldaten dicht an dicht rechts und links der Straße, die Tapferen, die nicht auf ihren Posten sind, die Spitzel in Spitzeluniform mit ihren gleichgültigen Gesichtern, die Frauen, die sich vor der Metzgerei um alberne Würstchen streiten und den *Porche Rouge*, der immer näher kommt.

«Also, zu Tisch, mein Kleiner! ... Heute beginnen wir mit einer Suppe nach Brunoyer Art, dann als Vorspeise gegrillter Bayonne-Schinken. Als Entree Wachteln an Röstgemüse. Ein Rheinkarpfen blau folgt als Hauptgericht und zwei zarte Wildkaninchen als Braten.»

«Gnade, Mutter! Ich flehe um Gnade!»

Pobéré erschauert. Darum fleht man auch den Henker an. Kann man mit vierzehn Jahren schon guillotiniert werden? Sie sind kurz vor dem *Porche Rouge*. Sosehr er sich auch umschaut, er kann Jean-Baptiste nicht finden.

«Mach dir keine Sorgen, mein Kleiner, genau in diesem Moment kommt, um deinen Magenfasern neue Spannkraft zu verleihen, ein blondes, unberührtes junges Mädchen und serviert dir in einem Kristallglas einen Schweizer Absinth.»

Pobéré sieht Merlin nicht am verabredeten Ort. Bestimmt füttert er gerade irgendwo sein Lämmchen.

«Das trinkt man mit einem Zug, mein Kleiner. Das nennt man dann auf ex.»

Pobéré bräuchte jetzt auch einen Schluck. Auf ex … Zack! … Direkt ins Herz, wie nachher bei Sanson. Wenn das Messer nicht versagt. Elisabeth ist auf ihrem Posten. Die Hände in die Hüften gestemmt, schäkert sie mit zwei Gendarmen herum. Aber auch Guillaume ist noch nicht da. Er sollte das Messer bis zum letzten Moment behalten. Er wollte es so, wegen seiner Frau. Sie fürchteten für sie, und nun ist er es, der schwach wird.

«Halt an, mein Kleiner. Ich bin sicher. Wir sind vor dem *Porche Rouge*, nicht wahr?»

«Woher weißt du das, Mutter?»

«Ich habe gespürt, wie du langsamer geworden bist. Auch du willst es genießen. Du willst die Luft an dieser Stelle einatmen, an der wir nachher die Königin retten werden. Du hast Recht. Das Pflaster hier riecht nach Freiheit.»

Zu mir, ihr Schrecklichen!»

Die Wirtin schreit aus dem Schankraum des La Vainqueuse. Ed und Jones eilen aus dem Zimmer, in dem die Marquise liegt.

Sie rasen die Treppe hinunter, rennen über die Absätze und schlagen die Türen hinter sich zu. Alles ist aus Holz, was gut nach Angriff klingt. Sie stürzen in den Schankraum der Taverne. Die Situation ist leicht zu enträtseln. Vier Gardisten oder Ähnliches haben die Wirtin gepackt und ihr die Hände auf den Rücken gefesselt. Sie wollen sie nach draußen zerren, aber sie hat die

Beine um einen Pfosten geschlungen und lässt nicht los. Ihr Busen wogt vor Anstrengung. Bevor sie loslässt, muss das Haus über ihr einstürzen. Zu den Uniformierten gesellt sich ein Mann in Spitzelgrau, der seinen tintenbefleckten Zeigefinger nach der Wirtin reckt.

«Diese Bürgerin war es, die gesagt hat, Robespierre trinke keinen Kaffee, sondern Blut!»

Noch ein weiterer mit Schulterstücken hält ein anklagendes Blatt Papier in die Höhe. Vier plus eins plus eins macht sechs, was teilbar ist durch zwei. Der Beweis: Als Ed und Jones jeweils drei packen, bleibt keiner übrig.

Es folgt eine Reihe unsanfter Multiplikationen, Additionen, Subtraktionen, Divisionen und Extraktionen mit Potenzierungen in alle Himmelsrichtungen. Die öffentliche Gewalt ist verblüfft. Mit einer arithmetischen Revolte hatte sie nicht gerechnet. Das ist eine Premiere. Sie gibt auf.

Als die Wirtin befreit ist, ziehen Ed und Jones ihre blauen Marken. Man salutiert, die Hacken werden zusammengeschlagen, die Wirtin schenkt ein, man stößt an auf das ‹patriotische Missverständnis›. Hinter seinem Glas fragt sich der Spitzel, ob dieser leichte Landwein nicht vielleicht mit Wasser gepanscht ist. Die Wirtin wirft Ed einen bewundernden Blick zu, woraufhin dessen Hautfarbe sich an den verätzten Stellen um einen Ton verdunkelt. Ed und Jones nehmen die Wirtin beiseite.

«Wir vertrauen dir die Marquise an, Bürgerin. Sie ist wirklich in Gefahr.»

«Niemand darf zu ihr.»

«Und der Junge?»

«Wir wissen, wo er ist, Bürgerin. Wir sind schon unterwegs!»

Der Piqueur reckt die Laterne am Ende seiner Pike, um die Mauern aus Büchern zu beleuchten, die ihn umgeben. Die Stapel verschwinden nach oben bis unter die durch ein Kirchenfenster bläulich erhellte Kuppel.

«Wohnst du hier, Marmotte? Das ist ja wie im Bauch von einem Walfisch.»

«Das ist die ehemalige Kapuzinerkirche.»

«Dann ist dein Haus ein Walfisch, der eine Kirche verschluckt hat. Wo ist deine Hütte in den Büchern?»

«Komm mit.»

La Marmotte und der Piqueur gehen durch ein Labyrinth enger Schluchten aus aufgestapelten Wälzern. Der Durchgang ist beengt, weil überall Räder von Droschken, Berlinen, Cabriolets und Handwagen lehnen ... Meine Sammlung! ... All diese Trophäen machen La Marmotte und dem Piqueur das Vorankommen nicht leichter. Außerdem trägt jeder als zusätzliche Erschwernis ein Ahnengemälde unter dem Arm.

«Wie findest du dich hier nur zurecht, Marmotte?»

«Ganz einfach. Es ist nach Straßen geordnet. Das ist die Straße der Wissenschaften, hier rechts kommt die Geographie, und diese Querstraße ist die Geschichte. Und ich, ich wohne da oben! Das ist meine Hütte!»

La Marmotte zeigt auf eine Aushöhlung auf halber

Höhe in einem Bücherberg. Sie klettern Stufen aus dicken Folianten hinauf, steigen über eine Schwelle von Quartbänden und gelangen in eine Art Höhle, deren Wände aus Buchrücken bestehen. Die Augen des Piqueurs werden immer runder. Jetzt begreift er, warum La Marmotte gesagt hat, er wohne *in* den Büchern. Sie lassen die Ahnengemälde als Aufpasser am Eingang stehen und gehen hinein. Drinnen entzündet La Marmotte eine große Osterkerze. Der Piqueur besichtigt die Räumlichkeiten.

«Das Bett! Die Bank! Der Tisch! Alles aus Büchern! Wo ist dein Lieblingsbuch, das, das du auswendig kannst?»

«*Die Reisen des Kapitän Cook?* Das habe ich hier stehen.»

La Marmotte zeigt ihm einen Band, der unter der großen Schraube einer Druckerpresse gefangen ist.

«Warum ist es dadrunter? Es ist doch gestraft. Hast du Angst, die Geschichte könnte daraus abhauen?»

«Nein, das ist nur, damit ich nicht dauernd darin lese.»

«Du meinst, wenn man etwas zu lieb hat, dann muss man es sich vorenthalten? Ist das mit Menschen genauso? Dann will ich, dass wir einander nie zu lieb haben. Versprochen?»

«Versprochen!»

La Marmotte und der Piqueur besiegeln ihr Versprechen mit Handschlag wie die Viehhändler.

«Marmotte, du hast versprochen, mir dein Buch auswendig vorzulesen.»

«Einverstanden. Was für eine Stelle willst du hören?»

«Den Anfang. Aber nicht den für kleine Mädchen. Den richtigen Anfang. Wo sie aufs Schiff gehen, mit dem Geruch, dem Meer und allem.»

La Marmotte und der Piqueur lassen sich im Schneidersitz um die Osterkerze nieder. La Marmotte beginnt.

«27. Mai bis 29. Juli. Um elf Uhr morgens setzte ich den Wimpel und übernahm gemäß dem Auftrag vom 25. des Monats den Befehl über das Schiff, das im Hafen von Deptford Yard vor Anker lag.»

Der Piqueur lauscht mit geschlossenen Augen. Er hält sich am Schaft seiner Pike fest, und ihm sprüht die Gischt ins Gesicht.

«… das Tagesgeschehen ist im Bordtagebuch festgehalten, und da diese Aufzeichnungen keine besonderen Vorkommnisse enthalten, befunden wir es nicht für sinnvoll, sie in dieser Erzählung wiederzugeben.»

«Marmotte, ich mag Geschichten, in denen man dir sagt, dass man dir nicht alles sagt. So ist immer noch was übrig.»

La Marmotte und der Piqueur machen noch einen Abstecher. Sie umsegeln das Kap Hoorn in 55° 53' südlicher Breite und 68° 13' westlicher Länge und gehen schließlich in der Baie Royale vor Anker. La Marmotte denkt an Marie-Antoinette. Ihr Karren wird ganz hier in der Nähe vorbeikommen, in der Rue Saint-Honoré. Er entfaltet eine Karte … *Cooks 1. Reise (1768–1771)* …

«Wo sind wir, Marmotte?»

«Hier!»

«Und wohin wollen wir?»

«Dorthin, in den *Temple*, dem Dauphin das Hündchen bringen.»

«In Ordnung, das ist ja nicht so weit.»

La Marmotte ist traurig. Er hätte Coco gerne behalten. Er hätte ihm mit einem großen Atlas eine Hundehütte gebaut. Aber er darf nicht. Der Dauphin wird so froh sein, ihn bei sich zu haben, ihn in den Arm zu nehmen und das Parfum seiner Mutter zu riechen.

«Kommen wir danach wieder her, Marmotte? Sag, erzählst du mir dann, wie's weitergeht? Stimmt es, dass es den Kapitän Cook wirklich gegeben hat? Dass er Engländer war? Dass Cook Koch heißt? Und dass er von den Kannibalen auf den Sandwich-Inseln aufgegessen wurde? …»

Plötzlich hält der Piqueur inne.

«Und wie willst du es anstellen, in den *Temple* hineinzukommen? Du bist doch nicht mal ein Gefangener.»

Der Kommandeur lockert seinen Griff nicht. Thomas' Wange ist auf den Boden gepresst und sein Ohr zwischen zwei Parkettriemen eingeklemmt. Das ist zwar unbequem, aber dafür hört Thomas genau den Schritt desjenigen, der die Treppe zum Waffensaal heraufkommt. Der Kommandeur hört ihn auch. Behutsam zieht er eine Klinge aus seinem Gürtel, verharrt bewegungslos und behält die Türschwelle im Blick. Zwei Füße werden sichtbar. Der Kommandeur hechtet los, rollt sich ab und schleudert seinen Dolch, der sich auf

Höhe von Doktor Seifferts Schulter in den Türstock bohrt.

«Teufel, Kommandeur, was für ein Empfang!»

Der Doktor ist so ruhig wie jemand, der eine gute Pistole in der Hand hält. Er geht auf den Kommandeur zu und zieht den Leopardenjungen mit, der mit Handschellen an seinen Arm gefesselt ist. Thomas nutzt die Gelegenheit, um sich aus dem Zimmer zu stehlen. Der Kommandeur starrt den Jungen an.

«Das ist er also.»

Er zieht den Hut und mimt eine übertriebene, linkische Verbeugung.

«Majestät!»

Im Aufrichten wirft der Kommandeur Seiffert seinen Hut ins Gesicht. Der Doktor springt überrascht zur Seite und schießt blindlings. Die Kugel lässt eine Holztäfelung zerbersten. Der Kommandeur schnellt nach vorn und prallt mit seinem ganzen Gewicht gegen den Doktor, der den an ihn gefesselten Jungen mit zu Boden reißt. Der Kommandeur hebt die Machete.

«Nicht mich töten, M'ssieur! Nicht mich töten!»

Der Junge kauert sich furchtsam zusammen. Der Kommandeur reißt ihm den Umhang vom Leib, packt ihn an den Haaren und zieht ihn hoch. Ein großer heller Fleck zieht sich über sein Gesicht und zeichnet vom Auge bis zum Kinn eine Art leidvolle Insel.

«Nicht mich töten!»

«Sei still! Du existierst nicht!»

«Er existiert sehr wohl, Kommandeur!»

Der Doktor presst dem Kommandeur die Spitze einer Klinge an den Hals, doch der lässt sich nicht beeindrucken.

«Was wollen Sie, Seiffert? Dass wir uns schlagen? Dass ich einen zweiten Degen von der Wand nehme und wir uns um das Leben des Thronfolgers von Frankreich duellieren? Wie ritterlich!»

«Gegen Sie habe ich ohnehin keine Chance.»

«Das ist richtig, Seiffert. Ich könnte den Jungen erwürgen, bevor Sie auch nur meine Haut geritzt hätten. Was wäre das schon für ein Unterschied? Sie haben doch das Gleiche mit ihm vor!»

«Nicht auf diese Art und Weise!»

«Nein, die Schmutzarbeit überlassen Sie Ihren Auftraggebern. Wer sind die eigentlich?»

«Kommandeur, es ist doch nicht weiter schwierig zu erraten, wer keinerlei Wert darauf legt, einen neuen, jungen und gesunden Thronfolger auf der Bildfläche erscheinen zu sehen.»

«Sie wagen es, sich zum Komplizen in einem solchen Unterfangen zu machen, Seiffert!»

«Ein ebenso unedles Unterfangen wie der Mord an einem Kind, das Ihr schwarzes Blut verraten könnte.»

«Sie schlagen in die gleiche Kerbe wie der Vicomte mit seinen Anspielungen. Ihm ist das nicht gut bekommen. Und einem alten italienischen Chirurgen, an den ich gerade denke, ebenso wenig.» Der Kommandeur sieht Norcias Lächeln vor sich. Wird es denn nie ein Ende haben mit diesem Blut? Er schreit auf. Wie man ein Hindernis aus dem Weg räumt, schiebt er Klinge und Jungen beiseite. Mit einer langen Rückhand mäht die Machete auf Unterleibshöhe durch die Luft. Der Doktor weicht zurück, den Jungen noch immer an sein Handgelenk gefesselt. Er versucht, den Kommandeur mit dem Degen auf Abstand zu halten, stolpert aber über ein Rüstungsteil und öffnet seine Deckung. Der Kommandeur springt vorwärts, trifft ihn am Leib und reißt die Machete nach oben. Seiffert stößt einen dumpfen Schluchzer aus und sackt mit ungläubigem Gesichtsausdruck an der Wand herunter, bis er am Boden sitzt. Er hat den Hieb nicht einmal kommen sehen.

«Der alte Mann, von dem ich gesprochen habe, ist auf die gleiche Weise gestorben, Doktor, aber mit bewundernswerter Haltung. Ich wollte nur wissen, ob Sie ebenso tapfer sind wie er.»

Seiffert versucht mit beiden Händen, seine Wunde zusammenzuhalten.

«Ich hoffe, Sidonie wird mir eine ebenso schöne Narbe sticken wie dem Mops Ihrer Majestät.»

Halb ohnmächtig hebt Seiffert seinen resignierten Blick zum Kommandeur, der ihn mit ganzer Länge überragt. Er braucht ihm nur noch den Gnadenstoß zu geben. Aber der Kommandeur steht unbeweglich, wie versteinert.

«Die Narbe! ... Mein Gott! ...»

Er stürzt sich auf den entsetzten Jungen, der sich an den Doktor klammert.

«Nicht mich töten!»

Der Kommandeur packt das Hemd des Jungen und reißt es auf. Er legt den Bauch frei, sucht, tastet, wühlt. Nichts. Der Kommandeur richtet sich auf und reckt die

Arme gen Himmel. Wie wenn das Feuer, das durch ein Zuckerrohrfeld läuft, nicht mehr aufzuhalten ist, schreit er die Götter an.

«Er ist es nicht! Das ist nicht der Leopardenjunge! Wachen Sie auf, Seiffert! Sehen Sie sich seinen Bauch an! Keine Spur von einer Narbe. Der, den wir suchen, wurde kastriert. Dieser hier nicht!»

Von sehr fern hört der Doktor, wie der Kommandeur den Jungen anschreit.

«Du wirst mir jetzt alles erzählen. Ich muss den echten Leopardenjungen finden. Wenn du mich belügst, komme ich zurück, um dir die Zunge abzuschneiden und die Augen auszureißen!»

Der Junge zittert. Er sagt, dass er Zoé heißt, als müsse allein diese Tatsache ihn schon schützen. Dann erzählt er. Als er fertig ist, zeigt der Kommandeur mit dem Finger auf ihn.

«Ich glaube dir. Hoffentlich hast du nicht gelogen – vergiss nicht, was ich dir angedroht habe.»

Der Kommandeur lässt den totenblassen Doktor Seiffert in Zoés Armen zurück. Der Junge wiegt ihn mit beruhigendem Singsang. Der Kommandeur verlässt den Waffensaal. Auf der Treppe hört er Fußgetrappel. Es sind mehrere, und sie kommen ihm entgegen.

Ed und Jones eilen die weißen Marmorstufen im Sturmschritt hinauf, die 38er schussbereit. Thomas schnauft hinter ihnen her, er liegt einen Treppenabsatz zurück.

«Sie sind da oben im Waffensaal. Sie duellieren sich!»

Über ihren Köpfen sehen Ed und Jones die beeindruckende Silhouette eines dunklen Mannes auftauchen. Er stützt sich mit einer Hand auf das Geländer und springt ins Leere. Der lange Fall bläht seinen Umhang. Ed und Jones spüren den mächtigen Luftzug, den sein Körper verursacht. Er fällt, landet, rollt sich ab, springt auf, zieht seinen Hut in ihre Richtung und verschwindet.

«Was hat denn da gefallen?»

Ed und Jones würden Thomas' Frage gerne beantworten. Sie kennen wenige Männer, die fähig wären, sich nach einem solchen Sprung wieder zu erheben. Sie täten gut daran zu wissen, was da ‹gefallen hat›, denn sie ahnen, dass dieser Erzengel ihren Weg bald wieder kreuzen wird.

Marie-Antoinette beobachtet, wie der Gerichtsschreiber das Blatt wieder und wieder umdreht. Als wundere er sich, dass auf der Rückseite nichts steht. Was hatte er denn erwartet? Man hat ihr ein zweites Mal ihren Tod verlesen. Sie hat ihnen nichts mehr zu geben. Wie sie so vor ihr stehen, wirken ihre Richter hilflos.

Die Zellentür öffnet sich. Die Richter treten beiseite. Ein Mann kommt herein. Meine Güte, was für ein Hüne! Es ist der Henker.

[illegible]

[illegible]

[illegible]

[illegible]

11
Delorme

Marie-Antoinette heftet den Blick auf ihren Henker. Er steht direkt vor ihr. Der Mann füllt die ganze Zelle aus, wirkt aber fern, beinahe unerreichbar. Wie jung er ist! Sie weiß nicht, was sie mehr erschüttert, seine Größe oder sein Kindergesicht. Wie kann er sie nur töten wollen, mit einer so zarten Haut und einem so sanften Blick? Sie könnte seine Mutter sein … Henri Sanson … Das hat ihr Anwalt ihr gesagt … Henri! … Sie wundert sich, dass ein solches Amt einen Vornamen hat.

«Ihre Hände!»

Sanson streckt seine nach ihr aus, darin trägt er ein Seil. Die Königin zuckt zusammen. Sie weicht zurück. Wie? Man will sie binden! Sie am Beten hindern. Wo ist dieser Priester mit seiner Uhr? Warum sagt er ihnen nicht, welch ein Sakrileg sie da begehen wollen? Schließlich ist sie die Königin! Man will sie fesseln wie ein Stück Vieh, eine Wölfin, eine Hyäne, eine Dirne … So gehen einem die Wörter aus, sobald sie ausgesprochen werden.

«Man will mir die Hände binden?»

Das Nicken des Henkers ist seiner Größe würdig.

«Louis XVI. hat man sie nicht gebunden!»

Der Blick des jungen Sanson flackert. Er war nicht

darauf gefasst, dass man ihm so nachdrücklich die Etikette ins Gedächtnis ruft. Schon gar nicht in diesem Augenblick. Der Henker wendet sich um und fragt mit einer Kopfbewegung den Präsidenten des Tribunals. Hermann ist überrascht. Marie-Antoinette schaut ihm erwartungsvoll ins Gesicht. Nur ein Wort von ihm, und sie wird das Trauerband an ihrem Handgelenk berühren, die Finger verschränken oder sich die Hände auf den Leib legen können, wenn der zu viel Angst hat. Hermann findet die Sekunde, die er zögert, viel zu lang. Man könnte sie ihm vorwerfen. Er blafft:

«Tu deine Pflicht!»

Sanson gehorcht und geht auf sie zu.

«Oh mein Gott!»

Marie-Antoinette hebt abwehrend die Arme. Der junge Mann packt sie an den Handgelenken, dreht sie herum, kreuzt ihr die Hände auf dem Rücken, schlingt das Seil darum und zieht grob zu. Die Königin fühlt, wie der Schmerz ihr Ellenbogen und Schulterblätter herausreißt. Sie haben nur zwei Sekunden gebraucht, um sie zu einem angepflockten Tier zu machen. Aber sie werden ihr keine Klage entlocken. Sie spürt, wie alle Anwesenden sie beobachten und im Geiste schon ihre Feder zuschneiden, um zu erzählen.

Sie richtet sich auf, strafft den Rücken … Haltung! … Haltung! … Sie hört die volle Stimme ihrer Mutter. Marie-Antoinette gehorcht ihr, aber ihr Inneres sträubt sich dagegen, diese Art von Anstand vorzuspielen.

Sanson dreht sie wieder zu sich herum. Wie stark er ist! Er duftet ein wenig nach Lavendel. Der junge

Mann meidet ihren Blick, wie bei einem Liebesspiel. Mit einer groben Handbewegung nimmt er ihr die Haube ab. Und sie hat so viel Sorgfalt auf deren Sitz verwendet. Wenn Rosalie das sehen könnte! Marie-Antoinette wünscht, die ganze Welt solle erfahren, was einer Frau in diesen Augenblicken angetan wird. Ja, meine Irrtümer, meine Fehler, meine Verbrechen! Ich habe sie gebeichtet. Aber warum den meinen noch andere hinzufügen?

In den Händen des Henkers blitzt eine lange Klinge auf. Marie-Antoinette erbebt. Man hat sie verraten. Sie werden sie hier in ihrer Zelle meucheln. Es war alles nur Lüge … Oh Axel, mein treuer Ritter, eile über Wasser und Land! Rette mich! … Sie möchte auf die Knie fallen und die Augen schließen. Um die Klinge nicht kommen zu sehen. Sanson erhört sie. Er dreht sie mit fester Hand zum Bett. Sie starrt auf die Stelle, an der sie das blutige Hemd versteckt hat. Hinter ihrem Rücken ertönt ein metallisches Geräusch.

Der Henker packt Marie-Antoinette an den Haaren.

Die 38er über den Köpfen, rennen Ed und Jones die Haupttreppe in Anderçons Anwesen hinauf. Thomas ist auf dem Absatz stehen geblieben. Er schaut über das Geländer hinunter und fragt sich, wie der Kommandeur diesen Sprung ins Leere von mindestens dreißig Fuß hinbekommen hat. Er würde liebend gerne alles geben, was er nicht hat, an Größe, Gewicht und Mut, um nur einen einzigen Augenblick lang zu wissen, wie es ist, stark zu sein und fliegen zu können wie ein Engel.

Ed und Jones erreichen die Tür zum Waffensaal. Sie pressen sich rechts und links daneben an die Wand und lauschen. Jones gibt das Zeichen. Ed geht als Erster hinein. Ein rascher Blick in die Runde, um die Lage einzuschätzen. Das Motiv spricht für sich. Eine Kreuzabnahme. Ein kraushaariges Kind hält einen an der Seite verwundeten Mann in den Armen, der ausgestreckt auf dem Boden liegt. Ed eilt zu ihnen. Jones folgt ihm. Thomas erstarrt auf der Schwelle, ganz gebannt von dem dunkler werdenden Blutfleck.

«Ich … ich hole ein … Herztonikum!»

Er wendet sich ab, als wolle er sich übergeben. Der totenbleiche Doktor versucht ein Lachen, das sogleich in einem heftigen Hustenanfall erstickt.

«Ein Herztonikum! Genau das brauche ich jetzt, meine Herren. Ein Herztonikum … Geben Sie mir lieber das Mäppchen aus meiner Arzttasche.»

Jones bringt die Tasche, öffnet sie, sucht darin herum und macht Anstalten, die Wunde zu verbinden. Seiffert winkt ab.

«Nein! Lassen Sie das. Ich weiß nur zu gut, welche Verheerungen ein schlechter Arzt anrichten kann. Ich bin selbst einer.»

Mit der freien Hand holt der Doktor eine lange, spitze Schere aus dem Mäppchen und schneidet den blutgetränkten Stoff über seinem Leib auf. Er verzieht das Gesicht.

«Mit wem habe ich die Ehre, meine Herren?»

«Ed Cercueil und Fossoyeur Jones, Polizeibeamte! Und Sie?»

«Das hängt ganz von der Diagnose ab, meine Herren.»

Vorsichtig hebt der Doktor ein Stück Stoff, an dem Hautfetzen hängen. Er betrachtet die Wunde und setzt einen pessimistischen Blick auf.

«Nun, eine erste Untersuchung gestattet es mir, Ihnen zu sagen, dass ich Johann-Gottfried Seiffert sein muss, deutscher Bürger, großer Pillendreher Frankreichs, Abenteurer, Mitgift- und Kinderjäger. Ehemaliger Erster Arzt des Herzogs von Orléans, ehemaliger Leibarzt von Madame de Lamballe, designiert durch die Königin, und jüngstens Obertrottel eines Maharadschas aus Haarlem.»

«Zamor?»

«Ah ... Ich sehe, Sie kennen den Herrn ebenfalls. Sie suchen also nach dem Kind.»

Der Doktor blickt auf den kraushaarigen Jungen, der sich noch immer an seine Schultern klammert und das Gesicht an seinem Hals verbirgt. Seit sie den Waffensaal betreten haben, haben Ed und Jones nicht gewagt, den Jungen anzuschauen. Sie können sich kaum vorstellen, dass sich unter diesem Tuff aus lockigem Haar der Thronfolger Frankreichs verbirgt. Ein Dauphin in Handschellen.

«Könnte man ihm die nicht abnehmen, Doktor Seiffert?»

«Wie Sie wünschen, Inspektor. Der Schlüssel ist in meiner Westentasche.»

Jones holt den Schlüssel und nimmt dem Jungen die Handschellen ab. Er schaut Ed an, wie um ihm zu sagen … Das war's! Wir haben den Leopardenjungen gefunden. Unser Auftrag ist beendet. In weniger als zwölf Stunden! … Trotzdem sind sie irgendwie enttäuscht. Eine solche Nacht soll mit der einfachen Umdrehung eines Schlüssels zu Ende sein? Ed und Jones starren nachdenklich vor sich hin, als würden sie eine Rinderherde in Ohio vorbeiziehen sehen … Oh, da bricht ein Kalb aus! … Der Junge ist aufgesprungen. Er stößt Jones beiseite und spurtet durch den Waffensaal. Wie er über die Rüstungsteile hüpft, sieht es aus, als springe er von Stein zu Stein, um einen Wildbach zu überqueren. Ed und Jones bleiben verblüfft am anderen Ufer zurück. Schon hat der Junge die Tür erreicht. Thomas ebenfalls. Er erscheint mit Tablett und Glas.

«Das Herztonikum für Monsieur!»

Der Zusammenstoß ist alles andere als herzlich. Hohe Geschwindigkeit, geringe Trägheit, Aufprall in Höhe des Solarplexus. Thomas vollführt zwangsweise einen Hechtsprung rückwärts, das Glas hinterher. Das Tablett fliegt, fällt, rollt, taumelt und kommt zwischen den Rüstungsteilen zum Liegen, wobei es gar hinterlistig versucht, sich für einen Rundschild Ende 13. Jahrhundert auszugeben. Der Junge schert sich nicht um Antiquitäten, sondern steigt über Thomas hinweg, der ihn jedoch gerade noch am Knöchel zu fassen bekommt.

«Hier geblieben, Freundchen! Du hilfst mir gefälligst beim Aufwischen!»

Ed ergreift den Doppelpack, klemmt ihn sich unter den Arm und schleppt ihn zu Jones und dem Doktor zurück.

«Meine Herren, Sie sehen wohl ein, warum ich ihm Handschellen angelegt habe.»

Ed hält den Jungen mit der einen und Thomas mit der anderen Hand fest wie zwei starrköpfige Buben, die darauf brennen, sich zu prügeln.

«Bravo, meine Herren, aber das Glück ist Ihnen nicht hold: Es ist nicht der Richtige.»

«Wie meinen Sie das, Doktor?»

«Der Junge, den Sie gerade festhalten, heißt Zoé. Er ist nicht der Leopardenjunge. Er ist eine Fälschung! Sie können sich leicht selbst davon überzeugen. Nehmen Sie das hier und wischen Sie ihm damit das Gesicht ab!»

Seiffert reicht Ed eine Kompresse, die er mit einer bläulichen Flüssigkeit getränkt hat. Der Junge hält den Kopf gesenkt. Jones fasst ihm unter das Kinn und hebt es sanft an. Der Junge wehrt sich nicht, als sei er es gewöhnt, untersucht zu werden. Ed streicht ihm behutsam mit der Kompresse über die Wange. Das Gesicht kommt zum Vorschein. Ed und Jones fahren entsetzt zurück. Die Haut ist verätzt.

«Sie sehen, er wurde geschminkt, nachdem man ihm das Gesicht mit irgendeiner Säure verunstaltet hat. So ähnlich macht man Kinder auch zu Jahrmarktsmonstern oder Bettlern.»

«Doktor, Sie ahnten also, dass er nicht der Leopardenjunge ist.»

«Ich ahnte es nicht, meine Herren. Ich wusste es.»

Ed und Jones sehen ihn verblüfft an. Während er seine Wunde versorgt, erzählt ihnen Doktor Seiffert von seinem Aufenthalt in Brighton im Jahre 1787 mit Madame de Lamballe und dem Leopardenjungen. Von der Genesung der Fürstin, den Wellenbädern, den Abenden mit dem Prinzen von Wales, von London, dem berühmten Florettkampf zwischen dem Chevalier de Saint-Georges und dem als Frau verkleideten Chevalier Déon, von ihrer Liebe und dem Zorn des Hofes.

«Ich wusste also sofort, dass er es nicht war, als Zamor ihn mir brachte.»

«Der Junge kann sich in sechs Jahren doch sehr verändert haben!»

«Sicher, meine Herren. Aber wenn Sie ihm begegnen, werden Sie begreifen, dass man ihn mit nichts und niemandem verwechseln kann. Ich musste so tun, als würde ich auf die Sache hereinfallen, um hierher zu kommen und meine Rechnung mit dem Marquis d'Anderçon zu begleichen.»

Beim Blick des Doktors können Ed und Jones sich ausmalen, welche Art Begleichung der Doktor im Sinn hatte.

«Was die anderen Personen angeht, die sich für den Leopardenjungen interessieren: Sie kennen ihn nicht.»

«Wer sind denn nun diese ‹anderen Personen›, Doktor?»

«Was nützt es Ihnen zu wissen, ob ich von den beiden Brüdern des Königs, dem Graf von Artois und dem

Graf von Provence, bezahlt wurde, von Robespierre oder sogar vom Herzog von Penthièvre? Ich habe versucht, sie alle zur Kasse zu bitten. Aber ich bin gescheitert. Und der Kommandeur galoppiert nach Haarlem, um den echten Leopardenjungen zu töten.»

«Das dürfte Ihnen ja nur recht sein!»

«Nein. Der Kommandeur hat einen Schandfleck zu tilgen, ich habe eine Liebe zu rächen. Man tötet nicht auf die gleiche Weise. Heute haben wir den 16. Oktober, meine Herren. Am 16. Oktober 1787 hat Madame de Lamballe auf Befehl Louis' XVI., welcher dem Wunsch von Marie-Antoinette entsprach, Brighton verlassen, um nach Frankreich zurückzukehren. Dieses Datum ist hier eingebrannt.»

Seiffert schlägt sich an die Stirn. Ed und Jones wäre es lieber gewesen, wenn er auf sein Herz gezeigt hätte.

«Wollen Sie damit sagen, Sie wollten den Leopardenjungen töten, um diesen Jahrestag zu begehen?»

«Versuchen Sie sich vorzustellen, meine Herren, dass man Sie eines Tages von der Liebe Ihres Lebens trennt, nachdem man Sie verleumdet und gedemütigt hat. Was würden Sie tun?»

Das wollen sich die beiden lieber nicht ausmalen.

«Die Königin beanspruchte Madame de Lamballe für sich allein. Wie eine eifersüchtige Hyäne!»

«Das rechtfertigt doch nicht den Mord an einem Kind!»

«Meine Herren, im Moment sind Sie diejenigen, die es töten. Statt einen Mann zu verhören, dem das Leben entströmt, sollten Sie sich besser mit Zoé auf den

Weg machen. Er ist der Einzige, der Sie zum echten Leopardenjungen führen kann.»

Eigenartig, wie bereitwillig man einem Menschen glaubt, der sein Blut verliert.

«Nehmen Sie die Handschellen, meine Herren. So werden Sie endlich erfahren, was es heißt, jemanden an sich zu fesseln.»

Ed und Jones werfen eine Münze wegen der Handschellen. Ed verliert.

«Noch eine letzte Sache, meine Herren. Wenn Sie den Jungen verfehlen, finden Sie sich am *Porche Rouge* ein, in der Rue Saint-Honoré, etwa auf Höhe der Nr. 400. Das wird Sie interessieren.»

Seiffert erklärt ihnen auf die Schnelle, wie man durch einen unterirdischen Gang unter den Tuilerien dorthin gelangt. Ed und Jones hören ihm zerstreut zu. Jetzt ist es der Doktor, der sie aufhält. Sie haben es eilig.

«In Ordnung, Doktor ... Sollen wir Ihnen jemanden schicken wegen der Wunde?»

«Nicht nötig, meine Herren. Thomas wird mir ein Herztonikum bringen.»

Zamor drückt dem Schließer ein paar Münzen in die Hand.

«Ich muss die Du Barry noch einmal sehen. Aber diesmal in der Frauenabteilung, höchstpersönlich.»

«Höchstpersönlich! Das wird schwierig werden, Bürger. Sie haben sie auf die Krankenstation verlegt, seit in ihrer Zelle ein Mordanschlag auf sie verübt wurde. Sie ist bei der Bürgerin Roland.»

Zamor lässt sich berichten. Er erkennt den Edelmann mit dem Dolch wieder ... Ein Hüne, groß, wettergegerbt und kahl geschoren ... Das ist dieser Kommandeur, der ihm um eines Anthuriums willen das Leben geschenkt hat. Dieser Teufel hat es fertig gebracht, bewaffnet ins Gefängnis eingelassen zu werden, zur Gräfin zu gelangen, sie anzugreifen und dann wieder zu verschwinden. Zamor schaudert es vor lauter Bewunderung! Er versucht zu verstehen. Warum die Du Barry töten? Unnötig. Kümmere dich nicht mehr um den Kommandeur und auch nicht mehr um Seiffert. Beeil dich, Zamor! Tu, was du geplant hast. Der Schließer ziert sich noch.

«Du musst verstehen, Bürger. Alles ist teurer geworden. Jetzt muss ich auch noch einen Hund ernähren.»

Zamor lässt einen Nachschlag aus seiner Hand rieseln. Plötzlich scheint es weniger schwierig, die Du Barry zu sehen ... höchstpersönlich! ...

Zamor betritt die Krankenstation. Tatsächlich, die Du Barry höchstpersönlich ... und zwar nackt! Die Bürgerin Roland ist ebenfalls anwesend, und die beiden verstehen sich glänzend: Sie beschimpfen sich über einen Wandschirm hinweg, der die Krankenstation teilt. Zamor genießt das Spektakel. Die Gräfin steht aufrecht in ihrer Badewanne, eine Haarbürste in der Hand. Sie bebt am ganzen Leib vor Zorn. Madame Roland sitzt auf einer Pritsche, hat Papier auf den

Knien liegen und schreibt. Das lange schwarze Haar fällt ihr bis auf die Taille. Sie hebt den Blick nicht von ihrer Feder, aber ihre Stimme ist laut.

«Von der ehemaligen Mätresse eines fehlgeleiteten Despoten lasse ich mich nicht belehren!»

«Und ich mich nicht von der Frau einef konfpirativen Ekfminifterf, die ihn mit einem girondiftifen Abgeordneten auf der Flucht betrügt.»

«Ganz recht, und ich bin stolz darauf. Wir sind mit der Freiheit im Bunde!»

«Freiheit! Freiheit! Ich finde, fie ift ein willigef Mädchen ... Oh Freiheit, wie viele Verbrechen hat man in deinem Namen begangen! ...»

Die Gräfin schwenkt drohend ihre Haarbürste: die Du Barry in nacktem Zorn.

«Zum Glück kämpfen einige aufrecht für die Freiheit, während andere sich liegend mit der Tyrannei einlassen.»

Die Haarbürste der Du Barry pfeift über den Wandschirm und trifft die Mauer dicht neben Madame Roland, welche ungerührt weiterschreibt. Die Du Barry reckt den Kopf.

«Genau, schreib du deine Memoiren! Waf anderef kannft du ja nicht. Tinte verbrauchen! Vor allem, vergiff deine Feder nicht, wenn du dein Ftelldichein mit Fanfon haft.»

«Auf keinen Fall! Noch auf dem Schafott werde ich schreiben. Um eine Zeile Wahrheit mehr zu schreiben, bin ich bereit, Sanson anzuflehen ... Nur noch eine Minute, Herr Scharfrichter, nur noch eine Minute! ...»

«Du bift widerlich. Welch ein Mangel an Würde! Und dich nennt man angeblich ‹die Mufe der Girondiften›.»

«Tja, Madame, mich nennt man, Sie nimmt man!»

Zum Glück hat die Du Barry weder Bürste noch Puderdose, Flakon, Schere, Frisierstab oder eine Schachtel für Schönheitspflästerchen zur Hand, aber man glaubt trotzdem, all das durch die Krankenstation fliegen zu sehen.

Da entdeckt die Gräfin Zamor.

«Ach, du bift hier, mein Karamellbonbon! Wie geht ef Petit-Louis? ... Gut ... Hältft du feinen Käfig fauber? ... Weift du, daff man verfucht hat, mich pfu töten? Pfum Glück war ich fo geiftefgegenwärtig, in der Badewanne unterpfutauchen.»

Er weiß noch, dass sie ihn bei diesem Spielchen schlug. Eines Tages hätte sie ihn um ein Haar ertränkt. Nur so zum Spaß. Madame Roland wirft ihm einen flüchtigen Blick zu, ohne die Feder abzusetzen.

«Monsieur! Ich hoffe, Sie sind gekommen, um ein Unrecht wieder gutzumachen. Diese Dame hat eine Badewanne bekommen, während man mir das Klavier genommen hat, das ich bei der Concierge stehen hatte. Fürchtet sich die Freiheit etwa vor der Musik?»

Die Du Barry lacht auf.

«Ganf im Gegenteil, frag nur Marat. Wenn er Klavier gefpielt hätte ftatt pfu baden, wäre er noch am Leben. Pfamor, mein Karamellbonbon, kümmere dich nicht um fie. Komm lieber näher und berichte mir von unferen Angelegenheiten.»

Zamor tritt hinter den Wandschirm. Er bewundert die gut gerundete Geschichte eines halben Jahrhunderts weiblicher Reize. Die Gräfin bedeutet ihm, leise zu sprechen, wegen Madame Roland.

«Haft du meine Papiere?»

Zamor schwenkt die Dokumente.

«Aufgrund des schlechten Gesundheitszustandes wird die Verlegung in die Pension von Doktor Belhomme angeordnet, mit Blick auf den Park!»

«Oh! Ich liebe dich, mein füfef Karamellbonbon! Gib fie mir! Gib fie mir schnell!»

«Zuerst will ich wissen, wo das Geld und der Schmuck in Louveciennes versteckt sind.»

«Niemalf! Waf bliebe mir denn dann noch?»

«Alles, was in London ist und wovon der Ausschuss zu gerne erfahren würde. Andernfalls gehe ich und nehme die Papiere mit. Du hast die Wahl.»

Zamor liebt die Angst, die dem Gesicht der Du Barry seine Maske nimmt. Plötzlich zeigt ihr Körper die Spuren der fünfzig Jahre Raubbau. Zamor genießt seine Rache, aber er weiß nicht wofür.

«Alfo gut. Bitte den Schreiberling da um Papier und Feder. Auch ich werde um meiner Freiheit willen schreiben. Gib mir mein Tintenfaff auf der Truhe, neben der Pritsche.»

Die Du Barry schreibt. Zamor sieht einen Wasserfall von Perlen und Diamanten vor sich, der bei jedem Satz üppiger sprudelt. Die Gräfin faltet das Blatt zusammen. Ein langer Brief. Einiges zu holen in Louveciennes!

«Wir find unf alfo einig, Pfamor. Fobald du haft, waf du wollteft, kommft du pfurück und bringft mir die Papiere.»

«Du hast mein Wort.»

«Wie fteht ef mit dem Leopardenjungen?»

«Der Kommandeur ist unterwegs, um ihn zu beseitigen. Niemand wird ihn aufhalten können, nicht einmal Delorme.»

«Und du, Pfamor, waf wirft du für diefef Kind tun?»

«Ich? Gar nichts. Jetzt geht es mich nichts mehr an.»

«Wie du meinft. Aber lief meinen Brief aufmerkfam durch, Pfamor. Kümmere dich gut um Petit-Louis und halt feinen Käfig schön fauber.»

Zamor zuckt mit den Achseln und verlässt die Krankenstation. Die Du Barry, die noch immer nackt in ihrer Badewanne steht, beginnt zu schlottern. Ihr ganzer Körper zittert. Madame Roland kommt um den Wandschirm herum und reicht ihr ein Handtuch.

«Gräfin, dieser Mann kommt nicht wieder.»

«Ich weif, Madame.»

«Wie bitte? Er verrät Sie, liefert Sie ans Messer, und Sie sagen nichts?»

«Ich verliere dabei nur mein Leben, er feine ganpfe Ekfiftenpf.»

«Sie sollten schreiben, Gräfin.»

«Genau daf habe ich getan, Madame. Und Fie können mir glauben: Daf wird Fpuren hinterlaffen!»

Der Kommandeur zieht sich in einen Backsteingang hinauf, der in einen eingestürzten Saal mündet, mitten zwischen Bruchstücken von Kapitellen, Rundbögen, Säulen und Gewölbebögen. Bis hierhin war Zoés Beschreibung genau. Der kleine Neger ist ein guter Spürhund. Aber etwas beunruhigt den Kommandeur: das Ansteigen des Wasserpegels in dem Abwasserkanal, durch den er hierher gelangt ist. In weniger als einer Stunde wird der Rückweg unpassierbar sein. Aber will er überhaupt zurückkehren?

Der Kommandeur sucht Deckung hinter Bohlen, die als Stützbalken aufgestellt sind. Er gerät in eine Kammer mit Holzwänden, in der es nach Weihrauch riecht. Der Junge hat gesagt ... *Dort bist du in der Höhle der Sünden ...*

In der Dunkelheit des Beichtstuhls hört der Kommandeur ganz nah die Rufe, die Befehle, das Peitschenknallen, das Hundegebell und die Gesänge. Er braucht nicht einmal die Augen zu schließen, um sich wie auf seiner Plantage zu fühlen, wenn alle gemeinsam den Stamm eines alten, vom Zyklon entwurzelten Baumes anheben. Er öffnet den Vorhang einen Spalt. Bis zu den Knöcheln im Wasser stehende Männer mit nackten Oberkörpern schleppen eine dicke Holzbühne, auf der ein lächerlicher Sessel steht.

«Passt doch auf, ihr Dummköpfe! Ihr werft meinen Thron noch um!»

Delorme! Der Kommandeur ist sicher, dass es seine Stimme ist. Der Leopardenjunge ist nicht mehr weit.

Hier Durchgang, M'ssieur!»

Zoé zeigt Ed und Jones einen Stollen, der bis zur halben Höhe mit stark strömendem, trübem Wasser angefüllt ist.

«Das nennst du einen Durchgang?»

«Vorher kein Wasser, M'ssieur. Ich schwör's.»

«Ich hab doch gesagt, du sollst vernünftig reden!»

Ed und Jones sehen sich an. Sie sind Zoé nicht durch diesen ganzen überfluteten unterirdischen Gang gefolgt, um jetzt umzukehren. Der Kommandeur ist durchgekommen. Das ist Grund genug. Keiner von beiden kann sich daran erinnern, wann er zum letzten Mal geschwommen ist. Ihre Regenmäntel aus gewachster Baumwolle eignen sich sehr gut, um Kleidung und Schusswaffen vor dem Wasser zu schützen. So werden sie es jetzt auch machen.

«Zoé, erklär uns die Strecke noch einmal in allen Einzelheiten.»

Währenddessen zieht Jones sich aus und verknotet seinen Mantel sorgfältig zum Bündel. Ed tut es ihm gleich, nachdem er ihm Zoé übergeben hat, der noch immer Handschellen trägt.

«Jetzt bist du dran mit dem Jungen.»

Ed und Jones stehen schließlich mit nacktem Oberkörper und in langen Unterhosen da, mit dem Gefühl, dass sie das Fehlen der 38er am meisten entkleidet.

«Du auch, Zoé. Zieh dich aus.»

«Nein, M'ssieur! Nicht zu Mandra nach Guinea gehen! Er zornig. Der Große Meister ihm sagen, soll mich fangen.»

«Stell dich nicht so an und rede vernünftig! Es gibt keinen Mandra.»

«Lass ihn, Ed, sicher hat Delorme ihm mit dieser Legende vom Erlöser, der die Schwarzen in einem wunderbaren Land auf dem Grund der Meere erwartet, Angst gemacht. Er wird sich bestimmt gleich beruhigen.»

«Wir haben keine Zeit zu warten, Jones.»

Ed zieht Zoé die Kleider aus. Der Junge zittert. Er trägt nur noch seine seidene Unterhose und am Rücken die Narben von unzähligen Peitschenhieben. Schon tut es Ed Leid, dass er ihn so unsanft angefasst hat. Wie um seine Wut zu ersäufen, springt er ohne Vorwarnung in den Einlass des Stollens.

«Edmond!»

Sofort packt ihn die Strömung. Sein Körper wird vom eisigen Wasser mitgerissen. Er stemmt sich gegen die Wände, um nicht davongetragen zu werden. Zoé hat von einem Schacht gesprochen ... Da ist er! Ed klammert sich fest, verkeilt sein Bündel und ruft nach Jones.

«Es kann losgehen! Lass dich einfach treiben. Ich fange euch ab.»

Jones hat gehört. Er zieht Zoé zu dem Stollen. Beide holen tief Luft, springen und werden sofort mitgerissen. Jones fühlt sich wie eine Gewehrkugel im Lauf. Er stößt an Eds Körper. Ed packt zu und zieht seinen Kopf aus dem Wasser.

«Alles klar?»

Als er antworten will, wird Jones plötzlich heftig zum

Grund gezogen. Er wird angesogen. Ed erwischt ihn gerade noch an der Hand. Jones fühlt, wie Zoé ihn an der Kette der Handschellen nach unten zerrt. Jones bäumt sich auf und versucht hochzukommen, um nach Luft zu schnappen, aber er wird zerrissen zwischen Ed und diesem wild gewordenen Jungen. Seine Lungen explodieren, in seinem Kopf brodelt es, Eds Hand rutscht langsam ab. Er muss loslassen, Zoé wird ihn ertränken.

Jones fühlt, wie sein Hirn sich verflüssigt. Süße Wärme steigt in ihm auf. Stränge von Algen und rötlichen Muscheln tanzen um seinen Körper wie Schmuck. Er gibt auf. Er wird den Jungen in jenes wunderbare Land begleiten, das es nicht gibt.

Ein letzter Ruck von Zoé, da reißt die Kette. Ed zieht Jones' Kopf aus dem Wasser. Mit weit aufgerissenem Mund ringt dieser nach Luft und saugt sie überall dort ein, wo ein bisschen zu holen ist.

«Mandraaa!»

Zoés Schrei dringt aus dem Stollen und hallt durch das Gewölbe. Ed zieht Jones' Körper durch den Backsteingang und streckt ihn auf dem Boden des eingestürzten Saales aus. Ed erkennt die Stelle, die Zoé beschrieben hat. Er kontrolliert den Inhalt der Bündel. Alles trocken. Jones liegt auf dem Rücken und kommt allmählich wieder zu sich.

Die Hunde! …

Ed hört Gebell. Eine alte Angst überfällt ihn, er kauert sich zusammen und lauscht wie ein Tier. Sie sind nicht mehr weit weg, und sie kommen näher. Ed schiebt die Sachen hinter ein Säulenbruchstück und stürzt sich auf Jones, der noch halb ohnmächtig ist.

«Komm! Bis zum Beichtstuhl kann es nicht weit sein.»

Zu spät. Eine Meute von geifernden Fleischerhunden taucht auf. An der Leine ziehen sie einen Laffen hinter sich her. Ein Fackelträger begleitet das Ganze. Er beleuchtet den Fang mit zufriedener Miene.

«Schon wieder zwei, die abhauen wollten! Bedauere, meine Süßen, das ist danebengegangen. Hopp hopp, an die Arbeit!»

Schläge mit dem Ochsenziemer verleihen der Aufforderung Nachdruck.

Zamor reißt das Fenster weit auf. Luft! Er braucht Luft. Sein ganzer Körper erstickt vor Wut. Er fächelt sich mit dem Brief, den die Du Barry in der Krankenstation geschrieben hat. Diese Gräfin wird er eigenhändig erwürgen! Sie hat ihn zum Narren gehalten! Zamor liest einzelne Absätze noch einmal. Vielleicht hat er sie nicht richtig verstanden … *In zwei Löchern links, wenn du in den Garten kommst, wirst du finden: im ersten sechs Beutel Geld, einen versilberten Becher, neun Louis in Écus zu sechs Livre, einen Louisdor, eine Guinee, eine halbe Guinee in Gold, hundert Gedenkmünzen* … er beißt sich auf die Lippen und liest weiter … *ein silbernes Kruzifix, einen Kelch mit Patene aus Vermeil, eine Chagrinleder-Schatulle mit einem Dutzend goldener Kaffeelöffel mit Zierprägung* …

Zamor zerknüllt das Blatt vor Zorn. Die Gräfin hat sich tatsächlich über ihn lustig gemacht mit diesem Verzeichnis von Haushaltswaren. Kein einziges Versteck von Schmuck, Titeln oder Gemälden. Und dieser Schluss, was der wohl bedeuten soll? … *in den Gesindehäusern findest du unter einem Gurtbett zwei Schonbezüge für Wagensitze aus Velours, mit Gold- und Silberstickerei und Fransen. Bring sie mir für meinen Aufbruch aus Sainte-Pélagie. Es geziemt meiner Stellung, nicht auf dem nackten Karren zu reisen. Das Bärenfell dagegen schenke ich dir. Es ist der Umhang der Geprellten, wie man so sagt. Vor allem, kümmere dich gut um Petit-Louis. Gib Acht, dass er nicht so viel redet. Er weiß zu viel über dich und könnte dich von deiner Sitzstange stürzen. Und zu guter Letzt, hüte dich vor dem Tageslicht. Es löscht die Geheimnisse aus* … Unterschrieben ist der Brief mit … *Gräfin Du Barry, geboren in Vaucouleurs am 19. August 1743, gestorben in Paris binnen kurzem.*

Zamor schleudert das zusammengeknüllte Blatt gegen den Käfig des Vogels, der auf Kreolisch zu schimpfen beginnt.

«Kümmere dich gut um Petit-Louis! Kümmere dich gut um Petit-Louis!»

Er packt den Käfig und schüttelt ihn wutentbrannt. Der Papagei schlägt mit den Flügeln und kreischt verängstigt.

«Halt's Maul! Ich habe die Nase voll von dir und deiner Gräfin! Ich habe dich gefüttert, deinen Käfig geputzt, habe mich um dich gekümmert, und das ist der Dank!»

Zamor versetzt dem Käfig einen Fausthieb, dass er sich überschlägt. Die Tür springt auf, der Boden rutscht heraus, Petit-Louis wird hinausgeschleudert und ist ganz überrascht, dass er fliegen muss. Etwas fällt zu Boden. Zamor hebt es auf. Es ist die Sitzstange des Papageis. Aus der Bambusstange schaut ein Stückchen Papier heraus. Zamor zieht daran. Ein zusammengerolltes Blatt kommt zum Vorschein. Es ist die Schrift der Du Barry.

Zamor, dies ist eine unerhörte Eröffnung, von der ich aber bei meinem Glauben schwöre, dass sie voll und ganz der Wahrheit entspricht. Erinnerst du dich an den Karneval 1778? An jene ausgelassene Nacht bei Madame de Lamballe, bei ihrem italienischen Fest! Du warst maskiert und als schwedischer Botschafter verkleidet ... Zamor erinnert sich nicht. Es hatte so viele Feste gegeben, und die Gräfin verkleidete ihn so gern, um ihn vorzuführen wie einen Affen ... *Vor meinen Augen hast du, um Rache zu üben, eine Unbekannte im blauen Domino mit deiner Manneskraft beglückt. Die Frau war beschwipst vom Amarone und einem Pulver, das ich hineingemischt hatte* ... Zamor erinnert sich an diesen Wein, der ihm den Geist benebelte und den Körper steif machte ... *Aus dieser Vereinigung sind zwei Kinder hervorgegangen: ein Junge und ein Mädchen* ... Was! Diese Dirne eröffnet mir heute, dass ich Vater bin? Sie will mir doch hoffentlich keine Alimente abknöpfen ... *Die Unbekannte im blauen Domino war Marie-Antoinette, Königin von Frankreich* ... Zamor lässt das Blatt fallen. Sein ganzer Körper wird von heftigen Krämpfen geschüttelt. Er ist der Vater des Leopardenjungen und von Marie-Thérèse! Er kneift sich in den Arm, um es zu glauben.

«Wenn mein Sohn der Dauphin ist, dann ... bin ich der König!»

Seine Majestät ist so mit seinem Ruhm beschäftigt, dass er nicht sieht, wie Petit-Louis, der niederträchtige Papagei, durch das Fenster davonfliegt, den edelsteinbesetzten Frack im Schnabel. Tausende von Livre, dahin über die Dächer!

«Petit-Louis, komm zurück!»

Zamor weiß, dass der Papagei nicht gehorchen wird. Er sieht seinem Traum nach, der am grauen Himmel über Haarlem funkelt. Was soll's, mit diesem Stück Papier besitzt er etwas weitaus Wertvolleres. Doch dazu muss er den Leopardenjungen retten. Den echten. Den Dauphin ... Seinen Sohn! ... Den Delorme in seiner Höhle unter Sainte-Zita gefangen hält.

Hinter dem Vorhang des Beichtstuhls steht der Kommandeur und beobachtet die Männer an den Seilen mit dem kritischen Blick des Vorarbeiters ... Wie ungeschickt sie sich anstellen! ... Lassen wir das. Er muss sich erst einmal in dieser unterirdischen Kirche zurechtfinden. Laut Zoés Beschreibung befindet sich ... *das Haus des Leopardenjungen* ... direkt über dem Beichtstuhl. In diesem ‹Haus› will er sich auf die Lauer legen, um ihn zu töten.

«Es kippt! ... Ziehen! ... So zieht doch, ihr Idioten!»

Man hört ein Krachen, ein Seil reißt, das Podest kippt zur Seite, sprengt die Taue und richtet sich mit seiner ganzen Masse senkrecht auf. Delormes Thron wird gegen eine Säule geschleudert, Männer stürzen rücklings um, andere fliegen in die Rundbögen. Von allen Seiten eilt Hilfe herbei.

Der Kommandeur hat begriffen. Das ist seine Gelegenheit. Er schlüpft aus dem Beichtstuhl, zieht sich nach oben, springt an das Geländer der Galerie, packt es, zieht sich hoch und lässt sich auf die andere Seite fallen. Um ihn herum herrscht aufgeregtes Gerenne. Das Haus des Leopardenjungen ist ganz nah. Es ist eine Art Belvedere mit einem Balkon, der in das Kirchenschiff ragt. Zwei Wachen in Ulanen-Uniform stehen am Eingang. Unten droht Delorme:

«Mein Thron! Wenn er fällt, gibt es ein Unglück! Ich ziehe euch bei lebendigem Leib die Haut ab. Ich will jeden Mann hier sehen. Angetreten!»

Die beiden Ulanen vor dem Belvedere zögern, ob sie ihren Posten aufgeben oder sich bei lebendigem Leib die Haut abziehen lassen sollen. Sie zögern zu lange. Der Kommandeur zieht ihnen die Haut ab, und sie kommen gar nicht mehr dazu, sich lebendig zu fühlen. Er schleppt die Körper ins Innere des Belvedere. Der Kommandeur ist berührt von der verstörenden Schönheit des Ortes. Es ist, als betrete man den Rachen eines Raubtiers. Die Wände sind verkleidet, als wäre dem Stein ein Leopardenfell gewachsen. Der quadratische Raum wird von einer einzigen Fackel erhellt, die über zwei gekreuzten Degen in der Wand steckt. Die Decke besteht aus einer Kuppel, die von vier Säulen getragen wird. Dem Eingang gegenüber liegt der Balkon, der in das Kirchenschiff hineinragt. Dicht an der Wand entlang schleicht sich der Kommandeur dort hin. Es gelingt ihm zu sehen, was unten vorgeht. Die Männer zerren an den Seilen, um das Podest, das im Leeren schwebt, wieder in die Horizontale zu hieven. So kann das nicht funktionieren.

Ed und Jones sind bei den Männern an den Seilen. Sie sehen sich verstohlen um. Zum Glück haben die Wachen sie, als sie sie fanden, für Drückeberger gehalten und mit ein paar Peitschenhieben an die Arbeit gescheucht.

Delormes Sklaventreiber sind nervös und aggressiv. Erst macht ihnen dieses Podest Schwierigkeiten, dann tobt der Große Meister herum, aber vor allem … das Wasser! Es ist in der ganzen Kirche rasch angestiegen und reicht den Männern jetzt bis zu den Knien. Schlammiges Wasser. Es quillt im Mittelschiff aus dem Boden und breitet sich unaufhaltsam aus. Holzstücke und Abfall treiben darin. Die Sklavenarche ist beinahe flott. Panik kommt auf. Delorme steht auf einem Tragsessel, schreit und säbelt alles nieder, was in Reichweite vorbeikommt. Ein alter Mann mit weißem Haar wirft sich vor ihm nieder.

«Großer Meister! Mandra zürnt. Ihr müsst Lého rufen, damit er ihn wieder friedlich stimmt.»

Delorme schleudert ihn mit einem Fußtritt beiseite.

«Armer Irrer! Alles Aberglaube! Es gibt keinen Gott, der euch auf dem Boden des Ozeans erwartet. Lého stört man nicht, weil ein paar Kanäle überlaufen! Euer Retter bin ich!»

Die Menge erstarrt. Alle Gesichter wenden sich Delorme zu. Er begreift. Ed und Jones fangen den Blick des Raubtieres auf, das spürt, wie die Beute aufbegehrt. Delorme ist kaum ein paar Schritte von ihnen entfernt … Sie bräuchten nur ein gutes Messer, dann könnten sie ihn sauber erdolchen, wie ein Lächeln.

«In Ordnung, Brüder! In Ordung! Ich werde Lého für euch rufen.»

Delorme lässt sich unter das Belvedere tragen. Er hebt die Arme zum Balkon.

«Lého, Kind des Menschen und des Leoparden! Du, der du die Farben der Menschen auf deiner Haut vereint hast. Ich flehe dich an … Hilf uns!»

Im Belvedere hört der Kommandeur Delormes Anrufung, die zu ihm emporsteigt … Was für ein Theater! … Wie können sie nur auf einen solchen Scharlatan hereinfallen?

Von seinem Standort aus beobachtet der Leopardenjunge den Kommandeur. Das Licht der Fackel fällt auf dessen lauerndes Gesicht. Dieser Mann ist gekommen, um ihn zu töten. Das sagt nicht nur seine Machete, sondern sein ganzer Körper. Dieser Mann ist auf der Jagd!

Der Kommandeur spürt, dass er nicht allein ist. Delormes Ruf bedeutet, dass der Leopardenjunge sich hier befindet, irgendwo in diesem Raum. Er sieht sich scharf um und summt dabei das Lied des Kaimans … *Huye que te coge ese animal. Y te puede devorar …*

Lého tritt hinter einer Säule hervor, lässt den Leopardenmandel von den Schultern gleiten, der ihn unsichtbar machte, und geht zum Balkon, ohne sich um den Mann zu kümmern. Lého muss gehorchen, wenn sein Name gerufen wird.

Er tritt hinaus.

Ganz in Weiß.

Von unten sehen ihn Ed und Jones. Sie denken an Doktor Seifferts Worte beim Marquis d'Anderçon ... *Wenn Sie ihm begegnen, werden Sie begreifen, dass man ihn mit nichts und niemandem verwechseln kann* ... Der Doktor hatte Recht. Lého tritt vor bis ans Geländer. Alle Blicke ruhen auf ihm. Gespannte Stille senkt sich über die Kirche, man hört nur noch im Chor das Wasser gurgeln. Der Leopardenjunge hebt die offene Hand, als wolle er Furcht von einem Antlitz wegwischen.

Plötzlich erscheint ein schwarzer Schatten und stürzt sich von hinten auf ihn. Die Kirche schreckt hoch. Ed und Jones erkennen diesen schwarzen Schatten wieder, es ist der fliegende Engel ... der Kommandeur! ...

«Lého wird getötet!»

Ein Schrei explodiert in der Kirche. Empörung, Zorn, Aufruhr. Alles stürzt Richtung Belvedere. Die Männer lassen die Seile los. Das Podest neigt sich, saust wie ein Fallbeil herab, kracht zu Boden, bleibt einen Moment senkrecht stehen und kippt dann mit seiner ganzen Masse um. Es produziert eine riesige Welle, die die Sklavenarche hebt und senkt. Ed und Jones nutzen das Durcheinander, um unbemerkt zum Beichtstuhl zu gelangen.

«Jones, du schnappst dir unsere Bündel. Ich klettere rauf.»

Ed zeigt auf den Balkon des Belvedere, wo Lého und der Kommandeur mit den Degen fechten. Ed packt ein Stück Holz, das im Wasser treibt, schlägt damit einen Ulanen nieder, der zum Ort des Geschehens eilen will, und nimmt ihm Kavallerie-Säbel und Dolch ab. Jones schiebt den Körper mit einer Geste der Absolution in den Beichtstuhl.

Ed packt ein Seil, das von der Kuppel herunterhängt.

«Jones, du musst mir helfen, auf den Balkon zu kommen.»

Jones erfasst sofort, was Ed ihm mit seiner schaukelnden Geste bedeuten will. Er schleudert seinen Partner mit einem wütenden Anschub nach oben. Der erste Schwung ist zu kurz, um den Balkon zu erreichen, aber Ed kommt nah genug an Delorme vorbei, dass dieser ihn erkennt.

«Ed Cercueil! Du hier, zerfressener Hund! … Wache zu mir! … Ich will diese Kakerlake, und zwar für mich allein!»

Ed beantwortet den Besitzanspruch mit einem Säbelhieb, fängt sich an einer Säule ab und schwingt sich erneut zum Balkon, auf dem sich Lého erstaunlich geschickt verteidigt.

Das denkt auch der Kommandeur, der sich gezwungen sieht, all seine Fechtkunst aufzubieten.

«Monsieur, meine Hochachtung an Ihren Fechtmeister. Ich vermeine in Ihrer Manier den Stil des Chevalier de Saint-Georges zu erkennen.»

Lého bejaht mit einem Ausfallschritt und einer Attacke Richtung Herz, die der Kommandeur mit einer ungelenken Septime pariert. Er entschuldigt sich.

«Ich nehme an, der Chevalier de Saint-Georges hat Ihnen auch seine tänzerische Eleganz und sein musikalisches Können vermittelt. Ich muss gestehen, dass mir nicht all seine Konzerte gefallen, einige finde ich etwas zu französisch. Aber oft berühren mich die Spuren von kreolischer Wehmut, die in seinen Kompositionen zu spüren sind.»

Lého provoziert einen kurzen Nahkampf, um dem Kommandeur zu bedeuten, dass er ‹kreolische Wehmut› unpassend findet. Genau in diesem Moment schwingt sich Ed in Unterhosen über das Geländer, den Degen in der Hand.

«Polizeibeamter Ed Cercucil!»

Er zückt eine imaginäre blaue Marke und wendet sich dem Leopardenjungen zu. Mein Gott ... welche Erhabenheit! ... Ein sehr altes und reines Gefühl steigt ihm bis in die Augen. Ed fühlt sich zerfressen und nackt. Er ringt um Fassung.

«Bürger, ich habe Befehle. Sie müssen mir folgen.»

Lého zögert einen Augenblick ... Wer ist dieser Mann? ... Der Kommandeur stürzt sich in dieses Zögern und entwaffnet den Leopardenjungen. Er packt ihn von hinten und setzt ihm die Dolchspitze direkt auf die Brust.

«Dieser ... ‹Bürger› ... wird niemandem folgen. Er geht nirgendwohin. Dieser Bürger wird sterben, und das weiß er auch. Aber vorher wird er mir als Passierschein dienen, um hier herauszugelangen.»

Der Kommandeur schleppt Lého zum Eingang des Belvedere. Man hört Fußgetrappel auf der Galerie. Er weicht bis zum Balkon zurück und wägt seine Chancen ab. Unten ist die Kirche nun komplett überflutet. Die starke Strömung staut sich an der Bronzetür der Apsis. Das Hüttendorf aus dem Querschiff und die Besucherkabinette sind schon fortgerissen worden. Männer und Frauen schwimmen zwischen Strudeln und Treibgut aller Art. Die Sklavenarche hat ihre Bugleine zerrissen und treibt auf den Eingang des Chores zu, der Großmast hat das Gemälde des Marschalls von Sachsen aufgespießt und zur schwarzen Flagge gemacht. Unmöglich, über den Balkon zu fliehen.

Der Kommandeur schiebt Lého aus dem Belvedere bis auf die Galerie. Er rennt Richtung Chor. Ed hinterher. Aber Ulanen und Wachen kommen von allen Seiten und umringen sie. Ed wird gepackt. Delorme erscheint. Er drängt sich durch die Reihen und versetzt Ed wie im Vorübergehen einen Hieb in den Magen. Er will Lého. Niemand wagt es, sich dem Leopardenjungen zu nähern. Der Kommandeur bedroht ihn immer noch mit seinem Dolch. Beide sitzen rittlings auf dem Geländer der Galerie.

«Meine Herren, Sie haben die Wahl. Ich kann ihm entweder das Herz durchbohren oder ihn ertränken.»

Der Kommandeur macht Anstalten, sich mit dem Leopardenjungen in die Tiefe zu stürzen. Alle weichen zurück. Ed sieht Jones am Ende seines Seiles auftauchen. Ihn würde er sogar an den abgetragenen Schuhsohlen erkennen. Die sind auch das Erste, was den Rücken des Kommandeurs trifft, der dadurch den Wachen in die Arme geschleudert wird. In seinem Schwung packt Jones den Leopardenjungen und fliegt schon wieder mit ihm durch die Luft. Nach einer eleganten Pendelbewegung landen Jones und Lého auf der Galerie jenseits des Kirchenschiffs.

Delorme hat die Lage sofort erfasst. Er zerrt Ed ans Geländer und hält ihm den Degen an die Kehle.

«Nun, Fossoyeur Jones, wen siehst du lieber sterben, den Jungen oder deinen Freund?»

La Marmotte würde sagen, das ist ein Dilemma. Jones findet, es ist zum Kotzen.

«Kümmer dich nicht um mich, Jones! Rette den Jungen! Das ist ein Befehl, Soldat!»

Delorme versetzt Ed einen Hieb, um ihn zum Schweigen zu bringen. Jones sieht Lého an, der die gleiche Kopfbewegung macht wie sein Partner, wenn er ihm sagen will ... Auf ins Getümmel! ... Er zieht die 38er aus Eds Bündel, gibt sie Lého und kippt das Bündel in die Tiefe. Es landet auf dem hinteren Aufbau der Sklavenarche. Jones und Lého schwingen sich am Ende ihres Seiles durch die Luft, mit einem Sperrfeuer, das Delorme und seine Männer überrascht. Ed nutzt die Gelegenheit, um sich loszureißen. Einmal an Ort und Stelle auf der Galerie, fällt man mit Fausthieben über den Gegner her. Die Kräfte geraten ins Gleichgewicht. Es wird durchgezählt. Ed, Jones, Lého und der Kommandeur. Sie sind zu viert und nicht die

Schlechtesten. Sie alle führen eine gute Klinge. Die Wachen weichen zurück, die Ulanen wanken und Delorme fuchtelt herum, dass es seine Kräfte übersteigt. Er ist kurzatmig wie ein Mann, der immerzu auf dem Thron sitzt. Die vier erreichen das Belvedere. Es ist Jones' Idee ... Vom Balkon springen wir an den Mast des Schiffes und lassen uns hinuntergleiten ... Der Kommandeur stellt klar ... Aber danach, Messieurs, hat jeder wieder seine Freiheit ... Ein jeder für sich! Gott trifft die Wahl! ... Sie schwören auf die Degen. Das ist schön und ritterlich, aber es kommt so viel Ulanennachschub dazwischen, dass sie einige davon durchbohren müssen.

Von den anderen gedeckt, springt Jones vom Balkon an den Mast. Lého folgt ihm. Ed und der Kommandeur streiten sich um die Ehre, der Letzte zu sein. Ed verzichtet zugunsten des Alters. Unten hat Jones den Mast schon mit dem Entermesser bearbeitet, abgelöst von Lého. Der Mast kracht und wankt. Der Kommandeur zögert noch. Zu lange. Der Mast gibt nach und bricht mitsamt seiner schwarzen Flagge auf die Brücke. Ed zerhackt die letzten Taue, die Sklavenarche ist frei, die Strömung treibt sie in den Chor. Ed, Jones und Lého blicken hinauf zum Balkon, wo der Kommandeur mit dem Rücken zum Geländer gegen Delorme kämpft. Mehr sehen sie nicht. Das Schiff ist heftig gegen die Bronzetür in der Apsis geprallt und hat sie aus den Angeln gerissen. Die Wassermassen strömen in den Gang. Ed, Jones und Lého springen ins Wasser und lassen sich mitreißen. Ed sieht eben noch, wie der

Kommandeur vom Balkon in die Tiefe springt, und hört Delorme drohen:

«Ich finde euch! Ich weiß, wohin ihr wollt!»

Vom Garten des Pfarrhauses von Sainte-Zita aus sieht man den Schlund des Brunnens La-Négresse-qui-rit zuerst drei Männer ausspucken, die sogleich auf den Bock von Mokkas Leichenwagen klettern und im Galopp davonpreschen, und kurz darauf einen vierten, gewaltigen, der hinter ihnen her schreit:

«Denken Sie daran, meine Herren ... Ein jeder für sich! Gott trifft die Wahl.»

Zamor, der sich hinter einem Busch versteckt hat, registriert zufrieden, dass der Leopardenjunge lebt und Delormes Fängen entkommen ist. Aber vor allem ist er stolz darauf, dass sein Sohn die Pferde so geschickt lenkt. Er folgt dem Gefährt, ohne das schallende Lachen aus dem steinernen Schlund zu hören, von dem ganz Haarlem erbebt.

Der Piqueur wartet am verabredeten Treffpunkt in der Nähe des Marché des Enfants-Rouges auf La Marmotte. Von seinem Standort aus sieht er nur die vier mächtigen, spitzen Türme des *Temple*. Es ist schon lange her, dass er zuletzt in diesem Viertel war. Damals gab es diese hohe Mauer noch nicht. Der Piqueur wird allmählich unruhig. Marmotte ist immer noch nicht aus dem Gefängnis zurück. Es war keine gute Idee,

Coco dem kleinen Dauphin zurückzubringen. Ein Hund gehört nicht ins Gefängnis. Was, wenn Marmotte überhaupt nicht mehr herauskommt?

Um sich abzulenken, kramt der Piqueur in seiner Umhängetasche. Er betrachtet seine Wörter, und einige kommen ihm schon sehr bekannt vor. Manche scheinen ihn wohlwollend anzusehen und ihm sogar zuzulächeln … Dieses hier zum Beispiel … Er ist beinahe sicher, es wiederzuerkennen. Andere entgleiten ihm wie Fische im Wasser … Ha! Da ist es wieder! Das, was so nett aussieht, schön rund und noch ganz warm mit seinem kleinen Fähnchen am Ende … ‹Brot› … Genau, das ist es, du bist ‹Brot›! … Und ich bin der Piqueur. Jetzt kennen wir uns. Bleib da! Rühr dich nicht! … Lauf nicht weg! … Ich werde dich schreiben.

«Piqueur!»

Das ist La Marmotte. Er kommt angerannt, das Hündchen noch auf dem Arm. Er weint. Tränen mit großen, verzweifelten Schluchzern.

«Wer hat dir wehgetan, Marmotte? Sag's mir. Wir gehen hin und spießen ihn auf … zack! Wie den anderen. Weißt du noch?»

«Komm, Piqueur. Weg hier.»

«Bist du sicher, dass ich keinen aufspießen soll? … Und was ist mit Coco? Und dem kleinen Dauphin? … Warte auf mich!»

La Marmotte rennt davon. Er drückt den Mops an die Brust. Der Piqueur steht da wie eine erloschene Straßenlaterne.

«Warte doch, Marmotte! Erklär's mir. Du weißt doch,

dass ich's verstehen kann, wenn es nicht aufgeschrieben ist.»

Nein, das könnte er nicht verstehen. Niemand kann das verstehen. Wie könnte La Marmotte ihm erzählen, was er gehört hat. Einen Sohn, der schmutzige Lieder über seine Mutter singt, dabei Wein trinkt und vor den johlenden und applaudierenden Wachen herumtanzt. Das hat er im Hof gesehen und gehört, hinter einem Gitter versteckt. Er hat Coco die Ohren zugehalten. La Marmotte möchte am liebsten so schnell rennen, dass sich die Steine aus dem Straßenpflaster in sein Hirn bohren und er die Stimme des Dauphin nicht mehr hören muss. Ein Sohn, der seine Mutter schlecht macht. Wo er doch das Glück hat, eine zu haben! Nie wieder wird er für ihn Rad schlagen.

«Komm, Marmotte, wir gehen der Königin Coco zeigen. Dann lächelt ihr Herz ...»

Marie-Antoinette schließt die Augen. Sie ist bereit. Soll der Henker ihr die Kehle durchschneiden, wenn das ihre Bestimmung ist. Wenn es der Wille Gottes ist. Wenigstens wird ihr so die Demütigung erspart, inmitten einer hasserfüllten Menschenmenge hingerichtet zu werden ... Tschlack! ... Tschlack! ... Sie kennt dieses sinnliche Geräusch. Eine Schere! Natürlich, eine Schere. Wie dumm sie ist! Diese schreckliche Klinge in den Händen des Henkers war nur eine Schere. Wie süß sind doch diese kleinen Auferstehungen! Sie öffnet die Augen. Ergraute Haarsträhnen fallen neben ihren Füßen zu Boden. Sind das ihre schönen blonden Locken? Ist das ihr rot schimmerndes Blond, dessentwegen die Du Barry sie die ‹kleine Rothaarige› nannte?

Warum hegte sie schon damals, als sie noch Thronfolgerin war, einen solchen Abscheu gegen diese Frau? Es war so schwer zu ertragen, dass die Du Barry allnächtlich vom Großvater ihres Gemahls die Ehren erwiesen bekam, die ihr Gemahl ihr selbst nicht erweisen konnte. Und doch – wäre die Du Barry nicht gewesen, so wäre Seiner Majestät Louis XV. die liebe Madame de Lamballe versprochen gewesen. Wie vielen Schicksalen hätte das eine ganz andere Wendung gegeben! Wo wäre dieses Kind heute?

Marie-Antoinette sieht die letzten Strähnen zu Boden fallen. Warum solche Gedanken in dieser Stunde? Zählt ein Mann seine Mätressen und eine Frau ihre Lieben, wenn es ans Sterben geht? Welch ein seltsamer Winter, dieses Ende eines Lebens.

Marie-Antoinette sieht, wie Sanson sich ihr Haar verstohlen in die Taschen stopft, wie ein Kind, das Süßigkeiten stibitzt. Sie hofft, dass die Strähnen, die sie ihren Anwälten heimlich anvertraut hat, ihre Empfänger erreichen. Sie denkt lieber nicht zu lange daran, als könne allein das schon bewirken, dass man sie fasst. Der Henker setzt ihr die Haube wieder auf. Du liebe Zeit, aber wie! Sie soll wohl aussehen wie eine Marktschreierin! Sie fühlt einen kühlen Lufthauch im Nacken. Diese Kühle versetzt ihr einen Stich ins Herz. Das ist der Weg der Klinge.

Die Männer weichen vor ihr auseinander. Erst durch

diese Bewegung wird ihr wieder bewusst, dass sie nicht mit dem Henker allein ist. Doch wo sind ihre Richter, ihr Anwalt, der Priester und die Gehilfen? Sie hört nur das Rascheln von Stoff, Schritte und Räuspern. Als wäre sie nur von verschämten Gespenstern umgeben, denen es peinlich ist, da zu sein. Dann geht doch! Bringt wenigstens dazu den Mut auf! Wer zwingt euch denn? Das harte Geräusch des Schlosses rüttelt sie auf. Die Tür öffnet sich. Zum letzten Mal. Wie kann sie begreifen, dass sie nie wieder die Fugen der Steinplatten unter ihren nackten Füßen spüren, nie wieder den Duft der Wandbespannung nach getrockneten Rosen riechen wird? Beinahe hätte sie diese Blumen vergessen, die man ihr liebenswürdigerweise hatte hierher bringen lassen. Um all das abzuschütteln, geht sie etwas zu plötzlich auf die Tür zu. Ein stechender Schmerz fährt ihr in den Rücken. Sanson hat das Seil angezogen, das ihr die Ellenbogen nach hinten reißt. Er führt sie streng an der Kandare. Er ist jetzt ihr Herr und Meister.

Marie-Antoinette tritt über die Schwelle ihrer Zelle. Sie wird nach rechts geführt. Ihr Blick stolpert über eine Mauer von Uniformen in der Gefangenengalerie. Gendarmen. Ein doppeltes Spalier mit den gleichen Gesichtern wie in Varennes. Mit all diesen Leuten hat sie Mühe, sich zurechtzufinden. Links, das muss die Rue de Paris sein. Die Straße des Henkers. Dieser *Monsieur de Paris*, den sie in all seiner Größe in ihrem Rücken spürt. Wehmut streift sie mit ihren Schwingen ... Das Gitter der letzten Romanzen ... Die letzte Station vor der Abfahrt. Diese Gitterstäbe, die den Hof der Frauen von denen trennen, die unterwegs sind zu ihrem Tod. Gitterstäbe, die von umarmenden Händen und vergossenen Tränen blank poliert sind. Wie gern würde sie jetzt Fingerspitzen auf ihrem Gesicht spüren. Sie würde dem Geliebten eine Spur ihres Wangenrouges hinterlassen.

Sie schreitet mit hoch erhobenem Kopf voran, ohne den Schritt zu verlangsamen. Wo ist sie? Im Durchgang zum Hof oder schon in der Gerichtsschreibstube? All diese Gitter und Türen! Hier wird ihr klar, wie viele Hindernisse jene überwinden mussten, die kamen, um sie zu retten. Wenn sie nur nicht so ängstlich und unruhig wäre wegen ihrer Kinder … Da kommt die Schreibstube. Sie erkennt sie an diesem vagen Geruch nach Urin. Vor ihr werden zwei Türen geöffnet, es geht in einen kleinen Vorhof hinaus. Und dort hinten, noch eine Gittertür.

Marie-Antoinette spürt, wie ihr die Sinne schwinden. Sie reißt sich zusammen. Sanson hat am Seil gezogen. Der Schmerz hilft ihr, sich auf den Beinen zu halten … Ein Karren! … Sie kann den Blick nicht davon abwenden. Ein grauenhafter Karren. Ein Schinderkarren! Sie wollen sie zu ihrem Tod fahren wie eine Ladung Mist. Das ist zu viel für ihren Körper. Er lässt sie im Stich. Sie spürt, wie sich etwas lau und warm unter ihr löst. Marie-Antoinette wendet sich zu Sanson um.

«Monsieur, ich flehe Sie an, aus Barmherzigkeit, binden Sie mich los. Ein Bedürfnis …»

Er versteht und löst die Fesseln. Sie tritt in eine Mauerecke, hockt sich hin, rafft ihre Röcke und erleichtert sich wie ein Kind am Wegrand.

Marie-Antoinette richtet sich wieder auf. Sie möchte ihnen allen zurufen ... Nur zu, meine Herren! Ich bin so weit, ihr könnt mich töten! ... Doch wozu? Sie streckt Sanson die Hände hin, aber es gelingt ihr nicht, zum Dank zu lächeln.

Sie tritt in den kleinen Hof hinaus ... Vielleicht ist schönes Wetter, mit dem feinen Nebel der Kurzsichtigen und über zehn Grad auf Armen und Hals ...

Marie-Antoinette starrt durch den steinernen Torbogen auf die Cour de Mai, wo der Karren sie erwartet. Sie weiß, dass ihr jenseits dieses Tores nichts mehr zusteht, dass sie es sich aber schuldig ist, mehr Königin zu sein denn je.

Sie schreitet hindurch.

12
Marie-Antoinette

Den Fuß hierher.»

Der Henker zeigt Marie-Antoinette die zweite Sprosse der kurzen Leiter, die auf den Karren hinaufführt. Dieser Schinderkarren starrt vor Dreck! Als hätten sie ihn eigens für sie schmutzig gemacht. Die beiden Zugpferde sind besser versorgt worden als sie. Die Tiere gehen den Menschen vor. Sanson packt sie am Arm, um ihr hinaufzuhelfen. Wie hoch das ist! Vorsicht, sie muss aufpassen, dass sie nicht stolpert, strauchelt oder sich in ihrem schwarzen Rock verheddert. Hinter ihr keucht der Priester vor Anstrengung.

Auf dieses derbe Brett soll sie sich also setzen! Sie hat ja kein Kissen erwartet, aber wenigstens ein Tuch. Noch nicht einmal das. Nun gut, setzen wir uns.

«Nein, Madame.»

Sanson hindert sie daran, über das Brett zu steigen. Sie soll sich gegen die Fahrtrichtung setzen. Noch eine Anordnung, die die Etikette verletzt. Mit dem Rücken zu den Pferden nimmt Marie-Antoinette Platz. Ihr kommt eine Prophezeiung von Madame de Lamballe in den Sinn … Madame, Sie werden den Tempel rückwärts betreten … Wie Recht sie hatte. Damals spottete sie über die liebe Marie-Thérèse, wenn sie mit ihren geheimnisvollen Vorhersagen die freimaurerische Großmeisterin herauskehrte … Sie werden in die Finsternis gedrängt werden und keinen anderen Führer haben als den Flammenden Stern … Heute wird sie nach diesem Stern Ausschau halten, um aus ihm im Sterben ebenso viel Mut zu schöpfen wie Madame de Lamballe.

Der Karren setzt sich in Bewegung. Marie-Antoinette richtet sich auf. Erst jetzt bemerkt sie, dass sie von Gendarmen und Pikenträgern umringt ist. Trotz des Lärms der Räder und der Hufe auf dem Pflaster hört sie das Quietschen des großen Gittertores. Der Konvoi verlässt den Cour de Mai.

Die Menge!

Sie wartet in der Rue de la Barillerie. Marie-Antoinette entdeckt sie. Eine schweigende Menge. Eine Menge, von der sie nur einen Blick behält. Den jener jungen Frau mit dem weißen Schultertuch. Ein Blick ohne Freude, ohne Hass, einfach nur voller Überdruss. Marie-Antoinette schaudert. Der Weg wird lang sein.

Der Karren überquert die Seine über den Pont-au-Change. Das Geräusch der Räder grollt und hallt unter den Bögen wider. Wie gut man daran getan hat, diese schrecklichen Häuser abzureißen, die den Blick auf die Seine versperrten. Plötzlich kommt Wind auf. Sie spürt ihn an ihrer Haube. Was, wenn Marie-Antoinette einfach davonflöge? Würde einer der Männer sie im Fluge mit seiner Pike aufspießen wie einen Schmetterling? Wie viele Herzen wurden so durchbohrt! Warum nicht auch das ihre … Oh! … Die drei Türme der

Conciergerie. Sie versucht zu erkennen, hinter welcher Schießscharte ihre Richter stehen, um sie vorbeifahren zu sehen. Sie reckt das Kinn. Freuen Sie sich nicht zu sehr, meine Herren! Ich erkenne nur den Weg wieder, mehr nicht.

«Wissen Sie, Monsieur, weshalb man einen dieser Türme ‹Bonbec› nennt?»

«Äh … offen gesagt, Madame, früher wurden die Insassen hier gefoltert. Was ihnen einen ‹bon bec›, einen guten Schnabel verlieh … damit ist gemeint, dass sie ein wenig schrien.»

«Vielen Dank, Monsieur.»

Oft hatte auch sie Lust gehabt zu schreien. Aber das tut man nicht. Halte den Kopf aufrecht. Schau geradeaus! Lass dich nicht vom Anblick des Flusses in Versuchung führen. Dabei sagt man, dass dort gelegentlich Segel und Wettkämpfe auf Schiffen zu sehen sind.

Frau Catherine und Pobéré halten vor einem Boot an, das im Port aux Huîtres vor Anker liegt, auf der Höhe des alten Louvre. Pobéré geht an Bord.

«Ich bereite das Segel vor. Selbst bei schwachem Wind genügt die Strömung. Niemand wird auf die Idee kommen, uns auf der Seine zu suchen.»

«Ausgezeichnet! Jetzt müssen wir durch den unterirdischen Gang zum *Porche Rouge* zurück, um die Aktionen zu überwachen. Es wird Zeit. Gehen wir!»

Pobéré hält seine Mutter am Arm zurück. Zum ersten Mal bremst er ihren Tatendrang.

«Hör mal, Mutter … Du solltest besser hier warten. Dort wird es drunter und drüber gehen. Was willst du machen, wenn ich dich im Gedränge verliere?»

«Was ich dann mache? Ich gehe nach Hause. Ich bin nicht unfähig, sondern blind! Weißt du nicht, dass an nebligen Tagen in Paris die Blinden die Bürger nach Hause führen?»

«Sei nicht böse, Mutter. Ich dachte nur, weil …»

«Komm mal her, mein Kleiner.»

Frau Catherine zieht ihren Jungen an sich. Er sträubt sich erst, dann lässt er sich gehen und legt ihr den Kopf an die Schulter. Sie streichelt ihm den roten Schopf. Diesmal ist es umgekehrt: Sie flüstert ihm ins Ohr.

«Ich weiß, warum du mir vorschlägst, ich soll hier warten. Du bist mein Kleiner, ich kenne dich. Du bist der beste Schuhputzer von ganz Paris. Mit deinen Bürsten würdest du dem derbsten Leder weismachen, es sei Chevreau, aber deine Alte kannst du nicht belügen. Glaubst du vielleicht, ich höre in deiner Stimme nicht all die Tapferen, die beim Appell fehlen?»

Der Junge bricht in Tränen aus, den Kopf an die Brust seiner Mutter gelehnt. Er umarmt sie, dass er sie beinahe erdrückt.

«Was sollen wir nur tun, Mutter?»

«Was wir tun? Wir retten die Königin! Wir beide! Mit Guillaume, Jean-Baptiste, Elisabeth, Merlin und den Tapferen, die uns treu geblieben sind. Fünfzig Entschlossene können mehr ausrichten als fünfhundert Furchtsame. Glaub mir, du wirst sie auf deinem Boot davonfahren, deine Königin. Na komm, wein nicht mehr.»

Die Tränen sind schon versiegt. Jetzt ist er sich ganz sicher, sie werden Marie-Antoinette retten.

«Bevor wir zum *Porche Rouge* zurückgehen, möchte ich dich um einen Gefallen bitten, mein Kleiner.»

«Was immer du willst, Mutter.»

«Für die Begegnung mit der Königin möchte ich, dass du meine Stiefel in die einer Fürstin verwandelst.»

Im Vormittagslicht sieht man am Ufer ein rothaariges Kind zu Füßen einer alten Blinden knien, deren Stiefel glänzen, als gehe sie zu einem Rendezvous.

Ed, Jones und Lého gehen am Quai du Louvre an Land. Mokkas Leichenwagen mussten sie am anderen Seine-Ufer stehen lassen. Sämtliche Brücken sind für Kutschen gesperrt und werden streng bewacht. Es war nicht leicht, jemanden zu finden, der sie übersetzte, selbst gegen klingende Münze nicht. Sie haben erfahren, dass der Konvoi der Königin die Conciergerie bereits verlassen hat. Sie müssen sich beeilen, wenn sie ihr Lého vor dem La Vainqueuse zeigen wollen. Während der abenteuerlichen Fahrt im Leichenwagen durch Haarlem hatten sie Zeit, Lého alles zu erklären.

Kaum sind sie aus dem Boot gesprungen, kehrt Ed den Hauptgefreiten heraus und scheucht sie im Laufschritt vorwärts. Sie werden die Kirche Saint-Germain-l'Auxerrois umgehen und die Taverne durch das rückwärtige Hoftor erreichen. Das ist nicht weit, kaum eine

Viertelmeile. Sie sehen den Konvoi der Königin, der sich schon den Quai de la Mégisserie entlangbewegt. Sie kommt ihnen entgegen.

Marie-Antoinette atmet den Geruch des Flusses tief ein. Ihr Blick bleibt an einem kleinen schwarzen Jungen hängen, der auf einen Grenzstein geklettert ist. Er zeigt ihr etwas, das er unter seinem Umhang versteckt hält. Einen Hund … Es ist Coco! … Ihr Mops. Wie ist das möglich? Sie hat ihn doch … Wo hat sie ihn noch zurückgelassen? Einerlei. Er ist es, ganz eindeutig. Marie-Antoinette würde ihn unter Hunderten erkennen. Mein Gott, der schwarze Junge ist schon verschwunden. Ah! Da ist er wieder. Als wolle er sie begleiten.

La Marmotte springt aufgeregt von seinem Grenzstein.

«Piqueur, hat sie ihn gesehen? Glaubst du, sie hat ihn gesehen? Sag, hat sie ihn gesehen? Man konnte ihn doch sehen, oder? Ich denke, sie hat ihn gesehen. Und du? Was meinst du?»

Der Piqueur greift nach seiner Pike und überlegt.

«Ganz sicher. Sie hat ihn gesehen!»

«Ha! Und du, Hund? Hast du dein Frauchen gesehen? … Na, hast du sie gesehen …?»

La Marmotte stellt die Litanei der Fragen jetzt dem Mops, der sich allerdings darauf beschränkt, sich unter dem Umhang wieder zum Schlafen zusammenzurollen.

«Komm, Piqueur, jetzt zeigen wir ihr Coco an der Ecke Rue Saint-Honoré und Rue du Roule. Da, wo wir mein Rad mit den gelben Speichen gefunden haben.»

«Wie oft wollen wir ihn der Königin denn zeigen?»

«Sooft es geht, Piqueur! Sooft es geht.»

Marie-Antoinette fühlt, wie ihr der Zorn in die Wangen steigt. Auf der ganzen Strecke hat sie in der Menge nicht ein einziges bekanntes Gesicht gesehen. Nicht ein ehemaliger Höfling, nicht eine Dienerin, nicht eine Freundin. Nur ihr Hund ist da! Der reine Hohn! Wo sind all die, denen ein Wort von ihr zu einem Namen, einem Titel, zu Ländereien verholfen hat? Von alledem bleibt nur ihr bellender Hund. Welch ein erbärmliches Tedeum. Marie-Antoinette denkt an Mozart. Der arme Amadeus! Nun werden sie bald vereint sein, die sie einander heiraten wollten. Sie war vierzehn, es war im Sommer, und sechs Monate später wurde sie mit dem künftigen König von Frankreich vermählt.

Dieser Gedanke würde sie in tiefste Verzweiflung stürzen, wenn Cocos Anwesenheit nicht bedeuten würde, dass man tatsächlich plant, ihr zur Flucht zu verhelfen. Bisher hatte sie der Sache nur Glauben geschenkt, um sich aufrecht zu halten. Aber jetzt ... Mein Gott! ... Was für ein Desaster! ... Sie erinnert sich nicht mehr an die Botschaft, die ihr diese aufgeputzte Frau übermittelt hat, als sie ihr die Suppe brachte. Es hatte irgendetwas mit der Farbe Rot zu tun.

Der Karren biegt in die Rue de la Monnaie ein. Sie ist sehr eng. Da hängt ein merkwürdiges Schild … La Vainqueuse … Die Bezwingerin … Das ist bestimmt diese schöne, kräftige blonde Frau, die dort auf einem Fass steht. Seltsam zärtlich hält sie ihr rotes Beil im Arm. Als wäre es ein Kind … Rot! … *Porche Rouge!* … Das war es, was die aufgeputzte Frau ihr gesagt hat … Ein roter Torbogen, nach dem Haus von Robespierre … Sie ist gerettet! Danke, Madame La Vainqueuse, danke für dieses Beil.

Ed betritt den Schankraum der Taverne durch die Hintertür. Er schaut sich um. Niemand an den Tischen, in der Küche auch nicht. Ein Wink, und Jones und Lého folgen ihm. Ed eilt zur Tür, die auf die Straße hinausgeht. Sie ist verschlossen, sicher von außen verbarrikadiert. Er wirft sich dagegen, nichts zu machen. Ed sucht das Beil, aber Sanson ist nicht an seinem Platz.

«Hört ihr … Der Karren! Schnell, Jones, ans Fenster!»

Jones öffnet das Fenster, aber ein Fass versperrt den Blick. Unmöglich. Jemand sitzt darauf, und darum herum drängen sich die Schaulustigen. Von hier aus wird man den Karren nicht einmal sehen können. Vor Wut schlägt Ed den Kopf gegen die Wand.

«Wir waren so nah dran!»

Jones lässt sich auf eine Bank fallen. Plötzlich vibriert der Boden, man hört ein Rattern, es wird lauter.

Lého lauscht. Die drei Männer erstarren ... Die Königin! ... Kein Ruf, kein Laut draußen. Entsetzliche Stille. Man hört nur die eisenbeschlagenen Räder auf dem Pflaster und den schweren Schritt der schnaubenden Pferde. Ed, Jones und Lého folgen dem Geräusch des Karrens mit dem Blick auf die Wand der Taverne ... Die Königin fährt vorbei ... für diesen Augenblick haben sie gekämpft, getötet, ihr Leben aufs Spiel gesetzt. Und hier sitzen sie nun, nutzlos, gefangen in einem Verlies, in dem es nach ranzigem Öl stinkt.

Ed und Jones blicken auf Lého. Das Gesicht zum Fenster gewandt, weint der Leopardenjunge. Als stünde er vor dem zerbrochenen Fenster einer Kathedrale. Er hat diese gewisse Kopfhaltung, die jeden beschämt, der ihn anzusehen wagt. Jones versucht zu begreifen, woher er dieses Onyx-Antlitz hat. Wie die Farben seiner Haut sich aneinander schmiegen, um seine Gesichtszüge zu bilden. Warum die Tränen aus seinen Augen nur zu fließen scheinen, um Marmor zu masern.

Der Karren der Königin ist vorbei. Er entfernt sich.

Der Konvoi hinterlässt eine unbewegliche Spur im Raum und auf den drei Männern. Léhos Blick ist aufgewühlt. Dort, am Fuße der Treppe zu den Zimmern, steht die Marquise d'Anderçon und schaut ihn an.

Marie-Antoinette nimmt wahr, wie sich am Rande ihres Gesichtsfeldes ein schwarzer Fleck bewegt. Sie glaubt, ihn zu erkennen. Um das zu überprüfen, könnte sie den Kopf wenden und so tun, als wolle sie dem

Priester eine Frage stellen. Er sitzt noch immer über sein Kruzifix gebeugt. Der arme Mann! Bestimmt denkt er darüber nach, was er antworten soll, wenn man sich erkundigt ... Nun, was hat die Königin Sie gefragt? ... Nicht nötig, der schwarze Fleck ist zum Stillstand gekommen.

Der Kommandeur!

Sein Blick trifft den der Königin. Er hat vor der Taverne Stellung bezogen, um Lého abzupassen ... *Wir treffen uns am La Vainqueuse!* ... Das hatten sie gerufen, als sie im Belvedere zu viert gegen Delorme und seine Ulanen kämpften. Ein seltsamer Moment, der zwei schwarze Inspektoren, einen Leopardenjungen und ihn, den Kreolen von Santo Domingo, auf der gleichen Seite vereinte. Er hat es genossen. Aber das konnte ihn nicht von seiner Entscheidung abbringen ... *Ein jeder für sich, Gott trifft die Wahl* ... Er wollte Lého in dem Moment töten, in dem man ihn Marie-Antoinette zeigen würde. So hätte er den Wunsch der Königin respektiert, den Jungen zu sehen, ohne sein Gelöbnis zu brechen, ihn zu töten. Aber Lého war nicht erschienen, als die Königin vorbeifuhr. Der Kommandeur starrt Marie-Antoinette in die Augen. Er zieht den Hut. Ein letztes Mal fragt er sie in ihrem Geheimcode, ob ihre Entscheidung unerschütterlich ist.

Marie-Antoinette ist ganz aufgeregt. Der Kommandeur hat sich am Wegrand aufgestellt. Gott sei es gedankt! Das bedeutet, er hat diesen schrecklichen Plan, den er ihr im Gerichtssaal angekündigt hat, verworfen. Den Jungen töten! Als sich ihre Blicke begegnen, zieht er den Hut und führt ihn zum Herzen. Wie leichtsinnig! Man grüßt die Königin nicht mehr, ohne sein Leben aufs Spiel zu setzen. Aber wo ist sein seidiges schwarzes Haar geblieben? Mit dem geschorenen Schädel sieht er aus wie ein Sträfling. Er trommelt mit den Fingern auf der Krempe seines Filzhutes. Aber Marie-Antoinette ist zu weit entfernt, um seine Botschaft entziffern zu können. Wie sollte sie ihm auch antworten, mit auf den Rücken gefesselten Händen? Der Kommandeur will ihr sicher nur sagen, dass ihr Kind am Leben ist und dass man es ihr zeigen wird, wie sie es sich gewünscht hat.

Da taucht der kleine schwarze Junge mit Coco im Arm wieder auf. Er schlüpft hinter den Gendarmen und dem Kommandeur vorbei. Wie geschickt und drollig er ist! … Und so hübsch.

He, du Rüpel! Kannst du nicht aufpassen?»

Der Kommandeur ist von einer langen Bohnenstange mit einer Pike angerempelt worden. Der Kerl entschuldigt sich linkisch. Der Kommandeur erkennt den Jungen, der vorneweg läuft. Das ist doch Doktor Seiferts schwarzer Bengel! Er hat den Mops der Königin im Arm … Der *Porche Rouge*! … Er erinnert sich. Dort sind sie alle verabredet. Er muss dem Bengel auf den Fersen bleiben. Der wird ihn direkt zum Leopardenjungen führen.

Die Marquise d'Anderçon vollführt eine tiefe Verbeugung vor Lého, und der erwidert sie mit entwaffnender Natürlichkeit. Ein anmutiger Zauber weht durch den Schankraum der Taverne. Das Wagenrad an der Decke wirkt mit einem Mal wie böhmisches Kristall. Die Marquise ergreift Léhos Hände.

«Oh, Monsieur! Wie gern wäre ich Ihre Mutter! Leider ist es nicht so. Doch dank Ihnen habe ich meinem Gemahl ein Geheimnis gebeichtet, das mir das Herz erdrückte und meinen Geist beherrschte.»

Ed tritt neben die Marquise. Mehr will er nicht hören. Die Ergriffenheit auf ihrem Gesicht sagt genug.

«Madame, wenn Sie einen Arm wünschen, um sich nach oben geleiten zu lassen.»

«Danke, Edmond, ich weiß Ihre Aufmerksamkeit zu schätzen, aber ich habe diesen Arm wiedergefunden.»

Sie verneigt sich. Der Marquis erscheint. Ed und Jones grüßen ihn vorschriftsmäßig. Mehr nicht. Er tritt zur Marquise und stellt sich auf eine Art und Weise neben sie, dass es aussieht, als umarme er sie. In Eds Gesicht zuckt es, und sein Herz sucht einen Winkel in seiner Brust, in den es sich verkriechen kann.

«Soldaten, ich kenne eure Zweifel. Den Briefen, die ihr gelesen habt, will ich nur hinzufügen, dass ich mich weder gegen die Ehre noch gegen die Freundschaft vergangen habe. Ihr habt mein Wort als Offizier und als Waffenbruder.»

Als hätte der Marquis gerufen ... *Eine Runde für alle!* ..., öffnet sich die Tür der Taverne. Die Wirtin vorneweg schiebend drängt eine krakeelende Horde

Durstiger herein ... *Hast du sie gesehen, diese Dirne mit ihrem hochmütigen Blick! ... Sie ist unterwegs zu ihrem letzten Guckloch, die Österreicherin* ... Ed sieht Léhos verstörtes Gesicht. Mit einem Satz steht er mitten im Raum, zieht die 38er und schießt in die Decke.

«Haabt Acht!»

«Stillgestanden!»

Jones steht schon neben ihm. Die Menge verstummt schlagartig. Ed warnt:

«Wer hier trinken will, hält den Mund oder geht woandershin!»

Die Wirtin mustert die Schreihälse, die sich hinsetzen und die Köpfe einziehen wie zur Strafpredigt. Sieht fast so aus, als hätte die Taverne einen Wirt gefunden. Ein Augenzwinkern der Vainqueuse. Ed ist einverstanden. Aber der Auftrag geht vor. Die Wirtin beschließt, ihre Preise um einen Sou zu erhöhen. Sie tritt zu Ed, um das Gegenstück zu Marquis und Marquise zu bilden. Ein richtig schönes Gegenstück.

Jeder möchte diesen Augenblick genießen, ihn ein wenig ausdehnen. Aber der Karren fährt weiter. Sie alle wissen es.

Ed nimmt die Wirtin beiseite und bittet sie um eine Laterne und eine Kerze. Sie bedenkt ihn mit einem koketten Augenaufschlag.

«Edmond, willst du etwa mit mir im Keller Inventur machen?»

«Nein, ich bin mit einem unterirdischen Gang verabredet.»

Marquis und Marquise d'Anderçon gehen wieder

nach oben. Wie viel haben sie sich noch zu sagen! Die Wirtin sieht Edmond nach, der mit Jones und Lého davoneilt. Sie hätte nie gedacht, dass sie eines Tages auf einen unterirdischen Gang eifersüchtig sein würde.

Die drei rennen den Quai du Louvre an der Seine entlang Richtung Tuilerien. Seiffert hat von einem Gang unter dem Park gesprochen. Irgendwo muss der Einstieg doch sein. Unter dem zweiten Rost, den sie untersuchen, finden sie eine schlecht getarnte Kette. Ed reibt sich das Gesicht … Es juckt! … Es juckt! …

An der Einmündung in die Rue Saint-Honoré hält der Karren plötzlich an. Die Königin schreckt auf. Welche neue Qual halten sie nun für sie bereit? Ein Kind, das von einer Frau hochgehalten wird, wirft ihr einen langen Kuss zu. Marie-Antoinette fühlt sich schwach werden. Sie zittert am ganzen Körper. Aber nein! Das kann er nicht sein. Er ist inzwischen fünfzehn Jahre alt! Sie möchte weinen. Wann wird ihr Herz aufhören, bei jedem Hoffnungsschimmer aus der Brust zu springen? Brüsk wird der Karren wieder angezogen. Der Körper der Königin kippt nach vorn. Sanson hält sie mit einem barschen Zug am Seil.

«Ha, das ist was anderes als deine Kissen in Versailles, was?»

Der Spötter hat die Lacher auf seiner Seite. Als habe die Menge nur auf ein Signal gewartet, kommen nun von allen Seiten die Rufe.

«Tod der Österreicherin!»

Marie-Antoinette erschrickt nicht über das plötzliche Anbranden der Schreie und Beleidigungen. Sie ist noch nicht einmal wirklich überrascht. Die Stille bisher hatte sie weitaus tiefer beeindruckt. Sekundenlang fürchtet sie, die Menge würde den Karren stürmen, sie herunterzerren und in Stücke reißen. Der Hufschlag der Pferde und das Rütteln des Sitzes beruhigen sie. Trotzdem sieht sie in dieser Rue Saint-Honoré, die sie sonst in Gala zur Oper brachte, nur feindselige Blicke und drohend gereckte Fäuste unter einem Meer blau-weiß-roter Fahnen.

Es kommt Marie-Antoinette vor, als habe sie diese Straße noch nie wirklich betrachtet. Wie abgeschlossen sitzt man doch in einer Karosse! Man sollte die Thronfolger zu ihrer Belehrung auf dem Oberdeck reisen lassen.

Frau Catherine und Pobéré erreichen die Rue Saint-Honoré durch den *Porche Rouge*. Frau Catherine ist stolz auf ihre fürstlichen Stiefel. Pobéré ist erleichtert. Auf der anderen Straßenseite, hinter dem Spalier von Gendarmen, hat er Merlin entdeckt. Er trägt sein Lämmchen auf den Schultern, als wolle er ihm die Königin zeigen. Am Treffpunkt zählt Pobéré weniger als hundert Tapfere. Aber der Karren ist noch am anderen Ende der Straße, mehr als eine Meile entfernt. Die restlichen werden schon noch kommen. Frau Catherine drückt ihrem Sohn die Hand.

«Du brauchst mir nichts zu sagen, Pobéré, ich spüre es. Aber wir sind trotzdem genug, um sie zu retten. Du hast Recht, ich gehe zum Boot zurück. Dort bin ich nützlicher. Das Boot wird bereit sein, wenn du mit der Königin kommst. Du wirst schon sehen, bestimmt wird sie mich um meine Schuhe beneiden.»

Marie-Antoinette lässt ihren Blick über die Schuhe des Priesters gleiten. Hat er sich heute Morgen gefragt, welche am besten zur Hinrichtung einer Königin passen?

Zamor springt vom Pferd. Er bindet es an einem Ring auf der Rückseite der Kirche Saint-Germain-l'Auxerrois fest und redet mit ihm … Du wirst sehen, wenn ich zurückkomme, bringe ich meinen Sohn mit! … Die Ohren des Pferdes zucken nervös. Immer diese Manie, ihm Vertraulichkeiten zuzuflüstern! Zamor entrollt den Brief der Du Barry noch einmal, in dem sie ihm eröffnet, dass er der Vater des Leopardenjungen ist. Er hat Mühe, ihn zu entziffern. Die Tinte ist verblasst. Diese verdammte Gräfin! Sie hat ihn hereingelegt. Er hat es begriffen, als er den letzten Satz noch einmal gelesen hat … *Hüte dich vor dem Tageslicht. Es löscht die Geheimnisse aus* … Der Brief wurde mit einer dieser Zaubertinten geschrieben, die sie auch für ihre verschwörerische Korrespondenz verwendete. Die Tinte verschwindet im Tageslicht. Je öfter er den Brief entrollt, desto schneller verblasst die Schrift. Zamor stampft zornig auf. Der einzige Beweis für seine Vaterschaft löst sich in nichts auf! Sein Reichtum, sein Ruhm, sein Haus in Übersee zerrinnen ihm zwischen den Fingern wie Sand. Das wirst du mir bezahlen, Gräfin. Du wirst es mit deinem Leben bezahlen. Das schwöre ich dir! Sicher lacht sie sich jetzt in ihrer Badewanne ins Fäustchen ... *Zamor, Vater des Thronerben! Ein Dauphin, Frucht der Paarung zwischen Affe und Dirne.*

Aber du hast vergessen, Dirne, wie oft du mich wie einen Diener losgeschickt hast, bei deinem großartigen Apotheker in der Rue Saint-Honoré deine Tinte zu holen ... Er ist ein Zauberer! ... Perfekt. Er hat sicher ein Kunststück parat, um meinen Sohn wieder auftauchen zu lassen.

Die Schreie! Die Schreie, wenn sie vorbeikommt. Sosehr sich Marie-Antoinette auch bemüht, sie nicht zu hören, sie explodieren mit jedem Rumpeln des Wagens in ihrem Kopf. Axel! Mein Gott, da ist er, vor der Tür dieser Apotheke. Von hinten ... Mein geliebter Fersen! Ich wusste, du würdest es wagen. Du würdest mich nicht verlassen. Dabei hattest du mir doch geschworen, dich in Sicherheit zu bringen ... Ihr Herz rast. Aber nicht doch! Dieser Mann ist nicht Axel. Der Ort hat sie getäuscht. Dort besorgte Axel immer die schöne violette Tinte, die ihrer beider Geheimnisse so zuverlässig bewahrte.

Der Mann vor der Apotheke scheint erregt. Das

kann nicht Axel sein. Er rüttelt ungeduldig an der verschlossenen Tür. Welche Beschwerden mögen ihn wohl peinigen, dass er es so eilig hat? Ein Gendarm stellt ihn zur Rede. Er lässt von der Tür ab und dreht sich zu ihr um. Wie konnte sie Fersen mit diesem Mischling verwechseln, wenn er auch gut gekleidet ist? Marie-Antoinette fühlt sich von schwerer Trunkenheit erfasst, ihr dröhnt der Schädel. Bilder vom Karneval tanzen vor ihren Augen, ein Ballett von Masken, Dominos, Kristallgläsern und schwerem Wein … Mein Gott, was geht in ihrem Körper vor?

Zamor fühlt, wie Panik in ihm aufsteigt. Er wird noch das Fenster der Apotheke zertrümmern, wenn ihm nicht geöffnet wird. Er braucht das Gegenmittel! Vielleicht ist die Tinte des Briefes schon verschwunden. Aber wie kann er das wissen? Eine Aufschrift an der Mauer scheint ihn zu verspotten … *Herstellung von Extrakten durch Verdampfung im luftleeren Raum* … verdampft im luftleeren Raum! Das ist alles, was von seinem Sohn übrig bleiben wird. Macht jetzt endlich jemand diesen Laden auf?

Zamor spürt den Blick der Königin. Er könnte schwören, dass Marie-Antoinette bei seinem Anblick die Fassung verloren hat. Erinnert sie sich an jenen italienischen Abend bei Madame de Lamballe, den die Du Barry in ihrem Brief erwähnt? Zamor erinnert sich nur an den Amarone! Er sieht der Königin nach, die auf ihrem Karren durchgerüttelt wird. Zamor schnuppert an seiner Hand. Er sucht nach dem Frauenduft, an den ihn das Anthurium erinnert … Ist es der Duft der Königin? Eine Hand packt seine Schulter mit eisernem Griff.

«Mitkommen, Bürger!»

Beim brackigen Geruch, der von der Seine hochsteigt, kommt Marie-Antoinette langsam wieder zu sich. Ihr Geist müht sich vergeblich, die Bilder zu sortieren, die sich vor ihren Augen überlagern. Das Gesicht von Fersen, das ihrer Tochter. Welche Verbindung gibt es zwischen ihnen und der verzweifelten Miene des Mestizen vor der Apotheke? Die Erinnerung ist eine launische Kupplerin. Ihr Leib begehrt auf. Sie möchte verstehen, aber der Karren fährt weiter.

Coco! Da ist er wieder. Unter dem Schild eines Schuhmachers. Er kaspert herum, um die sorgenvollen Falten aus dem Gesicht seiner Herrin zu vertreiben. Er lässt seine schreckliche Zunge heraushängen wie einen Rüschenkragen, dabei hat sie ihm das immer verboten. Wie lustig er aussicht! Das Gesicht des kleinen schwarzen Jungen, der ihn auf dem Arm trägt, strahlt vor Liebe. Wie schön es sein muss, ihm durchs Haar zu fahren. Seine großen Augen wecken in ihr auf einmal das Bedürfnis zu weinen. Mein Gott! Was geschieht nur in ihrem Herzen? Woher kommen plötzlich diese überwältigenden Gefühle? Diese Fragen möchte sie wenigstens noch beantwortet haben, bevor sie stirbt …

La Marmotte drängt sich durch die Menge. Er trägt Coco so, dass die Königin ihn vom Karren aus immer sehen kann. Aber er ist klein. Der Piqueur hat ihm vorgeschlagen, Coco an die Pike zu hängen … Warum nicht gleich mit einer Kerze im Maul wie einen Lampion! … Daraufhin hat der Piqueur zwei Häuser weit geschmollt. Dann musste La Marmotte ihn beruhigen … Ja, er weiß, wo er sie hinführt … Der *Porche Rouge*? … Wo ist das, der *Porche Rouge*? Nach dem Couvent des Feuillants … Nachher schreibst du mir *feuillant* auf!

In der Dunkelheit der Kanalisation unter den Tuilerien trägt Jones die Laterne, Lého und Ed folgen ihm. Das Kerzenlicht ist zu schwach, als dass sie die Rattenkolonien sehen könnten, die sie aufscheuchen. Aber es reicht aus, um die Kalkkreuze an den Wänden zu erkennen. Ed hatte Recht, seinem Jucken zu vertrauen … Da müssen sie entlang! …

Die kunstvoll gearbeitete Pikenspitze ragt über die Menge empor, die zetert und brüllt, wenn der Karren vorbeifährt. Sie wandert über den Köpfen entlang. Der Kommandeur folgt ihr in sicherem Abstand. Nie hätte er sich träumen lassen, dass er sich eines Tages hinter dem Banner eines Sansculotten einreihen würde.

Dieser Teil der Rue Saint-Honoré kommt Marie-Antoinette plötzlich sehr vertraut vor. Dieser Giebel, dieses Fensterkreuz … Woher kommt das angenehme Gefühl, erwartet zu werden? Sie strafft den Rücken … *Grand Mogol* … Das Schild der Modeboutique der Bertin. Im Geiste hört sie, wie sie die Putzmacherin begrüßt:

«Nun, Madame Bertin, was haben Sie diesmal ersonnen, um mich in Versuchung zu führen?»

Zweimal wöchentlich das gleiche Ritual. Die Putzmacherin berief die ganze Belegschaft zu Zeugen ihrer Unschuld. Dann kam die zweite Frage:

«Was hat die Gräfin Du Barry diesmal bestellt?»

Nie wartete sie die Antwort ab.

«Man erzählt sich, Madame Bertin, bei der Gräfin müssen Sie Geschmack für zwei haben. Wenn sie Ihr Haus mit einem Reitkleid aus weißem Seidenbroché verlässt, eilt sie zu Pagelle ins *Trois Galants*, um dort Blüten, Girlanden, Pompons, Quasten, Troddeln und was weiß ich noch alles annähen zu lassen. Welche Geduld Sie doch haben! Man sagt, das Konto der Du Barry bei Ihnen belaufe sich auf beinahe hunderttausend Livre! Der Preis eines Regiments! …

Etwa des Königlichen Schwedischen, Madame. Des Regiments, das Sie Axel Graf von Fersen zu schenken beliebten!

So spottete sie wohl, die selbstgefällige Schneiderin, sobald Marie-Antoinette ihre Boutique verlassen hatte … Sie hatte ja Recht! Schau dich doch um. Du bist auf einem Karren unterwegs zu deiner Hinrichtung und denkst an deine Putzmacherin! Es ist Zeit, die

Augen aufzumachen. Das Volk beleidigt dich. Es will deinen Tod. Schau dir diese Frauen an. Glaubst du etwa, sie sind hier, um dich vorbeifahren zu sehen? Nein! Seit fünf Uhr morgens stehen sie Schlange vor einer Bäckerei, um ein wenig Brot zu ergattern. Deine kürzeste Bestellung bei der Putzmacherin hätte die gesamte Straße satt gemacht!

Mutter, ich war die Königin! …

Ein hervorstehender Pflasterstein rüttelt Marie-Antoinette auf ihrem Brett durch und gibt ihrem Busen Grund zu wogen. Sie beugt sich zum Abbé.

«Sagen Sie, Monsieur, wie viel machen drei Fuß sechs Zoll im neuen Maßsystem?»

Die Frage überrascht Abbé Girard, aber er ist froh, aus der fruchtlosen Betrachtung seiner Schuhe herausgerissen zu werden. Während er rechnet, trommelt er mit den Fingern auf sein Kruzifix.

«Hundertsechs Zentimeter, Madame. Also einen Meter und sechs Zentimeter.»

Marie-Antoinette zieht die Schultern leicht nach hinten. Was ihre Brust angeht, hatte Madame Bertin Recht … Hundertsechs Zentimeter! … Das nennt man eine königliche Büste …

Vor dem *Porche Rouge* sucht Pobéré die Tapferen in der Menge. An der Ecke zur Rue Florentin sind es nicht mehr geworden. Zum Glück befindet sich die Mutter in Sicherheit. Pobéré ist aufgeregt. Der Karren ist nur noch eine halbe Meile entfernt.

Ich versichere Ihnen, Bürger Kommissar, ich habe der Königin keinen Handkuss zugeworfen!»

«Was denn dann?»

Zamor überlegt fieberhaft, was man machen kann, wenn man an seiner Hand riecht. Ihm muss schleunigst etwas einfallen, sonst erwartet ihn der Kuss von Sanson. Die beiden Kerle, die ihn auf die Wache geschleppt haben, scheinen nicht zum Spaßen aufgelegt.

«Ich … ich habe diese vom Dämon besessene Hündin behext. So macht man das in meiner Heimat Martinique.»

«Dann bist du also ein Zauberer!»

Was für ein Idiot er doch ist! Jetzt ist er vom Schafott auf den Scheiterhaufen gesprungen.

«Und was ist das hier, Bürger?»

Einer der Kerle hält den Brief der Du Barry in der Hand, den er zwischen seiner *Carte de sureté*, seinem Bürgerausweis und anderen auf dem Tisch ausgebreiteten Papieren herausgegriffen hat. Das ist sein Untergang. Wenn sie herausbekommen, dass der Vater des Thronfolgers von Frankreich ein Schwarzer, ein Ehebrecher, ein Lügner und ein Zauberer ist, werden sie eigens für ihn die Folter wieder einführen.

Jones, wo glaubst du, sind wir gerade?»

«Irgendwo unter dem Park der Tuilerien. Wir folgen in etwa dem Verlauf der Rue Saint-Honoré.»

«Stell dir vor, Jones, vielleicht ist Marie-Antoinettes Karren gerade direkt über uns!»

Jones widersteht dem Drang, den Kopf zu heben. Es käme ihm vor, als würde er der Königin unter die Röcke schauen, und das vor Lého. Plötzlich bleibt er stehen und bläst die Kerze aus.

«Was ist los, Jones?»

«Still! ... Da vorne. Ein Licht. Es kommt auf uns zu. Rührt euch nicht! Es ist eine Laterne.»

Marie-Antoinette hört ein Grollen in ihrem Rücken. Die Rufe werden schärfer. *Tod der Österreicherin!* ... Es sind Frauenstimmen ... *Unters Messer mit der Dirne!* ... Den ganzen Weg über waren die Frauen am blutgierigsten ... *Den Korb wirst du küssen, du Furie!* ... Der Karren fährt weiter. Jetzt kann Marie-Antoinette sie auch sehen. Sie bekommt Gänsehaut ... Die Strickweiber! ... Wenn sie auftauchen, ist das Ende nah. Die Frauen stehen zusammengedrängt auf den Stufen der Kirche Saint-Roch, bewaffnet mit Piken, blau-weiß-roten Kokarden und roten Mützen. Sie zeigen ihr die Faust und machen obszöne Gesten ... *Deinem Louis haben sie ihn auch abgehackt!* ... Es sind dieselben, die sich bei der Verhandlung hinter der Brüstung drängten.

«Sagen Sie, Monsieur, wer war Saint-Roch?»

Der Abbé kommt nicht dazu, zu antworten. Der Nationalgardist, der vor dem Konvoi hertrabt, lässt sein Pferd zurückfallen, bis es neben dem Karren läuft.

«Da habt ihr sie, die verruchte Antoinette. Es ist aus mit ihr, Freunde!»

In den Steigbügeln stehend, zeigt er mit seinem Degen auf sie und fuchtelt damit herum, um die Aufmerksamkeit des Pöbels zu erregen. Marie-Antoinette erkennt ihn. Dieser Oberbefehlshaber des Generalstabs ist Grammont, ein Schauspieler! Der, der den Herzog von Biron denunziert hat. Ihr krampft sich das Herz zusammen. Der gute Lauzun! Ihm wäre sicher eine spitze Bemerkung zu dieser Groteske eingefallen. Welchen Ruhm glaubt man aus einer solchen Maskerade zu ziehen? Marie-Antoinette schaut in eine andere Richtung ... *Republikanische Waffenschmiede, zur Vernichtung der Tyrannen ...*

Marie-Antoinette denkt an Robespierre. Die Aufschrift auf diesem Schild müsste ihm gefallen. Sein Haus ist ganz in der Nähe, der *Porche Rouge* ebenfalls. Und ihre Erlösung, endlich. Plötzlich fühlt sie sich so müde. Diese Straße rüttelt sie unerbittlich hin und her, der Karren knarrt, als wolle er jeden Moment zusammenbrechen, und bringt ihren Geist durcheinander. Sie hatte sich ihren letzten Weg ganz anders vorgestellt. Stolzer, würdiger. Marie-Antoinette hätte sich gewünscht, nur von innerem Frieden und erhabenen Gedanken erfüllt zu sein. Aber Pflaster und Karren haben anders entschieden.

Die Menge und der Zorn wachsen um die Wette. Sollen sie doch ein Ende machen! Diese Vorführung ist ihr so zuwider. Soll man sie doch endlich ihre armen Kinder im Vorhof des Paradieses und ihren guten Louis in den ewigen Jagdgründen wiedersehen lassen. Man hat sie belogen. Es wird nichts geschehen. Alle lassen sie im Stich. Am Himmel fliegt ein funkelnder weißer Vogel. Er gleicht dem aus ihrer Devise ... *Tutto a te mi guida* ... Ist das endlich der Flammende Stern, den Madame de Lamballe ihr versprochen hat?

Marmotte, hast du den großen weißen Vogel am Himmel gesehen?»

Er hat ihn gesehen. Es ist ein Papagei. Er fliegt genau über ihnen her, als wolle er sie führen. Ob er von dort oben den *Porche Rouge* sehen kann?

Jones hat Recht, tatsächlich kommt in der Dunkelheit der Kanalisation der Schein einer Laterne auf sie zu. Sie pressen sich eng an die Wand, die 38er fest in der Hand. Lého riecht gut nach Ruhe. Der Schritt, der sich nähert, ist flott und sicher. Diese Person kennt die Örtlichkeiten und scheint allein zu sein. So ist es. Drei Schritt vor ihnen hält der Schatten, der die Laterne trägt, inne. Er hat sie entdeckt. Der Schatten nähert den Lichtschein seinem Gesicht.

Die Blinde!

Sie schnuppert in ihre Richtung. Sie rühren sich nicht und halten den Atem an. Plötzlich lacht sie auf und ... Pffft! ... Keine Laterne mehr. Totale Dunkelheit, nur ihre Schritte hallen im Kanal wider.

«Schnell, Jones! Wir müssen ihr folgen.»

«Warte, ich zünde nur die Laterne an.»

«Nicht nötig. Was sie kann, können wir auch!»

Ed, Jones und Lého marschieren los, rein nach Gehör, und ihr einziger Leitstern ist Eds schöner Satz. Beim ersten Gleitflug mit Fluch und Karambolage entschließen sie sich, doch wieder Licht zu machen. Ein großes Loch voller schmierigem Wasser starrt sie an. Gar nicht so einfach, blind zu sein.

In ihrem Rücken fühlt Marie-Antoinette das Haus von Robespierre näher kommen. Wo ist er in diesem Augenblick, er, der ihren Tod so sehr wollte? Ist dieser Torbogen schon seiner? Marie-Antoinette kommt es so vor, als stünde er hinter der Tür und würde lauschen, wie draußen ihr Karren vorbeifährt.

Brount, aus!»

Maximilien Robespierre zerrt ohne nennenswerte Wirkung an der Leine seines Labradors. Der Hund hat sich an der Tür auf die Hinterpfoten gestellt und kratzt winselnd am Griff.

«Brount, nein! Ich hab dir doch gesagt, wir gehen nach der Königin.»

Aber dem Hund sind die Anstandsregeln egal. Er muss Gassi, und zwar sofort. Sein Herrchen weigert sich. Also hebt Brount entschlossen das Bein und überflutet das Türblatt mit einem reichlichen, schäumenden und kräftig gefärbten Strahl.

«Oh nein, Brount, das nicht! Um Himmels willen, das nicht!»

Robespierre zerrt an der Leine, der Hund hält dagegen. Maximilien gibt auf. Mit unbeteiligtem Blick, akkurater Perücke und untadelig sitzenden Strümpfen schaut er auf die Laterne.

Frau Catherine ist nicht sicher, ob sie die drei Männer abgehängt hat, die sie im Kanal gerochen hat. Sicher Spitzel. Vielleicht sind sie in das Wasserloch gestürzt. Und das ist unerbittlich. Sie muss ihren Kleinen und die Tapferen warnen, dass ihnen der unterirdische Fluchtweg abgeschnitten wurde. Damit ist die gesamte Flucht der Königin im Eimer. Frau Catherine erreicht den *Porche Rouge* und tritt auf die Rue Saint-Honoré hinaus. Hinter den Schreien des Pöbels hört sie das Rattern des Karrens näher kommen.

«Heda, Bürger! Hilfe für eine arme blinde Patriotin!» Ein Polizist nimmt sie am Arm.

La Marmotte sieht, wie die Blinde von einem Polizisten abgeführt wird. Also muss die Befreiungsaktion der Königin am *Porche Rouge* aufgeflogen sein. Besser, sie verschwinden, sonst werden sie noch verdächtigt. Der Piqueur ist anderer Meinung.

«Nur weil sie nicht abhauen kann, ist das noch lange kein Grund, dass wir abhauen.»

Eigentlich hat er Recht. Jetzt, wo sie so weit gekommen sind, wäre es doch schade. Sie machen es wie abgesprochen. La Marmotte und Piqueur gehen ihren Plan noch einmal durch. Erstens: So tun, als würde

Coco ihnen entwischen. Er springt auf den Karren. Zweitens: Hopp! … der Königin auf den Schoß und schlupp! Schlupp! … schlabbert er ihr mit der Zunge Gesicht und Hals ab. Drittens: Die Königin lacht und ist glücklich, und sie schenkt ihnen einen königlichen Blick. Coco springt ihnen wieder in die Arme, sie rennen davon und verstecken sich in der Bücherhütte, um … *Die Reisen des Kapitän Cook* weiterzulesen …

La Marmotte nimmt Coco auf den Arm für den ersten Streich.

Auf der Wache beobachtet Zamor die jähe Aufregung.

«Alle verfügbaren Männer mit mir zur Ecke Rue Florentin und Rue Saint-Honoré! Es ist eine Ladung Verschwörer einzulochen. Perückenmacher!»

Die Männer scherzen, während sie sich bereitmachen. Zamor steht allein vor dem Tisch, auf dem seine Papiere ausgebreitet sind.

«Was ist mit dem Zauberer hier?»

Einer schwenkt den Brief der Du Barry.

«Raus mit ihm. Wir brauchen den Platz.»

Zamor wird auf die Straße geschoben. Er atmet auf. Diese Verschwörung der Perückenmacher hat ihn gerettet. Er wird daran denken, wenn er sich das nächste Mal pudern lässt. In sicherer Entfernung entrollt er in fieberhafter Aufregung den Brief der Du Barry … Nichts! … Das Blatt ist leer. So oft er es auch um und um dreht. Die Tinte ist verschwunden. Zamor blickt um sich, als müsste der Leopardenjunge irgendwo zu sehen sein. Nichts. Zamor muss sich damit abfinden, soeben ist ihm an dieser Straßenecke sein Sohn abhanden gekommen. Der Du Barry ist ihr Taschenspielertrick geglückt, aber sie wird dafür bezahlen! Zamor holt sein Pferd und flüstert ihm ins Ohr.

«Jetzt, wo ich weder Juwelen noch Kind habe, muss ich wenigstens Olympe retten.»

Der Kommandeur verfolgt den schwarzen Jungen und seinen Pikenträger mit dem Blick. Sie sind in der Nähe eines großen weinroten Tores stehen geblieben. Das ist also der *Porche Rouge*! Der Sammelpunkt der Blinden. Dort wird sich die Sache abspielen. Er postiert sich so, dass er dem Jungen gegenübersteht, nur durch die Breite der Straße von ihm getrennt. Von hier aus wird sein Schuss unfehlbar sein.

Wegen dieses Lochs voll von schmierigem Wasser haben Ed, Jones und Lého die Blinde in der Kanalisation verloren. Aber den *Porche Rouge*, den ihnen Doktor Seiffert beschrieben hat, erkennen sie auch ohne ihre Hilfe. Ed, Jones und Lého rennen mit wild klopfenden Herzen. Sie lauschen an der Toreinfahrt. Den Schreien und Beleidigungen nach hat der Mob seine Ration noch nicht bekommen.

Plötzlich beginnt der Boden unter ihren Füßen zu vibrieren.

Die Königin ist da.

Der *Porche Rouge*!

Marie-Antoinette spürt ihn auf Höhe ihrer Schultern. Ihr Herz schlägt zum Zerspringen. Sie macht sich bereit, strafft den Rücken, hebt den Blick. Männer werden auftauchen. Der Karren fährt langsam. Hier ist die Straße besonders eng. Die Stelle ist gut gewählt. Man hat ihr die Anweisung gegeben, keinen Widerstand zu leisten. Sollen sie sie packen, ergreifen, davonschleppen, wie es ihnen passt. Wenn es nur gelingt, ihr Leben und das der Ihren zu retten. Oh, meine geliebten Kinder! Oh, mein lieber Schatz! Oh, meine Mousseline, wie werde ich euch ans Herz drücken und euch um Vergebung bitten für alle Qualen, die ich euch auferlegt habe … Nur ruhig, alles ist gut … Wir werden uns fest in den Armen halten und weinen, wir werden für euren armen Vater beten, der uns von dort, wo er ist, sieht und sich mit uns freut … Kommt zu mir, meine Herzen, das alles war nur ein böser Traum. Ich bin ja bei euch. Bald wird alles wieder sein wie früher.

Marie-Antoinette hält sich bereit. Von welcher Seite wird der Retter kommen? Und dieses Kind, wann wird man es ihr zeigen? … Was für ein Wirrkopf sie doch ist! … Sie wird es nicht sehen. Warum sollten sie den Jungen in Gefahr bringen? In ein paar Minuten ist sie in Sicherheit, dann kann sie ihn in aller Ruhe kennen lernen und seine Tränen trocknen. Diese lästige Ungeduld, die ihr den Verstand benebelt. Zum Glück sind ihre Retter besonnener. Der Ehren wird nie genug sein, um den Edelmut dieser Tapferen zu belohnen. Das schwört sie sich.

Ein Mann in Schwarz reckt seinen Hut in die Höhe. Sogleich sehen sich die fünfzig Tapferen an der Straßenecke von einem Ring Polizisten in Zivilkleidung umzingelt, die aus der Menge und sogar aus ihren eigenen Reihen auftauchen … Kein Alarm und keinen Widerstand! … Die Pistolen sind im Anschlag, die Hände werden gefesselt, die Gruppe wird sofort zu abseits geparkten Polizeidroschken geführt. Die Menge hat nichts bemerkt. Auf Höhe des *Porche Rouge* treten unbemerkt zwei Männer hinter Merlin und packen ihn um den Leib. Er brüllt, reißt sich los und stürzt sich mit eingezogenem Kopf blindlings auf sie. Der Degenstich trifft ihn mitten im Leib. Die Männer schleppen ihn in eine Einfahrt und lassen ihn in einer Weinlache liegen. Die Bürger werden beruhigt … Nichts weiter. Er schläft seinen Rausch auf die Gesundheit der Österreicherin aus! Das verängstigte Lämmchen blökt vor dem hingestreckten Körper. Guillaume versucht den Rückzug. Er wird mit Kolbenhieben niedergeschlagen und blutend abgeführt. Elisabeth wird an den Haaren weggezerrt wie eine Dirne. Man hat große Mühe, ihr das Messer zu entreißen. Jean-Baptiste schaut in eine andere Richtung. Er muss nach Hause und die Papiere verbrennen.

Pobéré hat das Zeichen des Spitzels gesehen. Er hatte ihn bemerkt, aber zu spät. Die Tapferen sind gefangen wie Sperlinge auf dem leimbestrichenen Ast. Pobéré weicht Richtung *Porche Rouge* zurück. Die Mutter! Was macht sie hier? Sie ist einem Gendarm in die Hände gefallen. Pobéré zieht sein Messer. Schade um die Uniform … Danke für deine Hilfsbereitschaft, Bürger! … Pobéré beugt sich zum Ohr der Blinden.

«Warum bist du zurückgekommen, Mutter?»

«Ich bin im unterirdischen Gang auf Männer gestoßen. Ich wollte euch warnen. Wie steht es hier?»

«Sie haben alle Tapferen festgenommen. Alles ist verloren.»

«Nur ruhig, mein Kleiner. Denk an die Königin. Für sie ist alles verloren. Wir haben noch das Boot.»

«Aber wenn der unterirdische Gang blockiert ist, wie sollen wir dorthin gelangen?»

«Du vergisst, dass deine Mutter blind ist. Sieh her!» Frau Catherine ergreift Pobérés Arm. Sie drängt sich direkt in die Menge … Platz für eine arme Blinde, Bürger! Platz! …

Marie-Antoinette ist ratlos. Die Fassaden stürzen ein, der Himmel wird zu Staub. Was ist geschehen? Männer wurden festgenommen, eine Frau auch, und zwar grob. Wo sind die Tapferen, die sie retten sollen? Marie-Antoinette sieht ringsum nur Tumult, hört nur Schreien und Fluchen. Allein der kleine schwarze Junge ist da. Er zeigt ihr Coco. Das arme Tier ist ganz aufgeregt. Ist das alles, was sie für die Königin tun? Ihr Frauenleib öffnet sich unter ihr. Und ihr Kind? Ihr Sohn? Wo ist er? Man hat sie betrogen. Wie schändlich, so mit den Gefühlen einer Mutter sein Spiel zu treiben! Hat man ihr all diese Hoffnungen nur gemacht, um sie desto grausamer zu vernichten? Das soll ihnen nicht gelingen.

Ed presst das Ohr an die Türfüllung des *Porche Rouge*. Das Rattern ist jetzt genau davor. Er wendet sich zu Lého um.

«Bist du so weit? Wenn ich dir das Zeichen gebe, gehst du raus.»

Jones öffnet die Tür einen Spalt. Der Karren. Er wirkt riesengroß und scheint über der Menge zu schweben. Jones fängt Marie-Antoinettes Blick auf, die sich verzweifelt umsieht.

«Achtung, Lého: Jetzt!»

Der Junge ist sprungbereit. Plötzlich packt Ed Lého am Arm und zieht ihn heftig nach hinten ... Der Kommandeur! ... Er hat dessen hoch gewachsene Gestalt erkannt, ihnen gegenüber, auf der anderen Straßenseite. In der gleichen Sekunde sieht er die Rücken von dem Piqueur und La Marmotte. Sie warten vor dem *Porche Rouge*. Wie sind sie da hingekommen?

Ed und Jones brauchen sich nicht abzusprechen. Sie stürzen sich auf die beiden, packen sie um den Leib und werfen sich nach hinten, in den Schutz der Toreinfahrt. Alles rollt paarweise zu Boden. Was für eine Begrüßung! Coco leckt mit seiner Sonntagszunge, wen er gerade vor die Nase bekommt. Lého steht vor dem Tor. Er wagt einen Blick auf die Königin. Sein ganzer Körper erkennt sie. Wenn sie doch herschauen würde. Nur eine Sekunde. Aber die Königin fährt vorbei und sieht ihn nicht.

Der Kommandeur dagegen hat den Leopardenjungen gesehen.

Lého möchte schreien. Damit sie wenigstens sein

Klagen hört. Er weiß, sie würde es erkennen. Sie würde wissen, dass er ganz nah war. Dass er sie nicht verlassen hat. Sie niemals verlassen wird.

Es ist vorbei! Die Sekunde ist verstrichen. Der weiße, funkelnde Vogel fliegt über ihr. Marie-Antoinette weiß, dass sie von nun an allein sein wird. Kaum hat sie die Rue Saint-Honoré verlassen, da wird der Karren auch schon in die Rue Royale gezogen. Nur die muss noch hinuntergerattert werden, dann kommt das Schafott. Wenn es nur schnell geht. Sie hat keine Kraft mehr zu warten.

«Beeilt euch!»

Ed treibt die kleine Truppe an. Der Beschluss war schnell gefasst, den Karren der Königin auf der Place de la Révolution abzupassen. Niemand hat gewagt zu sagen … an der Guillotine. Der unterirdische Gang ist der einzig mögliche Weg. Ed vorneweg, rennt die Truppe im Schein der Laterne, die der Piqueur trägt.

«Vorsicht, das schwarze Loch!»

Alle gehen langsam darum herum und hasten dann weiter. Sie haben keine Zeit zu verlieren. Sie müssen unter dem Park der Tuilerien hindurch, den Quai hinauf bis zur Place de la Révolution und sich einen Weg zum Schafott bahnen, bevor das Fallbeil ausgelöst wird. Es ist, als würden sie es über ihren Köpfen fallen hören.

Ohne Licht, die Machete in der Hand, folgt der Kommandeur dem Geräusch der rennenden Füße vor ihm. Im Gedränge der Menge konnte er, nachdem der Karren vorbeigefahren war, unbemerkt durch den *Porche Rouge* schlüpfen. Gerade noch rechtzeitig, um jemanden in diesem Gartenhäuschen verschwinden zu sehen, in dem sich der Einstig zu dem unterirdischen Gang verbirgt. Jetzt wird er sie nicht mehr aus den Fängen lassen. Er weiß, dass Lého bei ihnen ist. Dessen Blick auf die Königin war für den Kommandeur unerträglich … Achtung! Der Lichtschein ist nach rechts abgebogen. Der Kommandeur verlängert den Schritt in der Dunkelheit. Sein Jägerinstinkt lässt ihn das Tier erahnen. Er hört das Lied des Kaimans in seinem Kopf. Der aufgerissene Schlund ist ganz nah … *Huye que te coge ese animal. Y te puede devorar* … Mein Gott! … Der Boden unter seinen Füßen gibt nach. Er wird verschluckt. Wasser dringt ihm in den Mund, die Augen, die Lungen. Dickflüssiges, beißendes Wasser. Reflexartig stößt er die Klinge in die Wand und zieht sich gerade so weit hoch, dass er schreien kann. Aber im Wasser werden seine Stiefel schwer wie Blei. Er wird sich nicht halten können.

Der Schrei des Kommandeurs hallt in den Gängen wider. Lého bleibt jäh zurück. Die anderen halten an. Ed geht zu ihm und nimmt ihn am Arm.

«Komm! Wir können nichts für ihn tun. Wir müssen weiter, sonst sind wir nicht rechtzeitig bei der Königin.»

Lého reißt sich los. Er rennt in die Richtung, aus der der Schrei kam. Der Piqueur eilt mit der Laterne hinterher. Aus dem zähflüssigen Wasser ragt nur noch die

Hand des Kommandeurs heraus, an den Griff der Machete geklammert. Lého stürzt hin, packt das Handgelenk und zieht. Der Kopf des Kommandeurs erscheint. Er schnappt nach Luft und spuckt aus. Sein Gesicht ist fleckig.

Im vagen Schein der Laterne hat der Kommandeur Mühe, die Gesichtszüge des Mannes zu erkennen, der ihn hält. Jetzt verändert sich der Lichteinfall. Das Gesicht wird zur Hälfte beleuchtet ... Der Leopardenjunge! ... Seine Hand ist es, die ihn an der Oberfläche dieser Kloake hält. Wie ähnlich sie sich in diesem Augenblick sehen müssen! Der Kommandeur will schreien. Es kommt nichts. Sei's drum, er wird den Jungen packen und mit seinem ganzen Gewicht mit sich in die Tiefe ziehen. Endlich wird diese Komödie ein Ende haben. Der Kommandeur blickt dem Leopardenjungen in die Augen, die ihm zu sagen scheinen ... So kommen Sie doch, Monsieur, bitte! ... Der Kommandeur lächelt ihn an.

«Nein danke!»

Mit einer Drehung des Handgelenks befreit er sich. Seine Hand rutscht ab. Der Kommandeur lässt sich vom Wasser verschlingen. Alles, was von ihm bleibt, ist die Machete, deren Klinge am Rande des schwarzen Loches steckt.

Marie-Antoinette glaubt es irgendwo in der Ferne Mittag läuten zu hören. Die Schläge fallen langsam, mit langen Pausen.

Beim ersten Schlag öffnet die Gräfin Du Barry die weiße Holztruhe am Kopfende ihrer Pritsche. Sie nimmt eine rötliche Perle heraus, zögert jedoch, sie auf die Nadel zu fädeln. Ihre Hand zittert. Der Gräfin ist, als beginne sie, ihre eigenen Tage zu zählen.

«Bürger Biron, nimm sofort die weiße Fahne aus deinem Fenster!»

«Das ist keine Fahne, das ist mein Hemd. Es hängt da zum Trocknen.»

«Willst du dich über mich lustig machen? Ein Hemd ohne Ärmel, Kragen und Knöpfe!»

«Es ist doch nicht meine Schuld, dass die Republik mir alles genommen hat. Sogar meine Königin.»

Die große Glocke von Sainte-Zita dröhnt. Mokka beugt sich über den Billardtisch. Er stellt die Figur von Marie-Antoinette auf das Spielfeld, in die Mitte der Place de la Révolution. Er wartet, den Leopardenjungen in der Hand.

Durch die Gitterstäbe reicht der Pförtner von *La Force* Zamor das versiegelte Kuvert mit den Passierscheinen.

«Die Bürgerin Olympe de Gouges lässt dir ausrichten, sie will nichts von dir annehmen … Lieber stirbt sie … Genauso hat sie es gesagt. Ich habe meine Arbeit getan, Bürger. Ich behalte das Geld.»

Thomas hält dem Doktor den Spiegel vor. Seiffert betrachtet sein Gesicht. Er ist enttäuscht. Er fühlt sich nicht gerächt, nur frisch rasiert. Aber Madame de Lamballe strich ihm so gern über die Wange.

«So, Monsieur. Nun sind sie frisch gerasiert.»

«Sehr schön gerasiert sogar.»

Thomas sagt sich, wenn ihn niemand mehr zurechtweist, dann wird er künftig wohl reden müssen wie alle anderen auch. Was für ein Jammer!

Die Ulanentruppe unter Delormes Führung prescht im Galopp durch Haarlem. Vor dem steinernen Torbogen pariert Delorme sein Pferd so plötzlich, dass es sich aufbäumt. Warum das Risiko eingehen, den Leopardenjungen zu holen? Er wird von allein zurückkommen. Dort werden sie ihn nicht behalten wollen.

Marie-Antoinette hat geglaubt, es irgendwo in der Ferne Mittag läuten zu hören. Sie, die gerade noch sterben wollte, verspürt plötzlich den wilden Drang, sich an jeden dieser zwölf Schläge zu klammern. Sie wünschte, sie könnte ihr Leben um ebenso viele Stunden zurückdrehen:

Ting! Es ist wieder Mitternacht. Die Verhandlung ist gerade unterbrochen worden ... Marie-Antoinette sitzt auf einem Stuhl. Ach, würde man sie doch dort vergessen. Würden die Stunden, die Tage, die Jahre rückwärts laufen. Würden die Uhrzeiger bis zu dem Augenblick zurückwandern, an dem alles zu kippen begann. Wann war das genau? Die Tuilerien? Varennes? Necker? Das Halsband? Würde man ihr doch sagen, was sie hätte anders machen müssen, damit diese Menge ihr heute zujubeln würde statt Hüte in die Luft zu werfen, damit dieser Schinderkarren eine mit karmesinrotem Samt ausgeschlagene Karosse für sie und ihre Kinder wäre, damit Louis seinen Untertanen vom Fenster aus zuwinken könnte.

Ein Rucken des Karrens rüttelt die Königin durch und reißt sie aus ihrem Traum. Die Glocke des Präsidenten erklingt.

Ting! Die Verhandlung geht weiter. Ihr Herz zieht sich zusammen. Ihre letzten zwölf Stunden sind vorbeigezogen. Aus der Menge schreit es … Sterben soll sie!

Jones, La Marmotte, der Piqueur, Lého und Ed haben den Quai des Tuileries erreicht. Sie haben noch den Blick des Kommandeurs vor Augen, als er beschloss … Nein danke … Im Laufschritt marschieren sie an den Auslagen der fahrenden Händler von Würsten, Orangen und Gebäck vorbei … *Bla-bla-bla! Frische Oblaten!* … Sie bereiten sich auf die Rückkehr der Schaulustigen vor. Die werden hungrig sein, nachher. Jones zeigt den anderen ein Segelboot, das mit dem Wind die Seine hinuntersegelt.

Frau Catherine und Pobéré lassen sich davongleiten.

«Mein armer Kleiner. Statt der Königin bist du nun mit deiner guten Alten an Bord.»

«Das ist mir gleich, Mutter. Meine Königin bist du.»

«Pah! Statt Süßholz zu raspeln, erzähl mir lieber vom Fluss.»

«Wie wär's, Mutter, wenn stattdessen du einmal erzählen würdest?»

«Wovon denn?»

«Vom Herzog von Penthièvre. Warum er so gut zu uns war. Und vergiss die Farbe nicht …»

Ed und seine kleine Truppe erreichen die Menschenmassen, die von der Place de la Révolution bis auf den Quai des Tuileries quellen. Da kommen sie niemals durch. Ed und Jones setzen ihre herrischsten Mienen auf, ziehen die 38er und schieben die Bürger mit den Schultern beiseite. Doch man weicht ihnen nur widerstrebend aus. Die Plätze sind heiß umkämpft. Nur Léhos Anblick scheint den Körpern ein wenig Bewegung zu verleihen. Bis zur Guillotine ist es noch weit. Sie können die Fahrt des Karrens in der Rue Royale an den Hüten verfolgen, die in die Luft fliegen wie Feuerwerkskörper.

Marie-Antoinette wendet den Kopf zu den Tuilerien. Es sieht aus wie ein neuerlicher Sturm auf das Schloss. Sogar auf die Bäume sind sie geklettert. Meine Güte, wie klein man ist, von hier aus gesehen! Das ist also alles, was man von ihr sah, wenn sie von der Terrasse aus das Volk grüßte. Es jubelte einer Zwergin zu!

Wie viele Schmerzen liegen hier begraben! Aber man lässt ihr keine Zeit. Die Menge verschlingt sie! O mein Gott! Der Karren schiebt sich auf den Platz. Ihr

Blick prallt von den Gesichtern ab wie ein Kieselstein, den ein Kind flach übers Wasser springen lässt. Ihr bleibt nur der Himmel als Zuflucht, dort wendet sie die Augen hin. Da ist der funkelnde weiße Vogel. Er ist der verheißene Flammende Stern. Ihm wird sie folgen.

Der Karren hält vor dem Schafott.

Lého drängt sich durch die Menge, ohne den Blick vom Fallbeil der Guillotine zu wenden. Auf dem Karren erhebt sich Marie-Antoinette von ihrem Sitz ... Tun wir unsere Pflicht als Königin! ... Sie will ihrem Körper keine Zeit lassen, Angst zu zeigen. Er muss ihr gehorchen. Er ist ihr letzter Untertan ... Nein! ... Sie will keine Hilfe. Marie-Antoinette steigt die Trittsprossen des Karrens hinunter. Aus ihren Beinen ist alle Kraft gewichen. Unten beruhigt sie der Geruch der Pferde. Sie wendet sich der Guillotine zu. Da ist sie also! Eine Woge erfasst ihren Leib.

Lého drängt sich unerbittlich weiter. Die Menge widersteht, es ist noch weit. Zu weit, als dass sie sein Gesicht sehen könnte.

La Marmotte versucht die Aufmerksamkeit der Guillotine auf sich zu lenken ... Madame, Madame! Ich bin es! Erinnerst du dich? Heute Nacht habe ich dich gebeten, freundlich zu jemandem zu sein. Ich hab's dir aufgeschrieben. Aber vielleicht hattest du keine Zeit, es zu lesen ... Doch, mein Junge! Mach dir keine Sorgen, ich werde ihr helfen ... Danke, Madame! ... Pass auf dich auf, Kleiner. Zieh dich warm an ...

Der weiße Papagei hat sich auf der sorgfältig gearbeiteten Pikenspitze des Piqueurs niedergelassen. Im Schnabel trägt er seinen juwelenbesetzten Frack. Die Steine funkeln eigenartig.

Marie-Antoinette steigt auf das Schafott. Ganz aufrecht, mit festem Schritt. Sie setzt die Fersen hart auf, um das Holz der Stufen erklingen zu lassen … *Der Lärm verscheucht den großen grauen Wolf!* … Als Kind sagte sie sich das im Park von Schönbrunn vor, um sich Mut zu machen.

Beim letzten grauen Wolf rutscht ihr der Fuß ab. Sie verliert einen Stiefel. Nun humpelt sie auch noch wie eine Verdammte! Das Schicksal hat sie bis zuletzt nicht aus seinen Fängen gelassen. Es erinnert sie zu gerne daran, dass sie nicht mehr wert ist als der faule Zahn, den sich ihre Mutter am Tag ihrer Niederkunft ausreißen ließ. Mein Gott, das ist siebenunddreißig Jahre her … nur.

Lého sieht die Gestalt der Königin auf den Stufen. Wie weit es noch ist. Er wird nie zu ihr gelangen.

Marie-Antoinette hat das Podest erreicht. Die Menge ist grenzenlos. Sie erstreckt sich weiter, als ihre Augen reichen. Denn ihre Augen sind ganz mit einem blendenden Funkeln beschäftigt, das vor ihr aufgetaucht ist. Ihr Stern!

«Monsieur, bitte verzeihen Sie, ich tat es nicht absichtlich.»

Von diesem Funkeln geblendet, ist sie an Sansons Stiefel hängen geblieben. Vielleicht wird man nur das von ihr in Erinnerung behalten. Die Königin, die ihrem Henker auf den Fuß getreten ist. Sei's drum, sie gibt all ihren Ruhm für dieses Funkeln hin.

Er ist da. Vor ihr.

Lého sieht die Königin. Sie schaut in seine Richtung. Könnte er nur lauter schreien als der Pöbel. Aber sein Körper ist wie gelähmt. Stoßweise läuft es ihm eiskalt über die Haut. Männer treten zu ihr, um sie zu ergreifen. Er muss ihr helfen. Die Männer durchbohren, die Königin befreien, auch wenn er dabei sein Leben lässt. Lého stürzt los. Ed und Jones begreifen. Sie packen ihn und halten ihn fest. Starr vor ohnmächtigem Zorn, lässt Lého den Blick der Königin nicht aus den Augen.

Marie-Antoinette sieht die Henkersgehilfen auf sich zukommen. Sie ahnt, was sie vorhaben. Nein! … Niemand entblößt das Haupt der Königin. Diese Linonhaube ist ihre letzte Krone, ihrer wird sie sich selbst entledigen. Mit einer kurzen Kopfbewegung lässt Marie-Antoinette sie herunterfallen. Die Menge grollt: Man hat sie um eine jämmerliche Gelegenheit zur Demütigung gebracht. Die Gehilfen ergreifen Marie-Antoinette unsanft und führen sie an das Schaukelbrett. Wo ist ihr Stern? Sie pressen sie bäuchlings an das senkrecht stehende Brett. Am rauen Holz schürft sie sich die Haut über den Beckenknochen auf. Die Wiege künftiger Leben wird hier verschlossen. Jetzt geht alles sehr schnell. Sie wird festgebunden. Man hebt ihr das Kinn an. Die Handgriffe sind rasch und grob. Sie ist nichts mehr, das es wert wäre, gestreichelt zu werden. Sie wird zerstückelt.

Ed und Jones haben Mühe, den Zorn festzuhalten,

der in Léhos Körper tobt. Auf einem Stück Papier aus seiner Umhängetasche malt der Piqueur Buchstaben, die sich die Hand geben und Wörtern ähneln. La Marmotte versteckt Cocos Schnauze unter seinem Umhang. Damit das Hündchen nicht merkt, dass er weint.

Über dem Brett sieht die Königin ihren Stern funkeln, neben einem jungen Mann in Weiß. Das Strahlen lässt sie sein Gesicht nicht erkennen. Wie sorgfältig die Henker sie fesseln! Während ihr Körper Seilschlag für Seilschlag festgezurrt wird, mustert sie den Körper des jungen Mannes, die Zartheit seiner Handgelenke, seinen guten Wuchs, die Linie seiner Schultern. Ist er es?

Das Brett kippt.

Die Bewegung nimmt ihren Frauenleib mit, lässt ein warmes Gefühl durch ihr Inneres rieseln und neigt diese Hülle, deren Kehle in einem hölzernen Halbmond ruht, in die Waagerechte. Er ist es! Ihr ganzer Körper schreit das heraus. Der Halskragen wird fixiert. Sie spürt die unerbittliche Drohung über ihrem Genick schweben. Wenn du es bist, ich flehe dich an, sag es mir auf eine Weise, die nur wir beide verstehen … Sag es! …

Lého presst die Hand gegen den Leib. Er schöpft aus den tiefsten Tiefen seiner selbst, quält Brust und Kehle. Der Schrei bricht sich Bahn. Er fühlt ihn in sich aufsteigen. Aber sein stummer Körper wehrt sich. Gleich wird es zu spät sein.

Ein metallisches Klacken. Das Fallbeil ist gelöst. Die Klinge saust herunter. Der funkelnde weiße Vogel fliegt auf … *Tutto a te mi guida* … der Flammende Stern schwebt davon. Marie-Antoinette sieht das Gesicht des Jungen. Ein unnennbarer Schmerz arbeitet darin, schießt ihm in die Augen. Plötzlich steigt aus seinem Körper eine lange, animalische und kindliche Klage. Dieser unendliche, verlassene Schmerz, den sie jenseits des Vorhangs gehört hatte. Dieser ungetröstete Kummer. Diese ungeweinten Tränen. Marie-Antoinette streicht Lého sanft durchs Haar. Wischt ihm eine Träne von der Wange. Und endlich sieht man auf dem Gesicht der Königin jenes Lächeln, das dem Mund einer Mutter entlockt wird, wenn sie ihr Kind wiedergefunden hat.

Unvollständiges, willkürlich zusammengestelltes Glossar, um dem geneigten Leser acht Griffe zum Lexikon zu ersparen

Desmoulins, Camille: 1760–1794, französischer Revolutionär (Republikaner), großer Redner und einflussreicher Journalist. Ließ das Volk, das er gegen das Königtum aufwiegelte, zum Zeichen der Hoffnung als Kokarden Blätter von Bäumen tragen, die zum Erkennungssymbol der ganzen Nation wurden. Desmoulins verurteilte seit 1793 die Schreckensherrschaft und wurde deshalb zusammen mit Danton hingerichtet.

Fouquier-Tinville, Antoine-Quentin: 1746–1795, Generalstaatsanwalt, berühmt und berüchtigt als Verkörperung unerbittlicher Strenge und blutrünstiger Grausamkeit.

La Pérouse, Jean-François de Galaup, Comte de: französischer Seefahrer, 1741–1788; umsegelte 1785 Kap Hoorn, befuhr die Westküste Nordamerikas und entdeckte 1787 die La-Pérouse-Straße.

Marat, Jean Paul: geboren 1744, Sprachlehrer, Publizist und Arzt, einer der radikalsten Revolutionäre, wurde am 13. Juli 1793 durch die fanatische Royalistin Marie Anne Charlotte Corday d'Armont im Bad erstochen. Vgl. Jacques-Louis Davids Gemälde «Der Tod des Marat».

Das Procope: «ältestes Restaurant der Welt», seit dreihundert Jahren und noch heute bestehend, im Besitz namhafter Persönlichkeiten, v. a. französischer Literaten und Revolutionäre, etwa Jean de La Fontaine, Voltaire, Rousseau, Diderot, Marat, Robespierre, später Napoleon Bonaparte, Balzac, Hugo, George Sand. Ausgezeichnete Küche. 13, Rue de l'Ancienne Comédie, Paris. Tel.: 0033-1-40.46.79.00. Täglich geöffnet bis 1 Uhr morgens.

Société des Amis des Noirs: Gesellschaft der Freunde der Schwarzen, setzte sich für die Abschaffung der Sklaverei ein, ihr utopistischer Radikalismus war allerdings eher kontraproduktiv. Konnte in ihrer Auseinandersetzung mit den einflussreichen Händlern aus Bordeaux, Nantes und Le Havre nur Teilerfolge erzielen.

Valmy: frz. Dorf zwischen Châlons-sur-Marne und Verdun. Mit der Kanonade von Valmy leitete die französische Revolutionsarmee die Wende im ersten Koalitionskrieg ein.

Viala, Joseph Agricol: 1760–1793, französischer Volksheld, im Kampf gegen die Royalisten gefallen.

Petra Oelker

Petra Oelker
Tod am Zollhaus *Ein historischer Kriminalroman*
(rororo 22116 und als Großdruck 33142)
Mit ihrem ersten Roman um die Komödiantin Rosina eroberte Petra Oelker auf Anhieb die Taschenbuch-Bestsellerlisten.

Der Sommer des Kometen
Ein historischer Kriminalroman
(rororo 22256 und als Großdruck 33153)
Hamburg im Juni des Jahres 1766: im nahen Altona sterben kurz nacheinander drei wohlhabende Männer unter seltsamen Umständen. Und wieder nimmt sich die Schauspielerin Rosina mit ihrer Truppe der Sache an.

Lorettas letzter Vorhang
Ein historischer Kriminalroman
(rororo 22444)
Hamburg im Oktober 1767: Zum drittenmal geht Rosina gemeinsam mit Großkaufmann Herrmann auf Mörderjagd.

Die ungehorsame Tochter
Ein historischer Kriminalroman
(rororo 22668)

Die zerbrochene Uhr
Ein historischer Kriminalroman
(rororo 22667)

Bild der alten Dame
(rororo 22865)

Petra Oelker u. a.
Der Dolch des Kaisers *Eine mörderische Zeitreise*
(rororo thriller 43362)
Petra Oelker, Charlotte Link, Siegfried Obermeier, Thomas R. P. Mielke u. a. beschreiben die unheilvolle Reise eines Dolches durch die Jahrhunderte, in denen er seinen Besitzern Mord, Verrat und Totschlag bringt.

Petra Oelker (Hg.)
Eine starke Verbindung *Mütter, Töchter und andere Weibergeschichten*
(rororo 22752)
Die Geschichten namhafter Autorinnen erzählen von Erlebnissen mit der anderen Generation.

Der Klosterwald
352 Seiten. Gebunden
Wunderlich

rororo

Weitere Informationen in der **Rowohlt Revue**, kostenlos in Ihrer Buchhandlung, und im **Internet: www.rororo.de**

3686/8